DREAMLAND
The True Tale of America's
Opiate Epidemic

Sam Quinones

[美]山姆·昆诺斯 著　　邵庆华 林佳宏 译

梦瘾
美国阿片类药物泛滥的真相

上海译文出版社

目　录

本书中大事件时间表 / 001

前言　俄亥俄州朴茨茅斯 / 001

导言 / 001

第一部分

1. 恩里克 / 003
2. 吉克医生的信 / 005
3. 都是老乡 / 007
4. 阿巴拉契亚的李伯拉斯 / 015
5. 广告人 / 021
6. 恩里克发迹 / 026
7. 分子 / 031
8. 像送批萨一样送货 / 036
9. 恩里克只能靠自己 / 044
10. 罂粟 / 050
11. 比种甘蔗容易 / 055
12. 打个电话就来了 / 069
13. 漂泊的恩里克 / 074
14. 寻找圣杯 / 078
15. 疼痛难忍 / 083
16. 疼痛与职业摔跤手 / 090
17. 神秘人 / 093
18. 一场革命 / 097
19. 都是为了 501 型牛仔裤 / 107
20. 里程碑式的研究 / 116
21. 恩里克的救赎 / 122
22. 我们意识到这是公司 / 127
23. 普渡制药 / 137
24. 神秘人与纳亚里特州 / 142
25. 和奥施康定一起摇摆 / 146
26. 神秘人回家 / 155
27. 奥施康定是什么？/ 161
28. 偏僻之地的贩毒家族 / 165
29. 李伯拉斯开路 / 171
30. 神秘人在腹地 / 181

31. 尸体是案子的关键 / 191　　32. 恩里克当老板 / 196
33. 海洛因就像汉堡 / 202　　34. "焦油坑行动" / 206

第二部分

35. 两千年前的问题 / 213　　36. 碰撞：零地带 / 220
37. 煤矿里的金丝雀 / 225　　38. 一个月50、100个病例 / 231
39. "梦之地"的瘾君子王国 / 235　40. 刑事诉讼 / 251
41. "接管奥施康定地带" / 253　42. 最后的便利 / 257
43. 山雨欲来 / 265
44. 五旬节派的虔信，疯狂的抓痕 / 269
45. "我们带起了这波流行" / 275
46. 药物过量致死比车祸更甚 / 282
47. 一位职业摔跤手的遗产 / 289
48. 成为海洛因贩子的大好时机 / 292
49. 刑事案件 / 301

第三部分

50. "现在轮到你邻居的孩子了" / 311
51. 就像烟草公司的高管 / 316
52. 没有疤面人，没有大头目 / 323
53. 父母的揪心之痛 / 327

第四部分

54. 美国 / 347　　55. 你就是你的药 / 355
56. 毒品界的互联网 / 362　　57. 没人能凭一己之力做到 / 372

第五部分

58. 瓦砾中成长 / 383

后记 / 399

致谢 / 410

关于消息来源的说明 / 416

本书中大事件时间表

1804年：首次从鸦片里提取出吗啡。

1839年：英国强迫中国销售英国在印度种植的鸦片，导致第一次鸦片战争爆发，英国占领香港。

1853年：皮下注射器发明。发明者的妻子是第一个死于注射药物过量的人。

1898年：拜耳公司的化学家合成了二乙酰吗啡，称其为海洛因。

1914年：美国国会通过了《哈里森麻醉品税法》。

1928年：最终被称为药物依赖问题委员会的组织成立，是为了组织研究以找到"圣杯"：一种非致瘾性止痛药。

1935年：作为联邦监狱/药物康复研究中心的麻醉品农场在肯塔基州列克星顿开张。

1951年：亚瑟·萨克勒通过抗生素土霉素的宣传活动，彻底改变了药物广告方式。

1952年：亚瑟·萨克勒、雷蒙德·萨克勒及莫蒂默·萨克勒买下了普渡-弗雷德里克公司。

1960年：亚瑟·萨克勒对安定的宣传活动，使其成为业界第一个销售达百万美元的药品。

1974年：麻醉品农场关闭，变成一家医疗中心和监狱。

1980年：让·谢恩斯韦德成为世卫组织癌症项目负责人，设计了世卫组织疼痛阶梯治疗方案。

1980年：《新英格兰医学杂志》发表了"给编辑的信"，即后来所称的"波特和吉克的信"（Porter and Jick）。

1980 年代初：铪利斯科的首批移民在洛杉矶的圣费尔南多谷开始了贩卖海洛因的生意。

1984 年：普渡公司推出美施康定，一种以癌症病人为销售对象的缓释型吗啡类止痛药。

1986 年：凯瑟琳·福莱博士和罗素·波特诺伊博士在《疼痛》杂志发表论文，拉了一场关于使用阿片类止痛药治疗更广泛疼痛的辩论。

1987 年：亚瑟·萨克勒去世。是他让医药广告发生了革命性变化。

1990 年代初："铪利斯科男孩"的海洛因窝点开始向圣费尔南多谷以外扩张，蔓延到美国西部多个城市。其批萨外卖式服务体系也逐渐发展。

1996 年：普渡公司推出奥施康定，一种缓释型羟考酮，主要面向慢性疼痛患者销售。

1996 年：大卫·普罗克特医生位于肯塔基州南岸的诊所，被认为是全美第一家"药丸工厂"。

1996 年：美国疼痛学会主席强烈要求医生将疼痛作为生命体征。

1998 年："神秘人"首次带着铪利斯科的黑焦油海洛因向东穿过密西西比河，在俄亥俄州哥伦布登陆。

1998 年：在俄亥俄州朴茨茅斯，大卫·普罗克特医生出了一起车祸，导致无法行医，但仍可经营止痛诊所。他雇用了一些医生去为他开诊所。

1990 年代末："铪利斯科男孩"的海洛因窝点开始向密西西比河以东的多座城市和郊区扩展。

1998—1999 年：退伍军人事务局和医疗机构联合认证委员会将疼痛列为"第五大生命体征"。

2000 年：以铪利斯科的海洛因网络为目标的"焦油坑行动"，是美国缉毒署/联邦调查局最大规模的联合行动，针对的是东西海岸之间的首个毒品共谋案。

2001 年："华盛顿州工伤赔偿体系"所覆盖的受伤工人开始死于阿片类药物过量。

2002 年：大卫·普罗克特医生对走私毒品和共谋的罪行供认不讳，被判在联邦监狱服刑 11 年。

2004 年：华盛顿州劳动工业部的盖瑞·弗兰克林博士和洁米·迈博士公布了他们对受伤工人过量服用阿片类止痛药致死事件的调查结果。
2000 年代中期：至少有 17 个州都有铌利斯科黑焦油海洛因的窝点。按人均算，俄亥俄州朴茨茅斯的"药丸工厂"的数量比美国任何一个城镇都多。佛罗里达州宽松的法规使它成为另一个非法药品供应中心。
2006 年：美国缉毒署针对全美各地的铌利斯科海洛因窝点开展了第二次行动，即"黑金热行动"。
2007 年：普渡制药及其三位高管对于不当营销奥施康定的轻罪指控表示认罪，并被处以 6.34 亿美元的罚款。
2008 年：在美国，药物过量（尤其是阿片类药物）超过了车祸死亡的数量，成为意外死亡的主要原因。
2010 年：泽塔斯贩毒集团和锡那罗亚贩毒集团之间的毒品暴力蔓延至纳亚里特州的铌利斯科。
2011 年：俄亥俄州通过了《众议院第 93 号法案》，对止痛诊所进行监管。
2013 年：药物依赖问题学会成立 85 周年，依然没找到那个"圣杯"，即非致瘾性止痛药。
2014 年：演员菲利普·西摩·霍夫曼离世，滥用阿片类药物的流行病以及从服用止痛药转向使用海洛因的现象第一次在美国引起广泛的关注。
2014 年：美国食药局批准了重酒石酸氢可酮缓释胶囊（Zohydro），一种可防止滥用的长效缓释型氢可酮止痛药。还批准了普渡制药的盐酸羟考酮与盐酸纳洛酮缓释片（Targiniq ER），它是缓释的羟考酮与纳洛酮的结合，后者是一种可逆转阿片类药物过量的解毒剂。

相关概念释义：本书中，对于吗啡和海洛因这样直接从罂粟中提炼出来的药物，以及其他间接地来自罂粟或由罂粟提炼的药物合成，同时与吗啡有着类似疗效的药物，我都使用了"阿片类药物"（opiate）一词描述。这些衍生物常被称为类阿片（opioid）。但是，我认为如果整本书里对这两个词语来回切换，会让对此没有深入了解的读者感到困惑。

前 言

俄亥俄州朴茨茅斯

1929年,俄亥俄河边的蓝领小镇朴茨茅斯正处于30年的繁荣时期,一家私人游泳池对外开放,人们称之为"梦之地"(Dreamland)。

游泳池有橄榄球场那么大。几十年来,一代一代的小镇居民就是在这晶莹湛蓝的水边长大的。

夏天,孩子们都在"梦之地"度过。父母们每天都会把孩子们留在这里。小镇居民从"梦之地"厚厚的湿热中找到了喘息的机会,然后穿过街道去A&W快餐店买些热狗和根汁汽水。泳池卖的炸薯条是最好的。早上,孩子乘公交车去游泳池,下午回家。他们来自赛欧托县的各个学校,在此相识并学游泳。当地一家名为WIOI的电台每半小时就会播放一句广告语——"该翻身了,免得晒伤",电台的人很清楚,许多听众此时此刻就在"梦之地"边听收音机,边享受日光浴。

巨大的泳池中间有两个水泥平台,孩子们可以在那里晒晒太阳,然后再潜入水中。平台上还竖着几根杆子,顶上挂着泛光灯,为晚上游泳的人照明。泳池的一边有一片巨大的草坪,许多家庭会把浴巾铺在草地上;泳池的另一边则是更衣室和一家餐馆。

"梦之地"可以容纳几百人,然而神奇的是,它周围的空间还在不断扩大,总能够容纳更多的人。多年来,这座游泳池的主人一直都是市财务长杰米·威廉斯。此外，他还和别人合开了一家鞋厂，鞋厂是朴茨茅斯工业实力的核心。他买下了越来越多的土地，多年以来，"梦之地"的发展似乎越来越好，还新增了一个大型野餐区和好几个儿童游乐场，以及垒球场、橄榄球场、篮球场和沙狐球场，外加一个电子游戏室。

有段时间，这里只接待白人，泳池变成了一个私人俱乐部，连名字都改成了"天台俱乐部"。可是，朴茨茅斯很大程度上是一个杂居城镇，警察局长是黑人，学校里既有黑人孩子也有白人孩子。只有这家游泳池实行种族隔离。1961年夏天，一个名叫尤金·麦金利的黑人男孩因为不能进这家泳池而去了赛欧托河游泳，结果溺水身亡。朴茨茅斯的全美有色人种协进会（NAACP）介入此事，举行了"涉水示威"①，而黑人也悄无声息地出现在泳池边。随着种族融合，泳池改回了原来的名字"梦之地"，尽管黑人再也没在这里感到完全地踏实。

不过，"梦之地"确实冲走了阶级差异。穿上泳衣，工人看上去与工厂经理或服装店老板并无区别。住在朴茨茅斯山顶上的富裕家庭向一个基金会捐款，用于支付该镇东端到铁道和俄亥俄河之间这一带家庭的夏季通票。这样，生活在东端的底层人士和生活在山顶的上层人士都能在"梦之地"相遇了。

加州有自己的海滩。美国腹地的人们夏天都在游泳池边度过，而在俄亥俄州南端的尽头，"梦之地"对朴茨茅斯有着极其重要的意义。一张家庭季卡只要25美元，这是非常珍贵的礼物，通常是圣诞赠礼。家里买不起季卡的孩子们可以为邻居家割草，换得15美分，正好够买一张游泳池单日卡。

周五的游泳舞会在午夜开始。人们搬出了自动点唱机，孩子们在

---

① wade-in，黑人为抗议种族歧视而在白人专用的海滩或游泳池举行的示威。——译者

泳池边手舞足蹈。一对对情侣手拉手绕着"梦之地"散步，宣告新恋情的诞生。女孩们从舞会步行回去，家家都夜不闭户。"夜晚的酷热配上清凉的池水，简直棒极了，"一位女士回忆道，"那是我的整个世界。我别的什么都不做。等我以后有了自己的孩子，我也要带他们去那里。"

事实上，"梦之地"见证了朴茨茅斯一轮又一轮的生命周期。蹒跚学步的女婴在父母，尤其是妈妈的注视下，在泳池的浅水区度过了自己人生的最初几年，其间她妈妈通常会和其他年轻的妈妈一起铺块毛巾，坐在泳池边的水泥地上。她小学毕业后，活动范围渐渐转移到了泳池的中区，注视着她的父母也会退到草地上。进了高中，她就会去 10 英尺深的泳区附近的草地，在靠近跳台和救生队长椅子的地方活动，而她的父母则撤得更远了。当她结婚生子后，她会回到泳池的浅水区照看自己的孩子，整件事又重新来一遍。

"我的父亲是二战的海军老兵，他坚持让他的 4 个孩子不仅要学会游泳，还要学会不怕水，"一位男士写道，"我妹妹 3 岁时就可以从 15 英尺高的跳板跳水。当然，父亲、我还有哥哥都站在水里，以防万一。我妹妹会从水里探出头来，大叫……'再来一次！'"

多年来，"梦之地"的经理查克·洛伦茨一直带着码尺在这里走来走去，这位朴茨茅斯的高中教练、纪律严明之人，要确保孩子们牢记他定下的"3 英尺规定"，即彼此保持 3 英尺的距离。他的规定并没有起作用。似乎镇上一半的人都在泳池得到了某人的初吻，还有很多人在"梦之地"一望无际的草地上失去了童贞。

与此同时，洛伦茨的儿子还不会走路就学会了游泳，并在高中时当上了"梦之地"的救生员。"作为救生员，坐在这张椅子上，所有的活动、所有的昂首阔步、所有的打情骂俏你都尽收眼底。"约翰·洛伦茨说。现在，他是一位退休的历史学教授。"你就像坐在王座上的国王一样。"

这些年间，朴茨茅斯陆续开了两家保龄球馆、一间杰西潘尼百货公司、一间希尔斯百货、一间带自动扶梯的蒙哥马利-沃德百货商店，还有当地人开的马丁百货，店里有家照相馆，毕业生会来此拍证件照。奇利科西街总是熙熙攘攘。街道两旁成排地停靠着美国产的大轿车和旅行车。每个周六，人们会在 Kresge's 兑现支票，摩根兄弟珠宝店、赫尔曼肉铺、康特面包房以及阿特拉斯时装店的老板们过着中产阶级的生活。孩子们乘公共汽车去市中心看电影或去史密斯杂货店买樱桃可乐，在万圣节时玩"不给糖就捣蛋"的游戏到很晚。周五、周六的晚上，十几岁的孩子们在奇利科西街上游荡，从斯戴克杂货店走到史密斯杂货店，然后转身再走一遍。

鞋厂全年都会从每个工人的工资中扣除圣诞储蓄①的钱。圣诞节前，每个工人会拿到一张支票，然后在银行兑现。奇利科西街上那时到处喜气洋洋。当顾客摩肩接踵地站在商店橱窗前，看着里面画满的各种拐杖糖、圣诞树和雪人，欣赏着机械木偶的表演时，铃声就响了起来。马丁百货的二楼有一个圣诞老人。

因此，1979 年和 1980 年，朴茨茅斯人觉得被评上全美最佳城市是理所当然的。当时，这座城镇有超过 4.2 万居民，富人极少，美国劳工部将会把许多朴茨茅斯人划为穷人。"但我们没意识到这一点，也不在乎。"一位女士回忆道。这里的工业支撑了整个地区的发展。没有一家的后院有游泳池，但这里有公园、网球场、篮球场，可以欣赏琳琅满目的商店橱窗，可以从堤坝往下滑着玩。家家户户冬天会去米尔布鲁克公园溜冰，夏天则去罗斯福湖边野餐，或者当孩子们在街上不亦乐乎地玩着踢罐子游戏时，大人们在一旁闲坐到夜深。

"我们家过去常常去俄亥俄河旁的小公园里野餐，父亲会把我的秋千推得高高的，让我以为我会落在肯塔基州。"另一位女士说。

所有的这种娱乐活动让工薪家庭感到非常富足。但是，这一切的中心就是那个闪闪发光的游泳池。当小镇渐渐衰落，浸透了氯气、水

---

① Christmas Club，为购买圣诞节礼品而零存整付的无息储蓄。——译者

宝宝防晒霜和炸薯条味道的"梦之地"的记忆，却伴随着几乎每一个在朴茨茅斯长大的人。

如今有两个朴茨茅斯。一个是俄亥俄河边的那个随处可见废弃房屋的小镇，另一个则深藏在成千上万个背井离乡的朴茨茅斯人的记忆中，这些人在此长大，见证了辉煌，已经很少重返现实中的故地了。

你要是问他们，那时候的城镇是什么样的，他们会告诉你，是梦之地。

导　言

　　俄亥俄州哥伦布东边有一个中产阶级社区，迈尔斯·斯库诺夫在此长大，孩子们在此学会喝酒、抽大麻。但在迈尔斯的成长过程中，他没听说过谁吸食海洛因。他和弟弟麦特在哥伦布郊区的一所私立基督教高中上学。他们的父亲保罗·斯库诺夫和别人合开了一家保险公司，母亲艾伦·斯库诺夫是位全职妈妈，有时也兼作咨询服务。

　　迈尔斯参加各种社交派对，但也很能克制自己、集中注意力。2005年，他去了田纳西州一所基督教大学就读，因此，在麦特青春期的大部分时间他都离家在外。麦特有注意缺陷多动障碍（ADHD），功课对他来说越来越难，他开始在高三时参加派对——用烟壶抽大麻、喝酒。

　　2009年，当麦特进入迈尔斯所在的大学读大一时，两兄弟再次有了相互了解的机会。他们的父母从未弄清楚麦特到底是从什么时候开始服用当时遍布俄亥俄州中部和田纳西州的那些药片的。但就在那一年，迈尔斯发现药片已经成为麦特生活的很大一部分。

　　麦特希望在新的学校可以有一个新的开始，然而事与愿违。他结交了一群缺乏基本技能和上进心的朋友。他们睡在迈尔斯的沙发上，迈尔斯还得给他们做饭。有段时间，他看见麦特可以连续几个星期都穿着同一身衣服，于是他又帮麦特洗衣服。麦特身高6英尺6英寸，身形魁梧，会关心人，有着温柔的一面。他可以表现得既真诚又体贴。"妈妈，我爱你，"祖母住院一段时间后，他在最后一次给妈妈的信中写道，"奶奶的这些事让我意识到人真不知道能在这个世界上活多久。而你，是我所能遇到的最好的妈妈。"然而，药片似乎总让他迷迷糊糊。有一次，迈尔斯不得不带他去邮局，这样麦特就能给母亲寄一张生日卡，要不然他似乎没办法找对地方。

迈尔斯是一名研究生助教，整天和与他弟弟同龄的孩子打交道。在他看来，麦特这一代人中有很大一部分无法驾驭生活的要求及所产生的后果。迈尔斯曾经在北京教过中国孩子英语，这些孩子拼命地想要从数百万同龄人中脱颖而出。而在遥远的美国，孩子们有世界上的大量资源可供他们挥霍，却收效甚微；他们敷衍了事，漫不经心，遇事无论大小都靠父母来解决。

那年年底，麦特回家和父母一起生活。迈尔斯则去了耶鲁，攻读犹太教研究和圣经研究的硕士学位，对于后来发生的一切一无所知。回到家的麦特似乎不再像他在学校时那样漫无目的。他衣着整齐，并在好几家餐饮公司做过全职。但是，他的父母后来意识到，在他搬回家时，他已经成了一个功能性瘾君子①，使用阿片类处方止痛药，尤其是扑热息痛。后来，他改用奥施康定，康涅狄格州一家公司——普渡制药——生产的一种强效药。

2012年初，麦特的父母发现了问题。他们很担心，但麦特一直在滥用的药都是医生开的处方药，不是那种会要人命的街头毒品，至少他们是这样认为的。他们带麦特去看医生，医生要求他在家戒毒一周，用血压药和安眠药来缓解阿片类药物戒断所产生的症状。

不久，麦特就故态复萌。由于买不起市面上的奥施康定，麦特在某个时刻转而用起了黑焦油海洛因，一种由墨西哥年轻人从墨西哥太

---

① a functional addict，能够隐藏酗酒或吸毒状态的人。功能性瘾君子可能有一份好工作，有安全的家庭生活，并在社区中受尊敬，但他们还是会过量饮酒或吸毒。对于重度功能性瘾君子来说，酗酒或吸毒通常被视为一种奖励或是漫长的一天之后的放松方式。——译者

平洋沿岸的一个名叫纳亚里特的小州带来，已经充斥哥伦布的毒品。后来回头想想，麦特的父母认为这发生在他们知晓麦特有药瘾前的几个月。但在2012年4月，麦特涕泪交加地向父母坦白了自己海洛因成瘾的事。震惊之余，他们把他送进了一家治疗中心。

迈尔斯打电话给父母时，已经有一段时间没有和麦特通过话了。

"他在戒毒所。"母亲说。

"什么？为什么会这样？"

艾伦停顿了一下，不知道该怎么回答。

"麦特海洛因成瘾。"

迈尔斯的眼泪不禁流了下来。

2012年5月10日，经过三个星期的戒毒治疗之后，麦特·斯库诺夫回了家，这让他的父母觉得噩梦结束了。第二天，他们给麦特买了一块新的汽车电池，一部新手机。麦特出门去参加戒毒互助会的一次聚会，然后和朋友们去打高尔夫。他本该在聚会结束后给父亲打个电话的。

然而，他的父母等了一整天也没等来电话。当晚，一位警官敲开了他们的门。

800多人参加了麦特的葬礼。他才21岁，死于黑焦油海洛因注射过量。

麦特去世后几个月里，保罗和艾伦被他们以前所不知道的一切震惊了。首先是那些药片：那是医生开的处方，怎么会跟海洛因和死亡扯上关系呢？什么是黑焦油海洛因？住在天桥底下帐篷里的人才会吸食海洛因，而麦特在最好的社区里长大，上的是私立基督教教会学校，参加的教会也是非常知名的。麦特承认自己有瘾、寻求帮助，也接受了哥伦布最好的住院戒毒治疗。为什么这还不够呢？

然而在全美，成千上万个像麦特·斯库诺夫这样的人正在濒临死亡。每年死于药物过量的人数比死于车祸的人数还要多，在此之前，车祸死亡一直是意外死亡的主要原因。现在，大多数致命的过量用药都源于阿片类药物：处方止痛药或海洛因。如果以死亡人数来衡量的话，那么这一波阿片类药物的滥用是美国遭受的最严重的毒品灾害。

相比 1990 年代的快克①泛滥或 1970 年代的海洛因泛滥，这一次的流行病涉及更多的吸毒者和更多的死亡；但这一切正在悄然发生。在俄亥俄州的铁锈地带和田纳西州的圣经地带，孩子们即将死去。其中最糟糕的一种情况出现在夏洛特市最好的乡村俱乐部。此外南加州郊区的米申维耶霍市和西米谷市，还有印第安纳波利斯、盐湖城、阿尔伯克基，甚至俄勒冈州、明尼苏达州、俄克拉何马州和亚拉巴马州都未能幸免。在每一个每年有上千人死去的地方，都还有好几百瘾君子。

经由药片，海洛因进入了主流社会。橄榄球运动员和啦啦队长是瘾君子队伍中的新成员；橄榄球运动几乎是通往阿片类药物成瘾的一扇大门。从阿富汗归来的受伤士兵因止痛药成瘾而死在了美国。孩子们在大学里染上了毒瘾，再也没能活着走出校门。这些瘾君子中一部分来自阿巴拉契亚山区的偏远角落，但更多的人来自美国中产阶级。他们居住的社区，车道干净，汽车崭新，购物中心汇聚了包括星巴克、家得宝家具、西维斯药店以及苹果蜂餐厅等各种商家。他们中有牧师的女儿，警察、医生的儿子，承包商、教师、企业主和银行家的孩子。

并且，几乎每个瘾君子都是白人。

生活在这个世界有史以来最富裕国家的最有特权群体中的这些孩子迷上了麻痹疼痛的药物，即将死去的人数几乎达到了流行病的程度。"什么样的痛？"南卡罗来纳州一位警官反问。那是个下午，当时我们在夏洛特市南部一个他曾在那里因药片和海洛因逮捕过几个孩子的高档社区里转悠。

犯罪率创历史新低，药物过量致死却达到了历史新高。光鲜的表

---

① crack，一种可卡因，因制备时会发出爆裂声而得名。——译者

面下隐藏着令人不安的现实。

我渐渐对这个故事产生了兴趣。它是关于美国和墨西哥，关于致瘾和营销，关于富有和贫穷，关于幸福和如何实现幸福的故事。我把它看作一部由各地的线索编织而成的史诗，它带我了解了疼痛的历史和美国医学的一次革命。而我跟随这个故事，走进了墨西哥纳亚里特州一个盛产甘蔗的小镇，也走进了俄亥俄州南部铁锈地带的一个同等规模的城镇。这个故事还把我带进了肯塔基州阿巴拉契亚山区，以及受益于1990年代末开始的物质过剩时代的那些华丽光鲜的城市郊区。在我努力追寻线索的过程中，我遇到了警察和瘾君子、教授和医生、公共卫生护士和药剂师。

我也遇到了许多父母。

2013年的新年第一天，我在肯塔基州的卡温顿，正开始为这本书做全职研究。那天当地唯一一个营业供应午餐的地方是赫伯&塞尔玛酒馆，店里以辣菜为主，灯光昏暗但很温馨。当时，一个十几口人的大家庭正在为一个女孩庆祝生日。我在角落里坐了一个小时，借着电视转播的大学橄榄球赛和墙上霓虹灯的巴伐利亚啤酒招牌的光线，一边吃饭，一边写东西。

当我起身离开时，那群人中的老奶奶看见了我身上穿的印有"伯克利"字样的运动衫，便问："你不是本地人，对吗？"

我告诉她我从加州来。她问我为什么要来离家那么远的地方。我说，我刚开始为一本关于海洛因和处方药滥用的书做调研。

聚会戛然而止。酒馆里一片寂静。

"哦，拉把椅子过来，"她停顿了一下，说，"我给你讲个故事。"

老妇人名叫卡罗尔·瓦格纳，她给我讲了她那英俊潇洒、大学毕业的儿子扎德的事。医生给扎德开了奥施康定，用于治疗他的腕管综合征，而他渐渐上了瘾，从此再也没有摆脱这种药。他失去了房子、家人，5年后因海洛因过量死在了辛辛那提的一个中途之家。卡罗尔的儿媳有个侄子，也死于海洛因。

"我不会再评判吸毒者了,"卡罗尔说,"也不会再评判卖淫者了。"

我离开了赫伯&塞尔玛酒馆,开车上路,在美国腹地的一次偶遇竟让我与海洛因有如此真切的联系,这让我惊愕不已。

后来,我还遇到了其他的父母,他们的孩子还活着,但已经变得谎话连篇,为了一种肉眼不可见的分子偷窃成性。这些父母每天晚上都害怕接到电话,说他们的孩子死在了麦当劳的卫生间里。他们耗尽家财为孩子支付戒毒的费用,到头来还是阻止不了孩子锒铛入狱。他们举家搬到没人知道他们家丑的地方。他们祈祷自己的孩子能重新做人。有些人想过自杀。对于阿片类药物滥用造成的突如其来的噩梦,以及由此对他们的生活带来的深刻影响,他们既震惊又措手不及。

保罗和艾伦·斯库诺夫夫妇便是我所遇见的这些父母中的一对。在麦特去世一年后,他们依然深感痛苦和困惑。

"我一直想弄明白究竟发生了什么。为什么我们的生活会变得一团糟?"第一次在保罗·斯库诺夫位于哥伦布的保险公司见面时,他这样对我说,"这一切是怎样发生的?"

以下就是事情发生的经过。

第一部分

1. 恩里克

尤马，亚利桑那州

1999年夏天的一个炎热的日子里，一个剪着板寸头的墨西哥年轻男子脚蹬新鞋，穿一件干净的米色衬衫、一条浅褐色紧身裤，用一张伪造的美国驾照穿过边界进入了亚利桑那州。

他上了一辆出租车去尤马国际机场，打算飞往凤凰城。

与此同时，这座机场还有十几个墨西哥人也在等飞机。他们身材矮小，肤色黝黑，戴着满是灰尘的棒球帽，穿着牛仔裤和已经褪色的T恤。在他眼里，他们看起来饱经风霜，历尽磨砺，长满老茧的双手便是证明。他觉得他们是非法移民，也许是建筑工人，为能干苦活而自豪，但他们也没有其他什么技能。

他有时候叫"恩里克"，不仅个子高、肤色浅，而且相貌英俊。从小时候起他手上就有的老茧，如今已经软化了。他在墨西哥的纳亚里特州一座村庄边上的小屋里长大，从亚利桑那州南部到那里要开15个小时的车。他的父亲是个种甘蔗的农民。他所在村庄以甘蔗为生，因此很穷，生活中充斥着暴力和卑鄙。在他出生之前，他的亲戚们就因一桩宿怨而不相往来。他不知道原因，只知道双方无法和睦相处。

但他早已看开了，现在还有了自己的生意，自己的员工和开支。这使得他有能力给自己买了平生第一条李维斯501型牛仔裤，去理发店剪了个渐变的发型。有了假的美国身份，他可以冒充一个叫亚里桑德罗什么的人穿过边界。

尽管如此，对恩里克来说，从尤马机场的那帮人身上并不难看到他自己的影子。

在等飞机的时候，他看到机场的一位移民局官员注意到了那帮人，也做出了和他一样的判断。这位官员问他们要身份证件，他们说了些什么恩里克没听见。但最终，这些人一个证件也拿不出。在其他乘客的注视下，这位官员将他们带离了队伍，恩里克推测，他们将被驱逐出境。

在一个贫穷的墨西哥村庄长大使恩里克见惯了世间的不公。辛苦劳作、老实巴交的人被生活遗忘，唯有有权有钱之人才能始终过着体面的生活。这些他所相信的事实，在他的人生中早已向他证明了，由此他为自己做的事找到了合理的解释。然而，道德上的疑虑仍然像不速之客一样袭来。他告诉其他人，父母养大他并不是要他去当海洛因毒贩的，说这话时他对此深信不疑，可他确实是个毒贩。这样的场景让他确信，他正在做的事情是为了生存不得已而为之。规则可不是由他来定的。

然而，当那位官员带着那帮人经过他身边时，他心想："我才是他们当中最坏的，却没人盘问我。如果我老老实实地工作，他们也会这般粗鲁地对待我的。"

过了一会儿，他登上了飞往凤凰城的飞机，然后从那里去了新墨西哥州的圣达菲。

2. 吉克医生的信

波士顿，马萨诸塞州

20多年前，也就是1979年的一天，波士顿大学医学院的赫歇尔·吉克医生坐在自己的办公室琢磨着这样一个问题：医院里服用麻醉止痛药的病人多久会对这些药上瘾。

多年以后，他已经不记得当时为什么会想到这个问题。"我想可能是缘于报纸上的一篇报道吧。"他说。

和大多数人相比，赫歇尔·吉克能更好地收集到有关这个话题的成果。在波士顿大学，他建立了一个住院病人的病历数据库。该数据库记录了这些病人住院期间用药的各种反应。1960年的"沙利度胺丑闻"爆出有孕妇因为服用该处方药而产下有缺陷的婴儿，此后，数据库的规模有所扩大。医生们仅仅通过无对照的个案就发现了沙利度胺的风险。1960年代初，吉克医生受命开始建立一个关于医院用药及药品反应的数据库。

随着计算机的普及，数据库也在不断扩大。今天众所周知的"波士顿药物监测协作计划"（BCDSP），利用4个数据库保存了上百万患者的诊疗记录。然而，即使在1970年代末，数据库也非常重要，它保存了30万名患者的病历以及他们住院期间所用的药物记录。吉克医生渐渐习惯了通过翻看数据来满足自己的好奇心。多年后，他会说："我甚至不知道如何打开电脑。"但他确实懂得要聘请一位聪明的计算机技术人员，此人不仅建起了数据库，而且还经常帮助吉克医生解决问题。

这次，吉克医生想知道数据库里有多少患者是在服用了医生开的麻醉止痛药后上瘾的。很快，他就拿到了数据。考虑到其他人可能会对此感兴趣，于是他手写了一段文字，描述了这些发现，然后交给秘书打出来。秘书打出来的这段话是这样说的：1979年以前，在医院接受阿片类药物治疗且病历都保存在波士顿数据库中的大约1.2万名患者中，只有4人已经上瘾。没有数据显示这些病人服用阿片类药物的频率、时间或剂量，也没有关于这类药所治疗的病症的数据。这段文字仅仅引用了一些数字，并没有做进一步的阐述。

"这段话想说的就是这个意思。"吉克医生后来表示。

一位名叫简·波特的研究生以某种方法帮助吉克医生进行了计算，而这种方法若干年后吉克医生已经想不起来了。按照医学研究论文的惯例，那位研究生署名为第一作者，尽管吉克医生表示那段文字是他写的。秘书把信放进了信封，寄给了享有盛誉的《新英格兰医学杂志》。而该杂志在适当的时候，即1980年1月10日那一期的第123页，刊登了吉克医生这段话，与全国各地的研究人员和医生的无数封信放在一起。其标题是《接受麻醉药物治疗的患者很少成瘾》。

过后，赫歇尔·吉克就将这段文字归档了，并在此后数年很少想起。他发表了几十篇文章，其中仅在《新英格兰医学杂志》上就有20多篇。简·波特则离开了医院，吉克医生也和她断了联系。

3. 都是老乡

亨廷顿，西弗吉尼亚州

2007年9月的一个星期一，西弗吉尼亚州亨廷顿的一位收入颇丰的管道工特迪·约翰逊去探望他的儿子亚当。

亚当·约翰逊是个胖乎乎的红发小伙。他痴迷于另类摇滚乐，是纽约娃娃乐队、布莱恩·伊诺以及"牛心上尉"[1]的粉丝，这使他与在社会问题上相对保守的西弗吉尼亚州有点格格不入。他打鼓、弹吉他，在富裕的社区长大。那时他23岁，刚开始在亨廷顿的马歇尔大学的生活。他已经有了一档自己的广播节目，叫《振荡动物园》，并在校园电台彰显出他不拘一格的音乐品味。亚当的母亲是个酒鬼，而他已经断断续续吸毒好几年了。他的朋友们说，他是从喝咳嗽糖浆开始的，但很快就开始服用包括处方止痛药在内的其他药物。

亚当高中时辍学，拿的是普通教育发展证书[2]。他四处找活干，以维持生计。他为特迪工作。在特迪看来，亚当正在洗心革面。他和朋友们一起玩音乐，看上去很清醒。当他被马歇尔大学录取，打算主修历史时，特迪为此激动不已。

于是，那个周一的早上，特迪来到了亚当的公寓，却发现儿子死在了床上。

亚当的尸检结果显示是海洛因过量；警察说亚当吸食的是一种黏稠的黑色物质，被称为"黑焦油"，这种半加工海洛因，来自墨西哥的太平洋沿岸地区，那里也是罂粟的产地。这个消息和亚当的死讯一样让他震惊不已。海洛因？那是纽约才有的玩意儿。亨廷顿在阿巴拉契亚中部啊。

"我想不通，"后来他说，"我们这里是个小镇，对这样的事没有心理准备。"

那个周末，亨廷顿又有2人死于黑焦油海洛因过量：一个叫帕特里克·拜厄斯，42岁，是棒约翰批萨店的员工；另一个叫乔治·肖尔，54岁，是一家古董店的前店主。接下来的5个月里，接二连三的黑焦油海洛因过量致死事件让亨廷顿蒙上了一层阴影。2001年以来，该镇只发生过4例海洛因致死事件，但是这5个月里就死了12个人，还有2个人是去年春天死的。如果不是医护人员及时施救，还会有几十人死去。

"这里已经发生过多起药物过量案件——救护人员发现时［他们］是没有反应的。"亨廷顿警察局长斯基普·霍尔布鲁克说。2007年以前，亨廷顿警方还从没见过黑焦油海洛因。

两年后，我站在俄亥俄河的南岸，那是西弗吉尼亚州少有的平地。北面是俄亥俄州，西面是肯塔基州。亨廷顿位于一条狭长的地带，紧挨着静静流淌的河水，该镇是作为切萨皮克和俄亥俄铁路的西部终点站而建的。列车把该地区开采的煤运到亨廷顿，再在那里用河驳船运到美国其他地方。

亨廷顿位于美国的南北枢纽——西弗吉尼亚州本身的地理位置也

---

① 纽约娃娃乐队，摇滚史上极其重要的一支乐队，朋克音乐先驱之一。布莱恩·伊诺，著名摇滚歌手，热衷音乐实验。"牛心上厨"原名 Don Van Vliet，是现代音乐真正的改革者之一。——译者
② General Educational Development，简称 GED，是美国教育部为检验应考者是否具有高中同等文化水平而设立的考试，包括四类科目，合格可获得 GED 证书，针对没上过正规高中、因各种原因未获得高中毕业文凭的个人及新移民。相当于中国内地的高中会考或成人教育考试。——译者

是如此。民主党人像坦慕尼协会①一样管理着这个州，他们创立了一个有利于煤炭及铁路公司利益的法律和政治体系。仅在亨廷顿，该州最著名的参议员罗伯特·C.伯德的名字就出现在十几座公共建筑上——其中包括俄亥俄河上的一座桥。然而，西弗吉尼亚州将其原材料送往其他地方，制成利润丰厚、价值更高的产品。南方部分地区放弃了这种第三世界的经济发展模式，西弗吉尼亚州却没有。资源开采机械化，工作机会流失；铁路日渐衰败，经济动荡日渐显现；而该州的政治体制阻碍了强劲的反应或新的方向。贫穷加剧，大麻成了该州的头号作物。2005年，该州的煤炭产量超过以往任何时候，工人数量却是有史以来最少的。

移民们绕开了西弗吉尼亚州。该州只有1%的人口是在国外出生的，这一比例在全美各地是最低的。西弗吉尼亚人带着抱负涌向北方，心想自己总有一天会回来。在家庭团聚方面，该州确实做了重要工作，这些家庭中许多依然留在西弗吉尼亚州的成员靠政府援助生活。

亨廷顿的人口从1960年的8.3万下降到今天的4.9万。当人们在著名的23号公路上一路向北去往哥伦布、克利夫兰或者底特律时，3R②在这里变成了"读、写和23号公路"。2008年，亨廷顿被选为全美胖人最多的城市；据美联社报道，这里的批萨店比整个西弗吉尼亚州的健身馆和健康中心还要多。

在所有这一切中，稳步增长的除了人们的腰围，还有亨廷顿的吸

---

① 原本是威廉·穆内1789年在纽约创办的一个慈善机构。1817年后，因大量爱尔兰移民的加入，它的运作机制逐步变为通过拉选票换取好处，渐渐成为民主党的政治机器。1855年至1925年，它与犯罪团伙联手控制纽约，操控选举。其权力和影响力在1930年代被纽约的改革派市长菲奥雷洛·亨利·拉瓜迪亚大大削减，其后又苟延残喘几十年，最终在60年代被改革派市长约翰·V.林赛打压而解体。乔治·华盛顿·普兰基特是该协会的重要人物之一，执掌达25年之久。——译者
② 即读、写、算，这是美国基础教育的基本要求。——译者

毒人数和宿命论思想。毒贩把这个镇称为"捞钱顿"（Moneyington）。毒贩从底特律搬了进来，警察开始怀疑起任何一辆悬挂密歇根州牌照的汽车。

然而警察告诉我，墨西哥毒贩会绕开这个镇。这对亨廷顿很难得。墨西哥毒贩在全美各地活动——田纳西、爱达荷乃至阿拉斯加，但没有来西弗吉尼亚州。我看过的一份美国司法部 2009 年的报告显示，西弗吉尼亚州是全美 7 个没有墨西哥毒贩出没的州之一。对此，警方的理由很简单：这里没有墨西哥社区可以藏身。墨西哥移民跟着工作走，从而充当了一种类似经济晴雨表的作用：你所在的社区有墨西哥人意味着你所在的地区正在发展。亨廷顿和西弗吉尼亚州都没有工作机会，自然也就没有墨西哥人了。

因此，我想知道，在这些日子里，墨西哥产的黑焦油海洛因究竟是如何杀死这么多人的？而且，西弗吉尼亚州是从什么时候开始有各种海洛因的？

我的记者生涯是从在加州的斯托克顿当犯罪调查记者开始的。彼时，我对海洛因的了解也只限于 1970 年代几部与纽约有关的电影：《法国贩毒网》、《冲突》（Serpico）、《城市王子》（Prince of the City）；毒品总是白色粉末状的。纽约是全美的海洛因集散中心。但在斯托克顿，我只看过一种名为黑焦油的毒品。缉毒人员告诉我，黑焦油海洛因产自墨西哥，那里是鸦片的半加工基地。与其他类型的海洛因一样，黑焦油海洛因可以吸食，也可以注射，与我在《法国贩毒网》里看到的纯度更高的白色粉末一样够劲。区别在于它的杂质更多。缉毒人员还说，黑焦油海洛因是西海岸毒品，主要在加州、俄勒冈州和华盛顿州销售，在丹佛和亚利桑那州也有许多，但在密西西比河以东的地区并不为人所知。多年来，美国缉毒署的报告也是这么说的。

那么，黑焦油海洛因如今在密西西比河以东地区是什么情况呢？

带着这些疑问，我来到了亨廷顿和俄亥俄河岸边。当时，我是《洛杉矶时报》墨西哥缉毒战报道组的一名记者。我的工作就是报道墨西哥人在美国的贩毒交易，这个主题还没有人深入报道过。在搜集新闻素材的时候，我正好读到了一些关于2007年亨廷顿的黑焦油海洛因大范围出现的报道，于是拨通了亨廷顿的一位缉毒警的电话。

他告诉我，这里所有的黑焦油海洛因均来自俄亥俄州的哥伦布。

我又给哥伦布的美国缉毒署办事处打了电话，找到了一位非常健谈的特工。

"我们抓了几十个墨西哥海洛因毒贩。他们都把毒品装在很小的气球里，开车出去兜售，送货上门。他们就像一个个团队或团伙。我们回回都逮捕司机，他们就一直从墨西哥派新司机来，"他说，"从未间断。"

他谈了很多挫败感，历尽千辛万苦进行调查，最后逮捕了一些年轻人，而很快就有新人顶替了他们。他说，他们就藏身于哥伦布庞大的墨西哥裔居民之中。司机们彼此都认识，但从不交谈，身上也从不带武器。他们就这么来了，用假名字，租公寓住，6个月后就走了。他们与俄亥俄州以及美国东部习以为常的那种控制海洛因交易的黑手党不一样。

"让人完全意想不到的是，"他说，"他们都来自同一个城镇。"

我不觉地坐直了身子。

"哦，是哪个城镇？"

他叫来了一位同事。两人低声交谈了几分钟。

离开斯托克顿后，我在墨西哥生活了10年，一直做自由撰稿人。大部分时间我都在小镇、小村里，写有关向北移民的人的报道。我写了两本关于墨西哥的非虚构作品。其中很多事情就发生在那些规模极小、被称为屯子（ranchos）的村庄里。

屯子是地处文明社会边缘的小村庄。纵观历史，村民们是为了躲避城镇里令人窒息的阶级歧视才搬到内地去的。他们建立了偏远村镇，试图在别人不想要的土地上谋生。他们体现了墨西哥最具开拓性的冲动。他们逃离了政府那令人窒息的管制，一心一意想要摆脱贫困，通常是想办法自己当老板。

村民们几乎没机会接受教育。他们大多是从亲戚那里学会了生意之道——如何耕作或者经营牧场。但我也知道，有些村子里所有男人都是流动建筑工人。我认识的萨卡特卡斯州某个村子里出来的一些家庭在墨西哥各地开起了玉米饼店；而另一个村子里的男人则在该州各地当起了警察。我写过关于米却肯州图康布（Tocumbo）的报道，那里人人都学会了制作棒冰，开棒冰店，就叫"米却肯棒冰店"，而且遍布整个墨西哥，由此改变了这个镇和这些村民的生活。我还去过特拉斯卡拉州的特南辛戈，那里的男人都是拉皮条的，将农村女孩送去墨西哥城和纽约的皇后区，衣锦还乡后便盖起花哨炫目的豪宅。

美国缉毒署特工的声音再次出现在电话那头。

"特皮克市。"他说。

不，他们弄错了，我想。特皮克是纳亚里特州的首府，这个州位于太平洋沿岸，是墨西哥极小的州之一。但它依然是个大城市，有33万人口。这位特工并没有说谎。但直觉告诉我，对他所描述的体系至关重要的家庭和个人联系，只可能在一个小镇或是屯子建立起来。当我挂断电话时，心中有个念头挥之不去。我想象有个屯子的海洛因贩子足以供应哥伦布那么大一个城镇的所需。

这助长了我对屯子的爱。屯子是无法无天、肆意妄为的地方，到处流传着惊人的故事，关于家族宿怨、被拐的妇女、持枪的男人、小镇镇长，尤其是那些硬汉——勇士——反抗权威者的传奇，他们从不退缩，像超级英雄一样从屯子里的村民一跃成为墨西哥电影、小说和民谣中的人物。

我的浪漫多情只是一时的迷恋。我不必住在屯子里。那是野蛮之地，不会轻易接受外来者。屯子里的家族交织在庞大的宗族之网中，几乎每个人都与他人沾亲带故。你若想加入，并非易事。要了解他们的秘密，得花很多时间。但我可以坐上几个小时听老人们讲述他们村子的事，比如，一个家族是如何因不和而一分为二的。这些故事把事实与传说融合在一起,讲述着与生俱来的勇敢或冷酷而坚定的复仇之心。我在自己的一本书里提到过有关安东尼奥·卡里略的一个故事,他1920年代去了美国,在一家钢铁厂工作,他买了一把枪,然后写信告诉他的杀父仇人说你的死期到了。然后他回了家,在小镇的广场上用那把枪杀死了仇人。

我也了解到,嫉妒是屯子里一种极具破坏性的力量。亲戚之间并不都能和睦相处。一些家族就是因为有人有而有人没有的东西四分五裂。在屯子里,我看到了当一个穷人带着新靴子、新车、漂亮的衣服回到家乡时,他所受的待遇是如何激发其他人的移民念头的。当晚,他可以在广场买啤酒,可以让他的女儿像本地商人的女儿一样过15岁成人礼,表现得像个豁达大度的绅士,哪怕只有一个星期;这对任何一个穷人来说都不啻为强效麻醉剂。若是能在家乡那些背地里骂他们的人面前炫耀,穷人的成功便会更觉甜蜜。因此,很少有墨西哥人一开始就打算融入美国社会。他们北上的目的就是回家,回到屯子。在千篇一律的大城市里,这种返乡之举并不是一件多么了不起的事。移民们想向那些多年前羞辱过他们的人展示自己的成功,就在屯子里。

我也明白,冒险进入未知世界是这些村民与生俱来的想法。而美国就是一个敢冒险就有回报的地方。反过来说,墨西哥的屯子也对美国人的生活产生了巨大的影响,它造就了几百万新工人阶级。墨西哥移民对工作、性、政治、公民参与、政府、教育、债务、休闲的习惯和态度,都是在屯子形成的,他们原封不动地带到了美国,然后慢慢地改变。

在和哥伦布的美国缉毒署特工聊过之后,我一直在思考这个问题。仅仅一个小镇或屯子就能建立起支撑特工所描述的那种海洛因生意的交易网,一个村子的人都是海洛因的大零售商,这可能吗?

我给在哥伦布被捕、现正在联邦监狱服刑的那十几个司机写了信,问他们是否愿意和记者聊一聊。几个星期过去了,没人回复。正当我准备去关注其他故事时，其中一人给我打来了一个需要我付费的电话。他曾在哥伦布工作过，后来在那里被捕。如今他正在监狱里服刑，刑期很长。他知道的很多。最令人吃惊的是：他告诉我，哥伦布不是他们干活的唯一城镇。

"还有许多其他地方，遍布全美。"他说。他提到了盐湖城、夏洛特、拉斯维加斯、辛辛那提、纳什维尔、明尼阿波利斯、哥伦比亚、印第安纳波利斯、火奴鲁鲁，当时他们在 17 个州有全职工作，有段时间也去过另外七八个州。他继续往下说，提到的城市都生活着大量的白人中产阶级，从过去几十年的经济繁荣中受益良多，现在这些城市里也住着大批墨西哥移民。我几乎从没有把这些城市和海洛因联系到一起。这些城市里有海洛因市场？我很好奇。是的，他肯定地回答，市场很大，而且越来越大。我注意到，他甚至都没有提到美国传统上的海洛因之都。

"不，纽约有持枪的帮派，"他说，"他们害怕纽约，没去纽约发展。"

墨西哥毒贩害怕帮派和枪战？所以毒品从一个小镇开始卖？不仅是哥伦布，几乎半个美国都在卖黑焦油海洛因，现在才第一次进入密西西比河以东的一些城市？

就从那里，我的心绪飘远了。

最后，我说，警察说他们是从特皮克来的。

"不，他们不是从特皮克来的，"他说，"他们对警察这么说，但他们不是从那里来的。"

4. 阿巴拉契亚的李伯拉斯[①]

肯塔基州南岸

比格斯街在小小的肯塔基州南岸，紧挨着俄亥俄河，算得上是这里的乡村购物街了。

比格斯街全长 100 码，毗邻 23 号公路。莱特药房开在这条街上已经很长时间了，它旁边是一家牙医诊所、一间脊椎按摩室、一个加油站和一家赛百味。再往前走是一家地板店，旁边矗立着一座巨大的米色金属框架的建筑。

比格斯街的南面有一条名叫杜丝道的街和一个由几幢白色小木屋组成的街区，这里可谓非常宁静，只是有点多余。有着 2 100 人口的肯塔基州南岸，一切都很安静，包括北面 100 码外壮阔的俄亥俄河。河对岸就是俄亥俄州的朴茨茅斯，它正好楔入赛欧托河与俄亥俄河夹角的那块土地。而这个故事的另一部分就是从朴茨茅斯和南岸开始的。

1979 年，也就是波士顿的赫歇尔·吉克写信给《新英格兰医学杂志》的同一年，一位名叫大卫·普罗克特的医生搬进了南岸的比格斯街上那幢米色的金属框架的建筑，并给自己的新诊所起名为普拉扎医疗保健中心（Plaza Healthcare）。

普罗克特是在镇上的家庭医生比利·里德尔的要求下来到南岸的。比利·里德尔在南岸待过多年，接生过镇上的许多孩子，并尽力

梦瘾：美国阿片类药物泛滥的真相　　015

医治每一种疾病。他很难拒绝病人，因此需要帮手。不知怎的，他发现了普罗克特，一个刚刚在新斯科舍省完成实习的加拿大人，并在 1977 年怂恿其来到了南岸。

然而，不到两年，里德尔就与普罗克特分开行医了，还更换了门锁。不久之后，在 1979 年，比利·里德尔死于心脏病发作，只剩下大卫·普罗克特的诊所还在营业。

普罗克特很健谈，也很随和，但带着一种与俄亥俄河谷格格不入的外国人的华而不实。他戴着钻戒，穿着皮夹克，开一辆保时捷。"他打扮得就像小理查德②或李伯拉斯。"一位护士说。

朴茨茅斯是美国农村中心地带的一个工业城镇，与俄亥俄河上的其他城镇相去甚远。沿河城镇当年风光无限时，是那些在驳船上闷了很久的粗野汉子最爱去寻欢作乐的地方。朴茨茅斯一度觉得有必要禁止人们在河里裸泳。那个时候，朴茨茅斯的市区有 7 家鞋厂，全美最大的鞋带制造商也在那里。一家砖厂、一家铸造厂以及底特律钢铁公司引来了俄亥俄州和肯塔基州的人，几千人受雇于此。底特律钢铁公司在第二次世界大战期间生产炸弹，数百人参加了 1953 年的新高炉落成典礼，为其规模之大啧啧称奇，也为它所能提供的工作机会感到欢欣鼓舞。与此同时，铁路将朴茨茅斯的钢铁和鞋子运往美国其他地方。多年来，人们在这些工厂里子承父业，就像布鲁斯·斯普林斯汀的一首歌里所唱的，这就是生活。

这座镇子是职业橄榄球的摇篮。吉姆·索普执教过朴茨茅斯鞋钢队。后来，朴茨茅斯斯巴达人队打进了全国橄榄球大联盟（NFL）。大萧条时期，斯巴达人队搬到了底特律，改名底特律雄狮队。

有些人认为，朴茨茅斯自 1937 年的洪水开始起一直在走下坡路。

---

① 美国著名艺人和钢琴家，因精湛的演奏技巧和华丽的表演风格为大众所知。——译者
② 美国摇滚先驱之一，著名歌手，2020 年 5 月 9 日去世。——译者

当时，俄亥俄河在下了40天雨后水位上涨了74英尺。事实上，到了1970年代，朴茨茅斯和其他后来被称为美国铁锈地带的地区一样，正在慢慢崩溃，这些地区面对全球化、竞争和墨西哥等国的廉价劳动力的挑战毫无准备。鞋厂开始关闭。塞尔比鞋厂早就没了，威廉斯鞋厂坚持了一阵子，想与意大利、中国台湾和墨西哥竞争一下。但很快也搬走了，只剩下空荡荡的厂房仍在提醒人们发生过什么。

1980年，底特律钢铁公司搬离此地，朴茨茅斯也在这一年第二次被评选为"全美之城"。几千个工作机会随之而去。这座城市未能从中恢复过来。砖厂也关闭了，位于北面派克顿的核电厂亦是如此。与此同时，原来为底特律钢铁公司提供材料的焦化厂也分阶段关闭，并最终于2000年彻底停业。取而代之的是沃尔玛，旁边则依然矗立着焦化厂留下的烟囱。

一些家庭搬去了哥伦布、辛辛那提或者纳什维尔。一群艺术家搬到了得克萨斯州的奥斯汀。朴茨茅斯的人口锐减到2万。房主搬走后，无法出售的房屋或对外出租或空关。奇利科西街上的商店也一个接一个地关门，最后没剩下几家了。

留下来的是一小部分受过教育的人。他们在学校或者医院找到了工作，以这样或者那样的方式照顾着那些由于工厂关闭而开始噩梦般生活的人。

当时，会到朴茨茅斯来的人只有那些靠经济不景气做生意的商人。朴茨茅斯有了第一批支票兑现点和第一批先租后买的地方。典当行、金属废料场相继开张。大卫·普罗克特的业务也在不断扩大。

许多人都非常信赖普罗克特。艰苦的工作曾是这个地区生活的一部分，失业那段时间也是。这里经济下滑，申请残疾或者工伤赔偿的人数激增。联邦伤残保险（Federal disability）对于俄亥俄河谷的许多人来说，变成了长期的失业保险。有些是合法的伤病或残疾，有些则不是，但这些都需要医生的诊断。普罗克特处理工伤赔偿文件的速度非常快。在朴茨茅斯一家名为南山的小型医院里，普罗克特享有特权,护士们记得他有进入精神病区的优先许可,他来主要是为了让病人符合残疾的标准。

普罗克特已婚,跟两个儿子一起住在肯塔基州。他还是个情场老手,有时候,员工看见他在停车场与他的护士情人争吵。

在南山医院,普罗克特是跑着去病房的——真是在跑。他速度很快,充满活力。当时,美国医学界正在形成一种新观点,即病人总是对的,说到疼痛时尤其如此。当病人说自己感到痛时,医生要相信病人的话。大卫·普罗克特将这种观点体现得淋漓尽致。他平易近人,有点像布道者。

"他能知道病人相信什么、需要什么或者想要什么,所以他们都爱他,"当时在医院做护士的莉萨·罗伯茨说,"他在这方面聪明过人,能像法医那样找出谁比较软弱,并弄清楚他们需要什么或者相信什么。他会告诉他们哪里弄错了。"

在他的南岸诊所里,普罗克特是收现金的。1980年代中期,医学界在如何使用制药公司正在开发的新型阿片制剂来治疗疼痛方面展开了激烈的讨论。大卫·普罗克特则是较早立言践行的医生。无论是颈部、腿部、下腰部、关节炎还是下腰椎的疼痛,他都会开阿片类药物。他将这类药物与苯二氮卓类药物同时开给病人,苯二氮卓类药物是缓解焦虑的,其中最有名也是普罗克特最喜欢的,便是安定和阿普唑仑。在朴茨茅斯,人们既焦虑,又有病痛。阿巴拉契亚地区使用苯二氮卓类药物的历史悠久,可以追溯到1960年代初安定刚上市的时候。上了点年纪的女士都用过这种药。在这里,任何可以缓解痛苦的东西都是受欢迎的。但阿片类药物和苯二氮卓类药物一起使用,很快会让人上瘾。

到了1990年代中期,普罗克特还因为开了很多减肥药和兴奋剂而为人所知,有的甚至开给了并不肥胖的人。朴茨茅斯及其周边发展出了一个规模不大的行业,有人从普罗克特这样愿意开减肥药的医生那里骗取处方,然后出售药品谋利。普罗克特的普拉扎医疗保健中心蓬勃发展起来。

1996年,一个名叫兰迪的人来找他,兰迪是朴茨茅斯以北10英里的鲁卡斯维尔的州立监狱的警卫。他在与一名囚犯打斗时,背部受了重伤,因此拿到了一份他可以去看的医生的名单,大卫·普罗克特就是其中之一。

"他的诊所可以处理(工伤赔偿),所以监狱里好几个人都去那里看。"兰迪回忆道。

普罗克特给他开了半年的病假,当然,也办妥了所有文件,收了他200美元现金。他还开了一种名为奥施康定的药——40毫克,一天2次,30天的量。他说,这是一种新的止痛药,效果很好。

"现在回想起来,〔那点伤〕真不算什么,根本不需要那么强效的药,"兰迪回忆道,"但当时你会认为这药真好,因为我的背一点都不痛了。"

30天过去了,兰迪觉得好多了,没有回普罗克特那里开药。很快,他就得了他认为是他一生中最严重的一次流感。他浑身都疼,下不了床,上吐下泻。他问了一些朋友,有人说可能是药物戒断反应。

然后,他突然意识到:你得回去找医生。

普罗克特给他开了更多同样的药。就这样,兰迪每个月都得去一次,付200美元见普罗克特3分钟,得到一张奥施康定的处方。普罗克特的候诊室里总是人满为患,人们争先恐后地排着队。只有少数人是来看伤病的,其余的都在假装疼痛,骗取处方,医生则佯作不知。兰迪在候诊室里看到了6个狱警同事。他压低头,拿着奥施康定的处方离开了。

"你看着你认识的人,意识到他们可能会被关进你负责的牢房,"他说,"这真的让你汗颜。你以为你是在照正确的方式做事。你信任医生。过了一会儿,你意识到这是不对的,但你又无计可施。你身陷其中。你已经上瘾了。"

不久,只要药用完了,还没到看医生的时候,他就会去找街头药

梦瘾:美国阿片类药物泛滥的真相　　019

贩。他回监狱工作了，但那时，他已经对阿片类药物彻底上瘾了，开始迟到并找各种借口。最后，他孤注一掷去找了副监狱长。他接受了治疗，戒掉了药瘾。在他第一次踏进大卫·普罗克特诊所的 3 年半后，兰迪摆脱了药瘾。

然而对于俄亥俄河谷和美国来说，这才刚刚开始。

5. 广告人

纽约，纽约州

1951年，亚瑟·萨克勒，一个就职于一家名不见经传的营销公司的广告人，在纽约遇见了有百年历史的小型化工企业查尔斯辉瑞公司的销售总监。

亚瑟·米切尔·萨克勒当时39岁，曾经是一名成功的精神科医生。

他和他的兄弟——雷蒙德和莫蒂默——在纽约长大，是东欧犹太移民的后代。按照《美国之夜：冷战时期的左派文学》①的作者艾伦·沃德的说法，他们是在大萧条时期上的大学，都短期加入过共产党。亚瑟·萨克勒的出版生涯始于高中时的办报经历，大萧条时期，他单枪匹马地为共产党印制了沃德所称的"简略罢工公报"。萨克勒晚上去上艺术课，靠打零工来支付学费。

医学院毕业之后，萨克勒在纽约一家名为克里德莫尔的精神病院做精神病医生。任职期间，他写了150多篇关于精神病学和实验医学的论文，并确定了精神分裂症和躁郁症的一些化学原因。早在禁烟行动广泛开展以前，他就是一名反吸烟斗士了，并且在他后来拥有的公司里他也禁止吸烟。他在长岛大学创办了好几个治疗性研究（Therapeutic Research）实验室，后来提供了大量的资助和指导。与此同时，他还在纽约建立了第一家多种族的血库。

战后的岁月里，萨克勒目睹了医学界的巨大变化。科学的进步使公司能够生产出足以改变人们命运的药物——尤其是各种抗生素和疫苗。那是一个激动人心的时期，对医药广告而言非如此，尽管它所推销的新药正在改变世界，但医药广告仍然灰头土脸、乏善可陈。萨克勒觉得事情不该是这样的。1940年代，他转了行，在一家规模不大但相当沉稳的、名为威廉·道格拉斯·麦克亚当斯的医药广告公司谋了个职位。

不久之后，当时世界上最大的维他命C生产商查尔斯·辉瑞公司成了他的客户之一。该公司新成立的药物研究部门开发了一种合成抗生素，它最初是从土壤细菌中提取出来的，称为土霉素，经实验证明对包括肺炎在内的50多种疾病有效。该公司正逐步从化学制造业转向制药业。辉瑞公司并没有把新药授权给药品公司销售，而是想自己来卖。

一天，萨克勒在办公室对销售总监托马斯·温恩说，只要有足够多的土霉素广告预算，他就能让查尔斯·辉瑞公司的名字在医生中变得家喻户晓。

温恩给萨克勒的预算比任何一家公司花在药品广告上的钱都多。萨克勒"在媒体上铺天盖地地发起了现在所称的悬念式广告攻势"，时任威廉·道格拉斯·麦克亚当斯公司文案的约翰·卡利尔说。

这次土霉素项目广告的目的是要让医生能随处可见这种药——这是一种激进的新观念。萨克勒在医学杂志上投放了大幅彩色广告，围绕Terramycin（土霉素）中"terra"（意大利语意为土地）玩起了文字游戏：比如写作"Terra Bona"等。当该药最终在美国上市时，他用同样的字体和颜色投放广告，上面写着Terramycin。

与此同时，萨克勒在纽约的广告文案们写了几千张明信片，并让它们看上去像是从埃及、澳大利亚、马耳他或其它地方寄来的。他们

---

① *American Night: The literary left in the era of the cold war.*

把这些明信片寄给了数千名美国的家庭医生、儿科医生和外科医生，让它们向这些医生讲述土霉素在异国他乡是如何治疗各种疾病的——比如马耳他的产乳热、澳大利亚的寇热。明信片上的签名是"您真诚的，辉瑞"。已知开过许多药物处方的医生则会收到额外的直邮信件。

接着，萨克勒会派销售员去登门拜访医生。"他们开展的是密集攻势，"卡利尔说，"与此同时，我们的直邮日程安排非常繁重，一次给这些医生寄好几封邮件和杂志广告。"

卡利尔记得，萨克勒还出钱做了《辉瑞药谱》，一份8页的光面纸印刷的册子，每个月夹进《美国医学会杂志》，为期一年。

所有这一切，再加上药品本身的疗效，使得土霉素一举成名——1952年的销售额达到4 500万美元。查尔斯·辉瑞公司乘胜追击，将业务扩展到13个国家，并最终更名为辉瑞。

萨克勒此次的营销活动标志着现代医药广告的诞生。用一位高管的话说，在那之前，这一领域"存在，但没被发现"。看到美好前景的萨克勒买下了他供职的威廉·道格拉斯·麦克亚当斯公司。

此外，他和他的兄弟们还买下了一家名不见经传的药品公司：普渡-弗雷德里克公司，它是约翰·普渡·格雷和乔治·弗雷德里克·宾厄姆在1890年代——即专利药品时代——成立的。从那时起，这家公司一直发展缓慢，直到1980年代、我们故事开始之时，它仍以销售防腐剂、通便剂和耳垢清除剂为主。

与此同时，亚瑟·萨克勒继续变换药品营销方式。1963年，他从霍夫曼-拉罗什公司①获得了进口和销售一种名为安定的新型镇定剂的许可。这一次，萨克勒又强调通过与医生直接接触来推广该药。新药销售人员经常带着安定的免费小样出入医生办公室。他在医学会议上设置展台，并频繁在医学杂志上刊登多页彩色广告。他还出版了

---

① 后为瑞士Roche公司所有，今称罗氏药业，是全球制药业巨头之一。——译者

一本光面纸印刷的月刊，上面是关于知名医生的报道，外加一些其它新闻和安定的广告。

这次广告策划的目的之一是说服医生开安定的处方，在公众看来，这种药很危险。广告敦促医生将病人的身体疼痛与压力联系起来——而安定可以舒缓压力。如果孩子生病了，可能他的母亲会很紧张。安定首先面向女性销售，将自己定位为帮助女性承担作为妻子和母亲的生活压力的一种方式。在女性主义运动兴起之前，女性被认为需要这样的帮助才能过好余生，因此，当时人们根本不担心这种帮助会上瘾。

亚瑟·萨克勒有众多才能，其中之一就是他会像一个家庭医生那样思考。医生们常常会遇到紧张、焦虑的病人。"病人会走进来，说'医生，我整天都很紧张'或者'我儿子去当兵了'。"温·格尔森说。他曾为萨克勒工作多年，后来，他成了威廉·道格拉斯·麦克亚当斯公司的总裁。"人们不是紧张就是担忧，反反复复，这种药绝对能让他们平静下来。它对某些背痛也很有效。有些人多多少少会有点药物上瘾，但药是有效的。"

然而，如果说土霉素对人类有益无害，安定就没那么确定了；或者更确切地说，它的任何益处都被巨大风险抵消了。安定的成分中只有一点19世纪的专利药。它不能解决压力的根源问题，反倒消除了一些不明确的症状，从而使医生不必去做复杂的工作，弄明白压力的原因。和专利药一样，安定也是名声在外，推广时，总不忘了提"只需一粒便可解决任何病症"之类的意思。40年后，在萨克勒离开很久以后，他的普渡制药将会生产并通过他的广告公司威廉·道格拉斯·麦克亚当斯公司来推销一种具有相似特点的止痛药。

安定成为了制药业第一个销售上亿的药品，后来，又成为第一个销售达10亿美元的药品。到了1970年代中期，人们发现安定确实会令人上瘾，于是街头交易出现了。霍夫曼-拉罗什公司被指控没有对该药的成瘾性提出警告。

与此同时，萨克勒不断将他旺盛的精力与强烈的求知欲结合起来。他创办了《医学论坛报》（*Medical Tribune*），每两周发行一期，里面充斥着此时蓬勃发展的医药行业的广告。他在报纸上开了一个专栏，《人与医学》（*One Man and Medicine*）。他还是中国艺术品的世界级收藏家，他在家里举办宴会，客人们与鲁契亚诺·帕瓦罗蒂以及艾萨克·斯特恩①推杯换盏。当医生们争先恐后地追赶快速推陈出新的药物时，萨克勒看到了又一个营销机会。他敦促他的药品公司客户为继续医学教育（CME）研讨会提供资金，想保住执业资格的医生越来越需要这些研讨会。通过资助继续医学教育研讨会，他发现，医药公司可以牵着医生鼻子走。

亚瑟·萨克勒从未退休。1987年，73岁的他因心脏病去世，留下了一位妻子和两位前妻、一大笔遗产以及一个一提到他名字就感激涕零的行业。今天，他的名字出现在画廊或机构，像史密森学会、纽约的大都会博物馆、伦敦的皇家美术院，以及普林斯顿大学、哈佛大学和北京大学。特拉维夫大学、塔夫茨大学和纽约大学也有以他名字命名的医学院。1996年，他成为首批入选医疗广告名人堂的5位候选人之一。

但对于这个故事来说，亚瑟·萨克勒很重要，因为他开创了现代医药广告的先河，用约翰·卡利尔的话说，正是他向业界展示了"通过直销和密集的直接广告所能实现的惊人效果"。

几年后，普渡制药将这些策略用在了其新型阿片类止痛药——奥施康定的推广上。

---

① 美籍苏联小提琴演奏大师。——译者

6. 恩里克发迹

纳亚里特州的一个屯子,墨西哥

恩里克的母亲讨厌下雨。雨滴在他们纸板棚屋的瓦楞铁皮的屋顶上,几个星期都干不透。她得把平底锅、水桶放在小屋各处去接不断从屋顶漏下来的雨水。当恩里克还是个蹒跚学步的小孩时,他在雨天到处跑、踩地上的水坑,还追赶镇上的流浪狗。但对恩里克的母亲而言,冰冷无情的雨水映衬出了他们的贫穷,也让她想起了自己的丈夫。

恩里克的父母生活在墨西哥纳亚里特州一个屯子的尽头,那里没有平整的街道,也没有电。父母很年轻的时候就结婚了,手里没有土地。他们靠卖木炭和木材勉强维持生计。恩里克是家里的第二个孩子。这家人和另外两家一起挤在一个四居室的房子里。几年以后,他们在一个名为蟾蜍村的街垒找到了一块地,就在村子尽头的沼泽附近。他们用纸板、油布以及可能是从垃圾堆里捡来的胶合板,建了个有两个房间的棚屋。他们又生了更多的孩子。恩里克对于那些年的记忆只有吼叫、父亲殴打母亲、母亲为不知从哪里弄到食物而发愁。

后来,奇迹发生了,恩里克的父亲继承了自己父母的土地,全部50英亩只留给了他而不分给其他子女。由此,恩里克的父亲变成了地主,种上了甘蔗,这在墨西哥民粹主义兴起的1970年代是享受新政府的价格支持的。有了积蓄之后,他买了一辆旧卡车运甘蔗。财产并没有让恩里克的父亲脾气变好，反而使他更自大了。他不仅夜里醉醺醺地回家，还对孩子大喊大叫，对妻子拳脚交加。他的话就是命令。当恩里克的母亲问他要钱养家时，他给了，还不忘侮辱一番。他的卡车像野兽一样轰鸣，他坐在高高的驾驶座上绕着村子开来开去，就好像骑着一匹漂亮的母马。

恩里克 8 岁那年的一个早上，宿醉的父亲在卡车底下干活，他在帮忙。父亲叫他去拿一个工具，但恩里克不认识那个工具，父亲很生气。恩里克转来转去，不知道自己要找的是什么。父亲咒骂恩里克，他绝望地哭了起来。父亲从卡车底下爬了出来，恩里克撒腿就跑，父亲追上去打了他。恩里克挨的这顿打，就连对动物他也从没有这样下过手。那天晚上，他哭着睡着了，他气母亲没有护着他，他恨这种生活，恨他的父亲。

他听人们说他们很穷，但很快乐。可是，恩里克从没见过哪个穷人身上绝无半点凄惨的。一条不可逾越的河流似乎将蟾蜍村与世界隔离开了。在蟾蜍村，贫穷屡屡使村民们为了占点上风而与人恶战。恩里克帮另一个农夫家挤奶，报酬是每天 2 升牛奶和每周 10 比索，为此，他得忍受和他同样年纪的农夫儿子的拳脚和侮辱。有一次，恩里克病了，母亲带他去了特皮克的一家医院。他盯着那些香喷喷的女人、坐在新车里的男人以及穿着新衣服的孩子看。特皮克离他所在的屯子只有几英里远，但它就好像在河那边一个遥远的地方。

再长大些，恩里克上学去了。他讨厌学校的老师，就像他母亲讨厌下雨一样。老师对村里条件好的地方的孩子和颜悦色，对蟾蜍村来的衣衫褴褛没有午饭的孩子们却言语尖刻。对条件好的地方的孩子，老师奖励他们糖果、玩具，蟾蜍村来的孩子却连一次拿奖的机会也没有。有些老师不许蟾蜍村来的孩子上厕所，直到他们尿在了裤子上。有几个老师醉醺醺地就进了课堂；还有几个一连几星期都不见人影。恩里克的父亲嘲笑他连乘法表都不知道，有这样的老师，他怎能学会呢？

生活给了他一个惊喜：他的舅舅们北上去了洛杉矶工作，这一层关系让其他的孩子对他家羡慕不已。村里的人把他的舅舅们说成是远方的探险家，并交换各自所知的最新消息。恩里克没有告诉他的朋友们，他父亲与舅舅们的关系其实并不好。几年前，他们还打过一架，他父亲被刀伤了，舅舅那边家里死了2个人。他父亲跟这个家庭是姻亲，但他和他的小舅子们都不喜欢对方。

某天，有消息传来，说他的一个舅舅要从圣费尔南多谷回来了。亲戚们为即将收到的礼物激动不已。那天，妈妈们都给孩子梳洗干净，排着队，翘首企盼。这个舅舅依然记得与恩里克父亲之间的恩怨，给每个人都带了礼物，就是没有恩里克和他的姐妹们以及他的母亲的那份。孩子们带着不解流着泪回家了。

生活在慢慢地改善。他的母亲总算攒够了钱，买了一头牛，他们终于也算得上是牧场主了，因此他们更加卖力地工作。恩里克睡觉的时候，梦想着以后可以过受人尊敬的农民的生活。过段时间，他又想当警察。公路巡警看起来是个令人兴奋的工作，但他的父亲并没有政界的关系送他进警察学院。

况且，他父亲说："我需要的是个农学家，而不是巡警。记住，总有一天，这块地会是你的。你的姐妹们会嫁人，和她们的丈夫一起生活。你会继承这片土地和这座房子。"

恩里克的父亲对他许下了承诺，很快，这个承诺变得更像是一种威胁。恩里克看着和他父亲一样的农夫把自己的生命都浪费在那些田地里，却依然一样地无知、暴力、冷酷、深陷贫困，受人控制。逃离这种命运成了恩里克的头等大事。

遇到一个女孩后，他的这种想法就更加迫切了。她12岁，很漂亮，她父亲是镇上的屠夫，这使她属于屯子里的上层阶级，比恩里克这种酒鬼甘蔗农的儿子高贵得多。她住在山上，那里不仅仅意味着地理位置比蟾蜍村高。那个地方的孩子，父母都有自己的商店，有条件稍好一些的住房，地也多。他们控制着镇上的游乐场地，用石头赶跑从蟾蜍村来的孩子。

　　恩里克知道他无法给这个女孩以及她父亲所期望的生活。但当他要求她做他女朋友时，她答应了。他们的爱情纯洁美好，总是依依不舍地拥抱亲吻。恩里克知道要想有进一步的发展，他必须要行动起来。

　　后来，他的母亲去了加州几个月，回来时带了礼物，也带来了一个消息，她的一个兄弟被杀了——死于警察的过度执法，她说。村里的人都接受了这种说法。其余几个北上的舅舅，曾经不满恩里克的父母结婚，现在已经平息了怒火，给恩里克寄去了他人生中第一批来自美国的衣服。村子里的人把他们看作英雄；有些人请求他的舅舅们帮助他们北上。恩里克想象中他的舅舅们都是那个叫卡诺加公园的地方的大人物。

　　恩里克的母亲找到了一份监督学校午餐计划的工作，这样，恩里克在学校就不再饿肚子了。他的父亲被选为当地甘蔗农合作社的司库，监督安装了村里第一批路灯。让恩里克感到惊讶的是，父亲在村里装路灯这件事上是如此尽心尽力，却让自己的家人过得暗无天日。

　　初中毕业后，恩里克去了特皮克的高中。他在高中待了两个星期，每天中午都没有饭吃，在用完给他乘巴士的钱之后，他退学了。田间日头的生活现在似乎要变成可怕的现实了。在甘蔗田里劳作，他永远也不可能给得起那个女孩和她父亲想要的。在村子里，女孩们早早就嫁人了；虽然她只有13岁，可恩里克却不能再浪费时间了。

　　水管终于通进了村子。镇民们现在喝水不用从远处的井里打了，打开自来水龙头就有。马桶的到来让大家不用去山里解决了。但恩里克满脑子想的只有他在卡诺加公园的舅舅。于是他定了计划，藏在心里。他要先到蒂华纳，找个蛇头带他去卡诺加公园。他没有舅舅的地址，也没有电话，但他想着舅舅们肯定名声在外，很容易就能找到。

　　一天，他穿过村子，去跟朋友们打招呼，又跟女朋友待了一会儿，没和任何人告别。第二天，他带上出生证明，穿上舅舅们寄给他最好的一件黑色夹克，还有白衬衫和蓝裤子，吻了吻他的母亲，说他那天会晚点回来。他去了特皮克，搭乘"三颗金星"的大巴，这条低成本的公交线多年来载过数十万打算穿越边境的墨西哥人北上。

他用从父母那里偷来的 200 比索买了一张车票。他把这笔钱看作贷款，这样他就不会为此而内疚了。他在靠窗的位置坐了 28 个小时，为了去一睹他以前从没看到过的一切。

那是 1989 年，他 14 岁。

7. 分　子

安迪·库普差一点就把整个职业生涯都用来看着涂料变干。

库普的父亲是机械师，母亲在学校食堂里工作，他出生在英格兰北部的哈利法克斯。1991年，他在牛津大学完成了化学专业本科的学习，并得到了在那里继续深造的机会。卡迪夫大学有一位教授，其专业是涂料化学。当时，业界的目标是找到一种能在特定温度变干的新型涂料。在布里斯托大学，约翰·刘易斯是研究药物化学及药物成瘾的。1960年代，刘易斯发现了丁丙诺啡，这是一种阿片制剂，后来他帮助将其开发成一种治疗海洛因成瘾者的药物。

库普不记得自己曾在这个选择上思来想去。药物听上去比涂料有趣多了，于是他去了布里斯托大学投奔约翰·刘易斯。1991年，就是在布里斯托大学的实验室里，安迪·库普邂逅了吗啡分子——所有阿片制剂的基本成分。很快，安迪·库普就迷上了吗啡分子——当然，只是打个比方，因为他只服用过一次含有吗啡分子的药物，而且是在手术后。

我查了安迪·库普的联系方式，因为我想知道这个令我着迷的故事背后的分子究竟是什么样的。

和世界上的其它分子一样，吗啡分子似乎也有天使和恶魔两副面孔。它被用于现代手术，挽救了无数人的生命，改善了无数人的生活。它阻碍和结束了太多的生命，远不是成瘾和过量可以算得清的。

谈及这个话题时，你可以想到一些人类最伟大的文化创造和最深刻的问题：《浮士德》《化身博士》，关于人和人类行为、自由意志与奴役、上帝与进化的基本性质的讨论。研究分子，会让你自然而然地陷入对一些问题的思考，比如，人类能否不经历痛苦就获得幸福？这样的幸福是否值得？我们都能拥有这样的幸福吗？

"我可能喜欢涂料，"库普告诉我，"但是，有关进化论、天堂地狱、心理学的讨论——在你［研究涂料］的时候，这些都不重要。"

在海洛因成瘾者身上，我看到了失去自由意志而造成的堕落，以及被奴役的状态，想要永久的快乐、麻木不醒和避免痛苦。可是，一旦人类拥有了一切，没有了摩擦、痛苦以及束缚其行为的困顿之后，人的衰败就开始了。

事实上，美国在本书所讲述的那个时期——20世纪最后十年和21世纪的头十年——已经出现了类似广告宣传的那种情况。那些年，当我从墨西哥回家时，注意到了一种可怕的肥胖症正在露头。不仅仅是人，一切都显得虚胖、过头。大块头的悍马和SUV就像服了类固醇似的。在南加州的一些郊区、我成长的地方附近，过去建有50年代那种三居室房子的地块上，如今7 000平方英尺的豪宅几乎贴着地块间的界限，没留出地方做院子，好享受一下加州的阳光。

在北加州洪堡县和门多西诺县，60年代的嬉皮士们逃离了父母所创造的环境，成为最后一批美国拓荒者。他们住在没有电的那种印第安人圆锥形帐篷里，靠种大麻来赚钱。如今，他们的子孙后代像科学狂人一样，用各种化学品和几千瓦的灯泡培育超级大麻，而且为了不被发现藏在火车车厢里。他们的大麻就像健美运动员的肌肉一样起伏连绵，它的种植进一步破坏了他们父母曾经寻觅的自然世界。

超量腐蚀了美国最好的一面。加州理工学院培养了许多才华横溢的学生，但如今他们中有太多人并没有从事科学研究，而是去了华尔街，搞出了一些金融噱头，他们自己回报丰厚，却没创造出任何东西。与此同时，华尔街的人和企业高管无论表现如何差劲，都领着超高的薪酬。银行将不良抵押贷款打包，标准普尔称这些是 AAA 级，而我们信了。经济宽裕的父母不再在孩子十几岁时要求他们去打工。

在墨西哥，我重新认识到美国对于一个出身卑微的穷人意味着什么。让我感到自豪的是，比起墨西哥，美国让更多的墨西哥穷人跻身中产阶级。后来，我回到家，却看到美国有太多人是这样延续这一成就的，他们追求安逸，靠信用卡生活，试图通过更多的物质来获得幸福。当这些人中的很大一部分——大多是家庭富裕的白人孩子——开始大量服用吗啡分子、注射毒品、然后死去时，我看得出这并非巧合。

我找到了安迪·库普，他是马里兰大学巴尔的摩分校药物科学系主任。

他说，吗啡分子之所以有如此强大的效力，是因为它通过某种方式演化以适应所有的哺乳动物，尤其是人类大脑和脊椎中的受体，就像钥匙与锁一样。所谓的 mu-阿片受体，其作用是在它们接受人体自然产生的内啡肽时产生愉悦感，尤其欢迎吗啡分子的到来。这种受体和内啡肽结合，让人产生比如在看到婴儿或者抚摸毛茸茸的小狗时的那种兴奋感。吗啡分子压倒了受体，创造了一种比我们体内所能产生的任何东西都更强烈的快感。它还会让人产生困倦、便秘，并消除身体的疼痛。阿司匹林所能抑制的疼痛是有限度的。可是，你摄入的吗啡越多，你的疼痛就越轻，库普说。

因此，对罂粟的药用特性的研究比对任何一种植物都多。随着成熟的罂粟花瓣脱落，茎顶就长出一个高尔夫球大小的球茎。球茎里装着一种含有鸦片的黏液。人们从鸦片中获得了鸦片酊、可待因、蒂巴因、氢可酮、羟吗啡酮和海洛因以及近 200 种其它药物，所有这些药物都含有吗啡分子或者其变体。蒂巴因的衍生物埃托啡可以用于飞镖枪，使犀牛和大象镇定。

库普说，烟草、古柯叶和其它植物已经进化成让人愉悦并上瘾的植物。但吗啡分子的兴奋强度超过了它们。而当一个人胆敢停止使用它时，它就会进行一次强烈的报复。在戒断过程中，毒品麻醉的那种麻木感会从瘾君子身上消失，正常的生活和感觉会回来。麻木状态中的瘾君子是出了名的性无能；在戒断期，他们开始恢复感觉，会有频繁的性高潮。那些贸然试图戒掉吗啡分子的人，首先会受到持续数天的剧痛折磨。如若一个瘾君子一直便秘和昏昏欲睡，戒断会让他腹泻不止并一周辗转难眠。

吗啡分子就像个被宠坏的情人，离开就会乱发脾气。事实上，和我交谈过的吸毒者都说，他们在戒断期结束时，排尿会伴有一种便秘似的刺痛感，就好像藏在肾脏里的最后一个吗啡分子在拼命挣扎，不想被排出体外。像情人一样，自然界中没有哪个分子能提供吗啡分子这般仁慈的止痛，然后如此彻底地套牢人类，在人类想要摆脱它时如此无情地施以惩罚。

自然界的某些寄生虫会采取某种控制，让宿主做出与自身意愿相反的行为。有一种原生动物，刚地弓形虫，可以在猫的肚子里繁殖，然后被猫排泄掉。这一过程可以周而复始的一种方式是感染从猫的排泄物附近经过的老鼠。刚地弓形虫会对受到感染的老鼠细胞重新编程，使它爱上猫尿，而对健康的老鼠来说，猫尿是捕食者的警告。受感染的老鼠会在猫尿中打滚嬉戏，成了一顿送给附近某只猫的便餐。就这样，寄生虫再次进入了猫的胃，繁衍，并随着猫的粪便排出，继续循环。

吗啡分子对人类也实施了类似的洗脑行动，促使他们为了得到这种分子而做出与自身利益背道而驰的事。成瘾者背叛自己所爱的人、偷窃、在恶劣的天气里住在高速公路下面，并冒着同样可怕的风险使用吗啡。

于是，吗啡分子成了一个什么都过量的时代的标志，再多也不够。这种分子产生了前所未有的耐受性。另外，当身体鼓足勇气要把它扔出去时，它还有一个办法可以留在人体内。不仅在戒断期如此。大多数药物在人体内很容易转化为水溶性葡萄糖，然后排出体外。而自然界唯有吗啡分子会反抗，拒绝转化成葡萄糖，然后依然留在人体内。

"我们依然无法解释为什么会这样。这并不符合规律。世界上的其他任何一种药——总共上千种——都遵循这一规律。吗啡却不，"库普说，"简直就像是有人故意设计得如此邪恶。"

8. 像送批萨一样送货

丹佛，科罗拉多州

1979 年，一个年轻人在丹佛警察局找到份工作。他刚刚在家乡科罗拉多州的普韦布洛跟人解除婚约，在这个镇上他可谓人生地不熟。

丹尼斯·查维斯从来也没想过要当警察。他的家族历史可以追溯到 17 世纪的西班牙征服者。4 个世纪后，查维斯的父亲成了普韦布洛的钢铁工人。

查维斯是个大块头，1970 年代在科罗拉多大学打过几年橄榄球，离开学校后从事建筑工作。后来，一位刚刚受聘于丹佛警察局的朋友告诉他，那里的工作很有趣，催他去试试入职考试。查维斯通过了考试，没过几个月就进了丹佛警校。

然而，在巡逻的第一年，教官告诉那位朋友，查维斯通不过了，可能因为他是新招的班级里最愚笨的，几乎肯定会在年底前被淘汰。这让查维斯很生气。他额外地投入时间研习法律和市政法规，加强锻炼，在街上巡逻时也焕发出新的活力。

随着时间的推移，他对体育的兴趣转到了举重方面。他剃了个平头，两侧修出闪电图案，后脑勺则是警徽号码。那个时候，类固醇是合法的。他会从一个去他举重的健身房的医生那里买健身药物。很快，他每个月都有 1 200 美元花在类固醇和补充剂上。他身高 6 英尺

4英寸，体重250磅，身上肌肉隆起，使他看上去像个被挤压的气球。那时的丹尼斯·查维斯是只凶猛的猫，握起手来像铁钳一样，跟朋友打招呼会用力拍他们的肩膀。每次接到报警电话都像一头准备行动的斗士犬。当他对朋友大吼"你好吗？"的时候，听起来既像是在盘问，又像是在下令。就连警察都对他避之不及。

他沉迷于自己的工作，就想抓坏人。一位中尉曾批评他开的罚单太不够数。作为新人的教官，这位中尉表示，查维斯在警察工作中没有表现出足够的平衡能力。

"那不是我要做的，"查维斯告诉中尉，"我要找的是重案犯。"

他在警队的头几年跟着一个叫罗伯特·沃利斯的警察学习。沃利斯是警局优秀警察的典范。他一直都在办重大案件。他和他的搭档经历过十几起枪击案，在查维斯看来，沃利斯就是罪犯克星。沃利斯就是他的榜样。沃利斯教他有关监狱纹身的知识，并认出了在城里收容所门口排队的一个逃犯。从沃利斯那里，查维斯很早就懂得大多数犯罪都和非法毒品有关，因此，了解那个世界对干好警察的工作至关重要。

与海洛因有关的案子尤其让查维斯感兴趣。那个时候，美籍墨西哥家族控制了丹佛的毒品交易。然而当查维斯侦查并逮捕他们之后，听说他们的货是由墨西哥一个叫纳亚里特州的地方的人提供的。查维斯对这个地名一无所知，但多年来这个地名一直不绝于耳。从纳亚里特州来的人卖一种他以前从没见过的东西。而丹佛的海洛因一直都是淡棕色的粉末。从纳亚里特州来的海洛因又黑又黏，看上去像可可软糖或老鼠屎。他们称之为黑焦油海洛因，查维斯听说是用熬干的可口可乐稀释的。

与此同时，随着岁月的流逝，丹尼斯·查维斯认识到他爱极了这份工作是因为它可以减少罪案的发生。他沉浸其中，寻找罪犯的线索和培养自己的办案手段。一次，一个连环强奸犯在丹佛四处作案。查维斯听完了最后一名受害者的陈述，这名高中女生泪流满面地握住他的手,让他保证他会抓住那个坏蛋。受害人说,强奸犯袭击她们的时候,手里握有一把巴克刀。查维斯整理出了强奸犯袭击受害人的时间、日期、地点。他守在丹佛东南部的一个街区,认为这家伙下次会去那里犯案。一天晚上,他看见一个人走进了一条小巷,就知道是这人。然后这人乱穿马路,查维斯拦住了他,以他口袋里藏有巴克刀而逮捕了他。当晚,受害人来到警局,指证查维斯逮捕的正是那个强奸犯。

工作几年后,一天早上,丹尼斯·查维斯醒来时什么都看不见,心脏像过热的活塞一样怦怦直跳。女朋友带他去了医院。医生告诉他,心跳再不降下来,他就要中风了。

"你可以选择英俊潇洒但年纪轻轻就死去,或者心宽体胖地活下去。"医生说。

丹尼斯·查维斯选择了后者。他不再使用类固醇,戒了咖啡,也停止了举重。他开始练合气道,骑着他的哈雷摩托长途跋涉去科罗拉多的山里。后来,他成立了一个由警察组成的俱乐部,他们骑摩托车为慈善机构筹集善款。

他变得平和了。他的工作也变了。他对侦查工作的热情丝毫不减,只是不再像斗牛犬那样,他必须培养其它的技能。其中一个就是发展线人,培养人见人爱的个性。找到线人并不是件难事。他只要逮捕一名嫌犯,告诉此人揭发其他人就没事了。最后,他还会付给线人现金作报酬。难的是处理好这种关系,尤其是在线人从自己的案子中脱身,转而以此为生了。最好的线人是还牵涉在案子当中的,他们愿意为警察做任何事。处理好这些关系需要技巧,也需要令人宽慰的个人魅力,要让线人明白查维斯喜欢他,会保护他。这意味着要一次次地与规章背道而驰——例如,接受圣诞礼物并回赠。

1995年,丹尼斯·查维斯加入了丹佛警察局的缉毒部门,线人就变得更重要了。他有了自己的第一个长期线人,是一位即将离开这个部门的中士留给他的。中士也介绍查维斯认识了那个打入丹佛的墨西哥海洛因地下组织的人。

查维斯和墨西哥几乎没有什么交集。他父亲禁止孩子们在家里说西班牙语，这样孩子们的英语就不会口音很重了。但查维斯能看出丹佛的毒品世界正在变化。墨西哥裔美国毒贩的家族，有人进了监狱，有人奄奄一息，有人跑路了。墨西哥人便填补了这个空缺，这一切发生时，查维斯开始一直听到纳亚里特州的事。现在，丹佛买的海洛因全都变成了黑焦油海洛因。

1980年代末，他看到纳亚里特州来的人在市中心走来走去，向任何走近他们的人兜售海洛因。他逮捕了很多人，并在地图上找到了纳亚里特州，但这仍然没有太大的意义。他看着他们上了车，开到客户那里。许多墨西哥人在汽车站被抓获，背包里有一两公斤毒品。然而查维斯还是不知道，如果真的存在这种合作，他们又是怎么合作的。

直到有一天，他的线人对他说："你知道他们都来自同一个城镇，对吧？"

* * *

我在丹佛北部的一家墨西哥餐馆见到了查维斯，他向我讲述了他是如何开始追踪纳亚里特州海洛因交易网的。他说，他对线人所说的情况很感兴趣——他在丹佛所看到的和海洛因有关的一切都来自墨西哥的一个小镇。他催线人去查出更多的线索。

查维斯总在街上看到毒贩、背包里装着海洛因的快递员、带着海洛因气球的司机，线人说，这些人看上去很随意、很分散，但其实不是。他们都是一伙的。

他们都来自一个名叫铪利斯科的小镇。Ha-LEES-koh，他念着这个词。别把它和墨西哥的一个州弄混了，它们发音一样，但那个州的开头是J。铪利斯科（Jalisco）州是墨西哥最大的州之一，首府是瓜达拉哈。而这个镇的名字，他说，是X打头的。线人从没有去过那里，但他认为那是个小地方。

线人告诉查维斯，所有在丹佛的大街小巷兜售黑焦油海洛因的人都来自这个名叫铪利斯科的小镇，或者其附近的小村庄。他们之所以成功，在于他们学会了建立一个系统，一个海洛因零售系统。这个系统很简单，真的，就是依靠廉价的墨西哥非法劳工，就像所有快餐外卖一样。

从那以后，查维斯就常和线人一起坐在离线人房子不远的酒吧或卡车里，听线人滔滔不绝地讲着铪利斯科来的这些人和他们的海洛因零售系统——这和线人之前在地下毒品世界所见到的完全不一样。

线人说，把它想象成一个快餐连锁店，比如提供批萨递送服务的一个地方。这里的每一个海洛因窝点或连锁店都有一个在纳亚里特州铪利斯科的店主，为这个窝点供应海洛因。店主不常来美国，他只和住在丹佛、帮他经营业务的窝点管理人联系。

线人说，窝点管理人手下有一个接线员。接线员整天待在公寓里接电话，都是瘾君子打来的，要订购毒品。接线员下面是几个司机，拿周薪，包吃包住。他们的工作就是开着车在城里转悠，嘴里塞满了未充气的装有黑焦油海洛因的小气球，一次塞上 25 到 30 个，看上去像只花栗鼠。他们会随身备一瓶水，遇到警察让他们停车，他们就大口大口地灌水，把气球吞下去，最后气球会原封不动地随排泄物一起排出。除了司机嘴里的气球，车里的某个地方还藏了百余只气球。

接线员的电话号码在海洛因吸毒者之间流传，他们会打电话订购。线人说，接线员的工作就是告诉他们在哪里和司机见面：郊区某个购物中心的停车场，或者麦当劳、温蒂汉堡、西维斯药店的停车场。随后，接线员会把信息转给司机。

司机在停车场附近转悠，瘾君子开车跟着，通常开到小巷子司机会停下来，瘾君子就跳进司机的车里。然后，一个人操着蹩脚的英语，一个说着蹩脚的西班牙语，一场跨文化的海洛因交易就这样完成了，司机吐出吸毒者所需的气球，拿上现金离开。

线人说，司机整天都做这件事。工作时间——通常从早上 8 点到晚上 8 点。一开始，一个窝点的司机可以很快就每天挣 5 000 美金；一年内，这个窝点每天能有 1.5 万美元的进账。

这一系统是按照一定的原则运作的，线人说，纳亚里特州的毒贩不会违反这些原则。这些窝点之间相互竞争，但司机都是在老家就互相认识的，所以他们从来不会动用武力。他们也从不带枪，尽量和平共处。他们不在自己住的地方聚会。他们开的是用了好几年的轿车。这些司机没有一个吸毒。司机们在一个城市干了几个月之后，就会被老板送回家，或者送到另一个城市的窝点。窝点换车的频率跟换司机的差不多。新司机源源不断地送来，通常是铃利斯科县的农村男孩。窝点老板喜欢年轻的司机，因为后者不太可能偷他们东西；司机越有经验，就越有可能知道怎么偷老板的东西。线人猜测在纳亚里特州有成千上万的孩子渴望北上干司机这活，嘴里塞满海洛因气球在美国的一些城市里转悠。

他说，在某种程度上，铃利斯科的窝点与其他任何毒品交易都不同，它的运作更像小企业。窝点老板付每位司机工资——当时丹佛的工资行情是每周 1 200 美元。窝点老板对每个司机的花销都了如指掌，午饭花了多少钱、招妓花了多少钱都要有收据。为招揽生意，司机被鼓励给吸毒者提供特殊优惠：1 个气球 15 美金，7 个只要 100 美金。周一到周六天天都买了气球的瘾君子，周日可以得到一个免费的。一次卖 0.1 克海洛因是这些司机唯一的一份工作，全职，一周七天，圣诞节无休。因为吸食海洛因的人每天都离不了它。

窝点的利润靠零售业的传统做法——加成。他们的顾客都是精神恍惚、不顾一切的瘾君子，买不起半公斤的海洛因。任何一个想买大量海洛因的人十有八九是警察，目的是想办成一件案子，这会让毒贩坐好几年牢。线人说，你要求买大量的毒品，他们就会关机。然后你再也不会听到他们的消息了。这真的让线人吃惊。他从没听说过还有哪个墨西哥贩毒集团更愿意按小剂量卖毒品的。

此外，铽利斯科的贩毒窝点从来不和非洲裔美国人打交道。他们的毒品不会卖给黑人；也不会从黑人那里买，他们害怕被黑人抢劫。他们几乎只做白人的生意。

查维斯看得出，线人所描述的情况是美国地下毒品世界的一个重大创新。这些创新与合法的商业世界的创新一样，都会产生很大的影响。例如，有人发现将可卡因和水、小苏打混合加热，它就会变得像石头那么硬，一种名为"快克"的可吸入可卡因就此诞生。快克是可卡因的一种更有效的传递机制，可以将它直接送进大脑。

铽利斯科毒贩的创新实际上也是一种递送机制。从铽利斯科来的人发现白人——尤其是中产阶级白人的孩子——最想要的是服务和便捷。他们不想去贫民区或某些肮脏的毒品屋买毒品。现在他们不必去了。铽利斯科来的人会将毒品送到他们手里。

因此，这一系统快速扩张。到了1990年代，据查维斯的线人统计，美国西部十几个主要的大都市地区都有纳亚里特州的铽利斯科人运作的窝点。就当时而言，在丹佛，他就可以报出8到10个窝点，每个窝点都有3或4个司机，而且每天都开工。

听着查维斯的讲述，我感觉铽利斯科的人似乎是冲动之下才来的这里，事实上，很多墨西哥移民正是受这种冲动的驱使。大多数墨西哥移民在美国待了几年，并没有融入美国，而是想着终有一天会回家。这是他们的美国梦：衣锦还乡，向家乡的每个人炫耀。他们经常打电话回家，给家里寄钱，比起自己孩子就读的美国学校的事务，他们通常更关心老家屯子里打新井的事。他们回家参加村里一年一度的宗教节日，在烤肉宴、婚礼和成人礼上打肿脸充胖子地花钱。为了这些，他们一边在美国做着最艰苦的工作，一边在屯子里坚持不懈地盖房，房子就像纪念碑一样承载着他们有一天要衣锦还乡的愿望。这些房子要花十年才完工。这些移民每次回家都会给房子添点什么。他们始终如一地往房子一楼顶上加钢筋。钢筋是一种承诺，一旦他拿到钱，就会加盖第二层。一根根钢筋醒目地矗立在那里，成了成千上万墨西哥移民村庄和屯子的天际线的一部分。

完工的房子通常有大铁门、现代管道和大理石地面。随着那些梦想建造自己的房子的人们的离开，这些镇子慢慢地改善着。多年来，这些城镇变成了梦想之地，空旷如电影里的场景，移民们在圣诞节或一年一度的宗教节日期间短暂地回来放松一下，想象着有一天他们能再次回来，过上富足的退休生活。最讽刺的是，工作、抵押贷款和在美国出生的孩子让大多数移民永远无法回到墨西哥永久居住在他们用这种牺牲建起的房屋里。

然而，铃利斯科的海洛因毒贩却一直在这么做。他们的故事里有移民，有让一个贫苦的墨西哥人移民的动力，当然也有贩毒的故事。那些最终没有坐牢的铃利斯科毒贩回到了家乡，住进了他们的房子里。他们没有在美国扎根；事实上，他们在这里几乎不怎么花钱。牙买加人、俄罗斯人、意大利人，甚至墨西哥其他毒贩都在美国买房置业，炫耀自己的财富。而铃利斯科来的毒贩是查维斯所知道的唯一一群以回家为最终目标并且没开过一枪的移民贩毒集团。

随着业务的扩张，丹佛成了铃利斯科人的中心，对他们，可能美国没有哪个警察能比丹尼斯·查维斯了解得多。在我见到他时，几百人被捕、大范围的联邦诉讼都没能阻止铃利斯科的毒贩。他们像病毒一样蔓延，悄无声息，许多执法人员都无法认出他们，常常把铃利斯科的团伙错认为是不成气候的小毒贩。

"我称他们为'铃利斯科男孩'，"查维斯说，"他们遍布全国各地。"

9. 恩里克只能靠自己

蒂华纳，墨西哥

喧闹的蒂华纳是恩里克见过的最大的城市。成千上万的人如河水一般涌进中央汽车站，进入美国。车站里挤满了和他一样从屯子里来的卑微、饥饿的人们。男孩们在车流中奔来奔去，擦洗挡风玻璃索要零钱。想要穿过边界却被赶回来的男人们喝得酩酊大醉，他们让恩里克想起了屯子里的醉汉。

恩里克晚上睡在巴士终点站的长椅上，白天则去城里闲逛。他找到一个蛇头，询问去卡诺加公园的价钱。当他告诉那人他没有舅舅的地址，但会到处打听时，蛇头笑了。

"卡诺加公园大得很，可不像你们家的屯子。"

尽管如此，他依然坚持留在蒂华纳，不想像个失败者一样回到家中。他在巴士车站的卫生间里洗澡，每天早上，他看上去更像一个蒂华纳街上的流浪小孩。最后，他饿极了，他最好的衣服又脏又臭，钱也几乎用完了，他流着泪拨通了屯里的电话。他的离开已经成了屯里人谈论的话题，亲戚们围在电话旁。打第二通电话时，他母亲歇斯底里的声音在那头响起。她给了他舅舅们在洛杉矶的电话号码，他们正在来找他的路上。他们到了以后，让他假扮一个有证件的人的儿子，安排他通过了边界。两天后的早晨，恩里克正坐在其中一个舅舅位于圣费尔南多谷卡诺加公园的公寓里。

"现在,"舅舅说,"我给你 1 000 美金,一个行李箱,你回家去吧。"

"不,你不能用 1 000 美金逼我放弃我想要的生活。"

舅舅们带他去吃饭,然后,带他去了另一间公寓。一个舅舅打开柜子,里面琳琅满目地摆着几十条李维斯 501 型裤子,上面还有标签和价格。

"想要什么就拿吧。"

就这样,这个从来只有两条破裤子的恩里克,现在有了自己此生第一条全新的、深蓝色的 501 型裤子。501 型裤子标志着他这次北上的经历。很久以后,他还能记起第一次在美国给自己买的、后来他第一次回家时穿的 501 型裤子。

在家乡,屯里人还有恩里克自己一直以为舅舅们在北方某个体面的行业努力工作,每次他们回来时,这笔钱都足以采办丰厚的礼物。现在他们让他坐下。一个舅舅抽出一个鞋盒,盒子里装满了高尔夫球大小的黑黑的、黏稠的东西,还有各种颜色的气球。

"那是什么?"恩里克问。

"chiva。"舅舅说。这个西班牙语是山羊(goat)的意思,是墨西哥的俚语,指黑焦油海洛因,"我们就是这么赚钱的。"

印第安科拉族的农民在铪利斯科的山上种植罂粟。他们将从罂粟花里收获的鸦片胶液,卖给恩里克的舅舅们认识的制毒者。几天后,新制成的 1 公斤酸酸的、黏乎乎的海洛因,会被放入一个手提录音机或背包里送去美国。这些海洛因几乎没有稀释,通常从罂粟的果实中提取的黏液仅一周后就会出现在洛杉矶街头。

恩里克的舅舅一边说着,一边把小片的泥状物搓成了 BB 弹大小的球形。他把每个球放入一个小气球里,再把每个气球都扎好。最后,他用毛巾把电话包住,压低电话的铃声。恩里克正想问为什么要这样做,舅舅已经把电话插上了,电话进来了,就再也没有停过。

他的舅舅在此起彼伏的电话铃中向他解释说,这些都是顾客。我们有一些人带着这些气球,整天开车到处跑。我们告诉每个打来电话的人一个不同的地点,跟司机见面。然后,我们会呼叫司机,发一个代码给他,代表顾客所在的地点。我们整天都在做这事。

"如果你不来,我们是不会告诉你这些的,"他的舅舅说,"但是,现在你来了……"

恩里克看到了他的机会。他恳求为他们工作。一个舅舅说,你太小了,你得上学去,或者我们送你回家。但恩里克一再恳求,最后,舅舅们心软了。他们派他去大多数洛杉矶人称为"山谷"的地方开车。

圣费尔南多谷占地260平方英里,比芝加哥还要大,包括了洛杉矶北部的广阔地区。西端是卡诺加公园,人口6万,种满棕榈树的林荫大道将这个地区一分为二。住宅区街道的两旁是灰泥粉刷的那种典型的、朴素的郊区牧场式房屋。

1950年代,这里是橘园,此后多年,卡诺加公园和山谷一向以白人居民为主,只有较小的墨西哥裔美国人的聚居区。但是,墨西哥人大举移民南加州以及冷战的结束,改变了这个地区。国防承包商离开了这里;许多白人也离开了。很快,洛杉矶像范奈斯、瑞西达、北好莱坞以及卡诺加公园这样的一些地区,大部分都是墨西哥人。当恩里克到达时,这些变化正在起步。

恩里克虽然只有14岁,但个子够高,开车不会引起怀疑。他嘴里塞满小气球,按舅舅们发的传呼,开着车在圣费尔南多谷的街道上转悠。他知道卡诺加公园的尽头是哪里,西山的起点在哪里。他就沿着棕榈树林立的大道开——谢尔曼、罗斯科以及塞普尔维达——这些道路比家乡的公路还要宽。

在他的记忆里,最初几个星期就像童话一样,仿佛他以前所听到的美国的一切都是真的:钱、衣服、美食似乎如阳光一样应有尽有。回到公寓,他打开录像机,色情电影立刻开演。他的舅舅们常常在一家名为"塔帕蒂奥和波科斯"的海鲜餐馆吃饭,在纳亚里特州的移民常去的 the Majestic 酒吧喝酒；只要恩里克和他们在一起去，女服务员就会给他端来啤酒。他想成为一名州警的念头，就跟有关学校的想法一样，早已消失无踪。

几个月后，舅舅们把恩里克安顿在德索托大街的一间公寓里，给了他两辆车的钥匙。他负责的业务是——把海洛因塞进气球里，接电话，告诉街上的司机要去的地点。电话一整天都响个不停，直到晚上8点，他把电话拔了。15岁时，他一天可以接到价值5 000美元的海洛因订单。公寓的衣橱里满是偷来的501型裤子、录像机和色情电影，这些都是瘾君子拿来换毒品的。洗牛仔裤时，恩里克再也不用担心洗褪色了，还会有更多的牛仔裤。他用香喷喷的浴液洗澡，过去在村里的池塘游泳，现在是在一个舅舅家的游泳池，那个社区住的都是美国人。他的客户有护士、律师——他最好的客户之一是个富有的律师——妓女、从越南回来的士兵、生活在贫民窟的老瘾君子，还有年轻的拉美混血儿。

一天，他在一个舅舅家里，电话响了，是从家里打来的。舅舅的脸色立刻变得阴沉。

"有麻烦了。"他边说边把手盖在了话筒上。

"麻烦"这个词，似乎并不需要太多解释。但在墨西哥的屯子里，这是个委婉的说法，指的是错综复杂的谋杀和违法行为。麻烦，是因为一言不合、财产纠纷、抢了一个姑娘结婚所引发的枪击和争斗。正是"麻烦"使得屯子里的人生活贫困，纷纷北上逃往美国。大量移民美国，更多是因为遇到了麻烦——逃避谋杀、逃离世仇——而不是仅仅因为经济和贫困。麻烦，可能会在不到一代人的时间里让屯子里人去屋空。有时候，一个村庄会看着麻烦消失，但不出几年，又因为在公共汽车上或街角偶然遇见旧敌，而重燃旧仇。屯子里举办舞会的时候尤其容易出麻烦。舞会上，人们喝了酒，平静的表象之下涌动着性和男子气概。一些镇子流传着这样的说法："星期五晚上跳舞，星期六早上收尸"。一场舞会上的枪击事件能让一个家庭与另一个家庭结怨多年。谨记错综复杂的冲突史是在屯子里生存的必备技能。

这样的事件割裂了恩里克母亲的家族。恩里克从来不知道母亲家族的两方为什么不和,也不知道既然问题这么严重,他的外祖父母为什么还要结婚。可是,长期争斗就像坏天气一样来来去去。那天早上,打到卡诺加公园的电话宣布了坏消息,冲突又发生了。村里发生了大规模枪击事件,2人死亡,15人受伤,恩里克母亲家族的一方应受指责,受害者大多是另一方的。

枪击事件的消息,其意义在于提醒恩里克记起自己为什么在卡诺加公园卖毒品。在家乡,吸毒者和恋童癖在道德上处境一样。而卖毒品是他摆脱这些麻烦的出路。他在谢尔曼路上看见上白班的工人,受人盘剥,有时还拿不到工钱——但这并没有被视为犯罪。他们试图以正确的方式工作,看看结果又是什么。他没有强迫任何人买他的毒品。想到这些,想到他正在逃避的各种麻烦,他感到了平静。501型牛仔裤也好好的。

他在卡诺加公园为舅舅们工作了7个月。最后,他们为他收拾了一个行李箱,给了他2 000美金作酬劳,送他回家了。他认为他应该得到更多,但即使在圣费尔南多谷,屯子里的贫困风气依然盛行:他们可以利用他,所以就利用了,他不能说不。海洛因并没有改变这一点。事实上,他认为他的舅舅们在很多方面依然是小心谨慎的村民。他们在圣费尔南多谷待了快十年了,然而他们还是干了几个月,赚了点钱就关门歇业,比起警察,他们更怕家乡人的看法。

几十个村民热情地欢迎恩里克回家,回到与世隔绝的蟾蜍村,一个离纳亚里特州的铅利斯科只有几英里的屯子。这个蟾蜍村来的可怜孩子,如今被大家仰慕,他是村里唯一一个独自越过边境的男孩。他把钱给了母亲,自己只留了200美金。他买了一瓶卡萨多雷龙舌兰,那天晚上还举办了盛大的聚会。老人们围着他问个不停。几个朋友把他拉到一边,求他帮忙找份和他一样的工作。他搪塞了过去,但他明白，消息很明显传得比他的舅舅们想象的要多。他想几个月之后自己回加州。

他才 15 岁，人们都来找他帮忙。这是一种奢侈的感觉，他沉浸其中。夜色与龙舌兰酒交织在一起，驱散了令人窒息的热浪，音响里播放着他最喜欢的科里多①——蒂华纳的 Los Incomparables 乐队演唱的 *El Numero Uno*。

恩里克举起他那把贝雷塔 9 毫米口径手枪射向天空，扣动扳机时，他嚎啕大哭。

---

① corridos，中美洲和南美传唱的抗议歌曲，1910 年始于墨西哥革命期间的民谣。——译者

10. 罂　粟

　　罂粟的故事几乎和人类的历史一样古老。鸦片很可能是人类的第一种药物，一直可以追溯到两河流域农业文明形成的时候。美索不达米亚人在底格里斯河和幼发拉底河流域种植罂粟。亚述人发明了一种方法，将罂粟荚切开，抽取含有鸦片的汁液，这种方法如今依然被广泛使用。马丁·布斯在其经典著作《鸦片史》（*Opium: A History*）中写道："苏美尔人创造了世界上最早的文明和农业，他们用象形文字hul（欢乐）和gil（植物）来表示罂粟，翻译过来就是'欢乐草'。"

　　古埃及人率先将鸦片制成了药物。蒂巴因，一种鸦片的衍生物，以古埃及的城市底比斯之名命名，底比斯是第一大罂粟生产中心。印度人、希腊人也种植罂粟，使用鸦片。荷马和维吉尔都提到过鸦片，以及由鸦片衍生的各种药剂。不断扩张的阿拉伯帝国和后来的威尼斯人都是与生俱来的商人，在他们的帮助下，这种药物走向了世界。

　　早期文明把鸦片视为一种减轻生活重负——悲伤和痛苦——的解药，一种有效的助眠剂。人们也知道鸦片有致命的毒性，会使人习惯性地使用。但鸦片的众多益处使风险很容易被忽略。

　　19世纪初，一位德国药剂师的学徒弗雷德里希·瑟图纳从鸦片中分离出一种催眠成分，遂以希腊睡眠与梦之神摩菲斯之名将其命名为吗啡。与普通的鸦片相比，吗啡更强效，更能抑制疼痛。

　　战争使吗啡分子遍及整个19世纪。330多场战争的爆发，迫使各国都学着生产吗啡。美国的内战促使弗吉尼亚州、佐治亚州、南卡罗来纳州等地首次种植起了罂粟，给这个国家留下了成千上万名吗啡成瘾的士兵。19 世纪有两场战争是关于吗啡本身的，以及关于中国是否能阻止自己的领土上出售印度种植的鸦片。这种药物给大英帝国带来了巨额的收入，也是自给自足的中国人表现出兴趣的为数不多的产品之一。两次鸦片战争，中国都败给了英国，这就解释了中国在 1900 年时广受诟病的普遍存在的鸦片问题，而这个国家在 1840 年时抽鸦片的人只有中等数量。

与此同时，1853 年，爱丁堡一位名叫亚历山大·伍德的医生发明了皮下注射器针头，这是一种比口服和当时流行的肛门栓剂都好的给药系统。针头会让剂量更精确。伍德和其它医生还认为针头确实会消除患者服药的欲望，而药也不再必须口服了。事实证明，这一观点是不正确的。伍德的妻子成了有记录以来第一位因注射阿片制剂过量致死的人。

在美国，更多的鸦片随着（新近上瘾的）中国移民而来，这些人常常躲在旧金山等地唐人街后巷的烟馆里抽鸦片。鸦片馆被取缔，中国移民被定为非法居留之后，抽鸦片的现象也终于减少了。吗啡取代了鸦片。

与此同时，含有吗啡和鸦片的专利药被当作奇效药出售，这些有名字的灵丹妙药被人们作为家庭常备药。例如，鸦片是"温斯洛太太舒缓糖浆"里的活性成分，它被用来让儿童平静下来。这些药物在报纸和大众媒体上被大力推广。专利药的销售剧增，从 1859 年的 350 万美元增长到 20 世纪的近 7 500 万美元。

1874 年，伦敦的奥尔德·赖特医生在努力寻找一种不会致瘾的吗啡，此时他合成了一种强效止痛药，他称之为二乙酰吗啡。1898 年，德国拜耳实验室的化学家海因里希·德雷泽重复了赖特生产二乙酰吗啡的流程，将其产物命名为海洛因（heroisch）——德语意为"英雄"（heroic），拜耳的工作人员以这个词来形容当德雷泽在他们身上测试这个药时他们的感受。

海洛因最初被认为是非致瘾性的。海洛因药片作为治疗咳嗽和呼吸系统疾病的药物在市场上销售。随着结核病日益成为公众健康的威胁，这种药物变得重要起来。自那时起，瘾君子发现海洛因会引起便秘，因此它又被当作止泻药销售。女性则根据医嘱用海洛因来治疗痛经和呼吸道疾病。对于缓解疼痛或治疗疾病，医生手里并没有太多别的药能开。于是，人们开始对一种药物上瘾，他们认为这种药安全，因为医生是这么说的。

这在美国引得舆论沸腾，迫使1914年通过了《哈里森麻醉品税法》。该法对阿片制剂和古柯叶产品征税并加以管制，同时允许医生在医疗实践中使用它们。但是，当警察开始逮捕给瘾君子开阿片类药物的医生时，这个法案变成了美国第一个禁毒法令。药物成瘾尚未被认为是一种疾病，因此从技术上讲，成瘾者不是病人。

很快，医生就停开这类药物了。身体确有疼痛之人只能忍着。与此同时，瘾君子开始犯罪。"［因为瘾君子］得不到他所需的医疗服务，"某医学杂志报道称，"迫不得已求助于能给他药的犯罪组织……最堕落的罪犯往往也是提供这些成瘾药物的人。"

随后，政府发起了一场把"有毒瘾的人"妖魔化的运动，听命于政府的媒体推波助澜。成瘾者成了异常、有犯罪倾向、意志薄弱的道德败类。几十年来，这种观念逐渐生根，对成瘾者形成了固定的看法。海洛因毒贩的神秘形象也由此产生。此人可能潜伏在校园、糖果店周围，向年轻人分发会让人上瘾的毒品，希望培养未来的客户。

与海洛因的高致瘾性相比，海洛因的医疗用途微乎其微，因而本应成为历史。然而它却替代了吗啡在街头的地位。它之所以蓬勃发展，是因为它是为毒贩量身定做的毒品。海洛因易于制作，比吗啡价格便宜，而且它更为浓缩，因而也更易隐藏，稀释后获利更丰。相比其他阿片类药物，它能更快、更猛地冲到兴奋的顶点（highs）和降到低点（lows）。一个瘾君子一天要吸好几次海洛因，身体靠它才能正常活动；因而他成了极好的顾客。

　　毒贩和黑手党把海洛因变成了事业。纽约之所以是美国的海洛因中心，部分原因在于其早期生产商就设在那里。海洛因一旦被定为非法，就从欧洲和亚洲秘密通过纽约的港口运了进来。纽约的移民在大街上兜售：有中国人和欧洲的犹太人，后来，又有了波多黎各人、哥伦比亚人和多米尼加人。出于海洛因分销的需要，纽约在20世纪的大部分时间里依然是全美主要的海洛因集散地。虽然海洛因主要来自亚洲、中东或哥伦比亚，却是从纽约的港口进入美国的，然后由不断补充进来的移民或黑帮分销，并由此地运往东海岸和中西部地区。

　　与果酒一样，大麻已经杂交出了无数品种。但海洛因是一种商品，就像糖一样，通常只在其稀释——换句话说就是冲淡——的程度或其加工和提纯的程度上有所不同。因此，为了对他们的产品进行优化，毒贩们学会了积极营销，而纽约就是他们学会这么做的第一个城市。

　　意大利人显然是这方面的领头羊。1930年代，"新一代颇有闯劲的意大利黑帮开始进军毒品交易，取代了其他群体，尤其是犹太人，"历史学家大卫·考特赖特在其著作《黑暗乐园：美国鸦片成瘾史》（*Dark Paradise*）一书中写道，"不仅毒品的价格上涨了，掺假的水平也提高了。"

　　纽约的意大利人向新客户免费提供小样，由此开创了海洛因推广的先河。在这些意志薄弱的吸毒者带领下，注射吸毒日渐风靡。注射海洛因会让哪怕只是一丁点剂量的海洛因直接上头，最大限度地提高快感。注射引发了严重的公共卫生问题，其中，吸毒者中感染丙肝和艾滋病的比率相当惊人。（墨西哥的黑焦油海洛因也加入其中，因为这是一种半加工、较少过滤的海洛因，注射时，毒品中的杂质会堵塞吸毒者的静脉。有的吸毒者找不到静脉血管就进行肌肉注射，从而导致感染、皮肤溃烂、肉毒中毒，甚至坏疽。）

　　1970年代，当时大多为黑人的东海岸海洛因毒贩开始在玻璃纸袋上印上品牌，宣传袋中毒品的效力，或者印上当天的头条新闻：其品牌包括"地狱日"、"有毒废料"、"绝代佳人"、NFL、"奥巴马医改"、"政府关门"等。

过去十多年里，循规蹈矩的美国人所鄙视的毒品成了受鄙视的美国人的首选毒品，后者是城市弃儿、到处流窜的骗子、同性恋者、扒手、艺术家和爵士音乐家，他们构成了早年的海洛因世界。在威廉·巴勒斯的《瘾君子》（*Junky*）等非主流经典作品中描述了这个世界上不墨守成规的居民，也引起了后代人的反叛意图。

然而，海洛因从来就不是对社会规范的浪漫颠覆，反倒是美国最正统的事：商业——枯燥无味、冷血无情的商业。海洛因被用来构建有组织的地下商业。哪天不买毒品，并不是成瘾者的意愿能决定的。他们是赶尽杀绝的吗啡分子的奴隶。因此，假如毒贩们不吸毒，并在市场上销售的话，他们几乎可以按照商学院所教授的原则组织海洛因的分销。

销售阿片制剂的故事，很快就成了商业模式和寻找新市场的案例。

11. 比种甘蔗容易

铃利斯科，纳亚里特州

1996年4月的一个下午，一支送葬队伍从墨西哥纳亚里特州的阿奇利斯-塞尔丹村离开。

一行数十人跋涉上山，向北前往县城铃利斯科，他们阻塞了通往南部的巴亚尔塔海边度假胜地的公路交通。一支由小号、单簧管、低音鼓和响弦鼓以及一只巨大的大号组成的铜管乐队，为这群人演奏着小夜曲《你要走了，我的天使》。男人们向空中鸣枪，轮流抬着棺材，棺材里躺着的人名叫大卫·特耶达。

他从小就在屯子里长大，按照墨西哥农村的标准来说，他的生活还算富裕。但当他去世的时候，他手里的安达卢西亚马和夸特马[①]是全县最好的品种。他同时也是一位骑马舞大师。骑马舞是在墨西哥西北部农夫当中非常受欢迎的一种消遣，包括刺激和激励马随着乐队演奏的节拍奔驰跳跃。在该县一年一度的玉米节上，会有蜿蜒穿过铃利斯科的传统的马匹游行，然后，大卫·特耶达就会迎着众人艳羡的目光表演超凡的骑马舞技艺。

这会儿，大卫·特耶达家族的男人们抬着他的尸体，准备下葬，他们还牵着他最心爱的动物———一匹名叫帕罗莫的白色夸特马，背上装着马鞍，只是没了骑手——马匹随着乐队演奏的音乐起舞。一个小时后，送葬队伍沿着公路向上走，穿过鹅卵石铺就的街道，来到了铃利斯科的墓地。

大卫·特耶达是铃利斯科县第一批在圣费尔南多谷卖海洛因的人之一。还有一点也很重要，他也是第一批公开展示黑焦油海洛因能为村里的孩子做些什么的人之一。他建了马厩，把它和他为家里盖的崭新的大房子挨在一起。

在我开始将"铃利斯科男孩"的故事一点一点拼凑起来后，我就听说了大卫·特耶达这个名字。那时，从我站在西弗吉尼亚州亨廷顿的俄亥俄河畔那天开始的事情，已经让我逐渐对纳亚里特州的铃利斯科镇的农民着了迷。成千上万美国人沉迷于"铃利斯科男孩"卖的黑焦油海洛因，后者每月净赚数百万美元。我没有找到任何有关他们的报道，但我发现他们正在改变美国许多地方的毒品使用情况。我不知道他们是如何进入这么多地方的：孟菲斯、奥马哈、默尔特海滩、纳什维尔、印第安纳波利斯以及明尼阿波利斯。

事实上，他们让我想起了我有所耳闻的另一团体——埃雷拉家族。他们是墨西哥第一个在美国贩毒的大型农民家族，生活在一个屯子里及其周边，那个屯子被贴切地称为洛斯埃雷拉，坐落在与世隔绝、没有道路通往外面世界的杜兰戈的大山里，那里建于 17 世纪末，几个世纪以来只能靠马匹进出。和墨西哥的许多屯子一样，他们其实是一个大宗族，由许多互相通婚的异族家庭组成，比如姓涅瓦雷斯、梅迪纳、迪亚兹、维拉努埃瓦以及韦内加斯的。他们与洛斯卡拉雷斯村的卡拉尔家族通婚。据执法部门估计，这个部族有 1 000 人，分布在杜兰戈的几个屯子里，所有的人都在从事海洛因的生产、运输或销售。

1950 年代，第一批埃雷拉家族的人到达芝加哥时，似乎曾有意从事合法的工作。然而，杜兰戈山区的罂粟生长旺盛，最后，他们还

---

① 又称"1/4 英里马"，美国品种，以擅长短距离冲刺而著称。因在 1/4 英里或更短距离的比赛中能远远超过其它马种而得名。——译者

是转向了海洛因生意。

当时，美国市场的大部分货源都来自土耳其、阿富汗以及有半个世界之遥的东南亚，这些毒品都是经纽约进入美国的。但在 1972 年，警察摧毁了土耳其和欧洲之间的海洛因网络，即人们所知的法国贩毒网（French Connection）之后，埃雷拉家族就成为美国许多地区最重要的海洛因货源，每年进口 7.5 吨被称为"墨西哥泥"（Mexican Mud）的棕色粉末。

埃雷拉家族"本身并不是一个真正的贩毒集团，而是一个旧式的有组织犯罪家族"。利奥·阿雷金说，我找到的这位退休的缉毒署特工 1980 年代初曾打入过该家族。他说，埃雷拉家族的大多数人看上去就像汽车修理工，衣着邋遢，不起眼，开着一辆破车。阿雷金过去常常从埃雷拉家族的一个人那里买货，此人开着一辆破旧不堪的车去麦当劳的会面地点，那辆车一启动，屁股后面就留下一团黑烟。这个家族中有个人叫鲍尔塔扎·涅瓦雷斯-埃雷拉，他在芝加哥拥有一家肉牛屠宰场。有段时间，这个家族会在墨西哥把海洛因装在小金属管里，喂牛吃下肚。等奶牛到达芝加哥后，它们会被屠宰，金属管就取出来了，阿雷金说。

这个家族后来转移到了丹佛、底特律、达拉斯、俄克拉何马城、洛杉矶以及其他城镇。每个家族成员都是一个独立的企业主，购买家族制造的海洛因。芝加哥警方对埃雷拉家族进行过一次调查，估计仅在芝加哥一地，这个家族所获利润就高达 6 000 万美元，这些钱通过芝加哥南部一带的非法货币兑换点流入杜兰戈。这个家族用其中一部分钱在墨西哥西北部的山区建造公园、修筑道路、添置了其它设施，想让村里的人因此对毒贩增加点好感。

掌管这个家族的是族长唐·杰米·埃雷拉-涅瓦雷斯，以前是个警察，一生从未离开过墨西哥。在墨西哥，1 盎司海洛因实际上只有 25 克，而不是通常标准 1 盎司的 28 克，据说，个中原因与他有关。（这一差距在买家中引发了许多争端，他们原本不知道这里面的差别,感觉自己被宰了。)有传言说,唐·杰米有一把大勺子,每舀一勺就是25克,他一向就是用这把勺子来舀海洛因的。在墨西哥的海洛因圈子里,这成了标准的1盎司。我从不知道这个传言是真是假,好几个追查过埃雷拉家族的老一辈美国缉毒署特工都讲过这件事。

1985年,唐·杰米、他的几个兄弟和堂亲,还有他的儿子杰米托特以及其它几十个亲友都被捕了。许多人进了监狱。但这并没有终结这个家族的贩毒活动,只是他们不再有之前的实力了。

拉丁美洲离美国比较近,因此,拉丁美洲地区在许多农产品方面都保持着更大的竞争力,最终把土耳其和亚洲产的海洛因挤出了美国市场。哥伦比亚人1980年代开始在美国东部半个地区引入他们的棕色粉末,以及他们更为知名的可卡因。它比亚洲生产的白色粉末要便宜许多。其它墨西哥人,尤其是锡那罗亚人,1980年代初开始将黑焦油海洛因运进北面的美国西部地区,取代了"墨西哥泥"。即使埃雷拉家族减少了供应量,美国的海洛因价格还是持续走低。

黑焦油是最原始的一种海洛因,生产成本尤为低廉。再加上墨西哥近在咫尺,黑焦油的价格可能会继续下跌。正如我发现的,这对我在发掘"铪利斯科男孩"的网络时听到的故事至关重要。

"铪利斯科男孩"似乎是现代版的埃雷拉家族,很难对其加以控制。我筛选了一些关于他们隐秘的地下组织的信息碎片,它们是我从起诉书和对吸毒者、警察、检察官、美国缉毒署和联邦调查局特工以及身陷囹圄的铪利斯科毒贩的采访中搜集到的。渐渐地,一幅画面浮现了出来,即一个小镇的一群甘蔗农是如何在21世纪初发展为美国有史以来最能干的贩毒集团的。

从铪利斯科走出来的第一批移民定居在圣费尔南多谷,包括范奈斯、帕诺拉马城和卡诺加公园。许多铪利斯科来的移民在那里是非法居留,却在建筑、景观美化和餐馆里从事着合法的工作。然而,到了1980年代初,少数几个家庭开始在山谷的大街上、公园里出售黑焦油海洛因。铪利斯科山区里的罂粟长势喜人,这些家庭有亲戚掌握了诀窍,能将罂粟乳白色的汁制成黑焦油。黑焦油和黏土一样具有可塑性,因而很容易做成各种形状,比如做成一个便捷式音箱的电池舱。他们的黑焦油效力强且属于浓缩型,再加上它本身是海洛因,瘾君子每天都离不开,所以采取零售方式,便是真正的利润来源。这种销售方式对应的需求量相对较小,一个快递员可以将1公斤海洛因装在手提包里,或绑在衣服下面。住在蒂华纳的铪利斯科家庭自己充当快递员送货。

从铪利斯科来的第一批海洛因贩子大多来自同一个宗族,他们当中许多人都姓特耶达。在铪利斯科县,特耶达家族分布在好几个村庄里,彼此之间都是表亲、姐妹、叔伯、兄弟和姻亲。其它姓氏还包括桑切斯、迪亚兹、伊巴利亚、利萨马、洛佩兹、纳瓦罗、西恩富戈斯、勒马、伯纳尔、加西亚、埃尔南德斯,还有通过血缘、婚姻和农村生活而联系在一起的人——那些一样种着甘蔗、咖啡、玉米并养着牛的农民的孩子。

他们不是铪利斯科的农场工人中最穷的。恰恰相反,"他们有足够的钱去北面,付钱给蛇头,寻份新工作。"跟我聊过的一位特皮克的内行说,他也是从铪利斯科来的。"铪利斯科镇出了很多知名的甘蔗大户。正因为有了他们,铪利斯科的甘蔗产量才能在纳亚里特州名列第一。而他们的儿子就是在八九十年代开始从事这行[海洛因生意]的人。父母们试图教这些孩子农活,孩子们也曾在地里劳作,真的非常辛苦。他们不想重复父辈的生活。在发现[海洛因]生意不错之后,他们开始远走他乡。做这一行要比继续种甘蔗容易赚钱。"

80年代初,在手机或传呼机出现之前,这些特耶达家族的人就站在街上或圣费尔南多谷的某个公园里。买家走近了,毒贩就会用小刀切下一块海洛因。

我猜想,正是因为他们住在圣费尔南多谷,他们的故事才有可能性。他们远离锡那罗亚人。锡那罗亚是墨西哥的一个州,也是毒品走私的发源地。锡那罗亚人往往盛气凌人、厚颜无耻,还很暴力。其他墨西哥人都对他们敬而远之。1980年代，锡那罗亚人逐渐控制了洛杉矶县的东部地区。洛杉矶东南部的一些小郊区——派拉蒙、亨廷顿公园、贝尔花园、南门及其它一些地方——最初是二战的退伍军人居住的社区，但到了1980年代，这些城镇已经成了墨西哥人的，锡那罗亚人尤其多。每到这时，这些城镇也就成了锡那罗亚毒品分销系统的终端，并由此销往美国各地。然而，圣费尔南多谷很远，要穿过洛杉矶西北部的丘陵地带，那里的锡那罗亚人没那么多。其它的毒贩就有了扩张的空间。

最早的一批"铉利斯科男孩"中这么做的是大卫·特耶达，他是阿奇利斯-塞尔丹村一个富裕的甘蔗农场主之子，并且是6个儿子中的老大。至少按照当地的标准看，他家很富有。甚至在他北上去贩毒之前，家里就是有农田、房屋的，还养了牛马。大卫·特耶达有着浅色的皮肤，喜欢戴白色牛仔帽，穿有肩章的皮夹克，就像被杀害的毒品叙事诗歌手查里诺·桑切斯。特耶达住在卡诺加公园，在范奈斯的the Majestic酒吧喝酒，那是像恩里克的舅舅们一样的铉利斯科毒贩最喜欢的酒吧。他总是打架，有很多女朋友，也因此树敌无数。但他给了家乡来的穷孩子们在圣费尔南多谷工作的机会，也获得了许多人的敬重。

"我们都梦想着来这里为他工作，"一个铉利斯科来的毒贩说，我是在美国一座监狱里跟他交谈的，"我去找他，请他给我份工作。那时我十三四岁。他说不行，我太小了。许多孩子也都来找他，提出同样的请求。我有一些表兄弟和朋友来这里为他工作过。"

1980年代末和1990年代初，洛杉矶是帮派活动的聚集地。在某些地区，每隔几个街区就由一个不同的帮派控制着。那时是"快克"的市场，一群群年轻人站在洛杉矶的街头兜售。各帮派开始对这些街头毒贩征税。大约在这个时候，"铉利斯科男孩"不再在街上、公园里进行海洛因交易，而是转到了车上。瘾君子会得到一个电话号码。他们一打电话，就会被告知去哪里与司机见面；司机在传呼机上的代码的指引下去找等候的客户。汽车和传呼机使得海洛因毒贩可以接触到更广泛的客户群,这也让"铪利斯科男孩"不容易被警察注意。有了车,毒贩们就逃避了帮派的征税以及伴随街头毒品交易而来的暴力。

随着递送模式的初步建立,业务蓬勃发展。有关这桩生意的消息传遍了铪利斯科。更多的年轻人从小镇来到了这里,他们比照这个系统依葫芦画瓢,把他们的新业务称为"小店"。对于一无所有的农村孩子来说,拥有一桩生意本身就是一种麻醉剂。一些司机在已有的窝点学习业务,然后出去开创自己的业务。每个窝点都是一桩独立的生意,会跟其他窝点竞争。枪战是不可想象的。暴力冲突会引起警方的注意;枪支会带来漫长的牢狱之灾。而且,从铪利斯科来的每个人都互相认识,暴力冲突便可能会在家乡引发极大的反响。于是,一种"自己卖也允许别人卖"的理念深入人心,到了1990年代初,铪利斯科人开的卖海洛因的"小店"已经不知不觉地遍及整个山谷。随着越来越多的人加入这一行,利润变薄了。警察得到消息,逮捕了几名毒贩。

似乎就在这时,也就是1990年或者前后一两年的样子,大卫·特耶达注意到了夏威夷。他一直在卖货给从夏威夷远道而来的瘾君子,现在他把一队司机调去了夏威夷,以那些买过他海洛因的瘾君子为向导开拓新市场,那里的海洛因价格是原来的3倍。

渐渐地,其它人也纷纷效仿他,铪利斯科的毒贩便开始扩张。没过多久,他们的身影就出现在了波莫纳、圣地亚哥、波特兰,然后是拉斯维加斯。特耶达"并不反对其它人开设他们自己的小店,他认为客户多得是,每家小店都分得到",另一个毒贩说。

但事实并非总是如此。当时,大多数城市里都有一个海洛因成瘾者的小圈子,这些人通常又老又穷。一波毒贩初来乍到时,不得不从已经在这里扎根的毒贩手里抢客户。随之而来的零和游戏教会了"铪利斯科男孩"品牌和营销的重要性。为了留住顾客,他们学会了强调客户服务、商品折扣、送货便捷和安全。他们必须保证从他们手上出的货一直是高质量的,即没有经过稀释,效力很强。

整个 1990 年代,他们一边与其他毒贩竞争数量有限的客户,一边继续寻找新的、尚未饱和的市场。当他们这么做的时候,墨西哥的贩毒准则已经对他们不起作用了。

大多数墨西哥毒贩都会跟随从他们家乡来的移民。这是聪明的选择,也是人之常情,因为到 1990 年代末,墨西哥移民是所有移民群体中定居范围最广、人数最多的。墨西哥移民生活在农村地区,那里的警察通常只会说一种语言,警力也不足,这些地方还存在着只接受现金的生意——墨西哥餐馆、汇款业务——这可以用来洗钱。到了 1990 年代,墨西哥人在科罗拉多州、佐治亚州以及阿肯色州农村地区的小镇和社区的肉类加工厂里工作,这些地方便成了毒贩的主要集散地,他们在此将带来的毒品进行拆分,为更大的城镇供货。墨西哥的毒贩就是这样跟随移民扩展业务的。因此,比如到了 1990 年代,锡那罗亚的毒贩就有可能利用锡那罗亚的移民社区作为联络点,与美国社会打成一片,在全美许多地方寻找毒品市场。米却肯州的毒贩也在美国很多地区采取了同样的做法,对于这些地区来说,米却肯州移民是当地经济的重要组成部分。

可是,纳亚里特州在墨西哥面积最小的州里排名第五,人口仅有 100 万,其移民人数非常少,且主要集中在洛杉矶和里诺。为了开拓新的海洛因市场,"铪利斯科男孩"不得不转战那些没有他们的家人,也没有村里老乡的地方。而他们就是这么做的。一如西班牙征服者,他们敢于跳出舒适的家乡人脉,到外面闯荡,这已经成了"铪利斯科男孩"骨子里的天性之一。

但是要做到这一点,他们需要向导。西班牙依靠对阿兹特克人恨之入骨的印第安人带路,穿过新世界,来到阿兹特克帝国的首都特诺兹提朗,也就是现在的墨西哥城所在地。瘾君子们也成了"铪利斯科男孩"的向导。"铪利斯科男孩"满足瘾君子的所需,作为交换,得到他们的帮助，进入新的地区，租房，注册手机，还买了车。

"有这么个人带你四处转转，帮你派发［电话］号码，这就像蜜蜂回巢一样，"一位被捕入狱的"铃利斯科男孩"这样告诉我，"他们彼此都认识。这就好比有了个侦察员。拉斯维加斯就是这样的。当地的一个吸毒女告诉家族里的部分成员，'我认识田纳西州的人'。于是，他们就和她一起去了孟菲斯。那里一度成了全美最大的市场之一。"

他们去了有很多墨西哥人的那些城镇，"铃利斯科男孩"可以融入当地，而且没有帮派和黑社会控制毒品交易。但是吸毒者把他们带到地头，帮他们找到他们的第一批顾客，还允许"铃利斯科男孩"极大地扩张，使其远远超出了他们原本只能依赖纳亚里特州移民关系网所拥有的范围。凭着吸毒者对其毒品的依赖，"铃利斯科男孩"利用这些人来把他们带入富裕的新市场，那里几乎没有来自纳亚里特州的墨西哥人，却有成千上万中产阶级白人家庭的孩子正在渐渐地对处方阿片类止痛药上瘾。

瘾君子可以在一座新城市的大街小巷嗅出潜藏的顾客踪迹，而这是"铃利斯科男孩"可能永远也找不到的。瘾君子们了解这个圈子的俚语，能从脸上读出绝望的表情。

最重要的是——对于"铃利斯科男孩"扩张地盘非常关键的是——瘾君子可以找出美国的美沙酮诊所的确切位置。

被称为美沙酮的止痛药是由德国科学家合成的，目的是使准备作战的德国纳粹实现医学上的自强。战争结束后，盟军取得了此项专利，美国礼来公司于1947年把这种药引入美国，美国医生把它定为帮助海洛因成瘾者摆脱依赖的潜在药品。

这一理念为纽约洛克菲勒医学研究所的戒瘾专家文森特·多尔医生所采纳。多尔发现，美沙酮是唯一一种吸毒成瘾者不需要每隔几个小时就要增加剂量的阿片类药物。相反，他们会很高兴每天服用一次同样的剂量，效力可以持续 24 小时。美沙酮成瘾者可以真的讨论毒品以外的其它话题，可是海洛因成瘾者却无法做到这一点，多尔发现，后者一心只在毒品上。他认为，成瘾者可以无限期地服用美沙酮，每天一剂，他们就可以像正常人一样工作生活。1970 年，他在纽约开办了第一家针对海洛因成瘾者的美沙酮诊所。

多尔认为，康复依赖于人际关系——小组治疗、12 步会议等。然而，对于那些试过所有手段都没能戒掉这个习惯的人来说，美沙酮可能是他们最后的希望，它会像一根拐杖，帮助他们度过一生。

理查德·尼克松总统批准将美沙酮作为治疗海洛因成瘾的药物，许多从越战归来的士兵都深受毒瘾的困扰。到了 1970 年代末，由联邦政府监管的美沙酮诊所如雨后春笋般在全国各地出现。这些诊所悄然无息地向人们展示了一种麻醉品是如何在安全、无犯罪的情况下合法地进行分发的。美沙酮可以让成瘾者的状态稳定，使其找到工作，修复受损的人际关系。同时，不存在受污染的针头，没有犯罪，瘾君子知道他们不会在诊所里被抢劫。更重要的是，美沙酮价格更低，削弱和取代了街头海洛因毒贩的生意，让成瘾者可以在一个干净明亮的地方购买阿片制剂；每个人的情况都更好了。

太阳还没出来，美沙酮诊所就营业了。原因之一是许多瘾君子找的是容易入的行当，当上了建筑工人、木匠、油漆工，他们必须很早就去上班。服用美沙酮的人就像幽灵一样，年复一年地一大早出现，服用各自的剂量，默默地过着自己的生活。可是，随着时间的推移，关于美沙酮的不同意见演变成了一场争论，一方认为美沙酮应当作为阿片类药物成瘾者戒断的手段，而以文森特·多尔医生为代表的另一方则认为，美沙酮就像治疗糖尿病的胰岛素一样，需要终身服用。

前一种策略或后一种策略本来可能都能奏效，但是这两种策略的最糟糕的情况却出现在了许多诊所里。美沙酮经常被小剂量分发，就好像是为了达到戒除毒瘾的目的。然而，随着美沙酮诊所变得以营利为目的，许多诊所削减了可能会帮助成瘾者完全戒断阿片类药物的咨询和治疗。批评人士认为某些诊所的老板是毒贩，多年来一直拖延病人的疗程，对实际价格大约 50 美分一剂的药品收取二三十倍的费用。1990 年，美国会计总署报告称，有一半的诊所管理不善，不负责任，极少提供咨询服务或者后续治疗。

其结果是，许多美沙酮诊所在全国各城市维持着阿片类药物成瘾者的核心群体，只是剂量太小，而且通常也没有太多的治疗支持。下午晚些时候，在诊所关门之后，没有得到足够剂量的成瘾者就会渴求其它阿片类药物。他们不得不在其它地方寻找毒品，通常是街上，因而仍然和地下海洛因市场保持着紧密的联系。如果诊所给的剂量太小，康复治疗的次数不足，成瘾者就会开始交替使用美沙酮和海洛因。

对于效力较弱的粉末海洛因来说，美沙酮是更好的替代品，海洛因价格更高，且只有在危险的政府住房工程项目区或贫民区才能买到。但是，让这么多人长期服用任何一种阿片类药物，特别是小剂量的，使他们很容易成为某个更高效便捷的阿片类药物递送系统的猎物。然而，多年来，谁也没能构想出这样一个东西：一个比美沙酮诊所更便宜、更安全、更便利的街头海洛因零售体系。

但在 1990 年代中期，"铬利斯科男孩"就将这样的体系带到了全美各地的城镇。他们发现，美沙酮诊所实际上就是个游戏保护区。

* * *

1990 年代早期，当"铬利斯科男孩"扩张到圣费尔南多谷以外的地方时，是美沙酮诊所给了他们在美国第一批西部城市里的立足点。每个新窝点都学会了找到美沙酮诊所，并向瘾君子免费发放试用品。

波特兰的一个"铬利斯科男孩"告诉当局，新司机会在他的窝点接受培训。他说，有人会教这些司机如何潜伏在美沙酮诊所附近，认出成瘾者，然后尾随其后。接着，他们会拍拍成瘾者的肩膀，向他问路。然后，他们会吐出几个气球，同时，给他一张写有电话号码的纸。

"要帮忙，就给我们打电话。"

每个铃利斯科人的海洛因小店的价值都在于其客户名单。"他们就是靠着这个建立窝点并维持运作的，"波特兰地区检察官史蒂夫·麦格兰特说，"这是一个持续进行的招募活动，就像企业识别客户的做法一样。客户一直都在流失，所以，他们就得一直这样做。"

随着时间的推移，大多数窝点都培养出了可以信赖的瘾君子，其中一些人还会反过来帮助小店的老板把业务拓展到新的城市，以换取毒品。这些吸毒者向导中的一些人成了铃利斯科的传奇人物。在辛辛那提市，我跟一位住在洛尔普莱斯山社区的女孩聊过，这个社区住了许多从阿巴拉契亚山区移居过来的人，海洛因泛滥成灾。多年来，一连串铃利斯科来的毒贩来来去去，都想形成自己的客户群，她就帮他们招揽生意。用女孩自己的话说，她从没有去过铃利斯科，可在那里她是个"名人"。刚开始在辛辛那提做生意的"铃利斯科男孩"都会来找她帮忙，拜访她，把毒品推到她面前，想要她帮忙在整个辛辛那提的都会区建起海洛因的销售线路。这使得戒掉吸毒的恶习几乎是不可能的。

"他们甚至叫不出我的名字。但他们口口相传，'去问一下那个白人女孩，就在洛尔普莱斯山社区'。一个人就拿着写有我名字的纸条来了。有些人还把我的名字拼错了，"她说，"这些年来，我从（监狱或者戒毒所）里面出来了，他们就一直在那里找我。人们会说：'你怎么总是会有这样的关系？'我不知道。我并没有打电话到墨西哥，说：'你能给我送个人来吗？'可是，这种关系就这样一直存在着。"

这位女性成瘾者变成了一位助人无数的向导，她的名字叫特蕾西·杰斐逊。杰斐逊来自俄勒冈州的塞勒姆，她长期吸毒并患有躁郁症。1993年，她与内华达州里诺的一名铃利斯科毒贩路易斯·帕迪拉-佩纳好上了。帕迪拉-佩纳1990年来到美国，在拉斯维加斯找到了工作，跟着一个特耶达-桑切斯家族的朋友搞的海洛因贩毒团伙干。后来，他自立山头。杰斐逊是他的贵人。在接下来的两年里，她帮助帕迪拉-佩纳和他的家人在塞勒姆、丹佛、西雅图、科罗拉多泉、俄克拉何马城以及奥马哈等地开拓了海洛因市场，通常是她先混进美沙酮诊所，向诊所的病人免费派发黑焦油海洛因。

在联邦法院作证时，她说，她和这家人从奥马哈出发，前往堪萨斯城、圣路易斯和得梅因侦查当地情况。如果一个城镇一天无法赚取至少2 000美元，他们就会放弃。她作证说，因此，他们放弃了怀俄明州的夏延、华盛顿州的雅基马和温哥华市。

另一个类似的向导是一位在瑞西达长大的墨西哥男孩。他并不吸毒，但他拥有"铪利斯科男孩"需要的其它东西。他会说两种语言。他来自墨西哥，但在圣费尔南多谷长大。在瑞西达，他遇见了许多从铪利斯科来的移民。1995年，他才17岁，一个新窝点的老板雇他去夏威夷的毛伊岛干活。

"他们都不会说英语，这就是为什么我对他们很重要，"他说，"有许多事情他们没法做，我到了那里之后就帮他们扩大地盘。"

那时，夏威夷有两个铪利斯科窝点：一个是大卫·特耶达的，另一个则是一个名叫托尼奥·赖斯的人的，他来自铪利斯科附近山区的马里纳尔村。

铪利斯科的人都说，托尼奥·赖斯的目标是成为毒品界的大人物。还有传言说他嫉妒大卫·特耶达。据说，潘塔纳尔村有个人欠了特耶达40万美元的货款而且不想还。这个人的靠山就是托尼奥·赖斯。

1996年的一天，特耶达在铪利斯科一家舞蹈俱乐部外遇见了他的对手。他们从那里去了托尼奥·赖斯的咖啡仓库，并因为钱发生了争执，特耶达在一棵番石榴树下被托尼奥·赖斯的几个手下开枪打死了。没有人因此而被捕。当地一个名为Vaqueros Musical的乐队以一

首科里多的方式叙述了特耶达之死:

> 他接一个电话,他们从一个窝点打来。
> 大卫,来马圭耶斯酒吧,我还钱给你……
> 1996 年,4 月 4 日,星期四,他没想到他们逮到了他。
> 他们用几把 AK-47 近身射杀了他。

三年后,托尼奥·赖斯在特耶达的墓地被人枪杀。我听说的故事是,他的敌人杀害了一个替他工作的男孩。在男孩的葬礼上,前来悼念的人贿赂市警,允许他们在墓地朝空中开枪。但就在葬礼上,州警出现了,据说和特耶达那帮人是一伙的。州警与全副武装前来参加悼念的人爆发了枪战。一名警官被打死。托尼奥·赖斯也死了。Vaqueros Musical 乐队随后又录了另一首科里多。

然而,大卫·特耶达的谋杀案涉及"铪利斯科男孩"与美国黑焦油海洛因这个故事中的重要一幕。他的大家族里有几百个亲戚。他向贫困家庭展示了一个道理,穷没关系,去美国卖海洛因就能发财。年轻人因而向他请教。在他们动身去圣费尔南多谷以外的地方发展时,他也提供了很多帮助。

特耶达之死对他的大家族和其他铪利斯科的团伙产生了一种奇怪的放手作用。在他活着的时候,"很多人都依赖他,因为他拥有一切资源,"瑞西达的一个孩子说,"他们不必去想自己该怎么做。可是一旦他被杀,他们就得靠自己了。他们没人可以依靠。"

现在,每个人被迫变得更加勇敢,"各自奔天涯吧"。

12. 打个电话就来了

波特兰，俄勒冈州

　　艾伦·莱文 40 多岁，他的双腿因为在伊利诺伊州的一场暴风雪中冻伤而截肢，当时他醉得厉害，在天桥下面睡着了。不知怎的，他侥幸活了下来，后来搬到了美国西部，最后在俄勒冈州的波特兰定居下来。

　　莱文已经吸食海洛因很久很久了。他第一次沾海洛因是在 20 岁，当时他在纽约，第一针下去他便知道，这就是他余生想要的感觉——就好像他是世界之王，万物的主宰。

　　艾伦·莱文一生都热爱毒品，也接受了毒品让他付出的代价。但是，没有腿实在太碍事了，他到哪里都得拖着假肢。通常，他从跟他有来往的某个房子里，或者靠在波特兰市中心以北旧城区的唐人街一带游荡设法弄到毒品，这种艰苦的跋涉，一天有三四次。在毒瘾的驱使下，艾伦·莱文蹒跚而行。每次他都不知道自己会拿到什么，会不会遇到抢劫或被逮捕。他会回到他的汽车旅馆，注射毒品，然后昏昏欲睡，直到需要去找更多的毒品时，他才会出门，靠乞讨和每月的残疾补助勉强度日。

　　1993 年，在离开一年后，艾伦·莱文回到了波特兰。他听说毒贩已经到镇上了，现在只需打个电话，他们就可以送货上门。莱文想方设法弄到了他们的名片，但是多年之后，他已经记不清是怎么弄到的了。他以前从没听说过哪个海洛因毒贩有名片，还有一个随时可以拨打的电话号码。

有了这张名片，嗯，艾伦·莱文可能要乐死了，好似去了天堂。

与此同时，韦恩·巴尔达萨雷确信，他正在步入地狱。

巴尔达萨雷是一名警察，热爱缉毒工作。他从 1982 年起，就一直在波特兰警察局毒品与刑事案件司工作。他爱极了这份工作所需的创造力，这让他必须用好和照顾好线人。每一天都是新的开始：早上做卧底去买毒品，下午带着搜查令上门。这份工作需要想象力，因为毒贩本身就有着无限的创造性。

多年来，海洛因一直在室外交易，最容易被发现。你逮捕一个吸毒者，他由于害怕坐牢，就会告诉你毒品据点是如何运作的，还会带着卧底警察去找毒贩，然后你就一举摧毁了这个地方。

可是，大约在 1991 年的时候，巴尔达萨雷发现，形势发生了变化。一群穿戴整齐、彬彬有礼、看上去和他们的本意格格不入的墨西哥小伙，开着破旧的汽车，在镇上递送海洛因。"突然之间，你发现有个调度中心接受订货，并且会打电话给这些运货的司机，"他说，"这使得侦破一个大案变得非常难。你监视了好几个小时，只发现了五六小包毒品。"

递送毒品的司机干了 6 个月之后就离开了。如果他们被抓了，会被驱逐出境，但不会被起诉，因为他们从不携带大量的毒品。案子总是很轻的那种。巴尔达萨雷最初想到他们都是小人物。后来，他意识到，恰恰相反，他们已经了解了毒品调查的工作原理：检察官更看重涉案数量大的毒品案。快克和甲基苯丙胺是当时的重点，都是以公斤为单位的。作为伪装，这些墨西哥海洛因毒贩用的是适时供货体系，就跟任何全球企业一样，为的是确保他们车上或公寓里只有少量的毒品。这种世故老练也是巴尔达萨雷在海洛因地下市场所没有见过的。

很快，这些运货司机就涌入了波特兰。海洛因价格下跌，巴尔达萨雷眼看着这些司机变得聪明起来。他们开着车兜圈子，以甩掉尾随他们的警察。一辆车要四五个警察去跟。彼时，波特兰还没有空中警察。有个警察拥有一架赛斯纳四座飞机，当他开着它出警时，油费由市政来支付，但这种情况并不经常出现。如今，飞机已经加入了常规行动中，机上有一名飞行员和一名监视地面海洛因递送车的观察员。巴尔达萨雷就是观察员。他从空中透过双筒望远镜观察地面，通过无线电向地面上的同事报告毒贩的位置。

这项工作很辛苦，每次要持续数小时。巴尔达萨雷是为数不多的几位能在飞机绕圈飞行时不晕机，并可以用望远镜观察地面情况的警察之一。司机们整天开着车穿梭在波特兰的大街小巷送货，巴尔达萨雷则每天要在飞机上待10到12个小时，从2 500英尺的高空俯瞰地面，只有要加油的时候才会停下来。这是有 GPS 和手机追踪之前的事了。

"眼睛要盯紧，"他说，"如果你移开视线，就会跟丢这些人。所以，目光转移的时候要选对时机。要是脖子扭了，你就只能找个时候去做做按摩了。"

在市中心的上空，巴尔达萨雷的飞机可以为了跟踪一辆运送海洛因的车而盘旋半圈，然后，当赛斯纳飞机绕完一圈后，车在经过一幢建筑后跟丢了，只能寄希望于再转一圈时找到它。波特兰的树高大茂密，车很容易就跟丢了。

不久，警察局不得不加强了空中力量。空中警力是个奢侈品，大多数像波特兰这样规模的警察局都负担不起，但面对海洛因的新运作体系，这是必要的。波特兰市还另雇了两名飞行员。最后，为便于监视，波特兰警察局买了一架带有落地窗的新飞机。

他们的名片是黄色的，上面有一个电话号码，一只爪子抓着蛇的雄鹰，那是墨西哥国旗上的图案。就这么多，没有名字，没有广告语。艾伦·莱文被告知可以随时打电话。一天晚上，他拨了这个号码。

给我们 20 分钟,电话那头的人说。让艾伦·莱文无比惊讶的是,不到 15 分钟,一个墨西哥小孩就敲响了他在汽车旅馆的房门。他年纪小,颇为紧张,外表整洁,不会说英语,但他手里拿着价值 60 美金的黑焦油海洛因。

艾伦·莱文从没忘记 1960 年代他第一次吸食海洛因时体会到的那种狂喜的感觉。然而,这么多年来,他从没再次感受过那种兴奋。直到这一次,也就是那天晚上,他注射了黑焦油海洛因之后,那种感觉又回来了。此后,莱文一天打 3 次电话。送货人经常换,他都叫他们佩德罗。这些人很可靠,送货又快。现在,莱文再也不必拖着两条假腿冒险去旧城区了,只要坐在旅馆的房间里,他心里清楚,他"和吸毒带来的那种飘飘欲仙感之间只隔一个电话"。

墨西哥人是艾伦·莱文遇到的唯一一群从来不会断货的毒贩。随着时间的推移,这些团伙将大量高质量的黑焦油海洛因带进了波特兰,彼此之间竞争激烈,毒品的价格一度跌至 5 美金一剂。但他注意到,这些团伙之间从未结仇,他们给他赊账,经常会多给他一些,对他十分热情,想要留住他这个客户。

一天晚上,其中一个孩子,艾伦·莱文记得是一个司机,试图诓骗他,18 个气球要 100 美金,而一直以来,100 美金都是 25 个气球。莱文断然拒绝了。那看看老板怎么说吧,男孩说。莱文钻进了男孩的车,跟着他横穿波特兰,来到一幢房屋前。一个男人从屋里走了出来,很多年以后莱文确定那个人就是恩里克·特耶达-西恩富戈斯,而当时他只知道那个人叫猫(El Gato)。

恩里克·特耶达-西恩富戈斯来自铨利斯科以南几英里外的阿奇利斯-塞尔丹村。他和他的 4 个兄弟在波特兰开了一家海洛因连锁店。莱文对此一无所知。他只知道送货的那个男孩想耍他,并这么对猫说了。这时,那个男孩拿出了 25 个海洛因气球,用西班牙语说,他从头到尾都打算给莱文这个数的,这里面一定有什么误会。猫表示了抱歉,把这25包海洛因免费送给了莱文。以后,他就再也没有见过这个司机。

多年后的一个夜晚,当我在波特兰市中心附近的一家汽车旅馆里采访莱文时,他回忆道,猫"明显非常有权威"。我是通过莱文的前妻找到他的,因为那时我意识到,海洛因的历史最好是由瘾君子来讲述,而且年纪越大越好。我坐在椅子上,而他,没有腿,坐在床上,不停地抽烟。香烟让他的声音嘶哑,如同他的脸色一样老态龙钟,当他说话时,他的下巴发出奇怪的声音,就像是他在大口大口地吃着一块多汁的牛排。果然,他和其他人一样,知道"铪利斯科男孩"来到波特兰的故事,但他只知道他们是一群总在不停轮换的被他称为佩德罗的墨西哥人。我给他看了一张照片,他清清楚楚地记得猫。

"他发号施令,其它人行动,"莱文说,"他是有些地位的。他喜欢我是因为我总是及时付款。这件事之后,他们会来找我说:'猫说给你这个;猫说给你那个。'他们叫我'肝儿',因为我告诉他们我得过丙肝,不想跟人共用针头。"

后来,猫给了莱文一把巴克刀,可能他觉得莱文需要一些防身之物。莱文意识到,如今的他已经离一直以来的那种海洛因经营方式很远了。

"你根本不必离开屋子。和这些人打交道简直愉快极了。他们来的时候,你也可以一次只买一点。他们对美金充满渴望。"

莱文以前从不知道有哪个毒贩会免费给人毒品,让人迷上这玩意儿,或者防止瘾君子戒掉毒瘾,而戒毒是政府和媒体在"毒品恶魔"的恐慌中发明的一种神话般的推手。直到他遇见了"铪利斯科男孩"。

"这种营销技巧就是针对这个的。他们知道自己在做什么。他们都是营销高手。"

13. 漂泊的恩里克

纳亚里特州的一个屯子，墨西哥

从卡诺加公园回到家乡后，恩里克举办了一个盛大的省亲聚会，第二天早上，他母亲心情愉快，父亲却沉默不语。加州让恩里克有了一个新的选择。父亲要是虐待他，他会再次离开。因此，他们像一家人那样一起吃饭，既然他们家的新北方人——他们这样叫恩里克——已经回来了，一家人都在试着忘掉过去的不快。

他母亲的家族两边之间的麻烦愈演愈烈。枪击事件没有停过。外祖父的大部分亲属都不得不背井离乡，外祖母的亲戚控制了整个聚居区。但恩里克觉得，他在美国的经历让他超越了这个小世界。他和双方都说了话。而他想的只有加利福尼亚。他的生活将会不同，他相信这完全归功于美国和海洛因。然而，他仍然只有一匹瘦马，在他看来更像一条狗。他在加州的暂居使他几乎没什么可以给女朋友的。他还想在加州再搏一回；这就是他的想法。对意志的考验。没有人会再用他了。他看见舅舅们赚了一些钱，然后因为害怕村里的闲话而从这桩生意里退出了一段时间。而恩里克更害怕穷。

如今，其他孩子都像他当年那样去了美国。在铭利斯科移民于圣费尔南多谷创建的零售体系下，即使是最卑贱的人也有机会实践梦想。同时，这也将结束他们村与世隔绝的凄凉状态。多年来，汽车经过的时候，村民们会躲起来，生怕来的是绑架孩子的坏人。当有人在聚会上第一次拿出摄像机时，女孩们遮住了自己的脸。但是当男人们北上去卖毒品，赚了钱回来之后，他们还带回了对外面世界的感受，以及对一切皆有可能的更深体会。每个人都可以拥有自己的事业，自己当老板。铃利斯科人的海洛因体系和美国的非常相似。美国让敢于冒险的农民获得了成功，让像恩里克这样的墨西哥村庄里的穷人摆脱了屈辱。铃利斯科人的海洛因体系能迅速让这些变为现实。此外，这一行有风险的，而这对于那些自认为没什么可失去却有机会得到一切的农村男孩来说，反倒是一种诱惑。历经风险之后，他们在家乡的地位就不一样了。

几个月后，大概 1991 年的时候，恩里克的一个舅舅从圣费尔南多谷打电话给他，给了他一份收入颇丰的工作。这一次，恩里克自信满满地来了，为自己善于处世感到自豪，他已经不再是那个胆小怕事的农村孩子了。

他立刻明白了舅舅们叫他来的原因。从铃利斯科来的更多海洛因毒贩跟随前人的脚步，涌入了已经形成的圣费尔南多谷的市场。竞争加剧，海洛因的价格在下跌。

这个时候，那些将贩卖海洛因作为毕生工作的家族已经在山谷里建立了根基。当然，大卫·特耶达和他的兄弟们也在那里。贝托·桑切斯及其家族正在壮大，贝托·邦克及其家族、伯纳尔及其家族也是如此。兰加里卡家族——胡里奥、丘伊和蒂诺三兄弟，他们的父亲是铃利斯科的一名巫医——建了许多窝点，就像他们的堂亲加西亚-兰加里卡、波拉和马乔一样。同时，还有其它一些家族；有一个家族把帕萨迪纳市变成了自己的势力范围。

每个家族都有两三个窝点在运营，每个窝点至少有两名司机轮班工作，一个从早上 6 点干到中午，一个从中午干到下午 6 点，每天如此。晚上，他们在公寓碰头，把海洛因装进气球，为第二天做准备。这并不是一个迷人的行当。你是来干活的，各个家族的老板说。他们每个星期付给每位司机 600 美金，就是要这些司机全天待命。海洛因司机的工作类似于血汗工厂的活。窝点的老板来来回回地换司机,让他们搬进公寓,6 个月后又让他们离开,换车的频率则更高,还吩咐司机们把传呼机的号码和免费样品一起分发给街上的吸毒者们。到了 1990 年代初,圣费尔南多谷就像是一个集会,汇聚了铪利斯科来的人。每个人都想加入。

一个被称为猫的从阿奇利斯-塞尔丹村来的毒贩,尤为争强好胜。他才不在乎家乡的人如何议论。恩里克很欣赏这一点。猫想要人们知道,在他家,饥饿已经是过去时了。猫回乡的时候,锦衣华服,开着汽车,带着塞满了美国啤酒的冰柜以及各种口径的枪支。

"猫无处不在,要想把他赶走可不容易。"他的舅舅说。

舅舅们许下诺言,恩里克要是干得好,会拿到更多的钱,还会给他在墨西哥买一辆新卡车。恩里克受到了鼓舞,和另一位司机就像他曾经梦想成为的州警一样,在圣费尔南多谷的大街小巷巡逻——只不过找的是瘾君子。他给他们一份免费样品和一个电话号码。没几个星期,恩里克就把每天的收入提高到了 5 000 美元。

后来,一天清晨,警察突袭了一个舅舅的房子。其他的舅舅一直都是听他指挥做事的。接下来的几个星期里,恩里克发现剩下的几个舅舅人心惶惶。帮派分子抢劫了他们的司机,他们却束手无策。有好几次,客户把刀架在了恩里克的脖子上。他把气球吐到他们手上,心里想起父亲的一句话:"为你自己拼命,别为其他人送命"。

更多的人从铪利斯科来美国卖海洛因。海洛因销售网成倍增长。猫手下的人开始离开他,自立门户,猫也无计可施。卡诺加公园的任何报复行动都会在家乡引起一场血雨腥风,也会引起洛杉矶警察局的注意。恩里克在铪利斯科的一位朋友也来了美国,建起了自己的海洛因销售网,窝点就开在圣费尔南多谷。此时,猫做了一件让所有人大跌眼镜的事,他带上一名瘾君子和毒品,去圣地亚哥开了个海洛因窝点。不久,恩里克听说,猫在波特兰又开了一家。大卫·特耶达则在夏威夷开了一家。这些举动震撼了在圣费尔南多谷的铪利斯科海洛因毒贩。最重要的是，它告诉"铪利斯科男孩"他们也能找到新的市场，铪利斯科的海洛因体系在远离山谷这块纳亚里特州的飞地之外的地方也可以获得成功。

如今已经16岁的恩里克，目睹了这一切。由于舅舅们的领导不力，生意举步维艰，他和一个朋友偷偷买了一辆车，还租了间公寓。有段时间，在舅舅们不知情的情况下，他悄悄地搞起了他自己的海洛因生意。但后来，一个帮派分子抢劫了他，拿走了他的毒品，还割伤了他。舅舅们也发现了他的副业，因为他的鲁莽而揍了他，给了他1 800美金作为这几个月的工作酬劳，打发他回纳亚里特州。

出了这件事，他似乎永远无法摆脱种甘蔗的命运了。这次他回屯子的时候，对他的欢迎不像上次那样热烈了。他的姐妹们看到礼物都笑了，可是他感受到了她们的失望。他别无选择。他又去田里和父亲一起劳作，父亲对他冷嘲热讽。似乎是为了让儿子难堪，父亲在屋外安装了一个卫星天线。在当时的墨西哥屯子，高15英尺的卫星天线是一个家庭向邻居宣告其生活富足的一种方式。至于是否有几天根本收不到信号，那都没关系，高耸的杆子、伸展的碟形天线就说明了一切。恩里克觉得，讽刺的是，家里连个像样的卫生间都没有，却有一个卫星天线。然而，父亲很开心，所以全家人都松了一口气。

父亲提醒他，总有一天，土地会属于他。恩里克听得耳朵都起茧子了。但即使如此，也是多年以后的事了。眼下，没了海洛因，恩里克无法想象他能过上一种自己做主的生活。

丰收的时节来临，天气又热又湿，感觉像是烧开的汤。恩里克用卡车将一捆捆砍好的甘蔗送到工厂，每车能赚50比索。从凌晨3点到下午6点，他一直在田间劳作，热浪把他弄得筋疲力尽，双腿发软，每天晚上回到家时，他看上去就像被扔进了一袋木炭里，心想："我要把我的灵魂留在这些田里了。"

14. 寻找圣杯[①]

列克星顿，肯塔基州

2013 年新年的第一天，我开着租来的车，穿越列克星顿北部被白雪覆盖的连绵群山。那里的土地被分成了一个个马场，黑色的四板围栏简单明了地勾勒出了农场的范围。我的车像被催眠了似的驶过农场和长满槲寄生的树木，来到了一条只有孤零零的双车道的路上，这就是 CR1977 县道。CR1977 沿着山丘高低起伏，绵延伸展，然后随着山势下降而逐渐消失。这条路穿过一个农场向北延伸，那里有十几匹种马、公马和母马。随后，道路延伸开去，又经过了马斯特森马术基地，一个大型马场。

接着，它拐了个弯，露出了一堆在公路后面远远地建起来的又高又硬的砖房。如果不是高高矗立的体育场灯，这些建筑很可能会被错认为 19 世纪的工厂。如今看得出来，这里是联邦医疗中心，1 700 名囚犯的家。

我下了车。监狱方面已经拒绝了我参观内部设施的要求。所以，150 码是我能离这个美国阿片类药物成瘾的故事中最奇怪的纪念碑之一最近的距离。在 1935 年建立的时候，这座联邦要塞被称为麻醉品农场。罗斯福政府视其为"针对药物成瘾者的新政"。

按照 1914 年的《哈里森麻醉品税法》，上千名吸毒者被定为罪犯，关进了监狱，在那里他们仍然孜孜以求毒品，扰乱了监狱的生活。于是，政府建了这个麻醉品农场来安置他们。

这种地方并不多见——既是监狱又是治疗中心——40多年来，它反映了美国对待阿片类药物和毒品成瘾问题的反复无常。在这个国家的大部分地区实行种族隔离的年代，来自美国各地的黑人与白人、同性恋与异性恋、拉美人、意大利人、爱尔兰人、中国人、男人和女人共享着肯塔基州这一块1 000公顷的土地——大家的共同点只有一个：海洛因。许多人是在服刑；还有一些人，比如像"垮掉派作家"威廉·巴勒斯，是主动来戒毒的。

农场强调户外工作是戒瘾的疗法。犯人们挤奶，种植西红柿和小麦，为监狱供应食物。这里还有一家罐头厂，一个收音机维修部，一个做假牙的牙科实验室。管理者认为，娱乐活动也是治疗。瘾君子们打篮球和网球；农场有一个高尔夫球场，一个保龄球馆，还有几个教编篮子的班组。

1940年代，在纽约，查理·帕克把摇摆爵士乐改了个天翻地覆。数百名年轻的纽约音乐人因为崇拜这位中音萨克斯演奏家而开始吸食海洛因，希望能演奏得更像"大鸟"[2]。1955年，查理·帕克死于毒瘾发作，他的身体和艺术都被毒品所侵蚀。而那些纽约音乐人中，许多都进了监狱。一代比波普爵士乐的年轻朋克迷，戴着墨镜来到了农场：桑尼·罗林斯、李·摩根、霍华德·麦基、埃尔文·琼斯、切特·贝克、塔德·达梅隆、杰基·麦克林、桑尼·斯蒂特等。他们挤在一起好几个小时，组成了从未录制过唱片的一支支乐队，为农场的囚犯以及获准到场的列克星顿的嬉皮士们演出。农场的一支爵士乐队还去《强尼·卡森今夜秀》做了表演。

听说麻醉品农场的故事时，我正在努力弄明白，几十年以后，一

---

[1] 公元33年，也就是耶稣受难前的逾越节晚餐上，耶稣遣走犹大后吩咐11个门徒喝下里面象征他的血的红葡萄酒，借此创立了受难纪念仪式。后来很多传说相信这个杯子具有某种神奇的能力，如果能找到并喝下其盛过的水就将永生。——译者

[2] 查理·帕克的绰号。——译者

个墨西哥小村庄是如何在全美各地以及一些几乎对毒品一无所知的地方销售海洛因的。而我渐渐明白，这些故事的线索最终都是相互联系的。

多年来，这个农场一直是世界上最重要的成瘾研究中心，其原因在它成立之前就已经存在了。第一次世界大战再一次向医生展示了吗啡分子所提供的仁慈的止痛效果。医生记忆犹新的是，海洛因出现后的最初几十年，这同样清楚地表明，服用阿片类药物的人经常会因成瘾而备受折磨。尽管他们可能尝试了各种各样的策略，如农场工作、团体治疗或者入狱，但是能在康复专家的帮助下真正摆脱阿片类药物的成瘾者从没超过10%。剩下的人会复吸，成了吗啡分子的奴隶。这对于科学家和医生来说，似乎是一种耻辱。人类真的注定要失去一切吗？难道它就不能只造福不作恶吗？难道顶尖的科学家们就不能找到一种方法，既能从吗啡分子中提取止痛特性，又能摒弃其令人痛苦的成瘾性吗？

1928年，日后将渐为人知的药物依赖问题委员会（CPDD）召集全美最优秀的研究人员聚集一堂共同探讨这些问题。小约翰·D.洛克菲勒用他父亲留出的钱组织了这次会议。药物依赖问题委员会促进了政府、学术界和工业界药物研究人员之间的合作。德国科学家通过这种合作，开发出了一些世界上最好的药物。但德国对美国的药物供应在第一次世界大战期间停止了，一战之后，美国科学家得出结论说，美国是脆弱的，因为美国的药物研究很随机，而且毫无章法。

药物依赖问题委员会为化学家、药理学家、学者和工业科学家提供资助，以期找到一种非致瘾性止痛药。1905年发明的奴佛卡因，避免了牙科领域对致瘾性可卡因的需求。为什么不用吗啡来替代呢？这种药可以洗刷医生的恶名，20世纪初，医生因为广泛开具海洛因处方，给人们留下了贩卖危险药物的愚蠢商贩的坏印象。与此同时，学者们期望能迎来一个将现代科学研究应用到药物上的新时代。执法部门则希望出现一种非致瘾性止痛药，它能减轻其在试图根除鸦片给这个国家造成的后果。

研究人员将这种药物称为"圣杯",他们计划在本世纪的余下时间里,甚至花更长的时间来寻找这种药。

药物依赖问题委员会在弗吉尼亚大学建立了一个实验室来研制这些新药。在密歇根大学成立了另一个实验室,在动物身上测试新药。现在所需要的只是一个在人类身上测试新药的地方,一个随时有大量的吸毒成瘾者可供测试的地方。

1935年,美国麻醉品农场开张。

农场有一个名为成瘾研究中心的区域。几十年来,该中心在囚犯身上测试了药物依赖问题委员会资助的化学家生产的每一种主要的阿片制剂:盐酸氢吗啡酮、德美罗、达而丰、可待因、氯丙嗪以及许多安定剂和镇静剂。农场的实验表明,美沙酮持续的时间更长,并且不会像海洛因那样让吸毒者产生极其兴奋或者极其低落的情绪,而这种情绪会刺激他们疯狂地寻找海洛因。因此,他们得出结论,认为美沙酮可以作为海洛因的替代品。

成瘾研究中心包括精神病学家、生化学家、生理学家、药理学家、实验室技术人员和四名警卫。他们对吗啡与人相互作用的方方面面进行研究。成瘾研究中心研究开发了首批定量的量表,用来衡量成瘾程度、戒断反应严重程度以及许多药物的致瘾性。40多年来,刑期长的海洛因和吗啡成瘾者会自愿参加研究,因为这样可以获得毒品。研究结束后,受试者将会有6个月的康复治疗期,以确保他们身体不会再对毒品有依赖性。

当美国科学界组织起来寻找一种非致瘾性止痛药的圣杯时,是这个农场让这项研究有了可能性,并让希望一直都在。研究人员把自己的使命看得很简单:防止另一种海洛因;防止另一种未经适当研究就跑出来的高致瘾性药物在全美各地散播。由此,他们认为对狱中犯人进行实验是正当的。"成瘾研究中心认为自己是在防止致瘾性药物摧毁成千上万人的生命,从而在全球范围内维护公共健康。"南希·坎贝尔、J. P. 奥尔森以及卢克·沃尔登在《麻醉品农场》这本关于该机构的引人入胜的书中写道。

列克星顿的这项研究产出了几百篇学术论文，是当时世界上唯一一项关于成瘾的严肃研究。世界卫生组织也依靠它获取数据。成瘾研究是作为一个科学领域出现的，成瘾研究中心的工作员工是最早将成瘾理解为一种慢性脑功能紊乱，而不是一种性格缺陷或犯罪的人。1970 年代，成瘾研究中心被关闭，当时美国参议院教会委员会对中央情报局进行调查，发现成瘾研究中心在中央情报局的要求下对囚犯进行了麦角酸二乙基酰胺（LSD）实验。就这样，一个时代结束了。这个农场也被改造成了今天的监狱和医院。

然而 40 年来，在药物依赖问题委员会寻找圣杯的过程中产生的所有药物，都在肯塔基州列克星顿的麻醉品农场对犯人进行了测试。

刚开始的时候，弗吉尼亚大学实验室的第一任主任林登·斯莫尔合成了一种他称为麦托朋的药物。这种药物有一些吗啡的止痛特性，但是没那么致瘾。麦托朋没有达到药物依赖问题委员会所追求的理念。然而，它被用来证明不会让人上瘾的吗啡类止痛药——那个苦苦寻觅而不得的圣杯——是有可能会在某一天被发现的。

这个目标激励了新一代的药物研究人员，并适时地激发出了一些革命者寻求更好的方法来治疗美国大地上的痛苦。

15. 疼痛难忍

20世纪大部分时间里,一旦涉及阿片类药物,为绝症病人进行治疗的医生们所面对的态度似乎还停留在中世纪。

开止痛药处方的医生们被看作接近于不法之徒。药品发放完全可以用吝啬二字来描述。垂死的病人在极度难以言表的病痛中疼得打滚,即使想得到小剂量的药物,也常常需要好几个医生签字。治疗疼痛的方法是对一些东西进行奇怪的混合调配后产生的。其中有一种叫布朗普顿鸡尾酒,它以采用它的一所英国医院的名字命名,里面包括吗啡、可卡因、氯丙嗪、蜂蜜、杜松子酒和水,是个大杂烩。在我听来,它就像大街上某个瘾君子想出来的东西,但是据说这种东西非常有效。

1970年代,人们对待止痛药的态度开始慢慢转变。在英国,护士兼研究人员西塞莉·桑德斯开办了一家以阿片类药物治疗晚期癌症患者的临终关怀医院。在桑德斯的领导下,伦敦的圣克里斯托弗临终关怀医院成为世界上第一家将关爱临终病人与研究和临床试验相结合的医院。该院的灵感源于这样一个想法,即应该治疗患者的病痛,而不是用药物摧毁他们的人格。桑德斯手下的工作人员罗伯特·特怀克罗斯开始了一项实验,其结果表明,使用阿片类药物对临终的癌症病人进行治疗有巨大的益处。这家医院推崇使用阿片类药物,有时剂量很大,以减轻临终病人的痛苦。桑德斯和特怀克罗斯都认为,不这样是不人道的。如果人都快死了，就算上瘾又有什么关系呢？减轻疼痛、有尊严地死去难道不是更重要吗？在这家临终关怀医院里，临终病人定期服用阿片类药物，无论他们是否感觉疼痛。

英国女王授予桑德斯"女爵"称号。

西塞莉女爵和特怀克罗斯努力地改变人们的看法，虽然这在美国花了更长的时间，阿片类药物在美国被妖魔化了几十年，医生们都草木皆兵。特怀克罗斯有次说，他去纽约的时候，一下飞机就"能感觉到美国对药物上瘾的恐惧"。

1972 年，一家名为 NAPP 制药公司的英国公司开发出了一种被称为 Continus 的控释配方，该公司首次将其用于哮喘药物。一天，特怀克罗斯向 NAPP 制药的一些销售代表建议，他们公司可以利用 Continus 来开发一种定时缓释的吗啡药片。最终，这家制药公司做成了，对这个故事来说，这一点很重要。它为医生提供了一种治疗临终病人的疼痛的新工具。NAPP 制药也隶属于普渡制药，后者是一家通便剂生产商，1950 年代的时候被亚瑟·萨克勒和他的兄弟们买下。

与此同时，瑞典的癌症医生简·斯特恩斯沃德被安排到了一个在全世界范围内改变疼痛治疗方式的岗位。1980 年，他被任命为位于日内瓦的世界卫生组织癌症项目负责人。此前，他曾在肯尼亚的一家医院里工作过几年，目睹了无数癌症病人在巨大的痛苦中死去。第三世界缺乏治疗癌症的资源。斯特恩斯沃德认为，有了吗啡，病人至少可以没有痛苦地度过最后的日子。但医生们拒绝使用，担心病人会上瘾。

现在，作为世界卫生组织癌症项目的新负责人，他又想起了肯尼亚。他着手制定用阿片类药物——主要是吗啡——来治疗临终癌症患者的规范。10 毫克吗啡药片的价格是每片 1 美分。斯特恩斯沃德相信，这将使那些即将离开人世的人可以获得与那些即将来到人世的人同样的关爱。

他和维托里奥·凡塔弗里达见了面。后者在米兰成立了一个基金会，是意大利第一个为绝症病人提供疼痛治疗的基金会。一天，凡塔弗里达在世界卫生组织日内瓦总部的自助餐厅与斯特恩斯沃德共进午餐，席间，他在一张餐巾纸上写下了用阿片类药物治疗临终病人的一些简单原则。这是一种阶梯疗法。若是疼痛没有减轻，就应当使用越来越强力的药，包括阿片类药物和非阿片类药物相结合。在当时，这是一种前卫的想法。

斯特恩斯沃德后来召集了全世界为数不多的治疗疼痛的专家——共16人——来到米兰的一座中世纪城堡，商讨世界卫生政策，并带去了那张餐巾纸。

那天，凡塔弗里达在午餐时勾勒出的阶梯疗法最关键的一点是：应该对那些非阿片类药物在其身上已经不起作用的绝症患者使用阿片类药物。这是一种人道的做法，在那些很少有人获得癌症治疗的国家尤其如此。世界卫生组织出版了一本书，用超过20种语言列出了疼痛治疗的简单步骤，这些步骤后来被称为"世卫组织癌症三阶梯止痛方案"。其中，吗啡被认为是缓解癌症疼痛的"基本药物"。

不仅如此，世界卫生组织还宣称摆脱疼痛是一项基本人权。这个阶梯方案是与一个概念相伴而生的，这个概念与我们的故事有关，它改变了公众和医学界的看法。这个概念就是：如果一个患者说他感到疼痛，医生应该相信他，并据此开出处方。这种态度由一场患者权利的运动发展而来，它的兴起部分是因为纽伦堡审判，在审判中纳粹医生被发现无视患者的自主权，拿患者做实验；部分是因为后来在1960年代兴起的怀疑包括医疗机构在内的所有既有机构动机的反文化思潮。

有了世界卫生组织的阶梯方案，医生对于使用阿片类药物的担心开始减少。毕竟，这类药物对于减轻疼痛是非常有效的，何况，如今这已经成为一项人权。全球的吗啡消耗量开始上升，从1980年到2011年，增加了30倍。

但是，奇怪的事情发生了。发展中国家本来是公认的疼痛问题最尖锐的地方，吗啡的用量却没有上升。相反，占世界人口 20% 的最富裕国家几乎消耗了全世界所有——90% 以上——的吗啡。这是因为贫穷国家存在着对阿片类药物的偏见，以及药物使用的规章制度。显然，世界卫生组织的阶梯方案对这些国家几乎没有什么影响。过去，对阿片类药物的恐惧笼罩着这些国家，现在依然如此，因而病人只能在极度痛苦中死去，而不能用上阿片类止痛药使疼痛得到缓解。作为主要的鸦片生产国，印度的吗啡人均消费量微乎其微（2011 年吗啡的人均消费量为 0.12 毫克），其主要原因是政府官僚机构对于吗啡课以重税。

1985 年，国际疼痛研究协会的成员在布宜诺斯艾利斯举行会议。在那里，疼痛专家们参观了一家医院，一位神经外科医生告诉他们，只有那些正在接受手术的患者才获准使用阿片类药物。每年，他不得不做 1 000 例脊髓前侧柱切断手术，为那些有慢性疼痛问题的病人切断脊椎里感知疼痛和温度的神经。

"太可怕了。这比全美国和欧洲每年做的脊髓前侧柱切断手术都要多。"约翰·洛泽医生说，他是从华盛顿大学的多学科止痛诊所来参加此次巡视活动的。

这些所见所感，深深刺痛了那些对疼痛管理感兴趣的医生。那年，纽约纪念斯隆-凯特琳癌症中心的凯瑟琳·福莱医生也在参观者之列。福莱的职业生涯始于 70 年代，当时正值阿片类药物的黑暗时代的最后几年，医生只有在最严苛的管控条件下才能使用这些药物。

到 1980 年代，身为虔诚的天主教徒的福莱已经成了癌症临终病人的代言人，以及用阿片类药物治疗癌症疼痛的倡导者。1981 年，她转变了纪念斯隆-凯特琳癌症中心对癌症患者的疼痛的治疗方式，把疼痛问题的研究人员和提供疼痛治疗的临床医生召集到了一起——这是第一支这样的疼痛治疗团队。

随着时间的推移，福莱又将其所倡导的阿片类药物治疗向前推进了一步。她认为，阿片类药物不应仅限于癌症患者或术后患者，还应用来治疗那些并非因为疾病、受伤或手术引起的疼痛：长期存在，但同样会严重影响生活的疼痛——严重的腰痛、膝盖痛以及其它疼痛。

随着这个故事的发展，我逐渐意识到这种想法，尽管着眼于 20 世纪八九十年代美国医学、医药营销的现实，最终却关系到多年后，来自墨西哥一个小镇的男人们能在美国那些他们以前从未见过的地方卖出那么多海洛因。

1984 年，一名年轻的医生来到纪念斯隆-凯特琳癌症中心，加入福莱的团队。他叫罗素·波特诺伊，在扬克斯市长大，孩提时期就对生物学产生了兴趣。波特诺伊干净利落、能说会道，曾就读于康奈尔大学，后来又去了马里兰大学医学院，曾在阿尔伯特·爱因斯坦医学院做过神经病学的住院医师。

波特诺伊在纪念斯隆-凯特琳癌症中心与癌症病人打了差不多两年交道。20 世纪八九十年代，他和福莱帮助助产士成为美国医学的一个新专业。舒缓重症患者的痛苦和压力的姑息治疗是在各种因素的影响下产生的：西塞莉·桑德斯的临终关怀运动，以及一个令当时医学界大为吃惊的非凡见解，即死也要死得有尊严。姑息治疗所涉及的远不止药物，还包括心理上的、精神上的以及家庭咨询服务。罗素·波特诺伊曾经写道，这门新学科让他找到了"工作生活的主题"。作为一门新兴学科，姑息治疗吸引着一位有兴趣阐述自己观点的睿智的年轻医生。安慰罹患重病、垂死的患者，首先触及了一些无私的原因，即为什么会有人上医学院。

更重要的是，这个学科对他来说是一个挑战。仅仅知道一个症状，并不代表他了解患者。波特诺伊后来写道，他发现自己不得不去研究晚期疾病对心理和精神的深刻影响。例如，他被迫学习如何告诉家属，他们的亲人患了有生命危险的疾病。他开始相信，姑息治疗是以患者有自主权的道德议题以及对文化和个体差异的尊重为指导原则的。决定是在患者及其家属的参与下做出的。这与用药物治疗严重疾病和疼痛的方式完全不同。眼睁睁地看着人们在痛苦中挣扎，和将要失去家人的亲属面谈，都让波特诺伊有了一点理想主义的感觉，有点像十字军在向传统的智慧发起挑战。

事实上，1980年代对于一个研究疼痛并以此作为与传统智慧抗争的重点的年轻医生来说，是个好年头。研究人员对疼痛是如何在大脑中发生的有了新的认识。西塞莉·桑德斯在英国的工作是解除关于在美国使用阿片类药物的旧有禁忌。医学的进步将一些癌症患者的寿命从几个月延长到几年。这些治疗本身就是痛苦的，因此，有更多病人需要人注意到他们的疼痛问题。

1984年，普渡-弗雷德里克公司提出了一个解决方案，它发布了美施康定，一种吗啡缓释片，是罗伯特·特怀克罗斯多年前和NAPP制药公司的英国销售代表谈话的产物。美施康定意欲用于癌症患者和术后患者。

在盐湖城，圣十字医院的林恩·韦伯斯特医生一直致力于研究治疗急性疼痛的新技术。1989年的一天，一位名叫多萝西的女士做了肺部手术。手术过程中，韦伯斯特医生在多萝西的背部插入了硬膜外导管，并注射止痛药。通过导管，医生持续小剂量地给她阿片麻醉剂。硬膜外麻醉以前一直用于阵痛和分娩，但新的研究表明这种麻醉方式也可以用于其它方面。韦伯斯特解释说，与通常的静脉注射和肌肉注射相比，这可以让他用更少的药物达到更集中的疼痛控制。

事实上，手术结束后，多萝西清醒而且思维有条理，不像典型的术后病人那样衰弱无力、完全处于镇静状态。这个消息在医院里传开了。多萝西要了一杯咖啡，站起身来，举起了手臂——这让医院的工作人员震惊不已。"医院里以前没人能做到这样。所有的医生护士都站在门口，"当时与韦伯斯特医生一起工作的护士玛莎·斯坦顿回忆道，"她喝了咖啡，看起来状态不错，并没有像其他术后病人那样出现恶心的症状。"

这种全新的可能性，激励着韦伯斯特医生和其他人开始用这种疼痛控制方法治疗更多的病患。

对于罗素·波特诺伊来说,那是一个革命性的时期。不给垂死的癌症患者或者刚刚做完手术的患者服用缓解疼痛的阿片类药物,将是非常残忍的。很快,这在美国就不再是一个有争议的观点了。晚期病患不必再痛苦地死去。钟摆朝着更人道的疼痛治疗方向运动。

波特诺伊后来表示,能够减轻他在患者身上看到的那种剧痛使他无比激动。他将疼痛管理视为"一种好人"职业,这也多亏了制药公司的创新。它们卓有成效的新止痛药似乎更不致瘾,因为通过它们的定时释放配方,可以持续许多小时缓解疼痛。

如今,对于不堪疼痛折磨的病人来说,"知道自己在干什么的疼痛管理专家可以介入,想办法为病人提供某种东西——那不是安慰,而是希望,"他后来说,"我相信这些药物。我认为药物是给人类的非常棒的礼物。"

16. 疼痛与职业摔跤手

西雅图，华盛顿州

约翰·博尼卡在西西里岛出生，在布鲁克林长大，11 岁时开始举重。在长岛和纽约上大学期间，他是学校的明星摔跤手。他以职业摔跤运动员的身份一路从大学读到医学院。第二次世界大战前，他加入了美国陆军，并在军中重续摔跤职业生涯。当一位上司告诉他，做职业摔跤手不符合军官的身份时，他戴上面具，掩藏身份，像"蒙面奇侠"一样去参加嘉年华巡演，一天和多达 20 人进行摔跤比赛。在一次职业摔跤比赛中，他遇到了后来的妻子爱玛。

事实证明，职业摔跤对于他未来的工作造成了很大的影响。它使博尼卡部分残疾，留下了终身的慢性疼痛，包括髋关节撕裂、肩膀受伤、多处肋骨骨折，伤成了花椰菜似的耳朵"像两只棒球一样"，需要接受整形手术。

"每天工作 15 至 18 个小时。"1977 年，他接受《人物》杂志采访时说，这样可以暂时忘却疼痛。

1943 年，博尼卡眼睁睁地看着妻子在分娩过程中痛得撕心裂肺，由此开始了自己麻醉师的职业生涯。他为美国陆军医疗队培训了数百名麻醉师，二战之后，他成为塔科马综合医院的首席麻醉师，并写了一本经典的教科书——《疼痛管理》。

1960 年，博尼卡被任命为华盛顿大学医学院麻醉科主任时，开了全美第一家止痛诊所。博尼卡认为，只有当医学内部以及外部的许多学科被应用时，才能帮助病患减轻痛苦。这家诊所率先采用了一种治疗疼痛的方法，让患者看多达 14 位专家，然后这些专家将制定一种治疗方案要求患者在日常生活中遵循。博尼卡的跨学科治疗方法很复杂，对患者的要求也很多，但通常都很有效果。

1977 年，博尼卡退休了。他的继任者比尔·福代斯医生和约翰·洛泽医生，将诊所扩充为华盛顿大学医学院疼痛中心。该诊所请职业治疗师和物理治疗师、心理学家、社会工作者和其他人员一起来治疗疼痛。患者会在诊所待三个星期，离开时，会获得一些控制疼痛的医疗策略和生活策略，例如锻炼和饮食——用洛泽自己的话来说——就是生物学—心理学—社会学方法。

"我们一直尽力让［患者］明白，能够掌控他们健康的人是他们自己，"洛泽说，"患者必须做这项工作。慢性疼痛并不仅仅是身体内部出问题了，它总会有些社会因素和心理因素在起作用。传统上，医生忽略了这些事情。"

华盛顿大学疼痛中心反对医疗市场营销的趋势。几年前，那些安定的广告坚定地表示一片药就可以解决患者的问题，华盛顿大学的研究人员认为，至少就疼痛问题而言，广告这么说是错的。疼痛是个非常复杂的问题。

但是，"许多患者有一种心理——'我有权摆脱疼痛'，"洛泽说，"人们有权获得医疗保健，这应当是一项人权。疼痛管理必须是医疗保健的一部分。可是，人们却无权减轻疼痛。医生也许不能帮助他们止痛。有些问题不容易解决。患者有权采取合理的尝试以合理的方法来减轻疼痛。你有权被减轻疼痛，一如你有权获得幸福。"

"可是，患者通常会说：'医生，我来找你。治好我。'他们把自己看作汽车。他们的心理是，我只需去看医生，医生就会告诉我问题出在哪里。医学界、大型制药公司都推动了这种想法的形成。患者想要病痛一夜之间消失。这就是我们在为慢性疼痛患者治疗时遇到的问题。他们必须认识到，这是他们的身体、他们的病痛、他们的健康。这项工作要他们自己来完成。"

博尼卡在华盛顿大学的门生们提出了一种综合治疗疼痛的方法，阿片类药物仅在其中起很小的作用。到1990年代初，美国有数百家诊所都采用了华盛顿大学的模式。然而，几乎从一开始，保险公司就犹豫不决。最后，保险公司停止资助多学科治疗的核心部分，这部分严格说来并不属于医学范畴：尤其是物理治疗、职业治疗和心理治疗。洛泽和他的手下与保险公司不懈斗争。他要向保险公司展示，患者的健康有了好转，从长远看，这为保险公司节省了资金。"然而，做出资金使用决策的人和医疗毫无关系，"洛泽说，"他们只是对自己支付的项目加以越来越严苛的限制。"

就这样，医生手中一些能够用来治疗疼痛的关键手段被日益剥夺，而另一方面，患者被教导去相信他们有权获得疼痛减轻。

17. 神秘人

洛杉矶，加州

神秘人从西部回来，风尘仆仆，面容憔悴。他的名字取自他祖父的名字，尽管他从来没有见过祖父。他的祖父有两个女人、两个家庭，一个在凤凰城，另一个在新墨西哥。他的父亲有个同父异母的兄弟，他也不认识，此人被大麻走私贩、墨西哥头号毒枭巴勃罗·阿科斯塔杀害了。

1939 年，神秘人的父亲把家从新墨西哥搬到了加州。对于在大萧条时期走南线进入加州这个"黄金州"的移民来说，位于加州帝王谷的农业城镇布劳利是一处中转站。他的父母在一个亲戚位于布劳利的农场里工作，在那段时间，他出生了。随后，全家人搬到了弗雷斯诺，在那里，他的父亲成了农场的一名包工头。

神秘人 13 岁那年，他的父母分道扬镳。他随母亲一起去了洛杉矶圣费尔南多谷的范奈斯。他们在范奈斯的墨西哥人聚居区找了一所房子住下，那里没有人行道，也没有多少警察。此时是 1950 年代，圣费尔南多谷到处都是白人，除非是为了工作，否则这些墨西哥裔美国人很少冒险跑到他们的聚居区之外。范奈斯聚居区的家庭都有自己的房子，男人们要么在电影行业干最低等的工作，要么在市里和县里当个工人，铺路、从事公共建筑的景观美化。下班后，他们就在家门口附近的店里闲逛，在胡椒树下喝啤酒。

神秘人从范奈斯高中辍学后，在一家继续教育学校拿到了毕业证书。那个时候，他也卖大麻——将几磅大麻切碎，在附近的街区卖大麻烟卷。当药片——白色药片、红色药片和安非他明——流行起来时，他就开车去蒂华纳，待上整个周末，买几罐药回来，最后带着3倍的钱返回范奈斯。他喜欢把自己想象成他这一代人中的首领，那时他19岁，大约就在这个年纪，他开始吸食海洛因。范奈斯的墨西哥人聚居区的许多年轻人都吸食过海洛因，其中大多都年纪轻轻就离开了人世。

后来，他当了一名蒸汽管道工，又做过其它一些工作，还结过两次婚，有了几个孩子，然而，正如他多年后所说，他主要还是一名"毒贩"。他喜欢把自己视为坚守某种制度，又生活在法外畛域之人。他坐过好几次牢；通常重获自由不到48小时，他就又开始吸毒了。对他来说，除了毒品，别的都不重要。他为家人和孩子买了房子，不过，大部分钱还是用来买了更多的毒品。这么多年来，除了毒品外，唯一能让他感兴趣的就是在美国职业橄榄球大联盟比赛期间赌赌球。

一直困扰他的是可靠的海洛因货源问题。他的货源一直难以为继，不是供货的坐牢了，就是他自己进了监狱，要么就是供货人死了。不管怎样，总是要打上一场硬仗才能找到一贯高品质的大量海洛因。

1970年代，神秘人遇见了一个人，是欧内斯托·"唐·内托"·丰塞卡中尉的亲戚。丰塞卡是个头发花白的墨西哥毒枭，后来因参与组建锡那罗亚贩毒集团而声名狼藉，并被判终身监禁。丰塞卡的侄子拉斐尔·卡罗·奎因特罗也因在1985年派人折磨并杀害了美国缉毒署特工恩里克·"基基"·卡马雷纳而被捕入狱。

神秘人和他的联系人乘火车南下去墨西哥，从丰塞卡手里买1公斤海洛因。在丰塞卡所建的位于库利亚坎市中心的酒店里，他们见到了这位传奇人物。库利亚坎是闷热的锡那罗亚的首府，也是墨西哥贩毒生意的发祥地。

"那我就给你们 1 公斤，看看你们在美国怎么处理这些货，"丰塞卡对他们说，"我想在美国打开市场。你们要是做得好，我会继续供货给你们。"

接连 4 个月，他们的生意让丰塞卡感到满意，后者也一连给他们送去了好几公斤海洛因。后来，他们被捕了，与丰塞卡的联系也断了。这名男子在墨西卡利找到了其他的货源，但依然好景不长。

但这些都是几年前的事了。

我见到神秘人时，他因为肝脏问题而行动缓慢，眼皮常常半耷拉着。多年的贩毒、嗜赌和静脉注射，让他在 70 多岁的年纪失去了一切真正的快乐。他从来不读小说，只看非虚构作品。他的笑声听起来干巴巴的，薄得像硬纸板。

但当他 50 多岁时，他突然想到了一个计划，在他看来，这个计划将使他的生命变得有价值。这个计划包括把黑焦油海洛因带到密西西比河以东的新地方，让更多的人迷上它。他开着灰色或米色的旧车，像风一样席卷了美国的这些城市，每到一个城镇就换一个名字。他走到哪里，就把毒品带到哪里，也把痛苦带给了千家万户。

1990 年代，黑焦油海洛因反过来也改变了墨西哥纳亚里特州的小镇铪利斯科的面貌。神秘人把这个城镇看作他自己的地方，他在那里买了房产，还养了一个女人。他就等于现代版的大卫·特耶达，他知道这个人，但并不十分了解。特耶达是 90 年代初促成铪利斯科的海洛因第一阶段扩张的开路先锋之一。1998 年，这个神秘人引领了海洛因的第二阶段的发展。因此，在我找到他之后，便经常去拜访，听他讲过去的事。我渐渐认识到，关于黑焦油海洛因是如何跨越密西西比河发展起来的，他能给出答案。

他喜欢自认为是纳亚里特州的铪利斯科镇来的年轻人心目中的英雄，他把这些年轻人招募过来，教他们如何零售海洛因。"有许多父母都来我这里为他们的儿子找工作，他们清楚地知道孩子将会做什么样的工作，也非常清楚我的工作性质，"一天，他在他位于中央山谷的住所客厅里说，"这些人都是一贫如洗，他们看见其他年轻人开着新卡车，盖了新房子，那些人的父母开着半新的皮卡到处跑。然后孩子就会一遍一遍地烦他们，闹着要去北方。"

起初，他们只是把毒品卖给像他这样的老瘾君子，那是自1970年代，海洛因最后一波流行以来幸存下来的地下市场。然而事实上，另一种药物———种名叫奥施康定的药——的非法使用在中上层白人中间为海洛因开辟了一个巨大的新市场。这些人手里有钱。当神秘人听说了奥施康定后，就开始关注它，他明白，他要是也这么做，很快就会有市场。

当美国奥施康定成瘾者的数量不断增加，当墨西哥大批没有土地的年轻工薪阶层深感沮丧，铨利斯科的零售配送系统便在此基础上茁壮地发展了起来。这些人并没有组建贩毒集团，他们也无法这样做。小城镇的人的嫉妒，以及墨西哥农村人惯有的桀骜不驯的态度，都阻碍了贩毒集团的形成。"家人是不能一起工作的，"神秘人对我说，"我们真的会嫉妒彼此。"

然而，正是因为他们无法组建贩毒集团，他们的海洛因体系才变得邪恶而成功。这一体系利用廉价而容易致瘾的产品控制了小规模的自由市场资本主义的力量，激发了年轻而有干劲的村民们的创业精神。这一体系标志着墨西哥毒贩贩卖毒品和获取利润的方式发生了根本性的变化，也是对美国的执法部门的挑战。

"我们并没有开创海洛因生意。我们只是用了一种不同的方法，"神秘人说，"我们不是贩毒集团。我们都来自不同的窝点。每个人都有自己的团队。每个小团队都有老板。他们都是各干各的。有些人做得很大；有些人做得一般，还有些人只想试试。有些人破产了。有些人则赚得盆满钵满。"

18. 一场革命

1986 年，当时 31 岁的罗素·波特诺伊和他的导师凯瑟琳·福莱发表了一篇文章，这篇文章对使用阿片类药物治疗慢性疼痛感兴趣的疼痛专家中的先锋而言，变成了一份独立宣言，尽管波特诺伊并没打算让它起到这样的作用。

之前，其他研究人员发表论文时指出，许多使用阿片类药物的慢性疼痛患者最终都会对药物上瘾。波特诺伊和福莱并没有看到。他们对受慢性疼痛困扰且使用了阿片类止痛药的 38 例癌症病人的情况进行了回顾。其中只有两个人出现药物成瘾的问题，他们都有吸毒史。其余的患者状态良好，大多数都没有再受到疼痛的折磨。

波特诺伊和福莱就这些观察结果写了一篇论文，投给了一份名为《疼痛》的医学杂志。他们表示，阿片类药物并不天生具有成瘾性；上瘾与否主要还是取决于使用者本人。

这篇论文的脚注里引用了简·波特和赫歇尔·吉克医生写给编辑的一封信。这封信刊登在 1980 年的一期《新英格兰医学杂志》上，标题是《接受麻醉药物治疗的患者很少成瘾》。

波特诺伊后来表示，发表在《疼痛》杂志上的那篇论文的观点是，"这些药物具有某些特性，一旦与某种大脑相互作用，就可能会导致不良后果；但这并不是药物所固有的问题，并不是每个服用阿片类止痛药的患者都会成为瘾君子"。

从那时起，渐渐地形成了一个观点，甚至可以说是一个更具争议性的观点，即阿片类药物不仅可以开给奄奄一息的癌症患者，也可以开给其他患者，包括深受慢性疼痛困扰的患者。论文同时也警告说，不要把阿片类药物开给有药物滥用史的患者。在后来的采访和研究中，波特诺伊明确表示，他认为医生需要在每一位患者身上花大量的时间，深入研究他或她的病史和家族史。他还描述了一份调查问卷，认为这是医生应当给患者做的，以确定每位患者对药物上瘾的风险有多大。他提到了两个著名的极端例子：一个是滴酒不沾的70多岁老妇人，患有出血性溃疡和骨关节炎；另一个是20多岁的年轻人，抽过几年大麻，背上有纹身，一年前做过手术后，膝盖一直慢性疼痛。这位老妇人的阿片类药物成瘾风险要远低于这位年轻人。然而，家庭医生不得不做出的大多数决定——因为家庭医生处在开具止痛药处方的第一线——要复杂得多。如果一个40岁的建筑工人，兄弟锒铛入狱，他二十出头的时候酗酒，但还是成功地养活了一家人，同时也深受慢性背痛的困扰，他该怎么办呢？

波特诺伊认为，发表在《疼痛》杂志上的那篇论文会被人们遗忘，事实上却引发了人们的热议。论文上福莱和斯隆-凯特琳医院的名字赫然在目，它撼动了人们对阿片类药物有限使用的共识。波特诺伊个人也受到了攻击。用阿片类药物治疗慢性疼痛违背了许多长期以来的医学观点。许多人认为，这样使用此类药物既危险，又容易致瘾。一位研究人员写信给《疼痛》杂志，声称波特诺伊和福莱并不了解疼痛的本质。

"那篇论文所引发的愤怒，还有人们在各种会议上拉着我不放，说我是坏人，说我们的论文竟然让那种治疗方法听上去像是个不错的选择，"波特诺伊后来接受采访时说，"那真是段挺有意思的经历。"

面对这种激烈的反应，福莱和波特诺伊将自己视为为患者仗义执言的斗士，打破了一种业已过时的禁毒主义者的教条，特别是当技术更为发达、药物不断改进时，这些教条已经不再有用。

全国各地出现了许多支持他们观点的机构。

一个是盐湖城。林恩·韦伯斯特在圣十字医院开办的急性疼痛治疗服务只是其中的一部分。疼痛研究人员和止痛诊所聚集在犹他州，寻找治疗疼痛患者的其他方法。犹他州的摩门教徒在当地人口一直保持稳定，所以临床医生可以对一组人进行研究，每隔5年就会对同一组人再次进行研究。此外，许多犹他州人，如摩门教徒，并不摄入咖啡因、尼古丁和其他药物，但私下里有许多人在使用处方药，尤其是止痛药，这为临床医生研究药物成瘾提供了充足的机会。

和许多人一样，韦伯斯特的护士玛莎·斯坦顿也渴望能找到治疗疼痛的新方法。斯坦顿在一个信奉基督教科学派①的家庭长大，但后来她上了护士学校。她的职业生涯是在20世纪六七十年代发展起来的，这些年间，无论是医生还是医学院的老师都秉持一种观点，即不管患者情况如何，在阿片类药物的使用上都必须小心谨慎。"我们所有人——护士、药剂师和医生——接受的教育都是：不能过量用药，不能过量用药。你得在最长的疗程内给患者开最小剂量的药物，因为你不想给患者太多的药，怕他们上瘾。"

然而到了1980年代，药物和技术的进步使新的疗法成为可能。老旧的观念开始消退，来自犹他州的韦伯斯特、迈克尔·阿什伯恩、佩里·费恩、布拉德·黑尔和理查德·查普曼，以及纽约的波特诺伊等人，成为疼痛临床医生和思想领袖。很快，人数就达到了临界多数（a critical mass），盐湖城发展出了一派欣欣向荣的疼痛管理景象。这批盐湖城疼痛管理的先锋每月举行一次会议，每次会议都吸引了上百人到场旁听，讨论疼痛管理的新技术，追赶新的潮流。

"盐湖城成了新事物和创新之举的圣地之一，"斯坦顿说，"对于如何更好地看护病人，我们都很感兴趣。这些年来我们所做的并不管

---

① 该派被视为一种变种或边缘的基督教派，它认为物质是虚幻的，疾病只能靠调整精神来治疗，并称此为基督教的科学。——译者

用。我记得我在许多次演讲中都讲过,我对自己这么长时间以来一直没能给病人有效的治疗而感到难过。但现在我们有了以前所没有的技术。"

有种观点认为,疼痛抵消了阿片类药物带来的欣快感,从而降低了成瘾的风险。美国疼痛学会在其网站上发表声明称,使用阿片类药物治疗疼痛患者的成瘾风险很低。疼痛患者可以服用的阿片类止痛药的剂量似乎没有上限。该学会还指出,疼痛与阿片类药物的作用相反,会抵消其阻碍肺部呼吸的趋向。因此,"基于对呼吸系统的担忧"而禁止使用这些药物是"没有根据的"。

人们对疼痛治疗的态度在迅速改变,疼痛治疗的技术也在飞速发展。麻醉医生有了新的用武之地。以前,麻醉医生在手术之后就离开患者了。现在,麻醉医生可以陪伴病人度过几天或几个星期的术后恢复期,采用新技术,例如林恩·韦伯斯特为多萝西实施的硬膜外麻醉。越来越多的麻醉医生成为疼痛专家。专家需要护士。美国疼痛管理护理学会于 1990 年成立,资金主要来源于百特国际有限公司(Baxter company),几年的时间里,会员已经超过 2 000 人。

1996 年,美国疼痛学会主席詹姆斯·坎贝尔医生在一次演讲中指出,"如果人们以与其它生命体征同样的热情来评估疼痛,疼痛将有更好的机会获得更恰当的治疗。我们需要对医生和护士进行培训,让他们把疼痛也看作一种生命体征。"

美国疼痛学会以"疼痛是第五大生命体征"为口号,并以此推广一种理念:医生应当把疼痛和其它的生命体征一样对待。

1998 年,美国退伍军人健康管理局将疼痛定为"第五大生命体征",使其成为继脉搏、血压、体温、呼吸之后的又一个衡量患者基本健康状况的指标。对美国的 1.6 万家医疗机构进行了认证的美国医疗机构认证联合委员会(JCAHO),也同样认定疼痛为第五大生命体征。如今,要根据医院如何评估和治疗患者的疼痛来对医院做出评判。加州立法机构要求医院和疗养院将疼痛以及其它生命体征一起进行筛查。加州药学委员会当时向其成员保证,"研究表明"正确使用"[阿片类药物]的话,滥用的可能性极低"。

从这一切可以看出,这个观点认为美国当时并没有对疼痛进行充分的治疗。调查报告显示,数以千万计的人处于没有得到治疗的疼痛之中。对疼痛的治疗不足被看作一种不必要的普遍现象,因为现在的医学已经有了治疗疼痛的方法。2001年,一项针对1 000名由于医疗条件限制而不得不在家忍受疼痛折磨的患者的调查显示:有一半的人已经不记得不疼痛是什么感觉,40%的人说疼痛一直在持续,22%的人表示他们深受疼痛的折磨。只有13%的人曾去过疼痛专家处就诊。

然而,医生和医学机构对此感到担忧。开这些药可能会导致患者上瘾。他们要求法律做出明确的界定。于是,从加州开始,各州都通过了法律,规定如果医生在认真负责的医疗工作中,开出了治疗疼痛的阿片类处方药,将会免于起诉。许多州都批准了所谓的难治性疼痛法规,如俄亥俄州、俄勒冈州、华盛顿州以及其他州。

很快,一场只能说是医学观念和医学实践的革命就开始了。医生们被敦促通过开这些药来开始治疗美国普遍流行的疼痛问题。实习医生和住院医生所受的教导是,这些药物现在不会致瘾,因此医生们使用这些药物便意味着一种使命和义务。在一些医院,医生被告知倘若不积极治疗疼痛,也就是说使用阿片类药物,他们可能会被起诉。

与此同时,罗素·波特诺伊被任命为纽约的贝斯-以色列医疗中心疼痛医学和姑息治疗科主任,这是全美的大型医院中首次设立这样的部门。有了这样的优势,又得到了几家制药公司的资助,他推动了一场旨在使阿片类药物去污名化的运动。百特国际有限公司和其它制药企业生产了静脉注射的病人自控止痛泵(PCA),让病人只需按一下按钮便可自行决定止痛药的使用。在俄克拉何马州的塔尔萨,两位儿科护士——唐娜·王和她的同事康妮·贝克——在寻求一种方法,来评估那些无法描述自己感受的儿童的疼痛。小时候,王被误诊为白血病,在没有止痛药的帮助下,经历了几次痛苦不堪的手术。后来她成了一名护士。1980年代，随着笑脸表情成为一时的风潮，这两位女护士设计了一套6个表情，以便儿童指认。这个表以一张笑脸开始，以一张泪流满面、痛苦扭曲的脸结束。如今，王-贝克的"面部表情疼痛量表"成为衡量儿童疼痛程度的标准。对于成年人则有其它版本。患者被要求根据等级——从数字0到10，10为最痛——来量化他们的疼痛。这些等级具有高度的主观性，但它们是医学界所能提供的衡量疼痛的唯一工具。

这场革命中的关键一步是"普莱斯-盖尼调查"。该调查是由一位医生和一位统计学家共同设计的，用来衡量患者对医生的满意度。调查是个比较合理的想法，1990年代，随着对患者权利的重视程度不断增加，以及医疗卫生机构评审联合委员会开始加大力度衡量医生治疗患者疼痛的方式，该调查在美国的医院里得到广泛的应用。

在此过程中，患者逐渐习惯于要求药物治疗。不过，他们并不非得接受这样的想法，即如果他们吃得更好、加强锻炼，会有助于他们减肥、感觉更好。当然，医生也不能要求他们接受。由于排除了医生权威，临床经验也正在积累中，病人不必对自己的行为负责。

这一切发生在大约十年里。在这样一个医生曾经对阿片类药物感到恐惧的国家，到了1990年代中期，居然兴起了一种积极使用阿片类药物的文化。这得到了几个方面的支持：疼痛专家、医学院教授、医疗卫生机构评审联合委员会、制药企业，甚至医院律师等。在疼痛会议上碰撞出的各种思想火花，如今在全美各地萌芽，并得到了有新药和新技术可售的制药公司的支持。志同道合者在此相遇，质疑旧的治疗方法和权威。这种文化的核心是这样一种理念：止痛药在用来治疗疼痛时实际上并没有致瘾性。

支持这种方法的人试图带着细微的差别将其纳入治疗。美国退伍军人健康管理局列举了患者无家可归、创伤后应激障碍、受伤和药物滥用的情况，提出"慢性疼痛管理的复杂性往往超出了单个医生的专业知识范围"。初级保健医生应当咨询疼痛专家和多学科止痛诊所。国际疼痛研究学会的一篇论文称，疼痛评估并不是孤立的事件，而是一个"持续的过程"，它随着新的证据和患者的参与而发展。

一份报告中这样写道，"第五大生命体征"是一个"概念，而不是疼痛评估指南"。除了疼痛量表，医生还应询问患者的疼痛史、疼痛的位置、严重程度、对日常生活的影响，以及患者的家族史、药物滥用、心理问题等。事实上，疼痛并不是真的体征，与其它四大真正的生命体征不同，它不能客观精确地衡量。国家药物委员会的建议是"从患者身上获取信息的方式尤为重要。理想的状态是，临床医师应该有充足的时间，让患者用自己的话讲述病情，并提出一些开放性的问题"。

时间是关键。比起大多数人，慢性疼痛患者需要更多的时间来诊断。问题是，医生没有那么多的时间。正因为患者的权利被强调，正在进行的各种调查要求患者对医生的表现做出评判，因此，患者实际上正在失去他们最宝贵的医疗品：与医生相处的时间。

随着20世纪八九十年代的控制治疗运动（managed care movement）的兴起，保险公司削减了成本，减少了它们会付钱的那些服务。保险公司要求患者放弃他们之前一直就诊的医生，转而去找保险公司的名单上所列出的医生看病。它们和医生商定了更低的费用。为了弥补这个变化，初级保健医生不得不在一天内接诊更多的病人。（《新闻周刊》的一篇报道称，一位初级保健医生要出色地完成工作，手上就得有1 800个病人。现在的平均接诊量是2 300名病人，有的甚至要接诊3 000名病人。）

"如果你真的花时间去治疗某人的疼痛，按照你一天当中获得回报的方式，你就要失业了，"一位工作多年的家庭医生告诉我，"以你所处的模式，你不能这样做。医院会开除你的。如果你自己行医，你连秘书的薪水都发不出来。"

因此，随着对阿片类药物去污名化以及将其用于治疗慢性疼痛的运动日渐兴起，不满的种子也同时播下了。这些药物大多是向初级保健医生进行推广，他们几乎没受过什么疼痛管理培训，收入靠的就是在办公室里每 13 分钟接诊一个病人。他们没有太多时间来细致入微地体察病情，也没有太多时间来倾听病人的叙述，或问一些可能会引出冗长而复杂的答案的开放性问题。相反，正如 1960 年代的医生借助安定来治疗焦虑症患者一样，阿片类药物也帮了忙得不可开交的医生的大忙，使他们从现在最费时间的场景中脱身：应付慢性疼痛患者。随着这项运动从新的药物和设备中获得力量，疼痛管理的关键要素——医生花在每位病人身上的时间——减少了。经过对这一切的仔细探查，我发现至少有两项研究结果显示，随着医生问诊时间的缩短，各种处方都在增加。这不足为奇。每个医生都知道，没有什么比一张处方笺更能尽快打发走病人了。

事实证明，在这种情况下，普莱斯-盖尼患者调查产生了意想不到的作用。它无形中在向医生施压，要他们开出本来没必要的阿片类药物处方。要是医生不愿意开，就很有可能会得到病人的差评。如果差评太多，医院就要开始有意见了。

"我能否得到加薪，保住工作，取决于我能否让病人高兴，"一位护士长告诉我，"当医疗卫生机构评审联合委员会来调查我们时，他们会翻看表格，盯着疼痛这一项。他们也会看其它项，但是疼痛这一项是他们最关心的。他们只是不断地强调疼痛问题。你必须减轻每个人的疼痛。［普莱斯-盖尼］调查的分数是他们衡量医生工作表现的标准。"

还有一个问题是，没有人做过严肃的长期的研究，看看阿片类药物是否在这些病人使用时确实没有致瘾。事实上，多年后，依然没有证据表明，有多少慢性疼痛患者能够成功地被阿片类药物治疗，而不会产生依赖性，然后上瘾。确定谁适合阿片类药物治疗也是个难题，尤其是当医生没有接受过疼痛管理培训，每个病人只有 13 分钟就诊时，就更加困难了。

新发起的疼痛运动消除了这些疑虑。它在那些以往因没有得到疼痛治疗而在痛苦中煎熬的人们当中，获得了一种近乎宗教热情的追捧。舆论闻风而动。早些年对疼痛视若无睹的残酷让那些质疑阿片类药物可以治疗慢性疼痛这一新兴学说的人颜面扫地。疼痛专家的工作迈向了新的时代，他们感谢制药公司开发了新的药物和仪器，让采取人道方式治疗疼痛成为可能。其中就包括普渡-弗雷德里克公司，它在1991年成立了一家联营公司"普渡制药"，后者很快成为定时缓释止痛药的领军企业。普渡制药并不为大众所知，但疼痛专家对其再清楚不过了。在疼痛疗法的新工具——尤其是美施康定，当然还有其它药物——的引领下，普渡在同行中遥遥领先。为了控制盗窃行为，普渡制药还试图通过开发一个数据库来协助执法部门对药店抢劫案进行调查。

"对于我们这些从事疼痛管理的人来说，这已经是做到极致了；普渡就是这样的公司，"玛莎·斯坦顿说，"他们做的每件事都是对的。他们打入了市场。他们为临床医师提供支持，协助教育培训。他们做了我们认为他们应该做的一切。"

尤其值得一提的是，普渡制药为疼痛研究人员提供资助，他们中的很多人将普渡看作创新者，一个盟友，罗素·波特诺伊便是其中一员。反过来，波特诺伊常常在初级保健医生的会议上激情澎湃地演讲，敦促这些医生考虑采用包括阿片类药物，尤其是定时缓释阿片类药物等新的方法来治疗疼痛。

波特诺伊发表在《疼痛》杂志上的论文曾声称接受阿片类药物治疗的疼痛患者可能不会有致瘾的风险，然而多年之后，他表示，论文所依据的"数据非常少、非常少、非常少"，并称之为"一篇意外变得重要的无足轻重的论文"。

然而，1986年那篇论文发表之后，研究人员之间的争论越演越烈。这场争论对医疗实践产生了极大的震动，改变了对医院和医学界正在进行的争论一无所知的人们的生活。疼痛管理的一大新问题是：让那些还会存活多年的慢性疼痛患者使用阿片类止痛药，是否真的像现在在即将走向生命终点的癌症病人身上使用这类药物一样没有成瘾的风险？

对于这个问题，越来越多的人——尤其是罗素·波特诺伊医生以及当时名不见经传、正准备发布新止痛药的普渡制药的销售员——的答案是肯定的。这不仅在于参加这场运动的人的信心，一定程度上也得益于那位名叫赫歇尔·吉克的波士顿医生与人共同撰写、刊登在《新英格兰医学杂志》上、现在日益被称为"报告"的信的发现。

19. 都是为了 501 型牛仔裤

博伊西城，爱达荷州

根据埃德·鲁普林格所述，波拉一点也不傻。

波拉是个四十四五岁的墨西哥人，身高大约 5 英尺 9 英寸，他是那种如果不去健身房就很容易胖起来的人，所以他常去。波拉身材修长，处事保守，受人尊敬，看上去像个小生意人。他的妻子在墨西哥，整天唠叨着叫他做账，叫他确保库存有据可查，而且销售人员没有乱花他们的钱。

波拉的真名叫塞萨尔·加西亚-兰加里卡。他来自墨西哥太平洋沿岸的纳亚里特州的铪利斯科，做的是黑焦油海洛因生意。而埃德·鲁普林格 1995 年时是爱达荷州博伊西城的缉毒特别行动组的毒品调查员。

波拉手下的年轻人既为他创造了利润，也给他带来了麻烦。当他出城时，大部分工作时间都花在了激励这些年轻人上。他在激励他们的时候，既没有威逼，也没有胁迫，而是耐心地处理他们发生的种种意外，至少鲁普林格自己是这么认为的。有一次，一个年轻人撞坏了波拉为他们租的公寓大楼外的一块标志牌，第二天，他就带着赔偿金出现在了大楼经理的办公室。鲁普林格是从大楼经理那里听说这件事的。

1990 年代，铪利斯科的那套系统在反复试错中得到了完善。男孩们在回到铪利斯科的烧烤聚会上交换了经验，慢慢地，一套规则逐渐形成，像民间传说一样，口口相传。其中一条就是：不使用暴力。当时，最著名的贩毒帮派——血帮和瘸帮①——为抢夺快克可卡因在离洛杉矶很远的多个城镇的街头巷尾进行枪战，因而他们无论走到哪里都会引起警方的注意。看到这一切，"铪利斯科男孩"采取了相反的做法，悄悄地开始向全国各地扩张。波拉参与了1990年代的这次扩张，他踏足的地方之一就是博伊西城。

鲁普林格第一次被勾起兴趣时，正值缉毒小组突然开始逮捕墨西哥司机，这些人把装有海洛因的气球含在嘴里，开着车在镇上到处兜售。他们很容易被人认出，也很容易抓获，尤其是有了那些一旦被捕很害怕坐牢的瘾君子的帮助。正如丹尼斯·查维斯在丹佛所见，以及缉毒特工后来将在其它地方发现的那样，鲁普林格也注意到这些墨西哥司机往往只携带少量的海洛因，而且不带武器。因此，他们从没有在牢里待过太久。但这触动了鲁普林格作为警察的极强的职业敏感性，因为当他每次确定这些司机来自哪里时，就发现他们都来自墨西哥一个名叫纳亚里特的州。更重要的是，没过几天就有人顶替了这些司机。一段时间后，鲁普林格意识到，不论他和他的同事逮捕了多少纳亚里特州来的贩毒司机，总会有更多的司机来填补空位。

这样的案子放在任何人那里都是可以接受的，但是，唯有埃德·鲁普林格一人对随着爱达荷都市缉毒特别行动组（Metro Narcotics Task Force）逮捕了越来越多的司机而引发的问题着手寻找答案。他想知道，是谁在这些人的背后操控？这一切都太有条理了，不可能只有博伊西城如此，人们不会顺理成章地选择这里作为贩毒事业起步的地方。这种生意必然得从别的地方开始。

当鲁普林格第一次注意到加西亚-兰加里卡这个名字的时候，他

---

① Bloods and Crips，血帮（红衣）和瘸帮（蓝衣）是美国著名的两大街头帮派，长期势不两立。——译者

好几个星期以来一直在琢磨这个问题,而且百思不得其解。那些司机所住公寓的记录册上都有这个名字,他们开的车也是这个人名下的。一天,鲁普林格看到一个司机在一座公寓楼外游荡,把一些钱递给了一个身材修长的人。鲁普林格心想,这个肯定就是老板。

然而,鲁普林格和他的同事第一次跟踪波拉时,这位嫌疑人径直走进了一家墨西哥餐馆,站在烤架后面干起了厨师的活。这个被鲁普林格认为是海洛因毒贩头目的人,似乎只是个普通的厨子,根本不值得缉毒组浪费时间。但鲁普林格的直觉被证明是正确的。一个月后,加西亚-兰加里卡辞职了。从那时起,只要波拉在城里,他就会用所有的时间监督他手下运送海洛因的司机。

波拉的司机们已经在这里工作一段时间了,博伊西城似乎都成了他们的地盘。后来,就在1996年圣诞节前夕,一位目光敏锐的邮政督察发现了一个引起缉毒犬警觉的邮包。邮包里面是个圣诞老人玩偶,玩偶里面装着黑焦油海洛因。包括鲁普林格在内的当地缉毒特别行动组按邮包上的地址送到了那个公寓。缉毒行动组破门而入,发现四个衣着考究的墨西哥中年男子围坐在一个牌桌前,正在将海洛因分装成小包。他们也是从纳亚里特州来的,都姓特耶达。

圣诞节前的这次行动实际上宣告了波拉对博伊西城的控制的终结。鲁普林格认为,博伊西城的消息早已在纳亚里特州来的海洛因毒贩中流传开来,毒贩们成群结队地来到这个爱达荷州的首府,与波拉和他在此建立的生意竞争。鲁普林格惊讶地注意到,原来在波拉手下干活的一个司机自己开了个新的窝点,他还回过墨西哥,然后带着一批司机、一个调度员和一个供货渠道,重返博伊西城,和自己过去的老板正面交锋。

"波拉属于元老之一。他来到这里,建立了这里的一切,"鲁普林格和我第一次在博伊西城见面时这样告诉我,"消息传回了他们的家乡,随后,纳亚里特州的每个体力劳动者都搬来了。"

很久以后，当我继续探究"铅利斯科男孩"的故事时，我遇到了一位女士，她告诉我她的丈夫 1990 年代中期在波拉的手下当司机。她说，波拉是从圣费尔南多谷起步的，但是，激烈的竞争迫使他把那些窝点搬到了洛杉矶以东 40 英里的波莫纳和安大略市。他的司机们常常去她母亲在波莫纳的餐馆转悠，就是在那里，她认识了其中一个司机，并跟他结了婚，有了孩子。他们回过铅利斯科两次。

我们见面时，她告诉我，1990 年代，现在已是她前夫的那个司机曾帮波拉在盐湖城建了个窝点，后来，两人断绝关系，他就开始与波拉展开竞争；她的姐夫帮波拉打开了博伊西城的市场，后来，他也在当地开办了自己的窝点，成了自己过去的老板的竞争对手。

那个时候，这些城市里只有少量的海洛因瘾君子，他们每天都在到处找毒品解决自己的需要。一个停滞不前的市场，只剩下一个地方有客户。"我们就从波拉那里挖人，"她说，"我们会把气球做得大一点来引诱［他的］客户。然后我们还会给客户特价，100 美元可以买 6 个气球而不是 5 个。竞争就这样你来我往，像拉锯战。'别跟他们走。我们可以给你更大的优惠。'"

可是，随着交谈的深入，她告诉我的关于她前夫及其家庭的事更引起了我的兴趣。她的前夫来自一个有田、有农场、有各种家畜的家庭；他们种植甘蔗，制作奶酪。她说，按照墨西哥农村的标准，他们家属于中产阶级。而我原以为毒贩绝大多数应该来自最贫穷的家庭。她说，那些司机的确如此，尤其是后来来的那些司机。但铅利斯科最早的海洛因毒贩中，按照墨西哥农村的标准算，大多是相当富有的农民的儿子。他们手里有些钱，可以投资。随资源而来的是更广阔的视野，人们知道生活中哪些是可能发生的，他们想要什么或者期望发生什么。

与种甘蔗相比，卖海洛因要容易得多；风险更大，收入也更高。它使人们能有钱盖更好的房子，这在铅利斯科掀起了一股建筑业热潮，到 1990 年代末，当地雇用的建筑工人就算没有上百个，也有好几十。用不了 10 年，仅仅几个月，房子就纷纷拔地而起。铪利斯科的市中心没有一幢房子的顶上有钢筋。这就是铪利斯科与墨西哥其它移民城镇之间的区别。铪利斯科的屋顶上明显钢筋比较少。

然后，她还说了一些奇怪的事。在盖好房子、养家糊口之后，她认识的那些从纳亚里特州铪利斯科来的人，似乎最想要的就是李维斯 501 型牛仔裤。

1990 年代，在墨西哥农村，李维斯 501 型牛仔裤是男子下装的黄金标准。这种裤子在墨西哥非常昂贵。而"铪利斯科男孩"的零售系统之所以如此受欢迎，年轻人之所以渴望在其中找份工作，原因之一就在于这一体系提供了一个能让他们以非常便宜的价格攒下大量 501 型裤子的途径。正因为美国的吸毒者很快就得知了这些毒贩的喜好，于是他们源源不断地把从商店偷来的 501 型裤子交给毒贩，以换取自己每日的毒品。不久，这些瘾君子根据尺寸和颜色接受订货，以二换一：两条 501 型的裤子换一个价值 20 美金的黑焦油海洛因气球。

当她嫁给铪利斯科人走进他们的世界，发现"在那里，牛仔裤比什么都重要"，她对我说，"从第一天起，任何能换到牛仔裤的机会，他们都不会放过。他们有成堆的牛仔裤。他们把乡亲们想要的各种尺寸的牛仔裤都带回了家。"

她说，这种对李维斯 501 型牛仔裤的渴望，是促使铪利斯科的那套体系在 1990 年代中期开始从圣费尔南多谷扩张到美国西部地区的原因之一。回到家乡，没有什么比穿着深蓝色的 501 型牛仔裤在公共场合走来走去更能显示一个男人在这个世界上的地位的了。与此同时，看见其他人穿着崭新的李维斯 501 型牛仔裤，也激励了许多年轻人——他们即使有牛仔裤，也是廉价单薄的那种——应征司机的工作。

李维斯 501 型牛仔裤就像是铪利斯科的海洛因网络不断扩张的动力，关于这个话题，我想知道得越多，人们谈得也越多。

"有一次，我带了 50 条李维斯牛仔裤回家，装在行李箱里，从加州乘巴士一路随身带着。"一位铰利斯科来的毒贩说。他跟着从圣费尔南多谷到哥伦布市的团伙干，最终被任命为丹佛的一个团伙的管理者。"我拿到的牛仔裤是客户们从希尔斯百货偷来的。许多和我一样的毒贩都带回了大批的李维斯牛仔裤。我会把它们送给朋友和家人。但是过了一段时间，他们开始主动要牛仔裤了。'给我寄这条，给我寄那条。'随后，他们又会要衬衫、网球鞋。他们什么都想要。"

实际上，海洛因生意的收入在这个小镇里引发了大范围的相互攀比，而李维斯 501 型牛仔裤只是其中一部分。很快，许多家庭都开始一争高低。在镇上，总是提前几个星期就开始流传各种小道消息：谁和谁带了许多礼物回家，然后我们会杀一头牛，他会付乐队的钱。每次毒贩回家都像过圣诞节一样，亲戚们排着队来领礼物，尤其是那些牛仔裤。有的毒贩回来的时候，带了几车的衣服。

"家人的要求越来越多，越来越多，所以男人们开始感到压力，"我采访的那位前妻这样告诉我，"'给我，给我。你得养我。'他们的家人开始觉得这是理所当然的。我前夫的姐姐就提要求说'你要给我这个，或你要给我那个'。你的一切东西都是我的。我的前夫过去常送各种衣服回家。先是 501 型牛仔裤，但后来又说'我要盖斯（Guess）牛仔裤'，再到后来，就是汤米费格（Tommy Hilfiger）。"

就像吸毒者不可能不吸毒，这些人也不可能不回去卖毒品。在美国，他们睡在公寓的地板上，甚至连床垫都不想花钱买一张，就等着带礼物回家的那一天。她说，一回到铰利斯科，他们就带着其他男人羡慕的东西在镇上漫步，花钱请乐队、买啤酒，旁边围着女人。任何一个司机都不想错过 8 月的玉米节。"那是你能炫耀一把的最好时机，"她说，"就像一个孩子第一次去迪士尼乐园。他们昂首挺胸走来走去。每个人都看着他们。"

我可以想象他们的 mu 受体在与内啡肽结合。

"他们活着就是为了这个。他们省下每一分钱也是为了这个，"

她说，"这是一种欣快感，他们为这件事而兴奋不已。他们如入梦幻世界，活在一个他们以为自己是王的梦里，直到钱财散尽。"

因此，凭着瘾君子一样的热情与专心致志，"铪利斯科男孩"寻找着利润率更高的新市场，等待着有一天能回到家，再在他们的"梦之地"做一两周的王。她说，只有以自我为中心的上瘾，才能解释来自传统保守的小镇的农家男孩儿怎么能把一种为人父母者痛恨的商品，卖给那些满眼哀伤、脆弱无助的瘾君子，而良心居然不会受折磨。

"我以前在一个实验室工作，他们在那里研究动物，必须把那些动物杀了，"这位前妻说，"要做这件事，你就得先让自己和那个动物之间没有任何瓜葛。你不能让它影响到你，你在你们之间设置好界限，他们就是这么做的。他们对人也这么做。"

越来越多的团伙在博伊西城起步，埃德·鲁普林格尽力跟上事态的发展。他制作了波拉和他的司机们以及美国其它城市之间的联系时间表和流程图。行动组里的其他人觉得他疯了。博伊西城什么时候参与过国际贩毒集团的阴谋？另外，那么多西班牙裔的人名，听得人头大。

鲁普林格获准对波拉的电话进行监听。随后，波拉的业务范围变得越来越清楚了。他在波特兰、盐湖城和火奴鲁鲁也有团伙。盐湖城的生意比博伊西城的好。鲁普林格听到波拉抱怨说，他离开丹佛是因为得和家乡来的人争夺同一批瘾君子客户，这让他在那儿什么钱也赚不到了。新开的窝点抢走了他的客户，为了争取回来，他不得不把价格往下降。

鲁普林格对铪利斯科网络的规模和关联性感到惊讶。波拉的海洛因店铺实行的是适时供应①，每隔几周就会有妇女充当运毒的"骡

---

① 即有人要时才送货。——译者

梦瘾：美国阿片类药物泛滥的真相

子"带一磅的海洛因来。波拉一心想把竞争对手甩得远远的,因而坚持要求他的司机提供最好的客户服务。一旦有司机报告说客户抱怨毒品品质太差,波拉就保证会改正;第二天,司机会把品质较好的货送到客户手里。当鲁普林格听说这个,他觉得自己正在眼看着某个新的恐怖事物在膨胀、蔓延,而他就好像独自一人待在一个某种病毒已经逃出试管的实验室里。

一天,鲁普林格听到一个司机对波拉说,他很害怕送货到附近的考德威尔镇,因为那里的帮派很吓人。波拉告诉这位司机他会处理这件事的。鲁普林格一直在想这段对话,他在南加州工作过,知道小小的考德威尔镇上的帮派跟其它地方的帮派比根本算不了什么。这究竟是怎样的贩毒团伙,为什么会害怕爱达荷州考德威尔镇的那些打肿脸充胖子的帮派呢?

1990年代的每个缉毒特工都知道血帮和瘸帮之间的快克之争,以及在此之前迈阿密发生的哥伦比亚"可卡因牛仔"的先例。纳亚里特州来的人不是这样的。他们对自己的毒品充满信心,因此不必靠动刀动枪来争地盘。这些司机彼此相识,会停下来聊个天或者一起吃个午饭。即便他们是竞争对手,互相压价,也都是心平气和地做的。他们行事低调,不想引起注意。此外,司机虽送货,但在其中没什么投资,他们自己并不吸毒,也没有稀释毒品的动机。如果他们把毒品稀释,并不会比按照毒品来的时候的样子卖多赚什么钱。他们只是被雇来干活的,是挣工资的,他们的开销老板都包了,每周还有几百美金的津贴。他们最不愿意看到的就是暴力。

从1995年到1997年的两年间,像博伊西城这么小的市场竟有6个贩毒团伙,卖起海洛因来就像卖批萨。但这还不是全部。根据窃听到的消息,鲁普林格发现波拉会打电话到凤凰城、安大略、艾尔蒙特、盐湖城、波特兰、比灵斯、拉斯维加斯和火奴鲁鲁。如果博伊西城有6个团伙,那么丹佛有多少呢?波特兰呢?拉斯维加斯呢?海洛因的销售窝点就像花园里的蚂蚁:除非靠得够近,并知道要找什么,否则你看不见它们。随后,就算你把他们都赶走了,还会有更多的团伙替代他们。

那是1997年。在全国大多数警察还浑然不知之前,埃德·鲁普林格就在研究如何发现这些蚂蚁了。

20. 里程碑式的研究

到了 1990 年代,得知自己写给《新英格兰医学杂志》编辑的信居然成了美国医学实践革命的基石时,身处波士顿的赫歇尔·吉克医生大为惊讶,这封信早已经被他忘到了九霄云外。情况的发展远远超出了他当初执笔时的初衷。

但是,事实就是这样。这场革命扩展到了全国各地的医院、诊所和家庭医生。

不知道是谁检索到了波特和吉克那封鲜为人知的信。但它似乎第一次被引用是作为脚注出现在凯瑟琳·福莱和罗素·波特诺伊 1986 年发表在《疼痛》杂志的一篇文章中。后来,这段话被大家称为"波特和吉克的信"。反过来,该名称也使这个原本微不足道的信变得尽人皆知,并将这种威望归因于它的结论:使用麻醉药物的患者中,只有不到 1% 的人对它们上瘾了。

这一"不到 1%"的统计数据始终没有变。但是,关键的一点遗漏了:吉克的数据库里包含的是阿片类药物在医院里受到严格管控的那些年里的住院病例,当时即使对那些受急性疼痛困扰的病人,给药的剂量也是非常小的,而且一切都是在医生的监督下进行的。这些病人可不是慢性疼痛患者,不能带着成瓶的止痛药回家。这里有个奇怪的曲解,认为吉克的那封信其实支持了一个相反的观点:当阿片类药物在医院用来治疗急性疼痛,以及随后进行严格管控的情况下,都很少会致人上瘾。然而，它的信息被转化成了这样一个宽泛的标题："接受麻醉药物治疗的患者很少成瘾。"

其他人开始引用其所主张的说法。玛莎·斯坦顿记得，在1990年代为医生和护士举办的关于疼痛治疗的教育研讨会上，她经常引用《波特和吉克的信》："人们在任何地方都能听到它，这就是《波特和吉克的信》。我们都在使用这个论断。我们都认为这是福音。"

许多人都是这么做的。《波特和吉克的信》出现在了被誉为学术界和新闻界公正标杆的"圣经"《新英格兰医学杂志》上。医学界专业人士认为每个人都已经读过。但直到2010年，《新英格兰医学杂志》才将其所有文献都放到网上；在此之前，文献只能追溯到1993年的。要真正地查阅《波特和吉克的信》，要发现这是写给编辑的信且只有一段话，而非科学研究，就需要走进医学院的图书馆，找出那期杂志，这得花时间，而大多数医生都没有那么多时间。反倒是初级保健医生听从了疼痛专家的建议，这些专家以《波特和吉克的信》为依据，指出阿片类药物对慢性疼痛患者的致瘾性远没有之前想象的那么严重。这倒不是说初级保健医生需要很多的鼓励才会开这类药。慢性疼痛病人迫切想要得到缓解，因而可能很执着、粗鲁，甚至粗暴对待医护人员，占用大量的诊疗时间。医生有一句口头禅："一位疼痛病人会毁了你的一整天工作。"现在，解决问题的办法近在咫尺。

登在《新英格兰医学杂志》最后几页上的这段文字一次又一次被提及、讨论和引用，最后进了教科书，摇身一变成了一份"里程碑式的报告"，"极大地抵消了"服用阿片类药物的疼痛患者对药物致瘾的担忧。其实它什么也没做。

在1989年为美国国立卫生研究院撰写的一本专著中，哈佛大学和约翰·霍普金斯大学的医生敦促读者"思量一下"《波特和吉克的信》"里面的话"，它说得"很清楚"，担心会让那些没有吸过毒的人上瘾，并不能成为避免使用阿片类药物的理由，因为这项"研究"

表明"在医院里服用阿片类药物的病人上瘾程度极低"。1990 年，一位研究人员在《科学美国人》(Scientific American) 杂志上撰文称，《波特和吉克的信》是"一项广泛的研究"。临床系统改进协会 (Institute for Clinical Systems Improvement) 的一篇论文则称这封信是"一份里程碑式的报告"。

而盖棺定论的是 2001 年《时代》杂志上的一篇题为《少点痛苦，多点收获》的文章，它称《波特和吉克的信》是一项"里程碑式的研究"，表明"对患者"阿片类药物"致瘾的过度担忧基本上是没有根据的"。

玛莎·斯坦顿回忆说，在医学院的几年里，"我清楚地记得老师的话，'不要药物过量，不要药物过量，不要药物过量。别让患者药物成瘾'。但现在有统计数据：瞧，哦，都印出来了。这是福音。我在演讲中一直提到 [《波特和吉克的信》]。所有人都这么做了。不论你是医生、药剂师还是护士，每个人都用到了这封信，没人会提出异议。我们应该提出异议吗？我们当然应该。"

每个人都知道阿片类药物的止痛作用。但这类药物的致瘾程度如何呢？这就是问题所在。大多数医生认为，从历史和经验的角度来看，答案是：非常致瘾。有人引用《波特和吉克的信》提出了相反的看法。波特诺伊医生的看法也是如此：他认为，根据患者的情况，这类药物可能会发挥很大的作用。

波特诺伊医生是疼痛管理领域的先锋。他除了在贝斯-以色列医疗中心任职以外，也是《疼痛与症状管理》杂志 (Journal of Pain and Symptom Management) 的主编、《疼痛》杂志的编辑，以及其它医学期刊的编委会成员。他出版了很多著作，还为医学院的学生编写了教科书。报纸上经常会引用他的话。最重要的是，波特诺伊把他的观点带到了各种提出医学新理念的协会的会议现场，包括：国际疼痛研究协会、美国疼痛学会、美国疼痛医学学会。

所有这些都有助于在 1990 年代中期创造出一种新的公众认知，

即科学进步了,现在才知道阿片类药物不会让疼痛患者上瘾。吸毒成瘾者和疼痛患者是两类不同的人群。2000年,一位著名的止痛医生斯科特·菲什曼在接受《纽约》杂志采访时说:"吸毒成瘾者的生活质量会随着使用药物而下降,疼痛患者的却是提升的。这是两种完全不同的现象。"

这为更复杂的多学科疼痛治疗方法带来了不好的时机。毕竟,如果疼痛患者可以在几乎没有致瘾风险的情况下服用药物,那还有什么必要研究多学科的治疗方法呢?同样,当治疗需要患者改变自己的行为,比如加强运动时,患者也会很难有动力。药片成了一种更容易的解决办法。多学科诊所开始衰落。1998年,全美有超过1 000家多学科诊所;大约7年后,仅存85家。

在西雅图,约翰·洛泽医生和同事们继续在华盛顿大学的疼痛中心埋头苦干,对约翰·博尼卡的各种理念做进一步发展。但是,随着保险公司停止为疼痛诊疗支付费用,华盛顿大学的医学中心便取消了这些服务。1998年,洛泽愤而辞职。大学最终把这个具有历史意义的诊所搬到了地下室。诊所还在,对于坚决要将多学科研究疼痛疗法继续下去的研究人员来说,这是他们的保留地。而止痛诊所的原址被一家整形医院占据。

与此同时,阿片类药物的使用改变了医学思维。通常,患者要求更大剂量的药物就证明了这种药物不起作用。但在用阿片类药物治疗疼痛时,患者要求加大剂量则说明医生之前开的剂量不足。事实上,一些医生也渐渐认为一个疼痛患者要求加大剂量很可能会出现"假性成瘾"的迹象,寻找一种足以止住疼痛的剂量——那就是更多的阿片类药物。

1989年,两位医生在《疼痛》杂志上撰文,用这个词来描述一个17岁孩子的病例。这个孩子患有白血病、肺炎,并伴有胸痛,要求服用阿片类止痛药,而医生却误诊为药物成瘾。这篇文章的其中一位作者是J. 大卫·哈多克斯,后来在普渡制药担任副总裁,负责卫生政策。而另一位作者大卫·威斯曼，后来描述了在假性成瘾的情况下医生应该采取的措施。建立信任并"大胆地"增加阿片类药物的剂量，直到疼痛得到缓解，威斯曼这样写道。

据我所知，假性成瘾很可能是一种真正的综合征。但它对于这个故事的重要性在于，它会助长一种思想的形成，即患者需要的阿片类药物的剂量可能是没有上限的。医生可能一天会开出几百毫克的阿片类药物。当然，根据人们普遍接受的对于《波特和吉克的信》的曲解，至少药物成瘾的风险很小。

"没有哪个医生会继续进行同一种不成功的治疗方法，但阿片类药物是这样的，"洛泽说，"患者来找医生，说'那药很好，医生，但是我需要更多的'。医生给他们开了更大的剂量。于是，3个月后，他们又来说了同样的话，并如此反复下去。关键在于，如果药起作用了，你就不需要更多的药了。"

然而，一个运动就这样诞生了，从1980年的一段简简单单的文字中辐射开来。这场运动中也有其他一些文章的加入，比如波特诺伊和福莱在1986年发表的关于38位患者的文章，其中也引用了《波特和吉克的信》。此外，1982年有一项对93个烧伤门诊的主任进行的调查也发现，没有病人对阿片类止痛药上瘾；1977年的一项研究则针对的是慢性头痛患者的药物依赖性。但是，似乎没有一篇文章像《波特和吉克的信》那样被频繁引用并被如此曲解。

与此同时，赫歇尔·吉克医生一直在为他不断扩大的数据库提供信息。他认为，它们可能是有关药物及其反应的临床信息来源，这是人类从来没有拥有过的。他写了关于各种主题的论文：口服脊髓灰质炎疫苗是否会导致儿童肠道塌陷；某些口服避孕药是否会引起妇女血液凝块；以及英格兰流行性腮腺炎的起源。

一直以来，他在1980年写的那封信都在引发一场运动。

"这真的是太不可思议了，"多年后他说，"那封信，对我而言，几乎是我所有的一长串研究中最不起眼的一个。它之所以有用,因为没有其它东西像这封信一样是以住院病人为数据来源的。可是,如果你仔细阅读,就会发现这封信里并没有提到服用这些药物治疗慢性疼痛的门诊患者的上瘾程度。"

21. 恩里克的救赎

铪利斯科,纳亚里特州

1993年秋的一天,一个身材高瘦、肤色较浅男子在索诺拉州的诺加利斯登上了一辆巴士,车向南驶向他的家乡纳亚里特州。他穿着一双崭新的牛仔靴,头上的牛仔帽压得很低,遮住了他的眼睛。

恩里克穿了一条崭新的深蓝色李维斯501型牛仔裤。他头上的帽子价值500美元,脚上穿的靴子价值1 000美元——这些都是在亚利桑那州凤凰城的一家男装店买的。裤子右边的口袋里还揣着1.5万美元的现金。他乘坐的巴士从诺加利斯开出,沿着墨西哥15号公路行驶,这条公路与太平洋海岸平行。他坐在车上,十分警惕地看着周围,甚至连司机播放的墨西哥喜剧明星坎丁弗拉斯主演的影片也没有看。他的手始终放在右边的裤兜上,不敢睡着。

这次巴士之旅算得上是对他的救赎。几个月前,当恩里克和他的父亲还在甘蔗地里辛苦劳作,为找不到摆脱贫穷的办法感到绝望时,他突然得到了凤凰城的一份工作邀约,并很快接受了。某窝点老板的海洛因店铺需要一个司机。

作为甘蔗农工作的最后一天,他灰头土脸地来到糖厂,就好像刚从一座煤矿里出来一样。他把带来的几袋甘蔗,用尽全力往甘蔗堆上扔。

"我的下一份工作会是出于对工作的热爱,而不是为了满足生活所需。"他郑重地对工头说。

第二天，他吻别了母亲，坐上了开往亚利桑那州的巴士。

这是他的机会。在圣费尔南多谷时，跟着他的舅舅们一起干，总是让他束手束脚。他去凤凰城是希望能够展现自己的能力。不到一个星期，他就熟悉了各条街道，很快，他就亲自经营起了这家店——分装海洛因、回应传呼机信息、开车将气球送到客户手里。他的客户大多是职业女性：律师、护士、有一两个妓女。不久，店里每日的收入就从1 200美元增加到了3 000美元。他从早上8点工作到晚上9点，在开车的路上随便塞个汉堡，晚上10点才回家，还要把海洛因装进气球里为第二天备货。他没有时间打扫公寓或洗衣服，那个月，他赚了5 000美金。

一天，他在凤凰城的供货人告诉他，老板当晚会从铬利斯科过来。这个人给恩里克留下了深刻的印象。他有许可证，可以随时合法地穿越边界。此次，他是来见见自己手下的。

那天晚上，恩里克回家的时候，他的传呼机响了。他找了个公用电话打过去，原来是大老板想在开会前来一个麦当劳的鱼肉三明治。恩里克急忙去买，然后返回公寓。刚一进门，就看见老板和供货人穿着内衣，跪在浴室里，旁边是两名持枪歹徒。

这些闯入者找到了2盎司海洛因、珠宝和一些现金。然而，当他们要更多的东西，并用枪抵着恩里克的头时，恩里克一声没吭。其实，那天早上，他刚把几万美元的现金打包好，但还没时间处理。他把它放在一个垃圾袋的底部，上面盖满了他吃剩的快餐——炸薯条、批萨饼皮、用过的纸盘子和喝完的汽水罐。如果他把钱的事告诉枪手，整件事看起来就会像是他一手安排的。于是，他默默地忍受着他们用手枪柄抽打他，最后，这些枪手带着5 000美元和那几盎司海洛因走了，而垃圾袋底部的那8万美元保住了。

老板见证了这个孩子的忠诚，感激之余叫他不用再去当司机了，让他负责监督两个司机。恩里克工作得更卖力了，生意也蒸蒸日上。

他把钱寄回家里，开始为自己盖房子。当蟾蜍村终于通电话时，他也出钱给家里装了一部。

抢劫事件发生3个月后，恩里克准备回家。他买了靴子和帽子，口袋里揣了1.5万美元坐上了回家的巴士，一路上眼睛睁得大大的，始终保持警惕。巴士下面有他的行李袋，里面装满了衣服、珠宝、鞋子和录像机。这么长时间以来，他一直期待着可以这样衣锦还乡。他想起了远在加州的舅舅们，他为他们工作了那么长时间，后来他们用那么一点钱就把他打发回去了。他们没有勇气把生意做大，也没有远见去了解恩里克的能力。而他的新老板很有远见；恩里克为自己能摆脱屯子里的那片小天地而欣喜不已。

他带回家的衣服有李维斯501型牛仔裤，还有盖斯、汤米费格以及Polo衫——这些东西都是他成功的标志。他的父亲不得不闭上了嘴巴。15岁时，恩里克一直在帮着养家；现在，他18岁了，在凤凰城卖海洛因的所得让他可以独力支撑整个家。

恩里克的家人到特皮克市的汽车站去接他。他们开车，带着他沿着公路穿过铪利斯科，进入他们所住的屯子。就在他孩提时代的家的马路对面，有一座正在建造的新房子，用的是他寄回家的钱。新房子有两间卧室，一个设施齐全的厨房，一个带自动门的车库，一个不会漏雨的屋顶，一个室内浴室。那一刻，他感觉一切皆有可能，他想哭。

随后，他和母亲一起回到他的房间，他从口袋里拿出一些钱，又从袜子里拿出了更多的钱。顷刻，它们翩翩地落在了床上。

"你是不是抢劫了？"

"没有，"他笑眯眯地说，"这些钱都是我的。"

他注意到母亲没有问这些钱是哪里来的。他肯定她猜得到。

那一晚，他会永远记得，那是他的家人第一次饱到吃不下。他拿出了衬衫、裙子和玩具。最小的妹妹甚至叫他"爸爸"。

亚利桑那州的海洛因生意——以及他在那次抢劫事件中表现出的

忠诚——为他赢得了一些新朋友,很快,他就接到了海洛因窝点的大老板们在铪利斯科举办的派对的邀请。他们有新车,大房子。他为自己一年前的那些微不足道的梦想感到无地自容。在这样的世界里,男人都有远大的梦想。

在接下来的两年里,他在他家乡的村庄和凤凰城之间来回穿梭,帮老板管理在街上跑业务的海洛因团队。他买了一辆二手的水星美洲豹,带着女朋友和她的家人去钻石城的 El Sarandeado——特皮克市最好的餐馆。他让妹妹上了大学;她是家里第一个大学毕业生。他去酒吧、餐馆,根本不用考虑自己能否消费得起。大多数时候,他感受到的是自由。他的母亲不再问丈夫要钱养家了,也不用再忍受他的殴打和侮辱了。他的父亲也不用再靠卖甘蔗给糖厂来赚钱了。

多年来,对于那些靠种甘蔗和咖啡为生、经常赊账的农民,镇上的商人有各种各样的办法让他们难堪。现在,当恩里克的母亲走进面包店时,店主第一次对她露出了笑脸,说话也亲切了起来;当恩里克的父亲经过时,店主甚至还向他挥手致意了。

那一年的玉米节上,恩里克和一个跟他一起在亚利桑那州工作的朋友包下了铪利斯科的中央广场。周六集市那天,他们花 3 000 美元请了一支乐队来演奏了一整晚。他们喝酒,并且请在场的任何人喝。到周日早上大教堂的弥撒开始时,他们才不得不就此打住。两个从村里出来的年轻人包下了整个中央广场,这是铪利斯科从未有过的事。通常,农民们要省吃俭用整整一年,才能付得起乐队在广场上演奏 1 小时的费用。然而,海洛因让奇迹出现了:它让每个人都平等了。

然而,这并没有让恩里克女朋友的父亲对恩里克产生好感。他很乐意把肉卖给恩里克的母亲,但是,他不想让一个从蟾蜍村走出来、没有接受过教育的孩子做他的女婿。恩里克小的时候,这位屠夫对恩里克一直很友善。但自从恩里克开始和他的女儿交往后,他就再也没和恩里克说过话,恩里克也学会了和他保持距离。

有事的话,恩里克也偶尔会回凤凰城,然后在波特兰办点事情,接着再回家,渐渐地他有种居无定所的感觉。他的收入还不错,但是他有很多时间是跟新朋友在一起的,所以花销也不断增加。他遇到了瓶颈。他能看见将蟾蜍村和外面的世界隔开的那条河的对岸有什么,可是作为别人的雇工,他无法越过那条河。

现在,他的野心更大了。他有了车,但他还想要一辆新车。他有了一幢新房子,地面铺的是瓷砖;他有成堆的衣服和钱,但这些还不足以让他就此金盆洗手。他一辈子都在听命于人,他想知道自己当老板是种什么样的感受。

他 22 岁了,该结婚了。他女朋友的父母绝不会同意把女儿嫁给他。她还在上高中。

于是,1996 年的一天,他带上 1 万比索、1 000 美元、一把贝雷塔 9 毫米口径手枪,又给那辆美洲豹加满了油,然后开去了女朋友的学校。他载着她一路开到巴亚尔塔港,把她从她父母眼皮底下偷了出来。遇到父母不赞同的婚姻,村里人就会以这种方式结合。等她意识到发生了什么事之后,先是反抗了一番,随后提出了很多条件,恩里克全都答应了。他带她去了克里斯塔尔酒店,后来他回忆道,在这里他第一次叫了洗熨衣物的服务。他们回来后,在村里人看来,不论女孩的父母是否同意,他们就算是结婚了。

他带她去他的新房子里住,然后,他启程去新墨西哥的阿尔伯克基市。在那里,他听说有黑焦油海洛因的市场,而这将是他的未来。

22. 我们意识到这是公司

波特兰，俄勒冈州

加利·奥克斯曼从未忘记他从血帮和瘸帮身上学到的东西。

1980年代，血帮和瘸帮迁出洛杉矶，为快克可卡因寻找新的市场。这两个帮派争夺洛杉矶的快克可卡因市场的战争，已经把这个城市的某些地方变成了战区。沿着5号州际公路向北行驶，他们来到了俄勒冈州的波特兰。到了1980年代中期，有"玫瑰之城"之称的波特兰到处都是快克及贩卖快克的毒窟。从行驶的汽车里射击的案件和谋杀案迅速增长，梅毒的感染率也急剧上升。

1984年，奥克斯曼受雇于马尔特诺马县卫生局。一天，他与某黑人社区的一位老师交谈，这位老师向他解释了当时的情况：血帮、瘸帮、快克、卖快克的毒窟、以性换毒品的交易。因此，他所看到的是梅毒的蔓延。奥克斯曼和他的同事研究了这场流行病的爆发，并就此问题最终撰写了一篇研究论文，表明有十几人积极参与以性换取快克的交易，引发了梅毒的爆发。

1980年代末，联邦政府的起诉书把几十名贩卖快克的帮派分子送进了监狱。马尔特诺马县的梅毒流行病由此被平息了。到那时，奥克斯曼学会了倾听社区居民的声音，也明白了在毒品问题上，屈指可数的几个人就可能会造成公众卫生灾难。

1999年春的一天下午，在波特兰市中心的某次会议上，奥克斯曼遇到了马尔特诺马县委员会委员莎伦·凯利。当时正值预算季。奥克斯曼瘦削而健康，头发微卷，唇上留着八字须，下巴上是山羊胡，现任马尔特诺马县的首席卫生官。

凯利说，波特兰的海洛因成瘾现象猖獗，丙型肝炎病毒正在肆意蔓延。卫生部门想要多少钱来支付丙型肝炎患者的治疗和服务费用呢？

他说，这笔钱会有很大帮助。成千上万人现在感染了这种病毒。

凯利接着提到了该县缺乏的治疗和服务，而奥克斯曼会把这点落到实处。会议即将结束之际，凯利补充说："噢，对了，社区里有一个叫 RAP（康复联盟项目）的倡导团体，包括康复中的吸毒者。他们的许多仍在吸毒的朋友因吸食海洛因过量而奄奄一息。你能对此做一个流行病学研究吗？"

奥克斯曼答道："当然可以。"

"康复联盟项目"是由当地一个名为"中心城市关注"的非营利组织建立的，是正在康复中的海洛因成瘾者的康复联盟。"中心城市关注"有长期提供服务的戒酒和戒毒中心。到了 1990 年代中期，随着黑帮对波特兰的快克交易的控制力下降，"中心城市关注"的戒瘾者数量迅速减少。该机构的各个主任真的不知道他们的戒瘾事业还能坚持多久。

"然后，突然间，事情发生了。我们让所有这些人都染上了海洛因毒瘾，"现任"中心城市关注"主任的埃德·布莱克本说，"你看到的都是年轻人。我们习惯于在戒毒中心看到 40 岁的瘾君子。然而，我们看到的是 23 岁的瘾君子。那是 1994 年、1995 年的事了。多年来，我们一直在帮海洛因成瘾者戒毒，而情况一向很稳定：占中心病人的 5% 到 10%，后来，比例有所上升。到了 1996 年、1997 年，这一比例超过了 50%。"

现在，波特兰到处都有"铪利斯科男孩"的身影。

布莱克本是芝加哥社区组织方面的传奇人物索尔·阿林斯基的追

随者,他训练政治上处于边缘地位的群体,教他们如何促使政客们做出回应。随着海洛因的激增,布莱克本利用一笔联邦补助金来培训正在康复的海洛因成瘾者在政治活动中运用他们的故事和经验。他雇用了其中几个人,让他们在戒毒中心花时间招募其他人加入"康复联盟项目"。不久,成百上千个新近康复的海洛因成瘾者被组织了起来,开始参加市、县会议,要求提供服务和资金。

其中一个是失去了双腿的瘾君子艾伦·莱文。到 1998 年,他已经连续 5 年每天都用"铪利斯科男孩"的送货系统买毒品,如今这对他已经失去了吸引力。

"你知道'骆驼老乔'① 这个香烟广告策略针对的是年轻人吗?"莱文说,"这就是这些人干的事。他们盯上了年轻人。孩子们会吸毒、鼻吸、抽、吃、静脉注射。突然之间,我们有了一个海洛因成瘾的高中生网络。海洛因效力更强,也更致命。越来越多的人因海洛因而死,于是我不再吸食海洛因,并开始抵制它。"

莱文和一些人走上街头,很快,"康复联盟项目"就有了上百位成员。从那时起,他们转而推动当选的官员资助吸毒者的治疗。最终,莱文被选入了州长的"防止药物滥用委员会",并成为县药物规划委员会的成员。

在波特兰,几十年来出现了一批热心的活动家和非营利组织的管理人员,他们代表被剥夺公民权利的人发声,说着一些无关痛痒但政治正确的话。对于这些人来说,"康复联盟项目"的成员就像蓄电池酸液体,他们活在社会底层,过得像开放性溃疡一样。他们直言不讳,狂放不羁,也不太懂礼貌。布莱克本训练他们讲述自己的故事,这些故事往往不适合专业倡导者所偏爱的英雄与恶棍泾渭分明的世界。在公共集会上,艾伦·莱文每每是个尤为生动的形象,他拖着两条残肢,用低沉的怒吼滔滔不绝地动情讲述他的故事,讲述他堕落的

---

① 雷诺公司的骆驼牌香烟广告上的卡通形象。——译者

一生，一直在徒劳地试图重温第一次吸毒后的亢奋感，那让他感觉自己就像世界之王。

"康复联盟项目"组建了一套导师制度：一个离开监狱时还在戒毒的瘾君子会去见一位曾经的瘾君子，此人会带他去找地方住，获得食物，帮助他避开老朋友，避免再次陷入过去的状况。此外，鉴于"铪利斯科男孩"廉价而可靠的海洛因供应造就了大批的新瘾君子，"寻求戒毒的人数也出现猛增"，布莱克本说。

许多人加入了"康复联盟项目"。他们公开讲述自己吸毒成瘾的经历。他们精心安排与民选官员的大型会议，目的是诱导政客们支持他们要求增加资金的项目，比如康复之家（recovery housing）。"康复联盟项目"的工作人员还特别急切地谈起了吸食海洛因过量的问题。他们能够看到其他人没有看到的问题：海洛因过量而致死的人数正在激增。他们的朋友正奄奄一息，他们到处寻找愿意倾听的政治家。

其中一个就是马尔特诺马县委员会委员莎伦·凯利。因此，加利·奥克斯曼终于在 1999 年完成了任务，即对肆虐该县的吸食海洛因过量事件进行研究和解释，其结果证明，这是奥克斯曼一开始根本没发现的问题。

在这些年里，加州有个名叫金·埃利斯的移民的海洛因瘾非常严重。"铪利斯科男孩"无处不在，融入了波特兰市日益壮大的拉美移民社区。她从不知道他们从哪里来，她把这些人称为工蜂——无论何时，只要她一打电话，他们就会把海洛因送过去。当中有些人她认识。

"到处都有我们的人，"一个送货司机告诉她，"只要我一回墨西哥，我的兄弟、表亲就等着过来接替我。"

大多数司机都在 17 岁到 30 岁之间。对于像他们这样贫穷的墨西哥人来说，对美国的印象就是金钱、宽敞的汽车、达拉斯牛仔队、布鲁斯·威利斯的电影、麦当劳，尤其是美国女孩。但他们每天都在工作,晚上则回到空荡荡的公寓里"冬眠"。至于他们对伟大的神话般的美国的了解,也仅限于他们在送货时的所见所闻。铪利斯科的司机们唯一会遇到的女孩就是他们的女客户,女瘾君子。他们是农村来的孩子,不是暴徒,也不是贩毒集团的杀手,他们彬彬有礼,在墨西哥小镇的保守文化传统中长大,对美国充满敬畏之心。他们从没沾过自己卖的毒品,其中一些人温和而客气。

对于吸毒女而言,平日里看尽了人性中最糟糕的一面,早已心肠冷硬,但这种偶尔的温柔对待让她们欢喜。"我遇到的每个送货司机都是品貌兼优的,"埃利斯说,"渐渐地,有了某种有人情味的东西,人与人之间的关系就建立了起来。当我钻进车里,我就不再把他们看作是一边赚钱一边送我走向死亡的人了。他们只是普通人。等到我去戒毒的时候,我很怀念那样的关系,要恨他们真的很难。"

这就是"铪利斯科男孩"成功的原因之一。在他们的客户看来,许多"铪利斯科男孩"并不像典型的海洛因毒贩,后者自己也吸毒,冷酷而诡计多端。有些男孩对他们的瘾君子客户很友好,尽管彼此有语言障碍,但他们依然保持风度,有时候还非常迷人。

与铪利斯科毒贩之间产生的感情共鸣,使得埃利斯很难戒掉海洛因,几年后她才开始戒毒。"为了戒毒,我不得不恨他们。假如我保留了一点美好的印象,即使这种美好是扭曲的,我都会继续吸毒,"她告诉我,"我的最后一只工蜂爱上了我。他从来不提任何要求,只是一再问我能不能和他一起出去吃饭。我知道这些人不会用子弹把我打成筛子,然后抛尸某处。他们会问,'想去跳舞或做点别的吗?'他们是实实在在的人,只想靠他们的车过活,然后他们遇到了靠毒品过活的人,比如我。即使是现在,我如此痛恨海洛因,却并不痛恨卖海洛因给我的那些毒贩。"

* * *

加利·奥克斯曼去了该州的人口记录处(Vital Records

Department），查看公共卫生研究人员所认为的研究死亡趋势的黄金标准。他相信"康复联盟项目"的参与者可能在搞什么鬼，但当他并没有发现吸毒过量者的大宗记录时，他很诧异。他又去了县法医的办公室，那里保存着每年意外死亡的人员名单。从中，他挑出了那些与毒品有关的死亡报告，并又从这里面找到了大量因吸毒过量而死亡的报告。然而，当他第一次粗略地查看时，还是没有发现很多是关于海洛因使用过量的。

出于好奇，在接下来的三个月里，奥克斯曼和一组研究人员在法医办公室的地下室里仔细研究了这些死亡报告。这次他看到了问题所在。每个验尸官描述海洛因过量的方式都不相同。有的用"急性静脉注射麻醉药"，有的用"过量使用麻醉药物"；有的用"过量使用多种药物"，但并没有正式列出海洛因，有的仅仅写了"海洛因过量"。尽管使用的语言不一致，但死于海洛因过量的人数一直在稳步增长。

最终，他统计出，自 1996 年以来，每年有超过 100 个海洛因过量的案例。他又进一步深入研究那些文件，阅读了 1990 年代早期以来所有的海洛因使用过量的报告。他和他的团队的发现让奥克斯曼大吃一惊。正如"康复联盟项目"所认为的那样，海洛因致死的情况并没有突然增加。比这更可怕的是，死亡人数已经连续攀升了近 10 年，却没有人注意到这一点。1991 年，大约在"铪利斯科男孩"到来的时候，马尔特诺马县就有 10 人死于海洛因过量，到 1999 年底，死亡人数上升到 111 人——8 年增加了 1 000%。

"在我们发现的时候，"几年后奥克斯曼说，"这根本不是新鲜事了。"

在任何人都不知道的情况下，海洛因使用过量已经成为马尔特诺马县 20 岁至 54 岁男性意外死亡的第二大原因——仅次于车祸。

"因海洛因过量而死的人数达到这种程度，就可以视为流行病的级别了。"1999 年 12 月，奥克斯曼和他的团队在提交给县委员会的一份报告中这样写道。奥克斯曼组建了一支由公共卫生系统工作人员和社会学家组成的团队，第二年开始在街头采访吸毒者。在波特兰，海洛因从没有那么便宜，那么唾手可得，那么效力强大。花上 20 美元，一个刚开始吸食海洛因的人就可以兴奋一整天。

"正像我们听说的那样，这是一个［关于海洛因］营销策略发生变化的故事，之前是把海洛因卖给有消费这种昂贵之物的习惯的少数瘾君子，后来变成把廉价海洛因卖给大量瘾君子。"奥克斯曼说。

1990 年代末，美国西部地区为数不多的警察，比如丹尼斯·查维斯和埃德·鲁普林格，开始发现，"铬利斯科男孩"远非衣衫褴褛地在街头单枪匹马做生意的毒贩。

随着时间的推移，这些警察成立了一个执法俱乐部，其中许多人都不知道这是个什么所在，而驱使他们这么做的是他们的所见所闻，以及他们对这个组织可能担负起的责任的期待。一般来说，因为海洛因在当时不是任何一个司法管辖区要打击的头号毒品，这个俱乐部吸引了一批顽强的调查人员，大量的西班牙语化名无法阻碍他们，他们相信自己的直觉，哪怕逮捕罪犯只能缴获几克海洛因，他们也毫不气馁。相反，一旦这些警察弄清楚了"铬利斯科男孩"的系统以及势力范围，他们才意识到缴获少量毒品甚至比缴获大量毒品更为不妙。这说明，一个庞大的贩毒网已经弄清楚了对于美国缉毒特工、他们的老板、媒体和公众来说，怎样才算一次成功地突击搜捕毒品和毒贩的行动，那就是大量的毒品、金钱和枪支。这意味着他们早已有了规则和实践，所以他们永远不会带着其中任何一样被捕。在全国各地，他们就这样一次又一次无情地执法。

在俄勒冈州的波特兰，这个组织的一名警察是联邦调查局的特工，他的名字叫保罗·斯通，绰号"石头"。他和许多同行一样，一开始对他所看到的现象并不了解。斯通非常健谈，工作起来劲头十足，他在加州的中央山谷长大，在加入联邦调查局之前，他是默塞德市的一名警察。1999 年 4 月，他从暴力犯罪科调到了波特兰市调查贩毒组织的战术小组。

他早前遇到的一个案件中，线人说他是从墨西哥人那里买的海洛因——那两个墨西哥人戴着棒球帽，开着一辆旧车。这些街头毒贩出售的海洛因每包分量是 0.1 克，经联邦调查局检测后发现，其纯度高达 80%。街头毒贩卖给吸毒者的海洛因，纯度从不会一直这么高，之所以会这样，是传统的海洛因交易所决定的。在典型的海洛因供应链中，毒品从批发商到中间商，再到街头毒贩手里。每个经手的毒贩在卖出毒品前都会做些手脚，将其稀释，加大分量。通常，从罂粟到注入吸毒者的手臂，海洛因被转卖了五六次，每次都会被稀释，纯度大约只有 12%。

联邦调查局和美国缉毒署的化验结果每每都能证实这一点。斯通本可以把这个案子移交给当地警方，但他没有这样做，因为"你不能让街头的瘾君子拿到纯度高达 80% 的海洛因气球"。他发现，致人死亡的海洛因使用过量事件正在激增，于是因此，斯通顺藤摸瓜继续跟进。

他拿到了这些街头毒贩的电话，追踪了从这些电话拨出的号码。由此，另一个情况浮出了水面。他们所打的电话遍及全美多个城市：洛杉矶、凤凰城、丹佛、哥伦布，还打到了墨西哥一个叫纳亚里特的地方。此外，他们在这些城市拨打的电话号码出现在了联邦调查局正在全国各地调查的其他案件中。

"一个卖 0.1 克装海洛因的街头毒贩不应该会出现在联邦调查局的 6 个多部门案件中，而且还是在其他城市、其他州立案的。这种情况在我们这里说不通。"斯通说。

他和美国缉毒署以及波特兰警方组建了一个行动组，对毒贩的电话和传呼机进行监听。毒贩的整个系统的错综复杂让斯通惊讶不已。调度员给司机们发的信息，难倒了调查人员，比如，181 * 2 * 3 * O。后来，线人告诉调查人员，第一个数字代表一条南北向的街道，其中许多编号是波特兰的街道；第二个数字代表一条东西向的主要街道，司机会把这些代码牢记在心：1 代表伯恩塞德街，2 代表哈尔西街，以此类推；第三个数字则代表有几个街区远；最后一个数字可能是 0，也可能是 5，分别代表北或者南。所以，181 * 2 * 3 * O 就是告诉司机到 181 街和哈尔西街交叉口以北三个街区的地方与吸毒者见面。

消息人士透露了这些毒贩不对经手的毒品加以稀释的原因。"因为他们都是领工资的，"斯通说，"这里的司机都是区域销售主管的侄子，刚来干这份活，每个星期能拿到 500 美元。他们并不在乎毒品的效力如何；不论卖多少毒品，他们都领同样的薪水。"

在毒品生意中，干活拿工资是闻所未闻的。

"我们意识到这是公司化操作，"斯通说，"这些是公司的汽车，公司的公寓，公司的电话。一旦他们离开，这一切都交给了下一个人。"

那个时候，仅在波特兰当地就有 9 个窝点在递送海洛因，每个窝点至少有三辆车和司机轮班上岗。斯通曾在墨西哥工作过，也在那里度过假，可是，他从来没有听说过一个叫纳亚里特州的地方。消息人士告诉他，这些司机都来自几个大多数地图上都找不到的村庄：特斯特拉佐、潘塔纳尔、阿奇利斯-塞尔丹、埃米利亚诺-萨帕塔以及一个叫铪利斯科的城镇。同样的姓氏也不断出现：特耶达、桑切斯、西恩富戈斯、迪亚兹、勒马、伯纳尔等。

随着斯通对纳亚里特州的了解逐渐加深，他明白了，鸦片就是这些毒贩的家人在山里生产出来的——所以这些毒贩既是批发商，又是零售商，每个窝点就是一家小公司，自己生产海洛因，再把它们送到美国，在波特兰这样的城市街头按每包 0.1 克的分量出售——从罂粟花到注入吸毒者的静脉，整个分销过程全在他们的控制之下。从群山峻岭到街头巷尾，其间并不是一个由毒贩组成的方阵，每个人都在其中通过稀释毒品赚取利润。"这里并不存在以往供应链里从第一层到第七层之间的各种中间人，只有他们自己。"

斯通算了一笔账，0.1 克装的海洛因每包卖 15 美元，这些窝点每公斤海洛因能赚 15 万美元。线人告诉他，在纳亚里特州，生产 1 公斤黑焦油海洛因的成本大约为 2 000 美元。在波特兰市，他们的日常花费也只是简陋的公寓、破旧的汽车、汽油、食物，以及每个司机每周的 500 美元薪水。斯通算了一下，每公斤海洛因的利润远远超过 10 万美元。

凭着价格上的巨大灵活性，他们可以低价出售海洛因，效力却是前所未有的强劲。因为他们彼此之间存在竞争，所以价格下降了。大约从 1991 年开始，铪利斯科的海洛因窝点形成了相对松散的网络，遍及波特兰的各个角落，随后市场达到了饱和。其结果是，就像加利·奥克斯曼发现的那样，十年来海洛因过量致死的事件不断增加——一个相对较小的群体却制造了一场大规模的毒品瘟疫。

几年以后，奥克斯曼告诉我，到 1999 年，"铪利斯科男孩"在俄勒冈州的波特兰市已经盘踞了近十年之久，并把海洛因的价格降到了一天"只需以 6 瓶装的上好啤酒的价格，就可以维持适度的吸食海洛因的习惯"。"经济在蓬勃发展，出现了大量的吸毒者，他们中的大部分人都是功能性吸毒者。大多数瘾君子都会带着亢奋工作，养成了工作［的时候］吸毒的习惯。"

波特兰市海洛因问题严重与否，其衡量标准并不是入室盗窃和抢劫，而是吸毒过量。奥克斯曼聘请了一家广告公司来组建了一些由吸毒者组成的焦点小组，并策划了一场旨在减少死亡事件的行动。奥克斯曼所在的部门在火柴盒上印了宣传语，敦促瘾君子不要独自一人注射毒品，如果有朋友吸毒过量，要"拨打 911，留在原地帮忙。如果你不能留下来……还是要拨打 911，［然后］才能一走了之"。

到 2001 年，利用现代广告以及"康复联盟项目"的街头成员的行动，自"铪利斯科男孩"到来开始出现的黑焦油海洛因过量致死的人数下降了超过三分之一。有一段时间，由于市场上没有其它的毒品，海洛因过量致死的案件持续减少。

23. 普渡制药

奥施康定是一种比较简单的药，只含有一种药物成分：羟考酮，是德国人 1916 年从鸦片衍生物蒂巴因中合成的一种止痛药。从分子上看，羟考酮与海洛因相似。

奥施康定超越了普渡的早期产品美施康定。美施康定是普渡首次利用英国 Napp 制药公司发明的持续缓释配方进行疼痛管理。美施康定可以连续几小时——因此称作 Contin（持续）——将吗啡送入患者的血液中。为了实现这个目标，美施康定含有大剂量的吗啡：15 毫克、30 毫克、60 毫克、100 毫克和 200 毫克。普渡针对癌症患者和刚刚做完手术的患者推销这种药物，效果显著。

同样，奥施康定也包含大剂量的羟考酮——通常是 40 毫克和 80 毫克——包含在缓释配方中，会在几个小时里缓慢地将药物送入体内。这种药可以合法使用，减轻了许多美国人的疼痛，否则他们的生活就是一种折磨。

但是，奥施康定问世是在 1996 年，相比美施康定上市的 1984 年，那是一个对美国医学界来说非同寻常的年份，否则奥施康定的故事可能就和美施康定一样平淡无奇了。1980 年代，医学界很少有人能接受为慢性疼痛患者开强效的阿片类药物。然而到了 1996 年，由止痛运动参与者发起的阿片类药物革命，在十年间，已然改变了美国医学界的一些看法。更多的保险公司在为这些药物买单，但是并不为非严格意义上的医学治疗报销。如今，疼痛已经被视为一个生命体征，通过1到10的主观量表来衡量，并积极进行治疗。

后来，普渡制药的管理人员表示，奥施康定的情况着实让他们感到惊讶，因为美施康定并没有被滥用。这种说法并不完全准确。我采访过的俄亥俄州的警探们记得，美施康定遭到了偷窃和滥用。在一些城市，医生们在诱骗下给吸毒者开了这种药，而在另一些城市却没有出现这种事——例如，辛辛那提的医生开了，哥伦布的医生没有开。当然，对于美施康定的滥用是零星的，从来没有达到过其近亲——奥施康定被滥用的程度。

为了推广奥施康定，普渡第一次聘用了威廉·道格拉斯·麦克亚当斯公司。当时担任公司总裁的温·格尔森说，亚瑟·萨克勒在世时，是不允许这家公司为普渡制药服务的。但是1987年，萨克勒去世了，威廉·道格拉斯·麦克亚当斯公司就得到了普渡制药的合同。在为奥施康定的销售做准备时，普渡认为这种药只是美施康定的一种延伸，格尔森说。"在阅读这些数据时，没有任何迹象表明，在产品推向市场5分钟后，孩子们就学会了如何分解这种药物，"格尔森对我说，"［普渡制药］遵循他们的药物——即美施康定——的模型。他们坚决认为，奥施康定不会让人上瘾。"

可是，美施康定并没有被当作一种治疗慢性疼痛的没有任何风险的灵丹妙药来销售。其它的阿片类止痛药被限定为小剂量，而且与乙酰氨基酚或者泰诺混合起来使用，使其难以被液化和注射，这些药品包括维柯丁、洛塞特（Lorcet）、洛塔卜（Lortab）、扑热息痛等。但即使这些药也被滥用了。而且，没人能想到，含有类似海洛因的药物的一粒药片会像非处方药一样在市场上销售。但到了1996年，美国的医生态度不再那么坚决了，开始接受阿片类药物用于慢性疼痛的治疗。未充分治疗的疼痛是一种流行病，医生们现在有责任，也有义务运用制药公司发明的新工具和新药物来减轻疼痛。

事实上，一些止痛运动参与者把普渡制药的持续缓释机制视为洛克菲勒委员会一直在寻找的圣杯，几十年来，研究人员在麻醉品农场测试各种药物却久久而不得。如果找不到非致瘾性药物，也许一种新的阿片类药物的使用可以减少药物成瘾。从理论上来说，奥施康定分解出羟考酮的方式并不会引发强烈的亢奋和低落从而导致上瘾。这种可能性令人兴奋。毕竟，在列克星顿麻醉品农场进行的所有实验终究没有白费。也许，科学最终会给出一个答案，在缓解疼痛的同时，可以不受药物成瘾的折磨——尽管这与研究人员最初想象的并不一样。

"刚开始，我们并没有非常有效的药物……后来有了一种口服吗啡，随后又有了一个想要推广这种药物的制药行业。"凯瑟琳·福莱在1996年的一次口述史采访中说。而奥施康定正是在这一年发布的。"因此，我们第一次让我们的药物有了营销者和经销商，还有了一位教育者。那时，我们就知道口服吗啡是有效的。我们可以就此远离那些愚蠢的灵丹妙药和鸡尾酒，接受这种一天服用一到两次的药片，我们进入了一个革命性的疼痛管理领域……发生改变的是药物输送机制而不是药物本身，还有整个心态。'好吧，既然我们有了这种药，那就可以治疗疼痛了。'这真是太了不起了。"

这种可能性确实太了不起了。那个时候，疼痛患者一天中的大部分时间都在想着疼痛这件事，或者那些药片，每2到4个小时就需要服一次才能抑制疼痛。这被称作"盯着钟点"。一天服两次奥施康定就好多了。这也成了奥施康定的一个主要卖点。这个优势并非无足轻重。一天两粒药可以让疼痛患者的生活恢复正常。

美国食品药品监督管理局（FDA）的柯蒂斯·赖特博士是负责审查普渡制药申请的FDA小组的主管。他认为，奥施康定很可能有致瘾的副作用，而其唯一的好处就在于减少患者每天必须服用的药片数量。"应当注意限制竞争性促销行为。"赖特在一份FDA报告中所写的这句话，被《纽约时报》的巴里·迈耶在他2003年出版的一本关于奥施康定的书——《止痛药》（*Pain Killer*）中引用。后来，赖特离开了FDA，去普渡制药工作。

1995年，FDA批准了奥施康定的10毫克、20毫克和40毫克剂量的药片。后来，又批准了80毫克和160毫克两种剂量的药片。尽管每片药里都含有较高剂量的羟考酮，但FDA还是接受了这样的观点，即通过减少欣快和消沉的急剧增加，奥施康定会不那么容易上瘾——圣杯，终于找到了。

FDA还批准奥施康定贴上其独有的警示标签，允许普渡声称奥施康定比其他羟考酮药品滥用的可能性更低，因为它的定时缓释配方可以延迟药物的吸收。"第二类管制药物（Schedule Ⅱ）中的其他麻醉药品生产商，从没有一个得到过FDA的许可，发布这样的声明，"迈耶写道，"这一声明很快就成了奥施康定的市场营销基石。"

这个警示标签也在无意中告诉瘾君子如何滥用此种药物，它警告患者不要将药片压碎，因为这样会释放出"可能有毒的药物"。这如同在对吸毒者发出邀请。根据国会议员的要求，2003年，美国审计总署（GAO）[①]就该公司奥施康定的营销行为发布了一份报告，发现FDA并没有意识到"该药物可以在水中溶解，并进行注射"。

从一开始，普渡制药在推广奥施康定的时候就把目标扩散到了癌症患者和术后患者之外，这些人是之前美施康定锁定的对象。普渡将该药定位为世界卫生组织疼痛管理阶梯中可选择的阿片类药物。该公司的目标是说服医生对非癌性疼痛给予积极的治疗，为中度疼痛患者开奥施康定时，要多开几天的药量。奥施康定可用于治疗背部不适、膝关节痛、拔牙造成的牙痛、头痛、纤维肌痛，以及在足球、曲棍球和越野自行车运动中产生的伤痛、骨折，当然，也适用于手术后的疼痛。对于阿片类止痛药来说，这是一个巨大的全新市场。美国仅背痛患者就有3 500万人；而癌症患者的总数只有这个数的五分之一。

要想达到这个目标，普渡就得解答医生们的头号疑问：这种药不

[①] 美国国会的下属机构，负责调查、监督联邦政府的规划和支出，2004年改称"美国政府问责局"。——译者

会让人上瘾吗？

正如亚瑟·萨克勒在 1960 年代推销安定时所做的，普渡开始宣传奥施康定几乎没有任何风险，而且还解决了患者每天给医生带来的许多问题。与此同时，该公司敦促销售人员"打非癌性疼痛的感情牌，这样医生就会更加认真、更加积极地对待这种药"。许多疼痛患者痛苦不堪。普渡公司努力让医生相信，奥施康定就是那种"可以使用且可以长久使用"的药物。医生们不必担忧，因为羟考酮会在数小时里缓慢释放。这样，奥施康定就不会造成陡然的亢奋或低落，导致患者对药物产生极大的渴望。

这一信息主要是传递给初级保健医生的。他们接受过的仅有的疼痛管理培训通常是在医学会议上，听取止痛运动参与者的演讲，他们得到的消息是，阿片类药物已经让大家"看到"，只有不到 1% 的疼痛患者会对此上瘾。

西弗吉尼亚州的前普渡公司销售经理威廉·杰尔杰伊表示，该公司要求其销售人员突出奥施康定的安全性。杰尔杰伊拒绝了我的采访要求。但是 2003 年，他在接受《南佛罗里达太阳哨兵报》（*South Florida Sun Sentinel*）采访时说："他们叫我们要说这药'几乎'没有致瘾性之类的话。这就是我们接到的指示。这样做不对，但这是他们要我们说的……你可以告诉医生，这是有研究证明的，但是你不需要向他们出示。"

在《止痛药》一书中，巴里·迈耶详细地描述了普渡的销售技巧和培训方式。该公司会对其销售代表进行几个星期的培训。他们要解决的一个问题就是疼痛患者在使用麻醉品进行治疗时是否有药物上瘾的风险。"正确答案是'不到 1%'。"迈耶写道。

24. 神秘人与纳亚里特州

内华达州北部

1990 年代初，神秘人在内华达州北部的惩教中心服刑。这是一所中等戒备的监狱，位于卡森城。

监狱里基本上是白人的地盘；黑人也形成了自己的一股势力。但监狱里的墨西哥人数量又少又无助。他们中大多是非法移民和第一次入狱的犯人，小心翼翼，不敢多嘴，也不会说英语。从小就掌握两种语言的神秘人，就成了他们的发言人。

黑人和白人有他们自己的大园子，用地下水水管浇灌他们种下的蔬菜、甜瓜和其他食物。墨西哥人什么都没有。于是他去游说，想为墨西哥人要一块地，让他们可以种点自己的食物。监狱方面给了他们一块，但是没有水。

他去见监狱长。"有地没水有什么用呢？"他对她说，"你这是欺负我们。"

监狱长让他们把水管加长，引到园子里。从那以后，不论墨西哥人种什么，丰收的时候都会有神秘人的一份。

于是他再接再厉。7 月 4 日那天，白人支起了巨大的烧烤架，在上面烤排骨、烤玉米。可是，五月五日节[①]却什么活动也没有。神秘人游说了监狱长，很快，墨西哥囚犯就被允许在 5 月 5 日那天使用了半天厨房，接着又在健身房开了派对。他们邀请狱警们偕妻子一起来参加，伴着他们安排的便携式音响传出的班达乐曲，囚犯们还教狱警的妻子跳墨西哥的奎布拉迪塔舞。神秘人致辞，感谢监狱长对墨西哥犯人及他们的节日的尊重。

他组织了与监狱外面的球队进行足球比赛。他自己则参加了狱友们组建的棒球队。监狱是由一个个兵营构成的，他住的地方有一个角落，还有一张桌子，他可以玩多米诺骨牌和扑克牌。在那里，他开始与一个从墨西哥太平洋沿岸那个很小的纳亚里特州来的人消磨时间，此人因为运送可卡因而被捕入狱。

原来，这个纳亚里特人在18岁的时候通过非法途径来到美国，找了份正当的工作。一位叔叔把他和他的兄弟们带到雅基马县去摘了一段时间苹果。然后，他自己一路南下，到了圣费尔南多谷，那里有他老乡在美国聚居的最大社区。

当时，他的一位堂兄在帕诺拉马城的一间公寓里卖起了海洛因，那里是洛杉矶的一个区，位于圣费尔南多谷。从这位堂兄那里，他学会了在街上卖海洛因。后来，他和一些人一起把可卡因运到内华达州，结果在此被捕入狱。

在监狱里，这个纳亚里特人没有钱。神秘人做饭就会分给他吃。其间，那个纳亚里特人给他讲了个有趣的故事。

他说，他来自一个名叫铃利斯科的小镇，那里离纳亚里特州的首府特皮克市不远。在铃利斯科的山里种着大量的罂粟。科拉印第安人将罂粟花的汁液卖给铃利斯科人。把这些汁液熬制成黑焦油海洛因是一种传统的民间工艺，铃利斯科有一些家庭还掌握着这门技艺。他们把这些源源不断地提供给圣费尔南多谷的亲属。这个纳亚里特人说，自从他被关起来后，他的堂兄弟们就去火奴鲁鲁、凤凰城和波特兰发展业务了。

---

① 主要为纪念墨西哥军队在1862年5月5日的普埃布拉战役中出奇制胜地击败法国侵略军。——译者

这个纳亚里特人说,问题在于他的家人都不会说英语,也不了解瘾君子的世界。因此,他们错失了很多市场和机遇。而你会说两种语言,你又是美国人,他说。你服用过美沙酮,知道成瘾者聚集的美沙酮诊所在哪里。此刻你只是个瘾君子,纳亚里特人告诉他,你得依靠你所能找到的任何货源来满足你的需求,而我能提供给你所需要的所有毒品。我们会发财,富到你无法想象。你、我、我们家、我的兄弟们,雷诺、丹佛、盐湖城和夏威夷,这些都是大市场。

"他知道这对他的家乡意味着什么,对此他有宏大的愿景,"几年后,神秘人对我说,"我抓住了这个机会,抓得紧紧的,然后充分利用。我让他相信我会帮助他实现他的愿景,我可以为他们做很多事情。我了解美国的吸毒者。凭着我所了解的,我们可以联手,互为依靠。那时我们讨论的只是西部的州。"

甚至不是西部所有的州,因为他不想去得克萨斯州和亚利桑那州。神秘人曾经在加州的监狱里服刑过几年,那里的拉丁裔囚犯和来自得克萨斯州及亚利桑那州的囚犯长期不和。他认为那些州是与世隔绝的无知的地方,尽管那里的海洛因市场很大,他从来没考虑过把这些州作为潜在市场。

1993 年,他获得假释,去了雷诺市。几个月后,那个纳亚里特人出现在了他的门口。他被驱逐出境过,但又回来了,还带来了许多想法。他回到家后,他见到了表兄弟和其他人,这些人说他们有了一个系统。那是 1993 年,寻呼机风靡一时。那个纳亚里特人描述了他表兄弟的系统。它是这样工作的:吸毒者会给一个号码打电话,接线员会给跑腿的发一个代码,告诉他去哪里给吸毒者送毒品。他的表兄弟们雇用了铃利斯科的孩子去给吸毒者送货。那些司机大都是亲戚,来自以种甘蔗为生的贫困家庭,工作又热又苦,看不到未来。家乡有成百上千这样的孩子,一贫如洗,他们的父亲有几英亩地,人生从未获得过成功——热切地想摆脱甘蔗地,并登上向上的社会阶梯。

"他们会为了薪水而努力工作,不会欺骗你,"那个纳亚里特人说,"他们很高兴有这样的工作。"

神秘人吸了一辈子的海洛因,还从没听说过谁为了挣工资卖毒品。但他看到了这个系统的独创性。在此之前,海洛因都是毒贩在某个公寓或房子里卖的。最终,警察会突袭这些房子,毒贩就得经常搬来搬去,还得让客户知道他们的新地址。而有了寻呼机之后,毒贩就可以用汽车来做生意,那个纳亚里特人说。买家也不必去某个地方或贫民窟买海洛因,没了暴露自己的危险。他们只需要把一个电话号码放在身边,海洛因就可以送到他们面前。海洛因源源不断地从纳亚里特州送来,保证这一系统能可靠、便捷、安全地为吸毒者供货。

不久以后,这对新搭档就在雷诺市开了他们的第一家海洛因铺子。他们一起解决问题,主要把毒品卖给长期吸毒者。他们赚得并不多——一天大约1 000美元吧。但很快,更多的乡亲从村子里过来,嚷嚷着找活干;有的人建了自己的团伙,市场渐渐饱和。靠卖0.1克装的海洛因赚钱,你就要让销售量上去。唯一的出路就是开辟其他市场。

那个纳亚里特人和神秘人把他们在雷诺市的铺子继续交给铪利斯科来的孩子们经营,自己则前往盐湖城,找了一家汽车旅馆,并发现盐湖城有一大堆瘾君子。但那里彼时是一座没有毒品的城市。神秘人不得不称赞摩门教徒:在他们的管理下,确实没有毒品的踪迹。不过,这座城市里有许多墨西哥人,因而他们可以混迹其中。

很快,他们的货就卖完了。神秘人从雷诺市调来了更多的海洛因。那个纳亚里特人打电话回铪利斯科,随即,两个孩子来到了盐湖城准备工作。他们建了一个窝点,据他说,这个窝点直到现在还在运营,由那个纳亚里特人的姐夫管理。

他们在盐湖城开了两家铺子卖毒品,后来离开那里去休假。他们带着3万美金飞抵墨西哥,神秘人在其搭档的带领下,第一次来到了纳亚里特州的铪利斯科。

25. 和奥施康定一起摇摆

俄亥俄州南部

1997 年，在俄亥俄州南部的奇利科西镇，当地一家医院的家庭医生菲利普·普赖尔开始注意到一个名叫普渡的制药公司的销售人员会定期露面。

每隔几个月，这些销售人员就会向医生们提供一顿精心准备的午餐，包括牛排、色拉和甜点。他们带来的幻灯片和图表展示了一个让人吃惊的想法，即该公司的新药奥施康定，基本上是不会致瘾的。在作报告时，他们说，只有不到 1% 的病人会上瘾。

这种说法令普赖尔震惊，因为奥施康定里面含有大剂量的阿片类药物羟考酮。1980 年代初，普赖尔还在上医学院，他所受的教育是阿片类药物通常是尽量不要用的。他记得一项研究得出的结论：每天服用 30 毫克的羟考酮就足以引起戒断反应。

普渡制药的销售活动，"与我们在医学院学到的东西相矛盾。我接受的教育是，这些阿片类药物很危险，会致瘾，而且仅在短期内有效，"普赖尔说，"麻醉品很危险，我们对是否使用犹豫不决。这种药物突然出现，挑战了我们所受的训练，即麻醉品是癌症患者最后的安慰，这类药物并不适用于治疗非恶性疼痛。"

然而，销售人员有图表和曲线支持这一观点，他们说这是因为奥施康定是一种定时释放药物，患者感受到的导致上瘾的极度兴奋和极度低潮的情绪会很少。所以，销售人员坚持认为，这种药物可以开给背部、膝盖或者其它关节的慢性疼痛患者，以及慢性盆腔疼痛或者受纤维肌痛症困扰的病人或者产后妇女服用。

"这种介绍效果非常明显，"普赖尔说，"真的会让人对医学院所教的东西产生怀疑。"

他们经常去他的医院，普赖尔记得，仅 1997 年就去了 6 次。他们还在俄亥俄州南部地区举行了几百次会议，传递的都是同样的信息。普渡制药发起的奥施康定销售活动如传奇一般，体现出了亚瑟·萨克勒的精神以及他对与医师直接接触的重视。

普渡制药让其销售人员调查医生的数据，找出那些极为频繁地给患者开阿片类药物的医生。为了扩大这样的医生群体，销售代表们还拜访了护士、药剂师、临终关怀医院、医院和疗养院。普渡制药的销售代表手上的医生电话号码从开始的 3.3 万个，增加到 7 万个，范围遍及全美各地。奥施康定的销售势如破竹，普渡的销售人员也增加了 2 倍，达到 1 000 多人。

在这些年里，普渡并不是孤军奋战。1990 年代，是重磅药品（blockbuster drug）的 10 年，是销售额达数十亿美元的药物的 10 年，也是在一个什么都要大的年代，医药公司销售队伍之间开展军备竞赛的 10 年。这个行业的商业模式建立在研发出一种——用于治疗胆固醇、抑郁、疼痛或者阳痿——新药的基础上，然后动用越来越多的销售人员来推广。在 1990 年代以及接下来的十年间，随着制药公司雇用越来越多的销售人员，亚瑟·萨克勒对医药推广的远见得到了最充分的诠释。1995 年，美国有 3.5 万名医药销售代表。10 年后，医药销售代表达到了创纪录的 11 万人——这都是萨克勒的功劳——他们游走在全美各地，销售合法的药物。

他们涌入医生的办公室和医院的走廊。半个世纪前雇用了萨克勒的微型化学品公司辉瑞，现今已经成为世界上最大的制药公司，其重磅药品包括伟哥、抗抑郁药左洛复以及有史以来最畅销的药物——降胆固醇的立普妥。辉瑞一直是将萨克勒的理念付诸实践的领头羊，它在全世界的销售人员增加到了 3.8 万人——仅美国一地就有 1.2 万人。医生们抱怨说，他们一天要接待 3 名辉瑞公司销售代表的来访。医药行业称此为"脚踏实地"，成群结队的销售代表呼吁医生更改处方，开他们公司的药。而辉瑞是这个痴迷于重磅药品的行业唯一的翘楚，它深信在一个拥挤的市场上，增加销售人员才能吸引医生的注意力。制药界的"西部大开发"就此开始。销售人员争先恐后地涌进医生的办公室，他们给出一些说法，这些说法有助于把他们的药推销给被团团围住的医生。这些说法也在几年后引爆了针对这些公司的轰动一时的诉讼和刑事案件。

普渡提高了奥施康定的销售定额，达到了才能拿奖金。即便这样，销售人员还是超额完成了每个目标。1996 年，普渡在奥施康定的销售上发放了 100 万美元奖金，5 年后，这一奖金数目高达 4 000 万美元。普渡的部分销售代表，尤其是在俄亥俄州南部、肯塔基州东部以及其他一些奥施康定成瘾最为猖獗的地区的那些，据报道，在这些年里一个季度的奖金就高达 10 万美元，是美国制药行业以往的任何奖金都不能比的。资深医药销售人员表示，大多数制药公司在好年景的时候，个人一年的奖金为 3 万美元；公司会对其药品的销售额进行预估，并提高销售业绩的目标，以免公司一下子要支付如此巨额的奖金。因此，普渡很显然是低估了这些人的年销售额，并且/或者没有想到，伴着止痛革命以及奥施康定基本不会致瘾的理念，这种药物实际上是在自我推销。不论是何种情况，这些地区的普渡公司销售人员拿到的奖金与美国大多数制药公司所发的奖金几乎没有关系，相反，倒与地下毒品世界的利润有着惊人的相似性。

对于普渡的销售人员来说，这是一个黄金时代。

2002 年，药品贸易组织"美国药品研究与制造商协会"与美国卫生与公众服务部联合发布了阿片类止痛药营销的自愿指导方针。为了约束庞大的医药销售队伍，他们告诫各公司不要通过不当的旅行、饭局和礼物,以诱导医生开某些药物,也不要向医生支付过高的咨询和研究费用。该方针还禁止赠送与医疗保健无关的商品。

但那是在 2002 年。在奥施康定问世的头 6 年里,普渡并没有受到太多的限制。

普渡向医生们提供了奥施康定的优惠券,医生可以把这些券给患者,让他们在参加该活动的药房换得一次免费的处方。截至该活动结束时,普渡一共兑换了 3.4 万张优惠券。

医生们收到过奥施康定的钓鱼帽、毛绒玩具、咖啡杯、高尔夫球以及笔,这些笔上面有一张图表,可以将病人所服用的其它药物的剂量换算成奥施康定的剂量。普渡制药还发行了一张 CD,名为《摇摆生活》(Swing is Alive),号召听众"和奥施康定一起摇摆"。这张 CD 收录了 10 支著名乐队的作品,包括"贝西伯爵"的《一点钟跳舞》和"安德鲁斯姐妹"的《摇摆小号男孩》。医生会收到印有奥施康定标识的便笺簿,这样"他们每次看到电话信息的时候都会想到奥施康定"。

这些方法中,有许多是从亚瑟·萨克勒发起这场革命时就开始,经受了时间检验的策略,比如回扣、旅行、随附的赠品,并且随着时间的推移,它们被许多制药公司改进并发扬光大。只是这一次,推销的药片中含有大量的几乎和海洛因一样的药物成分。美国缉毒署后来表示,没有一家公司曾经用这种有品牌的商品来推销我们所称的第二类管制药物(第二类管制药物是联邦政府指定的具有公认的医疗用途的药物,如果滥用很可能会导致药物依赖)。

普渡举办了大约 40 次疼痛管理和演讲培训研讨会。该公司为其全国演讲者办事处招募医师,讨论奥施康定的用法,并以此含蓄地将奥施康定推销给医学会议上的和医院里的医生护士。这些会议都在佛罗里达州的博卡拉顿和亚利桑那州的斯科茨代尔举行的。5 年里,大约有 5 000 名医生、药剂师和护士参加了这些研讨会。

普渡还让继续医学教育(CME)成为其营销活动的一个重要部

分。到 1990 年代，继续医学教育已经存在了十年之久，但是越来越依赖医药公司的资金。这些公司花了数亿美元——通常是从它们的营销预算中支出的——让医务人员飞到度假胜地，提供各种美食、高尔夫郊游、水疗，同时送他们参加由医药公司经常推荐的专家主持的医学议题研讨会。通常的结论是，这些公司生产的某种药可以解决某个医疗问题。而且，工作辛苦的医生们并不急于去那些不吸引人的地方；相反，他们涌到了斯科茨代尔这样的度假胜地去参加继续医学教育，期望阔绰的制药公司能好好地招待他们。

当然，通常确实会进行重要的教育。大多数医学专业人士才不会只是坐在那里全程忍受着单纯的药物推销。但利益冲突是显而易见的。在那些年里，"继续医学教育常常是医药公司的秘密营销工具，"一个依然从事这一行的研讨会组织者说，"用高尔夫、晚宴、好吃好喝款待医生，你就能赢得他们的好感，或者至少是他们当中一部分人的好感。"

2004 年，继续医学教育认证委员会制定了新的规定，旨在在制药公司和研讨会之间"划清界线"。这些规定现在禁止制药公司对研讨会的内容、发言人的选择施加影响，也禁止干涉资助的用途。从那以后，制药公司对研讨会的资助就减少了，几家主要的医疗教育公司也离开了这一行。目前，很多的继续医学教育都是在网上进行的，这样，度假、晚宴和高尔夫郊游带来不当影响的可能性也就自然消除了。

可是在此之前，普渡就资助过继续医学教育的研讨会，尤其是关于疼痛治疗的新技术的研讨会，这些会上经常敦促使用未提及名字的定时缓释的阿片类药物；并非巧合，奥施康定正是市场上唯一的此类药物。美国审计总署的报告称，该公司资助了 2 万多个教育项目，它们通常包括一些能让医生们在州和地方的医学会议上获得继续医学教育学分的途径。

罗素·波特诺伊是普渡的常客，也是一位能言善辩的演讲者。他强调疼痛治疗的复杂性；指出疼痛有时候需要以多学科的方法来解决。但他也坚持认为，慢性疼痛最好用长效的阿片类止痛药来治疗。

"波特诺伊并不是为了让普渡公司得益而提出这些理论的。他真诚地相信，这些是治疗慢性疼痛的神奇药物。"与医生和制药公司合作的一位继续医学教育研讨会组织者说，"但是，波特诺伊如果没有普渡的资金，他可能只会发表一些论文，做一些演讲，影响力会小很多。正是有了普渡公司数百万美元的支持，他那些与普渡的营销计划相吻合的言论才会被极度放大。他就是老天对普渡的恩赐。你只需要一个人说出他的想法。那些针对这个药发出警告的人没人资助。他们有机会发表一篇期刊文章，但拿不到扩音器。"

录制视频是普渡的另一个手段，带来了非常明显的巨大效果。1998年，普渡向全国的医生发出了1.5万份关于奥施康定的视频，但没有提交给FDA审查，违反了FDA的规定。名为《我找回了我的生活：疼痛患者讲述自己的故事》的这段视频讲述了几位患者的疼痛得到缓解的故事。

两年后，普渡又送出了1.2万份新版的《我找回了我的生活》，片中，患者讲述了奥施康定是如何改变他们生活的。根据美国会计总署2003年关于普渡制药的奥施康定促销活动的报告，这段视频中包含了160毫克这款片剂的信息，并"就奥施康定对患者生活质量的影响做出了没有任何根据的声明……而且最大限度地淡化了药物的风险"。

视频中，一位医生再次给出了一种说法，而且错误地引用《波特和吉克的信》，声称麻醉类止痛药在患者中引起药物上瘾的比率不到1%。

除此之外，普渡还向医生办公室外的候诊室寄送了1.4万份视频——《从一个疼痛患者到另一个疼痛患者：疼痛得到缓解的患者的建议》——鼓励患者把自己的疼痛告诉医生，目的是缓解人们对服用阿片类止痛药的担忧，并再次声称因这些药物而上瘾的患者不足 1%。

普渡为促进疼痛治疗的疼痛学会和网站提供了资助。这些组织似乎是提供信息的，但它们都接受制药公司的资助。美国抗痛协会（Partners Against Pain）成立于 1997 年，旨在向消费者提供包括奥施康定在内的疼痛治疗方案的信息，并提供全美各地治疗疼痛的医生名单。普渡资助的其中一个网站的网址是 FamilyPractice.com，它向医生提供了关于疼痛管理的免费继续医学教育项目清单。

美国疼痛基金会（APF）是一个位于巴尔的摩的组织，提倡用阿片类药物治疗急性和慢性疼痛，它也是普渡制药资助的。该基金会组织了针对各媒体渠道的电子邮件行动，指责它们对阿片类药物和疼痛治疗的报道带有偏见性。ProPublica 是一家非营利性的新闻调查机构，其报道称，2001 年俄亥俄州的患者声称自己已经对奥施康定产生了药物上瘾或者依赖性，对普渡提起了诉讼，在这个案件中，美国疼痛基金会是支持普渡的。（2012 年，美国疼痛基金会解散，原因是美国参议院委员会宣布正在对该基金会在推广阿片类止痛药的使用上所起的作用进行调查。）

普渡为美国慢性疼痛协会以及美国疼痛医学学会等组织的网站建设捐助了资金。

因为这场营销活动，普渡公司备受批评。最终，该公司受到刑事起诉。然而，正是由于疼痛治疗的支持者此前数年坚持不懈的努力，使得初级保健医生们相信新时代来临了，阿片类药物可以开给疼痛病人服用，而且几乎没有任何药物致瘾的危险。如果不是这样，普渡的营销策略也很难成功。在很多案例中，医院的律师都会劝告医生，如果不给病人开阿片类止痛药，病人可能会起诉他们没有对疼痛予以充分治疗。如果情况不是这样，即如果没有人坚持认为对疼痛的治疗不充分，认为疼痛是人类的第五大生命体征，那么奥施康定很可能不会有今天的市场。

到 2003 年，全美各地开出奥施康定处方的医生中，有一半以上是初级保健医生，他们经过的疼痛管理培训非常少，而且面对进出他们办公室的病人感到压力很大。为慢性疼痛而开的奥施康定处方从1997年的67万份，增加到2002年的620万份，同一时期，用于治疗癌症疼痛的奥施康定处方从25万份上升到100多万份。

很快，菲利普·普赖尔注意到同事为慢性疾病开了奥施康定，比如背痛、膝盖痛或者医药销售人员提到的纤维肌痛。

在俄亥俄州南部地区，以前很少有人因服用阿片类药物而接受药物治疗。然而，到了1998年，奇利科西市及其周围城镇却充斥着成百上千名对奥施康定上瘾的患者。事实上，这些患者会向一个又一个医生陈述他们的疼痛，要求再多开些这种药。在街上卖冰毒和可卡因的毒贩也开始推销奥施康定。瘾君子学会了先把药片压碎，再鼻吸或者注射，其中的羟考酮一次可以维持12小时。

老年人发现可以把奥施康定的处方卖给年轻人，从而让自己的退休生活过得好一点。事实上，第一批贩卖奥施康定的人当中，就有一部分是老年人，他们看到了摆在自己柜子里的药片的价值。"医生要是给你开了奥施康定，那就像中了乐透彩票一样，"普赖尔说，"人们甚至想都不想就把药卖了。"

奥施康定的销售猛增，每年都会超过普渡的销售目标，直到2001年和2002年每年的销售额都超过10亿美元，与这些销售数字相伴的是猖獗的药物滥用。新闻报道给奥施康定起了一个绰号叫"乡巴佬海洛因"，并且按时间记录了奥施康定致瘾所造成的破坏。有多少成瘾者开始只是为了消遣，又有多少曾经是疼痛患者，这一点从未完全搞清楚。

在离奇利科西不远的地方，就是位于摩根敦的西弗吉尼亚大学，绰号"罗利"的卡尔·沙利文医生看着自己的戒毒诊所里挤满了奥施康定的成瘾者。这家诊所以前是治疗酗酒者的地方。但现在西弗吉尼亚州的各个城镇到处是阿片类药物成瘾者，以至于酗酒者在沙利文的诊所里根本找不到一张床位。他每天都能看到人们服用剂量大得吓人的奥施康定——300毫克甚至更多。他觉得这些人与海洛因成瘾者没有什么区别。

"普渡和制药行业一直在说，奥施康定致瘾是非常罕见的，"沙利文说，"成瘾的发生率远远高于他们公布的数字，只是人们使用[阿片类药物]的热情并未得到科学证实。"

正如新闻报道所述，奥施康定的滥用和上瘾现象越来越严重，普渡致电沙利文，请他为其销售代表做演讲。其中20名销售代表在查尔斯顿的一家酒店里遇见了沙利文。他看得出他们忧心忡忡，于是与他们一起待了几个小时，描述了他诊所的人流量以及成瘾者正在使用的药量，其中一些成瘾者以前是疼痛患者。

"我们被告知这药是安全的。"一位医药销售代表说。

沙利文从他的诊所带来了一位女士，她正在从奥施康定的瘾中恢复。一位销售代表问她，在酒店外的大街上搞到奥施康定需要多久。

"大约20分钟，"这位女士回答，"但这只是因为我不会开车。"

沙利文认为，这次会面让这些医药销售代表有所清醒，到此时，他们已经在医生办公室拼命忙活了5年。不过，他也注意到普渡还是在按照以往的方式销售奥施康定。现在，这种药的销售额占了该公司年收入的90%。

6个月后，沙利文带去跟大家见面的那位女士死了，死于过量服用奥施康定。

26. 神秘人回家

铪利斯科，纳亚里特州

纳亚里特州在太平洋180英里的海岸线上，向内陆延伸至马德雷山脉西面。

在实行中央集权的墨西哥，纳亚里特州并不受重视。墨西哥独立之后，这一小块地方在一个世纪里一直属于铪利斯科。即使是在与比它规模大的邻居分离后，纳亚里特州仍然是一个军事区。1917年，它才成为墨西哥31个州中第五小的自治州。直到2010年，这里的人口才超过100万人。纳亚里特州被墨西哥的一些大州包围，萨卡特卡斯州和杜兰戈州就在附近。锡那罗亚州位于纳亚里特州以北的海岸，是墨西哥贩毒交易的发源地。小小的纳亚里特州鲜少会出现在新闻中。

铪利斯科镇就位于该州首府特皮克市以南。最初，这座城镇的名字里有个j，写作Jalisco。为了避免与州名混淆，镇政府官员将它改名为Xalisco（铪利斯科），许多居民称之为Xalisquillo，即小铪利斯科。

铪利斯科被一条从特皮克市出发，向南80英里便进入度假胜地巴亚尔塔港的路一分为二。铪利斯科的圣卡耶塔诺天主教堂建于1812年，它看上去和伊达尔戈中央广场周围狭窄的街道上铺设的鹅卵石出自同一时代。

铃利斯科镇（或县）的人口有 4.9 万，县府所在地周围是一系列条状分布的小村庄。东面是潘塔纳尔，可以看到 Sangangüey 火山的景色，当局将特皮克市的机场设在此地。在南面，沿着巴亚尔塔港公路而行，是特斯特拉佐丘陵，然后是埃米利亚诺-萨帕塔村，那里有一个墨西哥革命者的半身像，是城镇入口的标志。再往南是阿奇利斯-塞尔丹村。还有其他一些村庄——拉科瓦、马里纳尔、阿道弗-洛佩兹-马特奥斯、卡里萨尔。

1993 年 8 月，神秘人第一次来到这里，发现这是个不起眼的地方，看起来和墨西哥的其他小镇没有太大的不同。铃利斯科的广场上有一个篮球场和音乐台，周围有一个市场、一个小市政厅、几家服装店和一家冰淇淋店。戴着牛仔草帽、穿着凉鞋的老人们聚在一起闲聊，谈论城市里的生活。卡车非常少，而且老旧，房屋都很狭窄——连排而建，大门冲着人行道。市中心以外是未开发的土地，将铃利斯科与北边几英里的首府隔开。

8 月初，铃利斯科会迎来玉米节。一如铃利斯科本身，神秘人参加的这个节日别具一格，却也简陋，各社区和村庄的球队在篮球和足球比赛中一较高下。此外还有规模适度的嘉年华游乐设施，棉花糖，马匹游行，请来的乐队每晚都在广场上表演。

那一年，他和那个纳亚里特人以及其他在美国做海洛因生意的人一起，第一次赞助球队参加了节日期间的足球赛。神秘人赞助了来自铃利斯科南部一个名叫塔勒加的社区的球队，给他们买了队服和球，然后和那个纳亚里特人以及其他毒贩打赌谁会获胜。输的人为当晚在广场上演奏了 6 个小时班达音乐的乐队买了单。

以前，只有合法的商人——通常都是大地主——才会在节日活动中花费巨资。但随着新的海洛因贩子的人数不断增长，信心不断膨胀，他们从来没有错过一个节日，也没错过任何放松身心、挥霍金钱的机会。

他们的挥金如土促进了铃利斯科的经济。人们留意着那些花钱大手大脚的人，盯着一辆崭新的卡车或者刚买的房子，或是突然掏钱给广场上的乐队的人。这个节日成为美国黑焦油海洛因毒贩的一种传统。在镇上的聚会上，他们会炫耀自己，谈论自己做得有多好，分享躲避警察的窍门，或者抱怨自己信任的某个司机被逮捕了。

自那以后，神秘人一次玉米节都不曾错过。1996 年，他从一个女人那里买下了一幢造了一半的房子。这个女人的丈夫抢劫银行，被判在锡那罗亚州监狱服刑 50 年。他在房子的前院铺上了草坪，就像加州的房子那样。他还加了个吧台、一间音乐室，以及宽阔的走廊和两间浴室。他遇到了一名女子，两人住到了一起。每年玉米节结束后，神秘人就会返回美国。

在雷诺市，他去卡尔内瓦赌场的体育博彩室闲逛，满足他的另一个瘾：赌一把美国职业橄榄球大联盟比赛的输赢。在那里，他遇到了一个庄家，一个名叫丹尼尔的高大威猛的黑人。丹尼尔和他的妻子来自俄亥俄州哥伦布市，长期吸食海洛因。后来，丹尼尔爱上了黑焦油海洛因。这是一个重要的发现。东部地区一点类似的东西也没有。他们在哥伦布所能找到的任何海洛因都是劲头弱的粉末，质量很差。吸毒者不得不每天花费 100 美元或者更多的钱，才能满足毒瘾。

一天，丹尼尔把神秘人拉到卡尔内瓦赌场的一个角落里。

"伙计，你应该把这东西带到哥伦布去，"他说，"你会变成百万富翁的。那里没有这样的东西。我一个叔叔，我可以帮你们牵线。"

他向丹尼尔表示了谢意。

"要不是这个人提醒我，我根本没有想到过哥伦布市。"多年后，他对我说。

与此同时，他在纳亚里特的女人抱怨他在冒险，是他在美国打理一切。她说，那个纳亚里特人回到墨西哥后什么也没有做，拿着他不该拿的钱。

"你知道，一旦女人插手，事情会成什么样子，"他后来告诉我，"她说：'所有的事都是你做的。而那个人什么也没做。'"

他不得不承认，注意波特兰、雷诺、盐湖城、夏威夷和丹佛的业务动向确实让人心烦意乱。零售业务的细节让他抓狂：要让大小伙子们努力工作，别在各种聚会中迷失自己；要找车顶替在丹佛被扣押的那辆，找新的人代替那个在波特兰被捕的司机。夏威夷的两个司机杀害了自己窝点的几位老板，神秘人应老板家人的请求去认领了尸体，将他们送回墨西哥。

他想暂时休息一下。他的朋友就恳求他。

"你想在我们发展得越来越大的时候散伙，"那个纳亚里特人对他说，"我们做得很好啊。"

"我该自己干了。"

那是 1997 年。神秘人已经完全融入了铪利斯科，把这个城镇当作了自己的家。他在那里有房产。他养了个女人，还有些牲口，也赢得了尊重。在广场上，他雇的孩子的父母走到他面前和他握手。有个人甚至送给他一头猪，另一个人送给他一头牛。他现在有了人脉，可以把自己的货运到北方。

神秘人联系了雷诺市赌场的那位庄家丹尼尔，他为他在哥伦布的叔叔查克弄了一个电话号码。

"给他打电话，"丹尼尔说，"他会帮你联系上你需要的每个人。"

神秘人回到了铪利斯科。他在纳亚里特州的主要旅游城镇圣布拉斯海滩附近买了一幢房子。他给自己放了 6 个月的假。但这期间没有钱进账，而他的女人又是花钱如流水。因此，放松了 6 个月之后，1998 年，他又回到了美国，觉得现在是时候向东部扩张了。他看了地图，有三个城市是在一条直线上的：印第安纳波利斯、代顿和哥伦布。他想去碰碰运气。

1998 年 6 月 11 日，他飞抵印第安纳波利斯，在华盛顿街附近找了家廉价的汽车旅馆，妓女就在镇的东面四处游荡。

"伙计，你得小心点，"汽车旅馆的员工在办登记入住时说，"'龙卷风要来了'。离窗户远点，找个地方躲一下。"

神秘人从未见过龙卷风。那天下午,他特别全神贯注地盯着天空,看它阴沉下来,大风骤起。风把雨吹到一边,打在窗户上就像气枪的子弹齐发;天气不像加州下雨时那样凉爽,反而异常闷热。接着,一个有四分之一英里宽的巨大的黑色漏斗像喷气式飞机一样轰鸣着,朝华盛顿街直冲过来。他看着龙卷风掀掉了必胜客的屋顶,将一所日托中心撕碎。一个男人停好车,急急忙忙地把家人送进屋内。片刻之后,汽车不见了。后来,人们在三个街区之外的地方找到了它。

当晚,有八股龙卷风席卷了印第安纳州中部,而这只是其中一股。没有人在龙卷风中丧生。尽管如此,这个开头就让人心绪不宁,自那以后,神秘人在印第安纳波利斯从未感到过踏实。

第二天,他买了一辆二手车——一辆棕色的凯迪拉克西马龙,这个车型的构思和设计都很差劲,许多人将其视为底特律衰败的一个重要标志。但这种车型并不显眼,也只花了2 000美元。

他在镇上的美沙酮诊所外安营扎寨,免费派发毒品小样,很快,他就有了一群客户,全都是不要命的瘾君子,渴望得到他们从未见过的黑焦油海洛因。后来有一天,当警察看到他把车停在诊所附近,一对夫妇走下车后,就拦住了他。

"我们收到线报,说你一直在卖海洛因。"

"那就搜车吧,"他回答,"我没有毒品。我只是载他们在这里下车"——他朝那对夫妇的方向点了点头——"因为他们想搭便车。"

警察什么也没找到。但警察告诉他:"我们有你和车的照片。以后每次见到你,我们都会把你拦下。"

因此,他转身去了代顿,随行的还有他从雷诺市的窝点带来的一个小伙子。他们搭上了一个毒贩,一个从通用汽车的零部件子公司"德尔福"退休的黑人,似乎镇上的每个瘾君子他都认识。果然,俄亥俄州没人见过这种毒品。

但他从未忘记丹尼尔的信息及其有关哥伦布的承诺。一个阳光明媚的夏日,他们在代顿待了几周之后,他把那个小伙子留给了德尔福公司的那位退休黑人，自己开车去了哥伦布。他在城西 70 号公路旁找了家汽车旅馆，然后打电话给丹尼尔的叔叔查克。

第二天早上，他们相约在布莱登路附近的美沙酮诊所会面。该诊所是非法毒品交易的集散地。吸毒者想要的任何东西都可以在这里买到。他给了查克一些免费的样品以及他的寻呼机号码。

那天下午，查克打来电话。

"你的这些东西真是太好了，"他说，"我手里有一大堆人想要。"

神秘人开车回到了代顿，拔营搬家。

"这种货我们卖得很好，"他告诉我，"但我不喜欢代顿的一点是，我们要和许多黑人打交道。如果不是不得已的话，我不会和黑人做生意。从长远来看，他们会坑了你。他们会伤害你的孩子。他们会用手枪柄打你。"

哥伦布市的白人看上去比较多，还有很多墨西哥人混居于此。他再次开着西马龙车向东开往俄亥俄州中部广阔的平原，以及被大片白人居住的郊区和公路环绕的俄亥俄州首府，那里靠近四个州的交界处和受剥削的阿巴拉契亚地区，在那里，当时还没有人见过太多的海洛因。

27. 奥施康定是什么？

朴茨茅斯，俄亥俄州

1997年圣诞节前不久的一个星期五，《朴茨茅斯每日时报》的一位记者致电埃德·休斯。休斯开了一家咨询中心，是当地唯一一家成瘾治疗诊所。记者问他，自己是否可以来参加诊所员工的聚会，写一篇关于假日期间如何保持清醒的报道。

休斯同意了。记者采访了几位工作人员，还特别询问了年轻客户的情况。聚会进行到一半的时候，记者把休斯拉到了一边。

"什么是奥施康定？"

休斯从没听说过这个名字。

"您的几位客户说他们正在使用这种药。"

到了周一，休斯开始四处打电话。他的手下告诉他，这种药物最近刚刚上市，其中含有大量的羟考酮，使用者已经学会将药片压碎，然后鼻吸。

他打电话给俄亥俄州北部一些治疗中心的同事，描述了朴茨茅斯发生的情况。克利夫兰、阿克伦、哥伦布或者辛辛那提的人都没有听说过奥施康定。如果休斯打电话给阿巴拉契亚的其它地方，他可能会听到完全不同的回答，听到与朴茨茅斯刚刚出现的情况非常类似的故事。

但在当时，他说："我们并没有意识到我们基本上就处在危机的最前沿。"

大约就是在那个时候,卡伦·查尔斯和丈夫杰瑞正计划把他们的地板店从朴茨茅斯搬到俄亥俄河对岸肯塔基州南岸的比格斯街上的一幢楼里。

查尔斯夫妇知道隔壁米色的金属建筑物里,有个名叫大卫·普罗克特的医生开了一家诊所。安顿下来几个月后,他们发现,这位医生的生意比他们想象的要大得多。事实上,人流一直在增长,就好像他们不认识其他医生。普罗克特的候诊室里再也无法容纳病人,诊所经常是过了关门时间依然在营业。小小的比格斯街整天都停满了车,大家都在等着见这位医生。

"他们会在自己车里吃两顿饭。"卡伦说。

许多病人是从其它县,甚至其他州远道而来。卡伦·查尔斯记得有密苏里州和阿肯色州的车牌。他们中的大多数人都很让人讨厌。他们堵住了查尔斯地板店的停车场通道。一次,普罗克特的客户还跟一位因为送货车开不进来的卡车司机打了一架。还有一次,有人打电话说这里有炸弹,于是警察赶来疏散了诊所、查尔斯夫妇的地板店以及附近建筑里所有的人。卡伦·查尔斯从来没敢踏进过普罗克特的诊所,但是她听说这位医生在卖奥施康定。

"这改变了周围的一切,"几年后,她说,"这是我希望永远不要再在周围发生的另一件事。我和他谈过几次。我不知道他想让我们怎么做生意。上了点年纪的太太们看到周围有这样不三不四的人在转悠,也不来我们店里了。"

《朴茨茅斯每日时报》的记者最终写出了一个与圣诞晚会之后的报道截然不同的故事。它谈到了俄亥俄州南部及邻近州在药物成瘾方面的一个新趋势:阿片类药物,主要是羟考酮,在一种名为奥施康定的新药里最为显著。

第二篇报道见报一个星期之后,埃德·休斯接到了代表普渡制药的律师的电话,威胁称如果休斯曾说过报纸上登出的那些有关奥施康定会让人成瘾的言论,将起诉他的咨询中心。这让休斯大吃一惊,报道中并没有提到他说奥施康定会让人致瘾。咨询中心的名字确实出现在了报纸上,但只说到一些年轻的客户说他们对这个药物上瘾。他想知道,位于康涅狄格州的普渡制药是怎么读到这张不知名的报纸上的这篇报道的。

"有大事要发生了,"他说,"若非他们一直在追踪这类信息,否则怎么可能知道《朴茨茅斯每日时报》上刊登的这篇文章?"

休斯办的咨询中心是 17 年前从一所小房子里开始的。以前休斯自己也酗酒,现在正在康复中,他觉得康复治疗真的是对一个曾经被奴役的人的重塑。他相信,只有采用多学科的方法治疗成瘾者,才有可能使其康复,即"持续的关怀照顾",休斯说。接受治疗的成瘾者需要一个"12 步计划",此外还需要人帮助其找住处、写简历、找人看护孩子,需要有衣服去参加工作面试。这些服务都必须近在手边。瘾君子通常没有车,没有驾照,也没钱加油。休斯看到很多人因为无法参加庭审,无法去见医生或者按时向缓刑官报到而重新吸毒。

到了 1990 年代末,咨询中心搬进了一幢新的大楼,开始提供门诊。它还有一座供男性居住的小屋,以及俄亥俄州唯一一个供有孩子的女性成瘾者居住的康复所。该中心有地方容纳所有来这里的酗酒者和可卡因吸毒者。大约在 1997 年的圣诞晚会上,休斯认为他将在下一年巩固和完善中心的内部运作,而不是扩大规模以满足当地的需求。他想,扩大规模的事已经完成了。

其实还早着呢。朴茨茅斯即将成为阿片类药物大规模使用和滥用的一个近乎爆炸性的起点。到 1998 年春,奥施康定成瘾者随处可见,大都是年轻人和白人。"那就像是一场野火。"休斯回忆道。

这场药物祸害的源头与他以前看到的其他祸害的源头并不相同。在朴茨茅斯,它始于所谓的"药丸工厂",这种商业模式是城里发明的,但随着全国范围内的阿片类药物处方,特别是奥施康定的处方的增长而发展壮大。一家药丸工厂就是一个止痛诊所,只配备了一名除

梦瘾:美国阿片类药物泛滥的真相　　**163**

了开处方再无其他治疗方法的医生。当医生每天为数百人开处方时，药丸工厂就变得像一个自动取款机，只不过里面吐出来的是麻醉药物。

"医生开的这些药物最终大量流落街头，"休斯说，"购买者排起了长队。这样一种把药物送到瘾君子手里的促销方式，我认为以前从未有过。"

28. 偏僻之地的贩毒家族

奇马约，新墨西哥州

吉姆·奎肯德尔出身于典型的缉毒警家庭。他的叔叔特拉维斯·奎肯德尔，退休前是负责美国缉毒署埃尔帕索办事处的助理特别探员。他的父亲詹米·奎肯德尔，1960年代曾在美国海关及边境保卫局工作，负责得克萨斯州—墨西哥边境地区，打击当时刚刚起步的贩毒团伙。他父亲的教名是詹姆斯，但是他在得克萨斯州的边境小镇伊格尔帕斯长大，后来娶了一个墨西哥姑娘。他把这两种文化结合在一起，改名为詹米。

1973年，几个联邦机构联合组建了美国缉毒署，奎肯德尔兄弟加入其中。不久以后，詹米·奎肯德尔就在厄瓜多尔的瓜亚基尔开设了美国缉毒署的办事处。吉姆·奎肯德尔在那里度过了他的大部分青年时期，他觉得他的父亲就像詹姆斯·邦德，但他并不真的了解自己父亲是做什么的。

1980年代，詹米·奎肯德尔调到了墨西哥。1985年，他担任了美国缉毒署驻瓜达拉哈拉分局的局长，当时，毒贩绑架、折磨并最终杀害了他的手下——特工恩里克·卡马雷纳，绰号"基基"，这起杀人事件被墨西哥政府官员与毒贩合谋掩盖了。新生的美国缉毒署因此次谋杀而大受刺激，对墨西哥的一举一动更为关注。这件事成为记者伊莲·香农的经典之作《亡命之徒》（*Desperados*）的主题，后来还拍成了电影。詹米·奎肯德尔也写了一本关于卡马雷纳的书，名为《银还是铅？》（*O Plomo o Plata? or Silver or Lead?*）。

吉姆·奎肯德尔在得克萨斯州上大学时，一开始主修的是新闻学；后来，他做了校警，便把自己的专业转到了刑事司法方向。一天晚上，他和美国缉毒署的一位特工一起吃饭，后者是他父亲的老酒友。

"考虑一下申请加入缉毒署吧。"这位特工对他说。

他继续说道，其它的联邦执法机构的上层，对下头人控制得叫人喘不过气来。监督限制了特工进行调查的自由。某种程度上，是缉毒署的工作性质使得特工个人对于案件有着无可比拟的控制力，可以对案子追查到任何他们能力所及的地步。与地方警察不同的是，缉毒署的特工有机会到国外旅行和生活，而且缉毒署还会嘉奖像奎肯德尔这样西班牙语流利的特工。

听上去像是在冒险。不过，1987年，大学毕业不久的吉姆·奎肯德尔就申请加入了他父亲和叔叔工作的部门，在那里，这两兄弟都是传奇人物。

在1998年返回美国之前，他曾在得克萨斯州的博蒙特和哥伦比亚的波哥大巡回工作过。回国后，他被派到了新墨西哥州的阿尔伯克基市工作，是当地办事处的高级特工。到了职业生涯的这一刻，吉姆·奎肯德尔已然明白他父亲的老友是对的：有了联邦政府强大的"反共谋法"（conspiracy laws）的帮助，缉毒署特工可以大有作为。这些法规允许政府指控一个人参与犯罪活动，即使没有直接的犯罪证据，比如警察在搜查公寓时没有找到任何毒品。窃听案是关于当时正在发生的事。而奎肯德尔越来越喜欢的共谋案，则更多是与过去发生的事情有关。在处理这些案件时，他们并不依赖于特工冒着危险去卧底购买毒品，或者找到一个拥有大量毒品的嫌疑人。相反，他们要求特工查阅记录，把证人和过去被捕的记录拼凑成一种模式，比如说，一个长年贩卖毒品的组织。

辩护律师有时会批评共谋案太过宽泛，例如，被告接触的每一个人都会被牵连进去。但是奎肯德尔发现，共谋案激发出了他内心的记者的本能。共谋案需要了解事情的来龙去脉。利用这些反共谋法，特工在了解了一个犯罪组织的部分情况后便可立案，然后迅速对被告施压，把更多的人抓回来审问并弄清楚整件事，或者至少掌握大部分情况。弄清一个犯罪集团的全部情况，与奎肯德尔开始相信的司法体系有很大的关系，因为在抓捕之日，基本上还没有掌握这些犯罪团伙的真实情况。

这样的案子，吉姆·奎肯德尔在其职业生涯中遇到过几次。当他投入阿尔伯克基的工作时，还将接办在新墨西哥州的奇马约镇的另外一件案子。

奇马约镇的人口不足4 000，500年前由西班牙征服者建立，它离圣达菲有25英里，位于葱郁青翠的埃斯帕尼奥拉山谷。

这个城镇因几件事而闻名。这里是世界低底盘汽车①之都，居民们对这种装饰华丽、低车身的汽车十分痴迷。奇马约镇的传家宝是樱桃红辣椒，辣劲十足，其种子为世代种植、父子相传。奇马约镇有一座土坯小教堂，建于1816年，每年都会吸引成千上万的朝圣者和游客。教堂周围的牛奶巧克力色土据说可以治病，每年大约有25吨的土被出售，供人们涂抹在身上，或者直接装进小塑料盒里。每天晚上，奇马约镇的居民都会冒险上山，挖更多的土，放在神龛里。每到耶稣受难日这天，就会有3万名朝圣者来到这个小小的土坯教堂——奇马约天主教堂。有些人甚至是从90英里外的阿尔伯克基市步行而来。

不过，这座城镇也因一种这里的土无法治愈的疾病而闻名。奇马

---

① 这种汽车始于二战后，当时汽车进入美国中产阶级，一群住在洛杉矶的墨西哥人和西班牙人开始热衷于研究和改装自己买得起的老式汽车，他们将车的底盘放低，并在车身涂上华丽的涂鸦，Lowrider由此诞生。他们驾驶着这种车在洛杉矶街头行驶，使之成为二战后美国的一种民间时尚文化。——译者

约镇是全美海洛因成瘾率最高的地方。人们一说到奇马约镇的海洛因成瘾，就倾向于从文化的角度来谈论它，一种由来已久、代代相传的文化。奇马约镇的所有家庭都存在海洛因成瘾的问题，从他们的祖父母甚至曾祖父母时就开始了。

当吉姆·奎肯德尔投入工作几个星期后，给埃斯帕尼奥拉山谷的新墨西哥州缉毒警克里斯·瓦尔德兹打电话时，这种情况已经持续多年。

瓦尔德兹在这个地区长大，当时，这种病已经众所周知，但还很隐蔽。然而，等他当上警察的时候，海洛因已经变得随处可见。有几个从 17 世纪开始就祖祖辈辈生活在这个山谷的家族，还卖起了海洛因。在奇马约这个小小的与世隔绝的镇子，没人能动得了他们。与此同时，吸毒者入室行窃以及开着车破门而入的案件每年都在增加。

几十年来，奇马约镇的吸毒者一直靠粉末状海洛因维持，据瓦尔德兹猜测，这些海洛因来自亚洲某个地方，已被多次稀释，效力很弱。后来在 1997 年的某个时候，墨西哥人来到了这里，开始卖强效而价廉的黑焦油海洛因。奇马约镇的毒贩不让墨西哥人在城里卖海洛因，但他们自己很乐意买下这种新产品，分装后卖给顾客。就在那时，情况似乎迅速变得一发不可收拾。因为几乎是无限量供应，所以原先能控制自己的毒瘾的吸毒者，现在用得远比以前多。盗窃也很猖狂。那些吸食劲道弱的粉末状海洛因多年、本来活得好好的吸毒者，开始因强效的黑焦油海洛因而丧命。

来到阿尔伯克基不久，奎肯德尔就去了山谷，瓦尔德兹开车带着他到处转悠。他指给奎肯德尔看毒贩们的移动房屋，那种两三个车厢宽的移动房屋尤其受山谷居民的青睐。奇马约镇是个偏僻的地方，瓦尔德兹说，人们痛恨警察，但到处都是针头，因为吸毒过量而死的人数稳步上升。很少有哪户人家的音响或电视能放在手里很久。

有三个家族在贩卖海洛因：巴雷拉家族，族长是费利克斯，他有很多兄弟，其中几个已经染上了毒瘾；另一个是何塞法·加列戈斯，她的儿子布赖恩住在她屋后的小棚屋里,他的两只手臂因为注射黑焦油海洛因而开始腐烂;还有一个是"胖乔斯"和绰号"甜甜圈"的杰西·马丁内兹以及他们的亲戚。

这些家族拥有最好的移动房屋和最炫的低底盘汽车。费利克斯·巴雷拉的低底盘汽车是整个山谷中最棒的——一辆深紫色福特经典款雷鸟,被称为"巫师"。毒贩家族也喜欢哈雷,这在奇马约镇是另一个珍贵的资产。费利克斯·巴雷拉还有几匹非常出众的赛马,其中包括"火红玛格",全州最出色的一匹夸特马。每个家族都经营着无形的毒品便利店,每天接待50至100名吸毒者,有的一天来三次。

直到1998年,死于吸毒的人数都在不断上升,1999年,死者家属开始举行抗议游行,新墨西哥一家名为"赎罪者兄弟会"的教会的牧师也加入其中。他们从各个山区走到天主教堂,举着写有人名的标语牌,那些人不是死于吸毒过量,就是被入室窃贼杀害。

这让奎肯德尔感到震惊。不过在他看来,毒品在街头零售似乎是个地方性问题,还上升不到联邦层面。

然而几个星期后,瓦尔德兹打来电话。明天过来一趟,他说,奇马约镇预防犯罪组织(Chimayo Crime Prevention Organization)有个会议。大家都气坏了。

当晚,奎肯德尔走进了Rancho de Chimayo餐馆,看到好几位国会议员、法官,还有新墨西哥州警察总长、数位市议会议员以及奇马约镇预防犯罪组织的布鲁斯·理查森都在座,不禁吓了一跳。

理查森说话了。犯罪集团控制了这个山谷,孩子们在忙着找用过的针筒。

"你们什么都没有做。"那天晚上,理查森对在座的官员说。

他抱出一个巨大的泡菜坛子,里面装满了用过的针筒。官员们做出的回应在奎肯德尔看来是民选官员的惯常答复,不能安抚任何人。

那晚,他开车回阿尔伯克基市。政客们的出现表明他们知道大事不妙。他总是叫年轻的特工要盯紧毒贩的头子,无论后者驻扎何处。

他会说，这种毒贩头子或许不是巴勃罗·埃斯科瓦尔①，但一个在小镇上活动的毒贩头子对这个镇来说就是个大问题。

第二天，奎肯德尔就对奇马约镇的三大海洛因家族立了案。

---

① 国际知名的哥伦比亚大毒枭。——译者

29. 李伯拉斯开路

朴茨茅斯，俄亥俄州

到 1990 年代末，大卫·普罗克特是俄亥俄州朴茨茅斯市为数不多的几个生意兴隆的医生之一。他有一幢价值 75 万美金的豪宅，带游泳池，屋里摆放着非洲艺术品，还有两尊 7 英尺高的铜鹳。他有一辆梅赛德斯、一辆保时捷，还有一辆红色的雪佛兰科尔维特超级跑车——这些在俄亥俄河谷里可是难得一见的。

1980 年代末，肯塔基州医疗执照委员会针对病人对他不道德行为的投诉进行了调查。调查人员发现，他开起阿片类药物来很猛，而且往往不经过太多的诊断，也没有随访。他们并没有发现他违反了肯塔基州医疗管理规定，于是没有吊销他的行医执照，但要对其察看一段时间。事实上，州政府的记录显示出，这位医生经常开药但也频繁停药，会向其他医生咨询，并敦促他的慢性疼痛患者通过锻炼或者物理疗法来控制自身的疼痛。大卫·普罗克特似乎在寻找解决病人痛苦的方法。

十年后，情况变了。加州的一位护士告诉我："一旦你整天和身处疼痛之中的人打交道，一段时间后，你就会疲惫不堪。"

大卫·普罗克特情况也是如此。1990 年代，更多的病人投诉引发了肯塔基州的第二轮调查。此时，记录显示，他定期开给病人安定、维柯丁、镇静类药物索玛（Soma）、阿普唑仑（Xanax）以及一

梦瘾：美国阿片类药物泛滥的真相　　171

种给药剂量稳定的右芬氟拉明食欲抑制剂（Redux diet pills），所有这些药开出时，几乎都没有对病人进行诊断或提议采用诸如物理治疗等其它疗法，也没有讨论过任何通过改善饮食来降低体重、减轻疼痛的方法。当我读着医疗执照委员会的调查报告，我仿佛看到在产业空洞化的美国，多年来，弱势群体以及那些利用药物和政府救济金来应对经济灾难的操纵者们似乎已经将普罗克特有过的一切医德都腐蚀殆尽。

于是，我去了朴茨茅斯，想了解一下这位被当地人称为"药丸工厂教父"的医生。他创办了第一家药丸工厂，并向其他人展示了他的经营之道。

在朴茨茅斯，没有人会忘记大卫·普罗克特，尽管那时他已经离开很久了。还有人会深情地怀念他。许多人都表示自己曾经去过他的诊所，排着长队等着拿处方。

其中一位就是凯茜·纽曼。1996年时，她是高中的啦啦队长，一个承包商的女儿。凯茜刚从朴茨茅斯高中毕业，就在一次车祸中断了几根肋骨。镇上的急诊室对于要开比布洛芬更厉害的止痛药非常谨慎。你应该去找大卫·普罗克特，她的朋友说：他会给你一些有用的东西。

凯茜开车去了南岸的诊所，走进了这个像疯人院一样嘈杂的地方。诊室里挤得满满当当；人们站在过道里，紧张而贪婪地期待着。三个小时后，她进去就诊。普罗克特给她开了维柯丁，又花了半个小时告诉她，背部和臀部的疼痛可能要伴随她的余生，因此她需要很长时间一直照这个处方服药。纽曼相信了这样的诊断，她不知道该怎么办。

"我吓得要死。我还那么年轻，真害怕自己会一辈子这样。"她说。

事实上，正是这些维柯丁导致了纽曼长达14年的药物上瘾，最后，她开始注射奥施康定，去镇上6个医生那里开止痛药处方，就这样浑浑噩噩地过了许多年。一次,她发现自己在一幢废弃的农舍里,身旁的人她一个也不认识,她根本不知道自己是怎么到那里去的。一条斗牛犬跑过客厅,一只愤怒的公鸡在后面紧紧追赶。

疼痛治疗的革命有许多参与者,其中大都是善意的医生和敬业的护士。但在铁锈地带,另一种疼痛浮出了水面。工作没了之后,一波一波的人把身体残疾当作生存之道。大批医生也随之而来,他们有的心怀不轨,有的则仅仅是为了帮助那些希望得到政府每月一次的残疾补助金来解决失业问题的人找到谋生之道。当疼痛治疗革命改变整个美国医学界的时候,俄亥俄河谷汇聚了一批这样的医生。对于许多人而言,这些医生就是应对经济问题的策略。他们每次看医生都要付现金,而且很快就能拿到处方纸,无论病人说自己怎么痛,无论病人指自己哪里痛都行。随后开的都是奥施康定。

如果海洛因是毒贩眼中的完美毒品,那么奥施康定就是这些"药丸工厂"医生眼中的理想药品。之所以这么说,就药品本身而言主要因为几点:首先,它是制药厂生产的药片,具有合法的医疗用途;其次,这种药物会让人上瘾,不仅是那些本来就想滥用的人,还有许多前来寻求缓解疼痛的人。每一个开了这种药的患者都有可能很快就变得每天都离不开它。这些人愿意支付现金。他们从来不会错过见医生的机会。如果你并不在意问不问诊,开诊所其实没多少成本:租个房子,准备几间候诊室,再招几个办公室工作人员,还有保安。这些诊所的确需要保安,还得有一位拥有美国缉毒署注册号的医生,有了这个号码,医生才可以开类似奥施康定这样的联邦政府第二类管制药物。第二类管制药物的处方只能每个月由一位医生开给一位病人,处方为手写,病人必须亲自到场。这意味着每个病人每个月都要付一笔诊费——通常是250美金。候诊室里因此总是座无虚席,财源滚滚。

美国有一批医生率先发现了奥施康定的效力可以变成一种商业模式,俄亥俄州朴茨茅斯的大卫·普罗克特就是其中之一。他相信他所有的病人。不仅如此,他还鼓励他们相信自己想象出的疼痛。

"受伤的人开始找他,他给这些人开了一种神奇的新药:奥施康定。"朴茨茅斯市的公共卫生护士莉萨·罗伯茨说。几年前,她曾在普罗克特享有特权的那家医院与他共事过。"很快,这些病人就上瘾了。他们会说自己的疼痛越来越严重,那他就会加大剂量。我开始发现我认识的、原本勤劳正派的人,行为变得古怪,有的开车时连人带车就翻了,有的开始偷窃。"

丹尼·科利在朴茨茅斯市东区的贫民区长大,目睹了普罗克特渐渐走向堕落的过程。在他小时候,普罗克特曾是他家的家庭医生。20岁时,科利药物上瘾无法自拔,于是他登门造访他的前家庭医生的诊所。普罗克特是那一带第一个只收现金的医生,当时,不论病人有什么问题,他都会开阿普唑仑和洛塔卜。后来,他成了第一个给科利开奥施康定的医生。他的诊所总是人满为患。

"他曾是一个不错的人,但他正在毁掉这一切,"科利说,"当他给我洛塔卜的时候,他说把这些药放在舌头底下,让它们自己融化——不要鼻吸。当我第一次拿到奥施康定时,他告诉我要小心,但这种可以鼻吸。这是他的原话。他说他给我的东西,他自己也在用。他给了我需要的药,所以我身体不再出状况了。我以为他是我的救星!我以为他在照顾我。我以为这是破天荒的大好事。"

工作中受伤后,科利去找普罗克特。"他让工伤赔偿部门付了我一年半的医药费,他用劳工补偿金来支付药费,"科利说,"在这件事上,他很帮忙。他的记忆力真他妈的好。我们都以为他是这个世界上最聪明的人。他非常有才,但他也是个骗子。"

当地的医生从普罗克特那里获得了启示。约翰·利里医生在朴茨茅斯市的城区开业,他的诊所门口也排起了队。后来,这样的诊所就大明大白地开起来了。

凯茜·纽曼注意到,不仅仅是那些寡廉鲜耻的医生这样做,似乎镇上的每个医生都受到了阿片类药物巨大的止痛潜力的影响。不论如何，她在朴茨茅斯找不到一个医生给出的止痛方案中不包含阿片类药物的。

"他们会说：'好吧，你试试洛塞特，10 片。''哦，那些药管不了一个月的？那给你 20 片吧'，"凯茜·纽曼说，"我告诉医生 5 片维柯丁不管用之后的 3 个月里，我得到了 20 片奥施康定，全都付的现金。"

医生开了这些药。不过，另一个事实是，当时，俄亥俄州南部的阿片类药物几乎都是在病人的要求下开的。

50 英里外，一个有时候被大家叫作杰里米·怀尔德的瘾君子发现了一种来钱快的路子，并紧紧抓住了这个机会。

怀尔德高高瘦瘦，说起话来带有阿巴拉契亚地区那种浓重拖沓的口音，他在朴茨茅斯市下游的小镇阿伯丁长大，那里位于布朗县的两个发电站之间，镇上只有一个交通信号灯。

杰里米是木匠工会的成员，但是他在一种道德矛盾中长大，这种矛盾是在铁锈地带形成时俄亥俄河谷小镇生活的特征。面对轻而易举就能赚钱他还是屈服了。

1995 年，杰里米听说福蒂纳·威廉斯医生受雇于大卫·普罗克特医生在肯塔基州的加里森开了一家诊所。在他成为县里的第一批药贩子之一以后，威廉斯医生是他第一个找上门的医生。每次去威廉斯医生的诊所，他都会付 250 美金的诊费，200 美金的开药费，其中包括奥施康定在内的处方药。后来，杰里米又在俄亥俄州的威廉斯堡和朴茨茅斯各找了一位医生为他提供药品。

我去了阿片类药物泛滥的中心地带，那一带被俄亥俄河一分为二，我在那里遇到了杰里米。他让我明白了，随着奥施康定推动的止痛革命的蔓延，这个曾经对医疗保健无限渴望的地区眼看着医生就像蝗虫一样扑了上去。

到了 1990 年代中期，杰里米·怀尔德成了阿伯丁最大的药贩子，同时，他还在辛辛那提市和俄亥俄州南部地区继续做着木匠工作。他的房子上有一扇窗，这个地区药物上瘾的人基本上都会找到这里。

起初，杰里米并没有服用自己卖的药物。可是一天晚上，在一次聚会上，他突破了底线，弄了 1 片奥施康定来鼻吸。就这样，他很快陷入了以卖养吸的境地。随后某天，在辛辛那提，他一时找不到奥施康定。与他有联系的一个邻居能在当地搞到别的东西：黑焦油海洛因。杰里米犹豫不决。他不想要海洛因。但第二天，他再也无法忍受药瘾发作了。于是那个人就打电话给一个墨西哥人，后者带来了小气球装的黑焦油海洛因。此后，杰里米就再也没用过药片。

在接下来的两年时间里，几乎难以见到他的踪影。他每天都会开车去辛辛那提，从一个女人那里买药，从墨西哥人那里买黑焦油海洛因。他把药卖了来买海洛因。有段时间，他从墨西哥人那里买的每个气球上都附有一张纸和一个电话号码。随时打电话。他从没忘记过。他猜测他们的业务是刚刚开始。他也是才开始吸食海洛因，好奇是不是所有的毒贩都这样卖货，但他后来明白他们不是。

1998 年末，来自布朗县郊区阿伯丁镇的杰里米·怀尔德，成了俄亥俄州南部第一批从奥施康定转向海洛因的人。

但他不是最后一个。

大约在那一年，肯塔基州医疗执照委员会对大卫·普罗克特的第二次调查开始暴露出一些离奇的事情。他失去了理智，摆布那些受伤的或药物成瘾的女性来满足肉欲。

肯塔基州的一位医务调查员在 1990 年代末审看了几十份普罗克特的病人记录，他感到沮丧，用了"严重不称职""疏忽""玩忽职守"这样的词来评论。这位调查员写道，普罗克特甚至没有记下病人的身高、体重、脉搏或者体温。"普罗克特医生的病人记录非常糟糕，我无法从他的笔记中看出每次给病人开的是什么药。"他写道。

对于下一个病人："除了使用管制类药物外，明显缺乏对该病人进行评估以及替代治疗的证据。"

至于第三个病例:"除了病人对症状的自述以及医生开了管制类药物之外,看不出任何给病人看病的诊断行为。我认为这不能算作行医。"

病人的投诉引发了这场调查。在这当中,有三位女性报告说,迫于普罗克特的要求,她们多次在他的办公室与他发生性关系,以换取处方。其中一位女性说,尽管她蹒跚学步的儿子当时就在房间里,但普罗克特仍然强迫她与他发生性关系,威胁说如果她不让他舔阴道,就不给她找一份办公室工作,也不帮她丈夫处理工伤赔偿。另一位女性去普罗克特的诊所,是因为她 18 岁时流产落下的抑郁症。她说,第一次去诊所的时候,普罗克特让她写一封信概述她所有的问题,他们可以一起来讨论。每次去诊所,她都要就自己的情感问题写一封信,他会进行评述,然后和她发生性关系。几次以后,读信的环节就略过了,普罗克特直接与她发生性关系。她一共去了 20 次,最后一次,她在普罗克特的办公室里服用药物过量,他让一名护士开车把她送回了家。她告诉调查员,之后,她进了戒毒所。

1998 年 11 月,普罗克特出了车祸。他声称,这次事故造成他短时失忆,无法行医。人们对此表示怀疑。有些人觉得,受伤只是他的诡计,这样他就可以说自己想不起某些病人的病历在哪里,或者他是怎么治疗某些病人的。不管怎样,他放弃了肯塔基州的行医执照,但他的止痛诊所照开不误。他从全美各地雇了医生来为他工作——而对这些医生来说,唯一的工作就是放手去开阿片类药物。

在美国小镇的空心化过程中,"药丸工厂"医生对于小镇来说,是致命一击。在很多小镇,本地企业都关门了。家庭饭店被苹果蜂餐厅取代,镇上的五金店被家得宝百货公司取代。随后,冒牌的止痛医生取代了家庭医生,成为一些城镇仅有的医疗保健人员。在肯塔基州北部和俄亥俄州南部,普罗克特的医生的到来起初受到了当地居民的欢迎。而事实上,这些医生给这些本已千疮百孔的地区带来了更多的折磨。

在车祸后的三年里,普罗克特雇了 15 名医生。这些人来的时候带着各种不良记录,包括吸毒史、被吊销过行医执照、有过精神问题,他们都很乐意来普罗克特的诊所开处方,每周的薪水是 2 500 美金。有些医生留了下来。他们学会这桩生意后就离开了,在附近的小镇上开起了自己的止痛诊所,还带走了普罗克特培训出来的工作人员。肯塔基州的一位律师给他起了一个绰号叫"雷·克洛克"①,正是这个人把麦当劳餐厅推广到了全国各地。普罗克特的商业模式像病毒一样扩散,让不可靠的医生进驻到一个个易受影响的地区。

在弗雷德里克·科恩医生搬到肯塔基州东部佩恩茨维尔(人口为 3 400)的一个废弃的超市之前,他也为普罗克特工作过。在那里,他每天看的病人多达 146 个,每个 3 分钟,就这样看病的队伍还是排到了外面。科恩事先打印了各种麻醉药物的处方,包括奥施康定、洛塔卜、索玛和阿普唑仑。一整天里,不论病人主诉如何,他都开同样剂量的同样药物——一年开了 270 万片药。

史蒂文·斯奈德医生在 1999 年为普罗克特工作过几个月,然后离开了,办了自己的止痛诊所。斯奈德曾因吸毒而在印第安纳州和佛罗里达州被吊销了行医执照。他长期吸毒。但在 1997 年,肯塔基州明显对他的历史毫不知情,给他发了骨科医生的执照。在普罗克特的诊所工作期间,斯奈德对洛塞特上了瘾,他每天工作 10 到 12 小时开麻醉药物处方,与此同时,也为自己注射奥施康定。他对缉毒署的一位调查员说,他经常和病人分处方药,以满足他和他妻子的药瘾。

福蒂纳·威廉斯医生在搬到肯塔基州的加里森之前,也为普罗克特工作过。在加里森,他在普罗克特的前雇员南希·萨德勒开的诊所里工作。有段时间,他 90 秒就能看完一个病人,9 个月里,他一共开了 4.6 万张管制类药物处方——总计 230 万片药。

---

① 美国企业家,麦当劳的创始人。——译者

鲁道夫·桑托斯医生在普罗克特的诊所工作过一段时间，其间，他的病人中至少有1人死亡。一位调查员写道，桑托斯表现出"严重的无知、严重的疏忽、严重的无能"，并且"看护水平连医学院的一年级学生都不如"。桑托斯说，他知道他看的都是药物上瘾的病人，这些人满嘴谎言，只想从他这里骗取药物，但他试过教育他们。"谁会帮助他们呢？"他问调查员。

随着止痛革命在全国蔓延开来，止痛诊所也在不断扩张——在疼痛患者去接受治疗的地方，最常见的是如今已被现代医学所接受的阿片类止痛药。止痛诊所变成了一种商业模式，一次次地被复制，许多诊所都是合法的。但这项业务也吸引了一些不道德的或者从一开始就对现实妥协的医生。即使是那些本意高尚的医生，偶尔也会因为疼痛病人和寻求药物的成瘾者的诱惑以及不断施压而抛开顾忌、泯灭良知。无论如何，许多诊所都成了医生开处方赚钱的地方，就像拿糖换钱，诊所就这样变成了药丸工厂。

一旦这些诊所运转起来，他们开的就不仅仅是阿片类止痛药如维柯丁或奥施康定了。还有随着大卫·普罗克特的到来而在铁锈地带和阿巴拉契亚地区出现的一种精神活性药物——苯二氮卓类药物。安定是最早的苯二氮卓类药物，但一板一板的阿普唑仑最受欢迎。正如普罗克特向他的患者展示的那样，苯二氮卓类药物与阿片类药物同服尤其带劲，也更容易上瘾。这两类药物都属于镇静剂，一起服用非常危险。但瘾君子越来越喜欢把两者同服，因为苯二氮卓类药物似乎增强了阿片类药物带来的快感。在朴茨茅斯市和其他地方的药丸工厂里，把阿片类药物和苯二氮卓类药物一道开的处方成了热门的选择。

我询问了一位调查过许多这类诊所的探员，请他描述一下药丸工厂与合法的止痛诊所之间的区别。看看停车场就知道了，他说。如果你看到成队的人站在诊所外面抽烟、等批萨外卖、拳脚相加，而且交通堵塞——如果你看到人们穿着睡衣，而且并不在乎他们在公共场合的形象——那就是药丸工厂了。自从大卫·普罗克特建起第一家这样

梦瘾：美国阿片类药物泛滥的真相 179

的诊所,整个朴茨茅斯随处可见这种场面。

与此同时,普罗克特引起了美国缉毒署的注意。缉毒署对他的普拉扎医疗保健中心展开了调查。普罗克特承认合谋分发处方药;然后,他和辛辛那提市的保释担保人在他被判刑的前几天一起逃到了加拿大,而这位保释担保人既不是他的妻子,也不是他的情妇。他们在加拿大边境被捕,身上有4万美金和飞往开曼群岛的机票。他的律师、外号"洛基"的加里·比利特为他们的逃跑提供了协助。

普罗克特被押回了肯塔基州,此前他已在法庭上指证了威廉斯医生和桑托斯医生,以换取自己的轻判。最终,他入狱服刑11年。桑托斯和威廉斯也进了监狱,科恩、斯奈德、比利特亦未能幸免。

在俄亥俄州的朴茨茅斯,外地医生来开药丸工厂的时代就此画上了句号。

大卫·普罗克特最终被关进了位于肯塔基州列克星顿的联邦监狱和医院,那里曾经是麻醉品农场。在他刑期快结束的时候,我写了封信给他,想听听他对朴茨茅斯、那些药、止痛诊所以及他留下的一切有什么要说的。他拒绝了,一年后,他获释出狱。

然而,随着止痛革命在全国的蔓延,普罗克特和他的后继者们向那些萧条的地区展示了一种全新的商业模式。不久之后,几年来第一批本地企业在朴茨茅斯陆续开张,当地人称之为"疼痛管理"。

30. 神秘人在腹地

哥伦布，俄亥俄州

在很多方面，俄亥俄州哥伦布都是美国的翻版。

哥伦布的收入、年龄分布、种族人口统计以及意见的多样性，使这座城市成为美国的一个缩影，也成为营销人员特别看重的地方。这里白人人口众多，黑人数量适中。与俄亥俄州其他地方不同，哥伦布有来自墨西哥、索马里、尼泊尔和亚洲其他地区的大量移民群体，他们蜂拥而至，进入了低端服务业的工作岗位。而俄亥俄州州立大学和其他学校的众多大学生的到来，也使它既充满活力，又躁动不安。

显然，没有哪个地方能比这里更忠实地代表这个国家，因此，俄亥俄州哥伦布多年来一直被称为"美国试销市场之都"。

如今，市场营销人员以哥伦布而不是皮奥里亚作为美国的晴雨表。白城堡汉堡、温蒂汉堡以及其它十几家快餐连锁店的总部都在这里。许多公司都以这座城市来衡量人们对新产品的兴趣，在把新产品推广到全美各地之前，先放在哥伦布市的商店里进行销售。麦当劳在哥伦布市试销了烤汁猪排堡，温蒂汉堡和 Panera 面包也在这里试点了自己的示范店。塔可钟[①]的 BLT 玉米饼卷[②]也是先在哥伦布的市场上进行试销的。雷诺烟草公司在这里试销了一种不会带来二手烟危害的薄荷烟草，巨鹰超市[③]在哥伦布的大型市场区超市测试了各种各样的新理念，其中包括以玻璃杯来推动红酒销售。

"如果你把美洲作为一个整体来看,就会发现哥伦布处于中心位置。我认为,正因如此,哥伦布市才不是一个平凡之地,而是一个独一无二的试验场。""哥伦布合作伙伴"的发言人这样告诉哥伦比亚广播公司新闻节目,记者在报道中总结道,"他们今天在哥伦布做出的选择很可能决定你明天会买到什么。"

到 1998 年底,神秘人也证明了哥伦布确实是试销黑焦油海洛因的好地方,因为他发现哥伦布的便利条件的确非常充足。

哥伦布是个有着近 200 万人口的大都市,无论是扬斯敦还是克利夫兰,在这一点上都不能和它相比;这里既没有有组织的黑手党,也没有武装团伙控制着地下毒品市场。而多条高速公路使它与地区市场之间四通八达,东到惠灵市、西弗吉尼亚州,南到列克星顿及肯塔基州东部,西南是辛辛那提。此外,城市周边都是有钱人居住的郊区和农场。哥伦布一直是一个达到高等教育程度的地区,经济命脉是服务业而不是工业。当俄亥俄州部分地区陷入永久性衰退时,哥伦布的郊区却在不断扩大,购物中心依然人头攒动。

这一切就是神秘人在 1998 年夏天到达此地时所看到的,这似乎是墨西哥黑焦油海洛因第一次在密西西比河以东大规模地持续出现。

直到那时,哥伦布市的毒贩都只能弄到哥伦比亚的海洛因粉末,通常是运到纽约——然后经过稀释再卖的。"他们要转五六道手,"神秘人说,"100 美元一包的毒品,吸毒者一天要买两次才够。买我的货,一包只要花 40 美元,一整天都可以状态不错。"

墨西哥离得很近,而且他与纳亚里特州的罂粟货源和铪利斯科的制毒者也有联系。这意味着他得到海洛因不仅速度快、价格低,而且绝对不掺杂质。极其强劲的毒品,却以如此惊人的低价出售,这使得

---

① Taco Bell 是美国百胜旗下公司之一,成立于 1962 年,属连锁式快餐店,主营美国化的墨西哥食品。
② 一种墨西哥玉米卷饼,里面放了 BLT,即培根(bacon)、生菜(lettuce)、番茄(tomato)。——译者
③ Giant Eagle,匹兹堡当地最大的食品连锁超市。——译者

黑焦油海洛因比作为其主要竞争对手的哥伦比亚海洛因更具优势，当然，比起来自亚洲的少量海洛因也不在话下。

他立即从铪利斯科招来了两个男孩——这样他现在就有了三个手下。他从加州带来了一个女人，用她的名字租了两间公寓：一间给手下住，一间他自己住。

他找了个车行，搞定了车行的老板。每两个月他就换一次车，他把一辆旧的本田雅阁换成了本田披露，又用它换了一辆思域，然后又换成了凯美瑞——有白色的、米色的，还有灰色的。他给司机安排了两个班次：早上8点到下午3点，下午3点到晚上9点。对于与吸毒者见面的场所，他们设定了暗号：1代表汉堡王，2代表凯马特超市的停车场。

他对新来的"铪利斯科男孩"进行了培训。出门时口袋里什么东西都别带，只带你能吞下的东西，以防你被警察要求靠边停车。永远别带枪。被逮捕的违法者将被驱逐出境；持枪的违法者会被判10年徒刑。

他们中的一些人在家乡时怎么穿戴，来了美国就怎么穿戴，比如穿牛仔靴，系牛仔皮带。"去市区的店里转转，"一天，他对其中两个人说，"看看杰西潘尼百货公司里塑料模特是怎么穿的。去买点那样的衣服，这样你们才能混在当地人里不被认出来。"

他坚持让他们每个星期往家里寄钱。大多数人不必提醒，就会老老实实地通过西联汇款把钱寄给妈妈。那些不寄钱的，他知道他会从他们的父母那里得到消息。对于有些孩子，他会亲自寄钱给他们的父母。

把毒品卖给白人；从他们身上赚钱，他这样告诉他们。见到黑人绕着走。这一点上，他也没有过分坚持。他的手下有他们自己的想法，这些看法来自墨西哥文化中普遍存在的对黑人的负面看法，而且又被居住在康普顿、沃兹以及洛杉矶中南部的墨西哥移民返乡时带回的各种故事所强化，在这几个地方，势力强大的黑人帮派让势单力薄的墨西哥人生活在恐惧之中。因此,"铅利斯科男孩"会避开黑人社区,而这也是为什么随着他们的贩毒系统扩张,纳亚里特州的黑焦油海洛因主要卖给白人、供白人使用的原因之一。

除此之外,他还本着一种自己活也让别人活的态度。美国的市场足够大,黑焦油海洛因也足以让人上瘾。他从来没有想过要批发。零售的收入几乎是批发海洛因的收入的 3 倍,如果他批发的话。他手下有一群从纳亚里特州来的穷苦的农村孩子,他们盼着能在嘴里含着小气球,开着车到处跑——因此,他的风险极小,一旦他们被抓也不过是被驱逐出境,因为他们通常只携带少量的毒品。卖小份装,让他从来自墨西哥的毒品中赚到了最多的钱。此外,由于他雇用了更多的人,他在铅利斯科的地位提高了,每次回去他都感受到了人们的尊重。

哥伦布市一直处在俄亥俄州海洛因销售环节的末端。老瘾君子告诉我,当神秘人来这里时,哥伦布的海洛因纯度最多只有 3%,即使这样也很难买到。在他到达俄亥俄州哥伦布市之前的几年里,整个城市只有一个街角卖海洛因:北 20 街的弗农山大道。

其实,这座城市一直都是药丸的地盘。比起劣质海洛因,人们更容易相信药丸。"黑焦油海洛因在这个地方的出现,让俄亥俄州中部地区的街道上突然出现了一种纯度非常高的海洛因,"哥伦布市唯一的美沙酮诊所 CompDrug 的联合创始人罗尼·波格说,"一直都存在的对海洛因的渴求立刻飞升,因为你同时也能看到死于海洛因过量的人数比例的急剧上升。"

哥伦布的方圆几百英里内只有这一家美沙酮诊所。早在神秘人到来之前,这个地区阿片类药物成瘾者一直是去哥伦布,在诊所门口找他们能找到的任何东西。随着高质量的黑焦油海洛因的消息传开,闻讯而来的这些人成了他的第一批客户——他们来自曾斯维尔、托莱多、奇利科西,以及肯塔基州北部和西弗吉尼亚州西部地区。他的一部分优质客户来自肯塔基州的阿什兰,多年来一直在哥伦布市的美沙酮诊所前买货。他们买了他的黑焦油海洛因,回到阿什兰之后以 3 倍的价钱卖出。

黑焦油海洛因成了哥伦布市地下毒品市场的话题,在任何尝试过的人口中,它就是最强劲的海洛因。更何况,墨西哥人很快在每个区域都有了送货的司机。凭着这一点,海洛因在郊区的孩子中开辟出了销售方式。"他们在这座城市里按照达美乐批萨的送货方式送货:30 分钟甚至更短时间送到,"一位老瘾君子告诉我,"当你毒瘾一上来,情况就大不一样了。然后,每当你发现换了一个新的送货人时,就会有一个免费的气球。通常 100 美元可以买 7 个气球,但如果你能给他们带来足够多的客户一起消费,100 美元就能买到多达 13 个气球。"

随着瘾君子转变成销售队伍中的新生力量,神秘人很快就赚得盆满钵满,多到让他无暇顾及窝点的经营,而要把更多的精力放在如何把现金运回墨西哥。他建立了一个由年轻女人组成的网络。洛杉矶的一个裁缝为她们定做了紧身胸衣,里面的口袋能装下 10 万美元的现金。他把这些女人送上了飞往埃尔帕索的飞机,在那里,她们要把钱带到华雷斯市,然后再带到铪利斯科。一年多来,每个月他都要派两个姑娘带着单单在俄亥俄州哥伦布市赚到的 10 万美金回墨西哥,钱就藏在她们的紧身胸衣里。

他的货都来自一个名叫奥斯卡·埃尔南德兹-加西亚的人。后者是特耶达家族的成员,在洛杉矶的帕诺拉马城的公寓经营着供应海洛因的生意。埃尔南德兹-加西亚,外号"苍蝇",作为批发商,他发展了一项业务,向从波特兰、凤凰城到哥伦布、夏威夷的铪利斯科窝点供应黑焦油海洛因。

神秘人用联邦快递把货从"苍蝇"在加州的公寓运过来。他会去加州,从塔吉特百货或者凯马特超市买一个小电烤箱,打开烤箱的后盖填入黑焦油海洛因,然后把烤箱送到联邦快递打包。警方并不经常搜查联邦快递打好的包裹。神秘人会把一个个烤箱寄给哥伦布的一个听话的瘾君子,此人住在自己年迈的父母家的地下室,送他点海洛因当酬劳就搞定了。

随着哥伦布的市场正常运转,他开始寻找新的市场。

一个叫麦基的吸毒的小孩告诉神秘人,西弗吉尼亚州惠灵市的人们会为黑焦油海洛因而疯狂。麦基带他在惠灵市四处转悠了一下,神秘人有了个惊人的发现。

麦基把他介绍给一个30多岁的女人,一个海洛因瘾君子。她给他看了一瓶药,想用它换他的黑焦油海洛因。这药叫奥施康定,她说。他从没听到过这个名字,便拒绝了她的要求。但让他吃惊的是,她开一辆全新的道奇杜兰戈,有一幢自己的房子。他从不知道哪个长期吸食海洛因的人能有一幢房子和一辆崭新的SUV。所以,他听了她的话。她告诉他,奥施康定里面含有阿片类药物成分,是一种类似于海洛因的处方止痛药。他渐渐地对这个女人有了更多的了解。原来,她到这个地区以低价从老年人手里买了这些药片,然后转手卖给阿巴拉契亚山区的奥施康定瘾君子。她用赚来的钱买了她每天所需的海洛因。

1998年他刚来的时候,他当时不可能知道自己碰巧到了五州地区[1]最大的城区,两年来普渡制药一直在五州地区做推广活动,阿片类药物的成瘾者数量由于新药奥施康定的滥用而呈爆炸式增长。好在他运气不错,不远处就是俄亥俄州的朴茨茅斯,在那里,丑闻缠身的各止痛诊所刚刚开始效仿大卫·普罗克特医生的做法,迎来一种全新的商业模式,也就是把几百万片奥施康定开给门口排着长队的瘾君子。与此同时,止痛革命在美国医学界如火如荼地进行着。专家们敦促各地心地善良的医生为疼痛患者开阿片类止痛药,他们相信,采用这种疗法只会有用,绝不会导致药物上瘾。

换句话说,俄亥俄州中部地区对海洛因毒贩而言是一片福地。

---

[1] five-state region,指的是爱达荷州、怀俄明州、蒙大拿州、北达科他州和南达科他州。——译者

他的黑焦油海洛因一旦来到一个已经被奥施康定驯服的地区，并不会卖给那些钱财耗尽的老吸毒者，而是会卖给小年轻，这些大孩子有许多住在郊区，大多都有钱，而且全部是白人。他看得出，他们从奥施康定转到吸食海洛因很轻而易举，很自然。奥施康定成瘾者先是吸吮并溶解药片上的定时缓释衣膜，余下的就是 40 或 80 毫克的纯羟考酮。起初，瘾君子会把药片压碎，鼻吸其粉末。随着耐受性的提高，他们的用量也更多。为了从药物中获得更强烈的效果，他们把药液化并注射进体内。然而，他们对毒品的耐受性从未止步。大街上卖的奥施康定 1 毫克要 1 美元，瘾君子很快就开始一天的用量超过 100 毫克。经济承受能力达到极限时，许多人转而吸食海洛因，因为他们已经开始注射奥施康定，对针头早已不再有任何恐惧。

黑焦油海洛因带劲，也便宜得多，而且他的送货系统让它比药片容易到达客户手上。此外，黑焦油海洛因可以吸食——不一定要注射，这一点吸引了很多一见到针头就害怕的孩子。在他看来，每个奥施康定成瘾者都是黑焦油海洛因的未来客户，而这里有成千上万个刚刚对奥施康定上瘾的人。他要做的就是促成这件事。

他在纳亚里特州的兄弟们可能永远不会想明白这一点。和许多生活在西裔专属飞地的墨西哥移民一样，他们对美国社会的微妙趋势以及自己所生活的地方的文化视而不见。身为毒贩，他们只关心卖了多少毒品，寄了多少钱回家。司机打的都是领薪水的短工，在这里干 6 到 9 个月，回去就窝在公寓里，只会几个英语单词（"现款交易"或者"15 分钟"），用来跟不会说西班牙语的绝望的瘾君子交流。而发现新兴市场，需要的是了解市面上的情况又会说英语的人。

来到哥伦布的时候，正赶上其周围的地区日益成为美国阿片类药物大流行的零地带，他能看到机会的涌现，仅仅因为"我可以和白人交谈"，就像他曾经告诉我的那样。

他的到来是一个命中注定的巧合。其他的毒贩可能已经满足了这个地区对海洛因的最终需求，这种需求在此产生是因为处方药滥用已经先腐蚀了这里。后来，很多人都这样做了。但很少有人能像"铪利斯科男孩"以及把他们带到这里来的神秘人那样，做足如此充分的准备在此营利，如此积极地营销，如此迅速地补货和人手。

惠灵市的经历让神秘人明白了，现在，有药丸存在的地方就有新市场。"铪利斯科男孩"为他在哥伦布的店忙活的时候，他又在宾夕法尼亚州的卡内基市找到了一个地方，那是匹兹堡的郊区，离斯托本维尔和惠灵这样的城镇很近，足以为这些地方提供服务。

他还盯上了纳什维尔市，当地的墨西哥人口在不断增长，接近8万人。他听说，这个地方已经深陷奥施康定之中，难以自拔。他把他在哥伦布的一名司机和一个从铪利斯科新来的孩子安排在生意很快就会兴隆起来的一个店里，心想：选对了城镇，就不会错失机会。纳什维尔的这家店带来的利润付清了他在整个中南部扩张的费用。

在另一个瘾君子的催促下，他又南下去了弗吉尼亚州，从罗阿诺克、里士满到纽波特纽斯。这是另一个广阔的市场，但联邦政府在那里有太多的设施，比如兰利空军基地和一个海军基地，这让他感到紧张。他开车经过了田纳西州的查塔努加——这是一个有着活跃的地下毒品市场的镇子，只是它太小了。开车的墨西哥人会在这里异军突起。他还去了彭萨科拉和杰克逊维尔，但也离开了。

"佛罗里达州已经被哥伦比亚人、古巴人和波多黎各人占领。这种人，他们没有理解能力，"他说，"杀、杀、杀——他们以为杀人可以解决一切问题。我不会因为毒品而杀人的，否则我很可能会在监狱里度过下半辈子。"

他也否决了费城。那里有一个巨大的海洛因市场，不过是黑手党和街头帮派经营的。他甚至连纽约和巴尔的摩都不考虑。要是觉得一帮墨西哥来的农村孩子能够打进这些地方，那一定是疯了。他们干吗要去这些地方呢？美国到处都是像哥伦布这样的城市——富庶、吸毒者不断增加，还不存在竞争。

就这样，铪利斯科海洛因帝国的轮廓大致形成了，主要是因为神秘人规划的地盘避开了海洛因市场已经被控制的超大城市，并且紧跟奥施康定的发展。

他在美东地区开店的事，没有告诉纳亚里特州的朋友。每次回雷诺市或洛杉矶安排送货的时候，他总是告诉朋友们他在纽约工作。可是，在铪利斯科这样的小镇上，人们会一传十十传百。在哥伦布待了一年后，他手下的司机回家过玉米节，开始吹嘘他们在俄亥俄州中部地区建立的大片海洛因市场。到了1999年秋，又有两伙人来到了哥伦布。其中一伙属于之前的一名司机，现在他自己创业。接着又来了两拨。一种"年轻人，到东部去"的风气在"铪利斯科男孩"中流行开来。哥伦布市的海洛因价格下跌。除非想失去自己的客户，否则没有哪个团伙的老板会稀释他的毒品。因此，纵然毒品价格越来越便宜，效力却依然强劲。

竞争一如既往地使铪利斯科的各路人马不得不在客户服务上下功夫。他们甚至会为了留住一个客户而穿过整个城市，并且会向任何有弃用迹象的客户送上免费的海洛因。

我遇到的一位女士住在离哥伦布25英里的地方，有一次她3天没有打电话买毒品。一位"铪利斯科男孩"就给她打了电话。

"女士，你最近为什么不买海洛因了？"

"我没钱。"她说。

他就开车给她送来了价值50美元的海洛因，没有要求她付钱。不用了，这是免费的，他说。

"他想让我继续吸毒，并从他那里买毒品。"她说。她确实这么做了。

神秘人在哥伦布市定居一年左右后，他开车到夏洛特市寻找更大的发展机会。有些瘾君子告诉他，他能在那里赚100万。那里没有人见过像黑焦油海洛因这样的东西。事实上，夏洛特市的海洛因市场很小。他在镇上的美沙酮诊所跟瘾君子联络人见了面，给了这人一些免费的样品。很快，生意再一次兴旺起来。他从哥伦布和纳什维尔各抽

梦瘾：美国阿片类药物泛滥的真相　　189

调了一名司机,几个人在夏洛特市建立了黑焦油海洛因专营店。

几个星期以后,铃利斯科附近屯子的桑切斯家族也来到了这里。他们有自己的吸毒者向导——美国本地的一个大人物。多亏了这些吸毒者,桑切斯家族的海洛因帝国才得以不断扩张,是他们把这个家族从圣费尔南多谷带到了拉斯维加斯,又到了孟菲斯和纳什维尔,后来又带到了夏洛特。神秘人并不认识他们,只听说过。他们是已故的大卫·特耶达的表亲,来自铃利斯科以南的阿奇利斯-塞尔丹村。现在,他们也在夏洛特市了。

这是一定会发生的,毕竟,这是一个自由市场。

31. 尸体是案子的关键

圣达菲，新墨西哥州

在奇马约镇，几个海洛因家族对这里的控制可以追溯到好几年前。这些家族有多少成员被捕，有多少手下被抓，这些都不重要。重要的是，克里斯·瓦尔德兹告诉吉姆·奎肯德尔，被抓的人没有一个在牢里待过很长时间，然后总是被送回老家。一次又一次的有罪不罚，使得这些家族变得更加强大。尽管如此，这些陈年旧案还是引起了奎肯德尔的兴趣。每起案件都缴获了毒品。毒贩家族控制这个地区的来龙去脉贯穿于整个案件中。奎肯德尔明白这里面是有故事的。警察闯入一个或另一个家族时，证人、如今已被关进在监狱里的人——吸毒者或者能透露这些家族的情况的底层小喽啰们——都在现场。此外，那些死于海洛因过量已经入土为安的人也能提供线索，只要他们的亲人愿意开口。他们的故事最能说明这些家族在奇马约镇的势力有多么根深蒂固。

对于吉姆·奎肯德尔来说，所有这些历史都很重要，因为它构成了一个这些家族实施控制的故事，这可能会成为一件联邦共谋案的基础。他在当地警察中组建了一个小队，目标锁定了奇马约镇几个贩卖海洛因的大家族，尤其是费利克斯·巴雷拉，他声称自己是靠砍柴赚钱的。

不久之后，奎肯德尔向高级联邦特工和检察官做了简报。联邦调查局想派探员去监听,奎肯德尔反对,认为没必要。"案子的关键是尸体,"奎肯德尔说,"每具尸体都能告诉你一个故事,这些人是谁,他们从哪里买毒品,他们是怎么死的。我们就是要弄明白这个故事。"

他从验尸官那里拿到了几十起吸毒过量致死的报告,并分发给调查人员。他们分别去埃斯帕尼奥拉山谷进行排查,询问死者家属。几年前,黑焦油海洛因的出现加速了山谷的衰落,每死一个吸毒者都被视为少了一个麻烦。没人想到要去问问这些死者的家属。然而,奎肯德尔相信,在奇马约镇的海洛因故事中,这些家庭是不可或缺的一部分。那些吸毒者,即使已经成年,一旦丢了工作、没了房子和配偶,常常还是会回去与父母一起生活。这些父母因此生活在水深火热之中,因为他们的孩子成了吗啡分子的奴隶,还从他们那里偷东西。其结果是,许多为人父母和兄弟姐妹者都无法承受如果他们拒绝吸毒的家庭成员的要求而带来的内心折磨,认为他们的拒绝——并且害怕如果让这位家庭成员借走了车,就再也别想看到它了——会把这位亲人逼到毒贩的家里。

事实证明,这些父母都很想跟人谈谈。他们用泪水和拥抱欢迎调查人员的到来,讲述了当孩子崩溃时他们只能无助地看着的往事。一位母亲含着泪捏住奎肯德尔的脸颊,要他承诺一定会将那些卖海洛因给她孩子的人绳之以法。这些父母说,当开学的日子临近,巴雷拉家族会分发孩子们所需要的服装的清单。当他们想要新的电视或音响时,也会让吸毒者知道。很快,吸毒者就会把刚刚为他们的孩子偷来的裤子交给他们。

一天下午,奎肯德尔去拜访了丹尼斯·史密斯。老人70多岁,他的儿子唐纳德已经去世。当年,唐纳德·史密斯因为吸毒与女朋友闹翻了,便搬回来和父亲同住。

在奎肯德尔身旁坐下后,老史密斯说,一天晚上,在回家路上,他的儿子要求回奇马约镇买海洛因,并且威胁说,要是父亲不调头,他就跳车。丹尼斯·史密斯说,他开车送儿子去了巴雷拉的大院——

这个地方他以前带儿子来过好几次。老史密斯调转车头，为了儿子的毒品，朝着巴雷拉的家开去。第二天早上，他在自家房子后面的拖车里发现了儿子的尸体。

当地一个名叫乔治·罗伊巴尔的居民告诉警探们，他经常带着他的残疾弟弟厄尼去巴雷拉和马丁内兹那里买毒品。另一个叫蕾内特·萨拉查的居民说，有一次，她像往常一样带着儿子阿曼多去一个家族的地盘，用汽车零件换取毒品，而阿曼多在那天晚些时候死了。

奎肯德尔飞到蒙大拿州，去拜访一个在某年秋天开车穿越山谷的女士。她被山谷里的自然美景迷住了，决定留下来。而她的新家隔壁，正好住着马丁内兹家族的一个成员。她告诉奎肯德尔，起初，她以为这个邻居——绰号"甜甜圈"的杰西·马丁内兹——是一个童子军领导人，因为整个下午都有年轻人登门拜访。不过，很快她就发现孩子们的胳膊上缠着皮带。她的小儿子也开始在院子里找到针筒。她报了警，并开始留意停在那里的每辆车——有时一天停30辆。她花了一年时间看着瘾君子们进进出出，在院子里注射毒品，而她站在自家窗前正好将这一切尽收眼底。她一次又一次地报警；最后，她放弃了，搬到了蒙大拿州。

最终，针对这些家族的案子没有多少是涉及秘密毒品交易的，反倒是围绕奎肯德尔和特工追踪到的一些人的证词来考虑的。死者的家属和朋友向大陪审团讲述了他们的故事，奎肯德尔最后叙述了山谷里的海洛因历史以及这几大家族对地区的控制史。大陪审团起诉了34人，包括费利克斯·巴雷拉、何塞法·加列戈斯，绰号"胖乔斯"的何塞·马丁内兹和他的兄弟"甜甜圈"。

1999年9月29日，星期三，早上6点，一支5英里长的执法人员车队驶入了奇马约镇，同时三架直升机像蜻蜓一样在空中盘旋。他们占领了这个地区，缴获了摩托车和费利克斯·巴雷拉心爱的低底盘汽车"巫师"。两个月后，他们又缴获了他最珍爱的栗色赛马"火红玛格"，这是他的驯马师悄悄带出这个州藏起来的，但又带回来参加了在法明顿市的桑雷赛马场举办的比赛。在这匹马赢得了第八场比赛后，奎肯德尔和他的特工拦下了正要离开赛道的骑师，出示了法官的命令，没收了这匹马。他们去了赛马场的办公室，没收了2.2万美元的奖金。后来，他们拍卖了"火红玛格"，价格为1.5万美元。

巴雷拉的大院占地15英亩，数百名吸毒者来这里买过毒品，后来它被改造成了"男孩女孩俱乐部"。没了土地，这些家族就没了做生意的基地，即使出狱后，他们也没有再回到奇马约镇。

但奇马约镇的家族的故事对我们自己来说很重要，因为在1999年4月那次突袭行动前的几个月，当吉姆·奎肯德尔和手下的新特工在筛查这些家族的历史时，一具尸体出现在了圣达菲。一个来自纳亚里特州的铃利斯科的名叫奥雷利奥·罗德里格兹-泽佩达的墨西哥男孩，21岁，被人发现死在一辆汽车的后备厢里，浑身被打得血肉模糊。

纳亚里特州的铃利斯科对当时的特工来说毫无意义，但讽刺的是，它正巧是附近的新墨西哥州陶斯市的姊妹城市。这个孩子的谋杀案也不是特别能引起特工们的兴趣。但是，发现罗德里格兹-泽佩达尸体的那辆车竟是登记在奇马约镇的海洛因家族族长何塞法·加列戈斯的名下的。于是，他们跟进了这条线索。

碰巧，从罗德里格兹-泽佩达的身上找到一部手机。特工们把手机里的电话号码输入了联邦执法数据库，一个号码跳了出来，跟联邦调查局在凤凰城调查的另一起海洛因案件有关。

奎肯德尔打电话给凤凰城的联邦调查局部门，和一个名叫加里·伍德林的探员通了话。

伍德林讲了一个奇怪的故事。他是追捕墨西哥纳亚里特州的黑焦油海洛因毒贩的特工小组成员。从凤凰城开始，这些毒贩在全美的主要中等城镇建立了海洛因零售窝点。三个纳亚里特州来的兄弟经营着凤凰城的窝点，似乎已经决定，美国的航线从凤凰城飞到哪里，哪里就是海洛因发展的前哨。这些地方不是费城、迈阿密或者芝加哥那种传统的毒品集散中心。伍德林说，相反，纳亚里特人去的都是像博伊西城、盐湖城、奥马哈、丹佛、匹兹堡甚至蒙大拿州的比灵斯这样的城镇。事实上，博伊西城当地的一个名叫埃德·鲁普林格的缉毒警已经对其中一些人开展了大规模的调查，伍德林告诉他。

奎肯德尔和他的手下回去对奇马约镇的海洛因家族的传呼电话记录进行了梳理。从记录上看，似乎当这些家族要订货的时候，就会拨打一个号码——很明显这是调度员。记录显示，这个调度员会很快打电话给奥雷利奥·罗德里格兹-泽佩达，这个孩子好像就是那种黑焦油海洛因的送货员，定期被派去给奇马约镇的毒贩送货。

长期以来，奎肯德尔和特工们一直认为，给奇马约镇海洛因家族供货的人是一个单独的墨西哥毒贩集团，他们是无意间闯入埃斯帕尼奥拉山谷利润丰厚的海洛因市场的。伍德林打消了这个念头。随着对加列戈斯家族、巴雷拉家族和马丁内兹家族的调查接近尾声，1999年9月的那天，5英里的警车浩浩荡荡地开进了奇马约镇，从那时起，奎肯德尔和他的同事就明白，他们在接近更大的案子。

32. 恩里克当老板

圣达菲，新墨西哥州

罗伯特·贝拉迪纳利看一眼就知道是不是好事。当纳亚里特州的墨西哥人来到了这个镇时，对他而言，就是好事。

贝拉迪纳利是个 50 多岁的秃顶男人，长期吸食海洛因，来自圣达菲一个拥有殡仪馆的家庭。早在 1969 年他就对吗啡上瘾了。1970 年代，他因为从墨西哥走私大麻，在监狱里服过刑。多年来，他一直拼命想摆脱毒品，也尝试过使用美沙酮，但没有效果。有毒瘾以来，大多数毒品都是从圣达菲街头的各种毒贩那里买的。这样做很冒险。在本世纪的大部分时间里，他的家人都在圣达菲从事公共服务；家里出过法官、市议员、邮政局长以及县财政部长。对他来说，跑到街上从未必总是认识的人手里买一点海洛因，既有被捕的风险，也会让家人蒙羞。

后来，他告诉警探，1997 年的夏天，情况发生了很大的转变，当时一群从墨西哥纳亚里特州来的海洛因贩子出现在圣达菲，为首的是一个有时候被称为恩里克的男子。

海洛因让恩里克远离了蟾蜍村。

就在从尤马机场飞往新墨西哥州的飞机上，就在他看到那些移民被抓的那天，恩里克知道此行就是他等待已久的机会。他经历了童年的贫困，孩提时代在圣费尔南多谷为舅舅们卖毒品，工资却被舅舅们故意压低，后来在凤凰城为一个老板卖毒品。他结婚了，有许多事情需要证明。他懂这一行，对自己的销售能力和鼓动他人的能力充满信心。如今，1997年，他准备开始筹建自己的海洛因窝点。

离家之前，他请父母为他祝福。

"我不知道我还能不能回来。"他告诉他们。

他看着移民官把那些身上尘土飞扬的移民从尤马机场带走，他心存的对贩卖毒品的最后一丝纠结和顾虑也随之而去。

他来到阿尔伯克基市，打算把这里作为开始海洛因生意的地点。但早些时候，他遇到了一个从圣达菲来的瘾君子，说那里的建筑工人毒瘾很重。他付给这家伙5 000美元，让其介绍一些吸毒者。他发现圣达菲的市场是完全开放的——没有帮派，没有竞争。在那里，他建了个海洛因窝点，这是他几乎半辈子的目标。

他从村里带来了几个孩子。立刻，作为一个老板和施恩者的那种感觉棒极了。他教他们如何开车，如何把海洛因装入气球，给他们讲怎么到街上干活。他每周付给他们600美元，还负责所有的开销，包括蛇头带他们来美国的费用。很快，他的窝点就在圣达菲一带卖起了气球。而他返回了纳亚里特州。

接下来的3年里，他雇用了差不多24个从最贫困的村庄里来的孩子。这些孩子工作更卖力，不小偷小摸，而且心存感激。有的孩子想工作一小段时间，然后就回家办聚会。其他的，和他之前一样，想有自己的生意，为他工作只是为了获取经验和资金。不论如何，当他送他们去新墨西哥州北部为他开车送货的时候，他看到了他们脸上的认真。有些孩子会假装开玩笑，但他知道那只是虚张声势。他知道踏上这条路会得到些什么——一辆卡车、一块地、一个女孩，还有蹲很多年大牢的风险。

在美国，"铬利斯科男孩"穷得要命。只要他们一回家，情况就完全不一样了。他们还年轻，都想参加聚会。恩里克喜欢把自己想象

梦瘾：美国阿片类药物泛滥的真相　　197

成会照顾员工的老板,因为他自己也曾和他们一样。他带他们去了巴亚尔塔港的一家脱衣舞俱乐部,所有的消费都算他的,还带他们去了纳亚里特州的海边度假村。没有哪个种植甘蔗的农民去过这些地方。

与此同时,他为母亲雇了一名女佣,出钱给一个妹妹办了个成人仪式——按照墨西哥的传统,一个年满15岁的女孩庆祝成人的那种生日聚会,还资助另一个妹妹上了大学。在毕业聚会上,她向哥哥所做的一切表示了感谢。他带家人去特皮克市的高级餐馆,在那里,跟这座城市的中产阶级挨得那么近让他们感到紧张。

他环顾这些餐馆,明白是毒品让他终于跨过了那条把他的村庄与世界隔开的河流。

"至少我不会因为想知道河对岸是什么而死。"他对自己说。

恩里克买下了他和他父亲出生的土地,雇了人去田里给父亲帮忙。

一天,父亲发现了恩里克带着一些可卡因,就把他拉到一边。小心那玩意儿,他说。别吸毒。他承认自己一直是个酒鬼。这是他第一次像父亲对儿子一样和恩里克说话。

"没事的,"恩里克说,"但你以前为什么不像这样和我说话呢?"

他的父亲没有吭声。

"你得改改了,"他责备父亲,"别再大吼大叫了。"

农村里的父亲都不会跟孩子好好说话,只会用拳头或者命令来解决所有问题。在恩里克的家里,海洛因改变了这一点。

当然,总是会有令人头疼的事,就是每个小生意人都会遇到的那种。恩里克经常要在圣达菲给他的手下找公寓,给他们买新手机和纳克斯泰尔移动通信的号码。一旦警察拦下他的某个司机,那辆车就没用了。找些新的司机并不是什么难事;在墨西哥,许多人会敲他家的门来讨份工作。但他要确保这些人是值得依赖的,然后才能把他们带到美国,加以训练——这是例行公事,成本也很高。他住在屯子里,但总是回到圣达菲视察,做些调整,看住手下,保证他们不犯错。

很快他就发现，圣达菲以北 25 英里的小镇奇马约蕴藏着一个巨大的海洛因市场。能够给那些家族供货，他非常高兴。有了他的黑焦油海洛因，这个已经让海洛因泛滥了几十年的小城陷入了危机。在接下来的三年里，小镇 2% 的人口——85 人，大多是积年的瘾君子，多年来一直靠着劣质的海洛因过活——死于黑焦油海洛因过量。

恩里克的销售网络也改变了圣达菲的海洛因市场。

现在，罗伯特·贝拉迪纳利只需拨一个号码，这些新来的墨西哥人就会把海洛因送上门，就像叫批萨外卖一样。

在他们来之前的几年，市面上卖的海洛因都是褐色的粉末，卖的人自己也吸毒，还会将毒品稀释；毒品的质量每周都不相同。但纳亚里特州来的这些人并不稀释他们的海洛因；他们总是小心翼翼，只给客户送装有标准分量的黑焦油海洛因的气球，其效力也是始终如一。最令人惊讶的是，他们并不碰自己卖的毒品。贝拉迪纳利之前认识的每个卖海洛因的都吸毒，会将毒品稀释，但这些人并不在乎吸的是什么；他们似乎只对赚钱感兴趣。

"我一直梦想着：'我要戒毒，靠毒品赚钱'，"贝拉迪纳利说，"我认识的每个瘾君子都有这样的计划，却从没有谁能做到。这些人实现了每个瘾君子的梦想。"

对贝拉迪纳利和街上那些吸毒者来说，纳亚里特州的气球已经成了一个品牌，和可口可乐或假日酒店（Holiday Inn）一样可以信赖。你总是知道里面装的是什么。

一天，这些墨西哥人问贝拉迪纳利能否帮他们找辆车。只要他愿意将车登记在他的名下，他们就给他海洛因作为报酬。由此，罗伯特·贝拉迪纳利就过上了另一种生活，那就是帮助纳亚里特州的铪利斯科海洛因毒贩的窝点发展生意。他问他们要了 3 克海洛因，才同意把车登记在他的名下，又要了 2 克海洛因作为给车上保险的费用。

随后，他的活迅速多了起来。他们让他把他们的钱电汇回墨西哥，他照做了。他们的寻呼机和手机也都登记在他的名下——报酬是海洛因。偶尔,他会接到警察的电话,告诉他一个墨西哥人开着登记在他名下的车在街上因为超速被拦下了。他会去把车取回,墨西哥人则付给他海洛因作为报酬。当他们让他为一个司机找间公寓时,他会为找地方索要1克海洛因,为填写租约要2克海洛因,为把水电煤气登记在他的名下再收1克半海洛因。

与此同时,司机每3个月轮换一次。"司机们要人教他们认路线,"14年后,当我在圣达菲找到贝拉迪纳利时,他对我说,"他们来到这里赚钱,然后离开,你可能再也不会看见他们了。有些人会在6个月后回来。他们只是想赚钱的孩子——想实现什么美国梦。他们说他们来自纳亚里特州,他们谈论在家乡几乎挣不到什么钱,他们能够来到这里,挣到钱帮助家人,是多么美好。在家的时候,他们就是干农活,干那些不用接受什么教育就能干的破事。"

有一次在一家车行,贝拉迪纳利见到了恩里克,他表现得像是老板。他想把一辆尼桑换成凯迪拉克。贝拉迪纳利签了购车合同,恩里克给了他5克海洛因。

贝拉迪纳利会说一点西班牙语。9个多月来,恩里克经常去找他,通常是有求于他,比如把车或者手机登记在他的名下。去的时候,恩里克总会带着免费的毒品。贝拉迪纳利记得,起初,恩里克喜欢假装是个狠角色,通常都带着三四个手下。后来,当他发现贝拉迪纳利是个走私老手时,人就放松了。贝拉迪纳利给他们讲了自己一次次乘坐上过朝鲜战场的飞行员驾驶的飞机穿越埃尔帕索东南部的大麻地的故事。他给他们喝可口可乐,因为很明显他们不喝酒。他也知道他们不吸毒。

"由于这种商业模式的运行方式,事情变得轻松多了,"他说,"没有什么好担心的。毒品从没有被稀释;你付了钱,就能拿到你应得的货。对于像我这样的吸毒者来说,这真的非常好。

"我从每天挣扎着去找毒品,到拥有世界上所有的毒品,而我要做的只是在一堆文件上签上我的名字。他们给了我这么多的毒品,让我去做我说过我永远不会做的事——给他们买汽车，租公寓。当你的情绪受到毒品的干扰时，你只不过没有好好思考。理智早已飞出了窗外。你违背了你的道德准则。我要做的就是给他们打个电话，他们就会给我我想要的任何东西。我的毒瘾越来越大。新墨西哥州北部的很多人一到这里，也变得跟我一样毒瘾加重。"

33. 海洛因就像汉堡

洛杉矶，加州

2000 年 1 月的一天，来自 22 个城市的 100 名联邦探员和警察，聚集在美国缉毒署位于洛杉矶的办公室里。

绰号"石头"的保罗·斯通来自波特兰，吉姆·奎肯德尔来自阿尔伯克基。其他人则来自夏威夷、丹佛、犹他州、凤凰城等地，大家是来讨论对全美各地黑焦油海洛因贩子的一系列调查。这些调查一度看上去似乎没有什么联系，就好像海洛因毒贩在毛伊岛或者丹佛各干各的。但在 1999 年，洛杉矶的缉毒署特工收到消息说，圣地亚哥的一名海洛因毒贩的货都是由住在圣费尔南多谷的帕诺拉马城一间公寓里的夫妇提供的。特工拿到了许可令，对这对夫妇的电话记录展开了调查。

原来，奥斯卡·埃尔南德兹-加西亚和他的妻子玛丽娜·洛佩兹来自纳亚里特州的铃利斯科。探员们得知，奥斯卡·埃尔南德兹-加西亚一直在从这间公寓里给全美各地打电话。他们装了一个窃听器，听到他在安排黑焦油海洛因的运输，通常是装在烤箱的内部结构里。与奥斯卡·埃尔南德兹-加西亚频繁通话的人中，有一个就是神秘人，他在哥伦布、纳什维尔、惠灵和夏洛特的店都需要货。他们讨论了运送中的包裹；偶尔，神秘人会用英语跟进联邦快递丢失包裹的事。

埃尔南德兹-加西亚电话联系的城市越来越多。对于每个新出现的城市，探员们都会和当地的同事进行接洽。

在位于弗吉尼亚州阿灵顿的缉毒署总部，一位名叫哈里·索莫斯的主管眼看着这些海洛因案件遍布全美。索莫斯的工作是在分布广泛的调查不断增加的时候予以协调。纳亚里特州来的这些人之所以会引起他的注意，仅仅是因为他们在很多城市的调查中都出现了。大多数案子看起来都相当无足轻重，最多只牵涉到几盎司海洛因。虽然引起了索莫斯注意的，除了案子涉及的范围之广之外，还有海洛因比普通的街头毒品强得多，但是还发现了一个新情况，那就是它的价格却是前所未有的便宜。此外，这些毒贩都来自纳亚里特州，随着案件越来越多，似乎全美各地都有这些人的踪迹。

就连爱达荷州的博伊西城都有纳亚里特州来的人，这让索莫斯大为惊讶。不久之前，埃德·鲁普林格了结了一个案子，在博伊西城逮捕了波拉的 6 个司机和送货人。波拉——塞萨尔·加西亚-兰加里卡——那个时候在洛杉矶。联邦检察官当时没有兴趣向着加州或者其它地方追查这个案子，而在那些地方鲁普林格已经追踪到了毒贩的窝点。波拉想必现在住在纳亚里特州；倘若他返回美国，博伊西城有一场诉讼等待着他。但在当时，鲁普林格没能让任何人认识到博伊西城只是这张大网上的一个很小的部分。

不过，到了 1999 年，这种态度正在发生变化。

身处华盛顿的索莫斯从没见过这样的系统。这些铃利斯科的海洛因窝点相互竞争，在供应不足时，却又相互借货。他们全是有联系的，但是如果你单独看待每个案子，这种联系就很容易被忽视。"你必须从宏观的角度来看这个体系。"索莫斯说。

他在缉毒署的洛杉矶办事处组织了一月份的调查员会议，将这次行动命名为"焦油坑行动"（Tar Pit）。

那次会议第一次清晰地勾勒出了"铃利斯科男孩"在全美国的活动范围。在波特兰，特耶达-西恩富戈斯兄弟已经成为"纳焦行动"（Operation Nytar）的重点。在夏威夷，大卫·特耶达几年前创建

梦瘾：美国阿片类药物泛滥的真相   **203**

的窝点里,他的手下当中发生了一起罕见的暴力案件。这个窝点之前是由他的两个堂兄弟经营的,但他们因为没有付钱给司机而被司机谋杀了。在凤凰城,联邦调查局盯上了维万科-孔特雷泽斯家族的几个兄弟,他们在亚利桑那州和其他州都有店铺,有时候,他们还会向圣达菲的恩里克供货。而所有这些人的,还有其他许多人的货,都来自奥斯卡·埃尔南德兹-加西亚在帕诺拉马城的公寓。他有几个兄弟在铨利斯科制作海洛因,这些人都是经验丰富的制毒师,保证他一直有货。

在洛杉矶的会议上,每个城市都有一位特工站起来描述了在当地调查的情况,将所见一一道来。同样的故事一遍又一遍地重复着:司机们会工作几个月,嘴里塞满了气球,在美国主要的中等城市里穿梭。在被抓获时,司机携带的毒品数量很少,所以,通常是被驱逐出境,甚至不用坐牢。如同一个全球性公司,这些窝点实行的是适时供货。他们认为任何要求购买的毒品剂量超过几克的人都是警察。

"城镇与城镇之间[的故事]是那么的一致,真是令人毛骨悚然,""石头"斯通说,"我们在波特兰看到什么,就会在洛杉矶看到什么,到了丹佛还是如此。这些人[铨利斯科男孩]遵循的是完全相同的行事准则。你不禁感觉到这些人是多么团结合作,行事是多么标准化。就像麦当劳,你在路易斯安那州买到的汉堡和你在加州买到的一模一样。"

然而,没有一个人说了算。

在特工们看来,与其说这是一个庞大的组织,不如说是一个细胞群,每个细胞都是由一个小企业家来经营的窝点,每个窝点都有员工,所有这些人都是通过铨利斯科的屯子认识的。埃尔南德兹-加西亚可能为他们所有人提供货源,但这并不意味着他就是发号施令的人,这些人的利润也不会交给他。对他的电话的窃听,清楚地表明了这一点。他只是一个批发商;他们是零售商,不懈地专注于底线,像其他任何企业一样通过技术来实现效益。1990 年代,纳克斯泰尔无线通信公司的一键通电话①的出现就是一个例子。有了这种电话，老板们就可以监督司机的行动，确保这些人整天都在工作。

那天，在洛杉矶的办公室里，吉姆·奎肯德尔一边仔细听着，一边回想起一年前在奇马约镇召开的第一次会议，对那次会议的成果感到惊讶。整件事就像一张网，因而比起许多墨西哥贩毒组织僵化的等级制度也更灵活多变，更有韧性。

所有的线索都指向了位于墨西哥最小的几个州之一的那个小镇。

---

① push-to-talk phones，是一种移动电话服务，利用 GPRS 手机的即按即说（Push-to-Talk over Cellular）服务实现类似无线电话的通讯方式。——译者

34. "焦油坑行动"

帕诺拉马城，加州

"你在骗我，你这个混蛋。"一位妇女对着电话那头身在墨西哥的丈夫破口大骂。

玛丽娜·洛佩兹气极了。她整天都在那间破旧的公寓里分包毒品。而她的丈夫奥斯卡·埃尔南德兹-加西亚却在他们的家乡铥利斯科与其他女人寻欢作乐，如今玛丽娜在帕诺拉马城一路都能听到流言蜚语。

他们吵得越来越厉害。

"够了，臭娘们儿！"埃尔南德兹-加西亚对着电话大喊，"我不会回来了。我就待在这里。"

这两口子并不知道，缉毒警正在监听他们的对话。这场婚姻纠纷在全国引起震动，一直传到了美国最高级别的执法部门。

那天是 2000 年 6 月 12 日。到此时为止，这个名为"焦油坑行动"的案子在美国波及的范围超过了美国历史上任何一项药物调查。突袭定在了三天后。起诉书上居于重要位置的，头号被告，也就是本案的核心人物，是奥斯卡·埃尔南德兹-加西亚，他从他在帕诺拉马城的公寓向全国各地批发海洛因。

突袭行动定在 6 月 15 日，是几个星期前由美国司法部的官员确定的，它位于华盛顿，负责协调全美各城市数十个执法部门。但这需要奥斯卡·埃尔南德兹-加西亚在美国露面。现在看来,这场婚姻纠纷会让他留在墨西哥。鉴于美国与墨西哥在引渡罪犯问题上关系冷淡,美国的司法公正可能永远都不能拿他怎么样了。

洛杉矶负责此案的联邦检察官莉萨·费尔德曼给华盛顿的官员打了电话。

"我们不能更改日期。"她得到了这样的答复。

"但他是我的头号被告。"

"我们投入这个案件的资源太多了。对不起。必须按日期行动。"

在接下来的三天里,费尔德曼和探员们一直紧张不安地等着看奥斯卡和玛丽娜能否和好。他们真的和好了。奥斯卡·埃尔南德兹-加西亚上了飞往洛杉矶的班机。几个小时后,一支特警队突袭了他们的公寓,在洗碗机里发现了毒品,在婴儿配方奶粉的罐子里发现了钱。与此同时,联邦探员与当地警察涌入了克利夫兰、哥伦布、盐湖城、凤凰城以及夏威夷毛伊岛的公寓。

那天早上,108名警员聚在波特兰市北面的一家酒店的大会议室,讨论如何突袭8幢住宅和15辆车。"石头"斯通那晚几乎一直在监听"铪利斯科男孩"的动静,生怕错过什么。到那时,他已经循着这些纳亚里特州来的人的踪迹追到了22个州的27座城市——这是一个庞大却分散的贩毒企业,被设计成了一个形形色色的街头毒贩的集合,这与他之前所知道的任何贩毒网络都不一样。

在阿尔伯克基市的西南面,早上6点,吉姆·奎肯德尔和特工们冲进了一幢两层高土坯模样的房子,恩里克当时和女友及她的孩子住在这里。他们还逮捕了他手下的6名司机。

后来,奎肯德尔坐下来和恩里克谈话。"他只是把自己描述成一个从墨西哥小镇走出来的穷小子,想来赚点钱——就好像他所做的一切没有什么错,"奎肯德尔回忆道,"只是做了一个照顾自己家人和孩子的居家男人该做的。我跟他睡过的很多女孩聊过,不相信这一套说辞。他是农村来的孩子……也是一个中间层的毒贩。"

梦瘾:美国阿片类药物泛滥的真相 207

恩里克在美国联邦监狱度过了接下来的 13 年。

那天，在全国十几个城市的"焦油坑行动"中，有 182 人被捕。特工们缴获的毒品和现金相对较少：60 磅海洛因和 20 万美元。然而，不论是从地理范围上来说，还是从投入的警力来说，"焦油坑行动"仍是缉毒署和联邦调查局有史以来共同侦破的最大一起案件。

"这是我们第一次看到一个贩毒组织横扫全国，连阿拉斯加和夏威夷都没放过。"缉毒署的唐尼·马歇尔在记者招待会上说。

这次突袭反映出了墨西哥移民的分布之广。如今，从东海岸到西海岸，到处都有墨西哥移民，他们在北卡罗来纳州、阿拉斯加州、爱达荷州、明尼苏达州和内华达州组成了工薪阶层。自奴隶制结束以来，墨西哥人成了涌入美国南部的数量最多的外国劳工。他们身处美国最大的城市，正在重振美国腹地的部分地区。在许多农村城镇，仅有的一些当地新企业都是墨西哥人开办的，到 2000 年，在密西西比或者田纳西州的偏僻小镇上找到墨西哥餐厅是很稀松平常的。

这也意味着墨西哥毒贩可以融入更多的地方。5 年前，情况可不是这样的。但到了 1990 年代末，由于墨西哥移民几乎遍布全美各地，墨西哥贩毒网也因此有可能在全美蔓延。这样的事情在美国有组织犯罪史上是前所未有的。甚至连意大利黑手党也没能做到，而"焦油坑行动"表明"铪利斯科男孩"做到了。

他们代表了美国出现的一种新型的贩毒方式。"铪利斯科男孩"并不是毒品界的"通用汽车"，他们之所以成功，因为他们是毒品界的因特网：不由任何人统辖的众窝点所形成的一个网络，司机们进进出出，互为补充，争着去赚每个吸毒者手上最后的 20 块钱，干活的时候却也从不带枪，只要出现任何执法部门靠近的迹象，他们就会迅速关机。

那年 8 月，铪利斯科的玉米节取消了。乐队来到镇上，又两手空空地离开。大多数窝点的老板认为自己已经上了缉毒署或者联邦调查局的名单，于是都去了瓜达拉哈拉。神秘人也逃走了，但就在玉米节到来之前回了铪利斯科。"镇上死气沉沉,"他说,"没人会来广场。"

两年后,他在南卡罗来纳州被捕入狱。对他的指控主要是基于警方监听到的他与埃尔南德兹-加西亚的对话,以及为了追查装有黑焦油海洛因的烤箱包裹而与联邦快递的通话。

在波特兰,"石头"斯通将另外两个打击"铪利斯科男孩"的行动结合起来,目标是一家音像店和一家婚纱店。这两家店铺帮助贩毒团伙的成员把钱汇回纳亚里特州的老家,并向他们出售他们不可或缺的手机及寻呼机。他找到了一个公寓,有115辆车登记为这个地址,于是,他也关闭了这家公寓。

不过,一路走来,他得出了一个令人警醒的结论,不仅仅是铪利斯科那些跑腿的可以无休止地被替代,即使斯通继续打击纳亚里特州海洛因团伙的管理层,连那些管理人员也是可以很快撤换掉的。他从没在麻醉品案中见过这个。线人告诉他,单单特耶达-桑切斯家族这一支在纳亚里特州就有200多人,他们中的任何一个都可以轮换到波特兰的海洛因团伙中,担任地区销售经理或者窝点主管。更何况,除了这一支,还有勒马、迪亚兹、伯纳尔、西恩富戈斯、埃尔南德兹、加西亚等家族。

然而,不仅如此。在地平线上徘徊着一个幽灵,甚至比海洛因专营店的高层身后的轮换队伍更令人不安,尽管这个想法看起来可能很奇怪。"焦油坑行动"之后,东部地区掀起了一股阿片类药物滥用的浪潮,当席卷到西部地区时,造就了大批的新瘾君子。

第二部分

35. 两千年前的问题

波士顿，马萨诸塞州

2000年春的一天，纳撒尼尔·卡茨医生离开波士顿的止痛诊所，穿过查尔斯河来到剑桥的一家酒店。在那里，300位参加传染病会议的医生和研究人员正在等待他的到来。卡茨已经做了将近10年的疼痛专家。他同意在会议上谈谈如何控制艾滋病患者的疼痛。他穿上了他最好的西装，穿过皇家索涅斯塔酒店，衣服上贴着胸牌，胳膊下夹着一叠幻灯片。"我很紧张。那里有一个漂亮的年轻女人。我多多少少注意到了她。她向我走来问我，'是卡茨医生吗？'我心想，太好了，我的第一个粉丝，一个漂亮的年轻女孩。我已经准备好接受奉承了。'纳撒尼尔·卡茨？'她问。没错，我说。她对我说：'我等了10年，就是要告诉你，你杀了我哥哥彼得。'"

纳撒尼尔·卡茨在科尼岛的一间公寓里长大，公寓靠近高架。他的父母是东欧的犹太人，大屠杀的幸存者，1948年来到纽约。他的父亲是纽约公共交通局的化学家。卡茨16岁高中毕业，20岁上大学，接着又去了医学院。1986年，他毕业了，对研究神经系统产生了兴趣。他做了3年的神经病学研究。在疼痛管理上，他无人教导，医学院也没人做这方面研究。"这确实是每个医生每天都会遇到的问题，"他说，"但这并不意味着医学院会做这方面的研究。"

作为一名年轻的神经科医生，他惊讶地发现疼痛无处不在。背痛、颈痛、头痛、肌肉痛、多发性硬化症、帕金森病或者中风相关的疼痛。病人几乎都是抓着他穿的实验服，祈求帮助他们控制身上的疼痛。

"我一天天地看着这些病人，不知道该如何帮助他们。"他说。

碰巧，卡茨在美国医药界关于阿片类药物与疼痛的争论的头几年接受了训练。到处都有人在引用一个概念，是从多年前赫歇尔·吉克的一则短信中挖出来的，即服用阿片类药物的疼痛患者中，只有不到1%对药物上瘾。

当卡茨开始接受医学训练时，一种关于阿片类药物的新的常识已经出现了。就是像这样的说法，卡茨回忆道："让人们认识到阿片类药物是安全的，从而接受治愈世上的疼痛，这不仅是对的，而且是我们的神圣使命。所有关于药物致瘾的传言都是误导。解决的办法就是种罂粟。此法由来已久。我们之所以没有用这种方法，是因为此前阿片类药物蒙受的恶名和偏见。一旦'澄清'了疼痛患者不会药物上瘾，我们就可以自由地使用这个长期以来一直掌握在我们手中的办法了。

"我的研究主管甚至告诉我说：'如果你有疼痛，就不会对阿片类药物上瘾，因为疼痛会耗尽你的快感。'现在你再回头看看，这听上去有多荒谬。人们真的就是那样想的。面对这存在了上万年的事实，你可以想想你要什么。"

然而，年轻而又尽职的卡茨还是开了阿片类药物。果然，有些病人吃了这类药确实好多了——就像他的老师说的，他们会好的。但他也注意到，很多人吃了这类药效果并不好。一个月还没有过完，他们的药就吃完了，又要更多的药。

"真正的问题是我没能看到的。病人离开后，他们是怎么服药的呢？"

后来，卡茨遇到了彼得。由于脊髓下段受伤，彼得大小便失禁，双腿没有知觉，而且他失业了，还是个酒鬼。

当时，疼痛专家和成瘾专家很少有交集。即使在今天，尽管开展了用致瘾性药物治疗疼痛的全国性运动，很显然，这两个领域的专家还是没有太多的接触；也没有联合会议让他们见面。

因此，尽管彼得有药物滥用史，卡茨还是开了阿片类药物。很快，一个月还没有到，彼得又要求开更多的药。卡茨犹豫了。但彼得巧舌如簧，哄得医生团团转，每个月都能带着更多的药走出卡茨的办公室。

"我面临着医生都会遇到的两难境地，"卡茨说，"问题的本质是什么？如果是药物滥用，病人是不会告诉你的。"

在卡茨有机会发现问题之前，彼得就因为他开的药过量而死了。他的死是纳撒尼尔·卡茨人生的转折点。

"他死了，我喜欢他，而且也想帮他。"

卡茨有两个问题：阿片类药物用于治疗慢性疼痛安全吗？它们治疗慢性疼痛有效吗？卡茨遍查医学文献，没有任何发现。

"在这个问题上，没有一丁点医学研究。所有那些所谓的疼痛专家都非常敬业，一直在训练我，让我相信阿片类药物并不像我们认为的那样容易上瘾。但依据是什么呢？没有根据。我感觉我刚刚发现了当今时代的一大问题，也是公元前500年就存在的问题：阿片类药物有什么风险？这些问题没有答案，尽管2500年来人们一直在追问。"

到21世纪的第一个十年，美国的止痛革命已然完成了。

这个国家的1亿慢性疼痛患者中，大部分人都在用阿片类止痛药治疗，因为人们相信几乎没有人会对这类药物上瘾。他们通常不接受疼痛专家开的处方，而是请全科医生开处方，后者给每位患者的问诊时间少，也很少接受过疼痛管理方面的培训，而这类医生正是普渡制药销售活动的目标。不论是智齿拔除，还是腕管综合征、膝关节疼痛、慢性背痛、关节炎和严重头痛，医生都会开阿片类止痛药。橄榄球和曲棍球运动员肩膀脱臼，也会拿到这类药。人们带着装满90粒维柯丁或者60粒奥施康定的瓶子回家了。很多时候——对于术后病人——6粒药可能已经足够了,但医生往往希望病人不要再来就诊。那么,如果这些药能治疗疼痛实际上又不会致瘾,多开些又何妨呢?

美国正在享受一个消费支出大幅增加的时代,它建立在巨额债务和高企的、看似会无休止地上涨的房地产价值上。此时的美国似乎是一个梦之地,以往的制度、限制和知识都不再适用。与此同时,阿片类药物的使用文化从一场医学革命中萌发出来。这种文化认为,这些麻醉药品可以用来治疗疼痛,也不用担心会上瘾,换句话说,以往的制度、限制和知识已不再适用。

全球阿片类药物的产量稳步上升。但正是在美国,英国人罗伯特·特怀克罗斯当年一下飞机就嗅到了"药物上瘾的忧虑",而如今美国消耗了全世界83%的羟考酮和99%的氢可酮(即阿片类药物维柯丁和洛塔卜中的成分)。2012年,一组专家在《疼痛医师》杂志上写道:"一克又一克,美国人民消耗的麻醉药品比世界上其他任何一个国家都多。"

含有氢可酮的药物成为美国消耗最多的处方药(正如我之前写道,每年开出了1.36亿张处方),而阿片类止痛药则是开得最多的一类处方药。阿片类止痛药在美国的销量翻了两番。羟考酮——奥施康定所含的药物成分,但一些小剂量仿制药也含有——的销量在1999年至2010年间增长了近9倍。

阿片类药物水涨船高般蔓延到了全美的各个角落。不久,一个售卖此类药物的黑市出现了,规模之大是这个国家前所未见的。奥施康定很快就有了街头定价:1美元1毫克——这样,一粒药就要40美元或者80美元。2002年至2011年间,有2 500万美国人出于非医疗目的服用了处方药。其中,滥用阿片类药物者开始年轻化。2004年美国药物滥用与精神卫生服务局(SAMHSA)的一项调查显示,在过去的一年里,有240万12岁或12岁以上的人首次出于非医疗目的服用了处方止痛药——比首次使用大麻的估计人数多。滥用止痛药者的平均年龄是 22 岁。

涉及阿片类药物的过量死亡的人数从 1999 年的每天 10 人，上升到 2012 年的每半小时 1 人。2011 年，滥用处方止痛药导致 48.8 万人次急诊，几乎是 7 年前的 3 倍。

多年来，仿制类美沙酮（Generic methadone）一直是吸毒者的维持药物，突然间也开始有人因服用这种药而死了。随着媒体对奥施康定滥用和过量用药的报道越来越多，一些医生转而开始开美沙酮来治疗疼痛。大多数医生都知道，美沙酮会在血液里停留 60 个小时。对美沙酮上瘾的人能够正常生活，而不必每隔几小时就火急火燎地服一次效力立竿见影的海洛因。因此，一些医生就认为美沙酮是一种同样长效的止痛药。再者，美沙酮有仿制药，价格便宜；保险公司可以报销。就这样，美沙酮的处方在全国从 1999 年的不到 100 万张，增加到 2009 年的 440 万张，长了 4 倍多，大都是用于头痛和身体疼痛。

然而，很多医生并不明白，虽然美沙酮是长效药，并因此作为维持药物是有效的，但它并不是一种长效止痛药。它只能减轻几个小时疼痛，因而患者一天中要服用得越来越多才能减轻疼痛。药物在病人体内积聚，导致过量。随着美沙酮处方的增多，涉及美沙酮的过量死亡也不断增加，人数从 1999 年的 623 例上升到 2007 年的 4 706 例。

与此同时，奥施康定上市 10 年之后，已有 610 万人滥用，即美国总人口的 2.4%。从宏观角度看，这个数字并不大。但是纵观历史，非法药物的危害往往只是累及极少数美国人。巴尔的摩在几十年前是非常活跃的海洛因市场，被认为是美国的海洛因之都，据美国缉毒署以及该市卫生部门估计，巴尔的摩约有 10% 的居民上瘾。据美国药物滥用与精神卫生服务局估计，快克可卡因蔓延得最严重的时候，全国每年有不到 50 万人使用。

但是，与快克可卡因一样，到 21 世纪初，阿片类药物的新上瘾者的数量剧增，足以让医院、急诊室、监狱、法庭、康复中心以及许多家庭陷入混乱，尤其是在刚刚冒出来的滥用药物地区。

后续的研究表明，几乎所有对奥施康定上瘾的人之前都已经服用过小剂量的阿片类止痛药——像维柯丁、扑热息痛、洛塔卜——其中包括非阿片类药物，如乙酰氨基酚或者泰诺。这些药是医生在阿片类药物风靡时，为控制病人的疼痛而采取的初步措施。从此以后，一些病人对药物上瘾了。

街头吸毒者多年来一直服用洛塔卜或维柯丁。然而，大量服用此类药物，其中的乙酰氨基酚会损害肝脏。此外，在很多地方海洛因要么见不到，要么质次价高，吸毒者便不买。这一切意味着很长时间以来，滥用这些小剂量止痛药的人通常不会超剂量，他们很少会因为服用此类药物而死。

然而，1996年推出了定时缓释版的奥施康定，其中羟考酮的含量有40毫克的、80毫克的，有段时间甚至还有160毫克的。通常，吸毒者从温和的阿片类止痛药转向吸食海洛因时，奥施康定是个过渡。

奥施康定只含有羟考酮，而且分量更多。当维柯丁或洛塔卜不再够的时候，当合法的患者要求更多的止痛药时，医生现在有了奥施康定，药力是之前的10倍。而对于那些已经上瘾的人来说，奥施康定不仅有剂量更大的包装，而且与温和的药物相比，更易液化和注射。你所要做的就是去掉定时释放的包衣；不必分离任何泰诺或者乙酰氨基酚。对奥施康定的依赖很轻易增加到每天200甚至300毫克，如果服用洛塔卜或者维柯丁不可能如此少量，那就会造成严重的肝损伤。

接下来发生的事是，当神秘人第一次在西弗吉尼亚州的惠灵市发现奥施康定时，就想到了会发生什么事。海洛因的使用量逐渐增加。瘾君子对奥施康定的耐受力也在增强。许多人停止吸食药片的粉末，开始往身体里注射，以寻求更强的刺激，这样的习惯每天要花费几百美元。他们现在完全对吗啡分子着了迷，不再害怕针头。他们没有理由不改用便宜得多的海洛因。有的人更早就转向了海洛因，不仅因为其价格更低，而且因为可以吸入。于是，他们便可对自己说，不必注射海洛因,这是真的,虽然海洛因的耐受力很低。

不论如何,一项政府调查显示,前一年报告使用海洛因的人数从 2007 年的 37.3 万人增加到了 2011 年的 62 万人。

其中,80%的人是从使用处方类止痛药开始的。

只是这一切花了好几年才弄清楚。

36. 碰撞：零地带

哥伦布，俄亥俄州

在另一个时代，"焦油坑行动"可能已经摧毁或永久地破坏了由墨西哥纳亚里特州铪利斯科人建立的海洛因网络。但是，由于它们不同于那种典型的自上而下的贩毒组织，"铪利斯科男孩"的贩毒网可能会有点小挫折，却不会就此消亡。窝点的主人留在墨西哥，重新规划他们在美国的生意。与此同时，经验丰富的司机利用"焦油坑行动"产生的空当，开始建立自己的窝点。自从恩里克 1997 年建立贩毒窝点以来，圣达菲就没有摆脱过铪利斯科人的窝点。奥斯卡·埃尔南德兹-加西亚夫妇入狱后，批发商成倍地增长，填补了他们留下的空当。竞争使价格下跌，也使供应美国的黑焦油海洛因不断增加。与此同时，越来越多的年轻人迫不及待地去填补司机的空位。最重要的是，这些人现在是从与铪利斯科第一代的海洛因家族无关的家庭中招募的。这些新来的海洛因工人眼看着特耶达家族的家家户户兴旺发达，也想从事这一行。他们的加入拓宽了现有的海洛因工人的来源，并使劳动力成本保持在较低水平。很快，玉米节上又挤满了毒贩和乐队。

在美国，上了年纪的吸毒者人数有限，"铪利斯科男孩"已不再需要依赖他们。一个更年轻、人数更多的海洛因吸食者群体正在脱颖而出——成了美国止痛革命的牺牲品。药物与海洛因的协同作用首先发生在一个地方。就在我称为神秘人的那个毒贩把铪利斯科的黑焦油海洛因带往东部之时，奥施康定在美国西部也越来越受欢迎。两者在俄亥俄州中部和南部地区交锋。粗略地划分一下，哥伦布市以北的地区，包括西弗吉尼亚州的部分地区和肯塔基州东部到南部的部分地区，成了美国其它地区情况的晴雨表。

*　*　*

最先采取全面措施的医生之一是彼得·罗杰斯，2003年时，他在哥伦布的全国儿童医院青少年医学部工作。罗杰斯又高又瘦，戴副眼镜，当时他已专门从事成瘾研究近20年。他医治过很多可卡因和快克上瘾的孩子。他见过他们吸食冰毒之后，抓挠自己的疤，咬牙切齿。他见过年轻人服用摇头丸、迷幻药、大麻，还酗酒成性。但在2003年2月的那个夜晚之前，彼得·罗杰斯还从来没有看到过十几岁的少年对海洛因上瘾。

那天晚上，罗杰斯在家接到一个护士的电话。一个16岁的女孩和她的父母在急诊室里。女孩浑身发抖，呕吐不止。她的父母说，这是海洛因戒断反应。护士不知道该怎么办。

罗杰斯开车过去，认定那不可能是海洛因，但如果真是，他也不确定自己该怎么做。那是个金发女孩，身材娇小，看上去像是啦啦队员。她的手臂上有很多痕迹，面容苍白而憔悴。她腹泻，觉得双腿、胃部和后背疼痛。

"她说她是从朋友那里买止痛药开始的。药有点贵。男朋友吸食海洛因，第一次是男朋友帮她注射的海洛因，"罗杰斯回忆道，"她用了一段时间，然后没钱了。她的父母意识到出了问题，她就告诉他们了。"

碰巧，两个月前，罗杰斯在克利夫兰上了一门如何帮助阿片类药物上瘾者戒毒的课程。他从没想到他会真的用上这些知识。"我打电话给授课的医生。他说他还没见过任何吸食海洛因的青少年，但他给了我一些建议。我给她打了点滴，给她补充水分，又开了些止吐药。我从这个病例上学到了很多。"

这第一个海洛因吸毒者来自富人住的鲍威尔郊区，罗杰斯对此非常惊讶，跟他得知她只有 16 岁时的反应一样。

"你的海洛因从哪里来的？"

"墨西哥人手里。"

"你在哪里找到他们的？"

她说了一个街区的名字，离鲍威尔富人区的白人女孩并不常去的儿童医院不远。

罗杰斯让这个女孩在医院里住了三天，和她的父母谈了话。父母说，女孩承认自己吸毒，现在已经戒毒，所以她很好，可以回家了。罗杰斯并不这样看，这是他从多年前摆脱酗酒的经历中认识到的。他告诉女孩父母，如果她不长期接受治疗，将无法保持清醒。她会死，会进监狱，或者一直屡教不改下去。

"他们不相信我的话，"罗杰斯说，"几个月后，女孩的父母打电话给我。他们说，她又吸上了海洛因。我又一次见到了这个女孩，再次收她住院。我想他们这次该明白了。"

2003 年，就在罗杰斯收这个女孩住院戒瘾的那天晚上，对他来说，好像某处的防洪闸打开了。可以去儿童医院戒瘾的消息在吸毒者之间流传开来。彼得·罗杰斯看着不知从哪里冒了出来的新一轮阿片类药物流行病，很多病人来到他的诊所。几百个孩子。他们都是白人，来自郊区的富有家庭，大多是女孩，有一个是网球冠军，有一个是哥伦布市警察的女儿，还有一个是胸科医生的女儿；事实上，有好几个是医生的孩子。

他们都是从止痛药开始的。许多孩子说他们看到朋友死了，不知道还能去哪里。"第一个孩子出现后，消息就传了出去。我注意到，在最初的 6 个月里，许多孩子都来自一个叫兰开斯特［哥伦布的郊区］的地方。原来这些孩子都是去哥伦布买海洛因，然后返回兰开斯特。"

罗杰斯是海洛因变成新主流的早期见证人。多年来，海洛因一直在吸引着美国反文化中乌七八糟的城市角落里的叛逆孩子。"我记得十一二岁的时候看到席德·维瑟斯［性手枪乐队的贝斯手］的照片，觉得他是最酷的，"一位已经康复的26岁瘾君子和音乐家对我说，"席德·维瑟斯，［纽约娃娃乐队的吉他手］强尼·桑德斯、卢·里德、威廉·巴勒斯，还有查理·帕克。正是朋克和爵士乐使得海洛因如此性感和诱人，如此令人兴奋和危险，如此具有颠覆性，而不是让人以常态行事。然后，我看到了橄榄球运动员和啦啦队员也加入进来。这些人正是我求助于海洛因来逃避的人。"

对于那些先是迷上了药片的郊区孩子来说，海洛因满足了他们在这个宁静的小镇里从来不曾有过的冒险梦想。海洛因之所以吸引他们，部分原因在于它能让他们停留在危险却诱人的梦境边缘。每天的寻找毒品之旅能够带他们在他们从来不知道的世界里狂飙一次。不管这样的世界有多肮脏或痛苦，都会留给他们足以让同龄人敬畏的奇幻经历。

"买毒品和用毒品会同样让你上瘾，"一个瘾君子说，"你感觉自己就是詹姆斯·邦德，这种感觉太奇幻了。"

到那年年底，之前没人记得曾接收过少年海洛因成瘾者的全国儿童医院，已经制定了一套治疗他们的方案。罗杰斯问所有来就医的人，海洛因是从哪里来的：墨西哥人，他们说。罗杰斯打电话给哥伦布警方。一名警官告诉他，他们知道墨西哥人在卖毒品。我们逮捕了他们，警官说。一两天以后，就有人来接替他们继续工作了。

与此同时，罗杰斯说："我住在医院，照顾这些孩子。其他医生都不知道该怎么治疗。我们还没准备好，这是一个全新的现象。我打电话到全国各地。我们在哥伦布市的儿童医院所做的可不是其他某个我们知道的地方的医生也在做的事。我们一直在治疗这些孩子。他们也一直到这个医院来就诊。"

罗杰斯和保险公司较上了劲，显然，保险公司还从没有听说过要治疗青少年的海洛因成瘾。几年后，他在波士顿举行的美国儿科学会年会上发表演讲，向为数不多且不知所措的听众们描述了自己的所见所闻。

"他们没见过这样的事。他们在想：'我们为什么要了解这个？'"

37. 煤矿里的金丝雀

朴茨茅斯，俄亥俄州

大卫·普罗克特的普拉扎医疗保健中心关闭多年以来，一直被人们称为"肮脏医生训练营"。然而，普罗克特的影响远远超出了他带到镇上的那些无良医生，而在于他向赛欧托县的人表明，开一家止痛诊所是件容易的事。根据俄亥俄州法律中开设诊所的规定，你要做的只是租一幢楼，雇一位有缉毒署许可证、可以开二类麻醉药品处方的医生。

随着阿片类药物普遍用于慢性疼痛，止痛诊所也在全美各地遍地开花，对疼痛的治疗不足被认为是一个公共卫生问题。并非所有的止痛诊所都是药丸工厂。但随着阿片类药物成为治疗疼痛的主要药物，止痛诊所很容易引起药物滥用。诊所吸引了许多对药品需索无度的患者。医生发现，坚持标准很难做到。一些诊所从来就不合法，而其他许多诊所一开始还心存善意，只是后来在患者的不断要求下，也偏离了原先的轨道。

在美国，没有一个地方像俄亥俄州的赛欧托县这样，人均拥有那么多声名狼藉的止痛诊所。新世纪的头几年里，一个当地的垃圾场老板、一名律师、一名狱警、一名前法警和几个被定罪的重犯，还有几位医生，都开办了止痛诊所，雇用有许可证的医生开处方，快点把病人打发走。乔迪·罗宾逊把自己的汽车音响店兑成了现款，开了一家止痛诊所，根据后来的一份起诉书，他成了这个地区最大的药品经销商之一。

朴茨茅斯市变成了全美的药丸工厂之都。这些诊所是几十年来赛欧托县仅有的几家当地人开办的企业。据说，该地区的创业精神已经从朴茨茅斯流失了。药丸工厂以一种扭曲的方式表明，当地人仍然可以像其他地方的人一样创业。止痛诊所的广告牌在进入城镇的公路上向游客致意。为了储备一些药片，几英里外的毒贩和吸毒者都会来朴茨茅斯市。

药丸工厂爆炸式增长的一大关键在于发现了代理开业医师（locum tenens）的名单，如同一个为全美各地寻求临时工作的医生提供服务的信息交换所。这些医生中，很多人都很绝望，有的执照有问题，有的不能办职业过失责任保险，有的酗酒成性。这些就是普罗克特雇来的医生。现在，其他诊所的开办者也这样做了，庸医们蜂拥而至朴茨茅斯。特蕾西·拜厄斯，一个被定罪的重犯，也开了三家止痛诊所，从新墨西哥州、密歇根州、艾奥瓦州雇了一些医生，又从俄亥俄州的其它地方找了两位医生。

诊所的工作人员或者代理开业医师，都在止痛诊所找到了工作，了解了业务，然后自立门户。很快，原来的毒贩也纷纷加入这一骗局。长期贩卖大麻的凯文·赫夫在俄亥俄州奇利科西市的一条公路旁停了一辆拖车，雇了个护士，卖了很多药片，他家里到处是装满了现金的鞋盒。

好几家新诊所的开办者都曾为大卫·普罗克特工作过。南希·萨德勒为普罗克特工作过，后来经营福蒂纳·威廉斯的诊所。威廉斯入狱后，南希便和她丈夫莱斯特·萨德勒办起了自己的止痛诊所。普罗克特的前律师、外号"洛基"的加里·比利特也开了一家。

普罗克特被捕后，他的雇员丹尼斯·赫夫曼和她的女儿爱丽丝·赫夫曼·鲍尔开办了一家三州医疗和疼痛管理中心。缉毒署后来的一项调查发现，人们会开10小时的车去赫夫曼的诊所，付200美元现金看医生，然后拿到一张写有奥施康定、洛塔卜、扑热息痛及其他止痛药的处方。这对母女还雇用了临时医生，并威胁那些拒绝开止痛药的医生。几个医生随即离开了。

2003年4月，赫夫曼母女雇用了芝加哥慢性疼痛专家保罗·沃克曼，从而解决了自己的人手问题。沃克曼开处方的效率很高，当地的药店拒绝根据他的处方发药，所以赫夫曼母女不得不在自己的诊所后面开了家药房。而按照俄亥俄州的法律，这家药房是合法的。

截至2005年9月，沃克曼已经开了各种止痛药100万粒。由于他或者赫夫曼母女没有保存记录，还有100万粒药被视为丢失。鉴于患者每次来要付200美元，而且诊所还没开门，门前便已排起了长队，美国缉毒署的一项调查估计，沃克曼和赫夫曼母女从中赚了大约300万美元。赫夫曼母女支付给工作人员的报酬是药片，不过，诊所工作人员也接受贿赂（通常是药片），让患者插队。沃克曼很少对患者问诊，相反，他留给每位病人的时间非常短，只问几个问题——其中之一便是问患者是不是执法部门的便衣。他经常要求患者进行尿检，但当检查结果显示阿片类药物浓度过高时，他却视而不见。他让一名患者签署了"死亡豁免书"，即患者承认他对服用沃克曼开的药可能会致死表示知情。在沃克曼为赫夫曼母女工作期间，至少有12名患者死亡。后来，他先后在朴茨茅斯和奇利科西开办了自己的诊所，又有6名患者死亡。

有几个月，沃克曼甚至在朴茨茅斯的山顶街区某住宅区的一条街道上开了一家诊所。"他在其中一间卧室里，"一个瘾君子说，"前厅是候诊区，厨房是检查血压的地方。他给我开的药量简直是疯了，一个月480粒。没有核磁共振，也不做CAT，什么都没有。"

药丸工厂可不止这一家。沃克曼和赫夫曼母女只是赛欧托县止痛药滥用故事的一部分。

然而在这个国家，并没有太多人注意到朴茨茅斯及其周围所发生的一切。这个地区已经被政治和权力抛弃，甚至被许多曾经居住在那里的人所抛弃。再加上那些还留在当地的人，是最先被卷入这场药物风暴中的人，是自甘堕落，因此没有人对他们给予太多关注。

人们喜欢那些来自卢卡斯维尔洼地一带的人。

我在俄亥俄州南部游走，想弄明白这一切，这时我遇到了一位名叫乔·黑尔的律师。

黑尔有一头银发，说起话来一副男中音，身上随时带着硬红万宝路。到1999年，他在赛欧托县已经做了15年的辩护律师。黑尔是个从阿巴拉契亚山区走出来的农村男孩，他的客户大都是法院指定的。钱并不多，却让他忙得不可开交，经常要上庭。

让黑尔赚大钱的地方之一，便是卢卡斯维尔。这座小镇离位于23号公路边的朴茨茅斯市北部只有几分钟车程。那里有座监狱，俄亥俄州的死囚牢房就设在其中，死囚都在此处决。监狱对面有一所高中。卢卡斯维尔市也有几条大街，一两个加油站和几家经营不善的餐馆。但对乔·黑尔来说，卢卡斯维尔就是社会的最底层。

卢卡斯维尔洼地多为平地，每隔十年左右，附近赛欧托河的河水一上涨，这里就会洪水泛滥。除此之外，这里房价便宜，大多是各种单间宽敞的移动房屋。许多居民都有联邦伤残保险，其中很多人是三流罪犯。在乔·黑尔的职业生涯中，曾为卢卡斯维尔洼地几百个以持有毒品、家庭暴力、酗酒滋事等罪名被起诉的居民做过辩护律师。

卢卡斯维尔洼地地区非常排外，但黑尔在当地是个名人。他已经熟悉了这里的节奏，它是围绕每个月第一天的政府补贴运转的。人们很少去看医生，看的话，也是去看大卫·普罗克特这样收现金的医生。

1990年代末，当大卫·普罗克特大开奥施康定处方的时候，一位名叫托尼·布莱文斯的客户出现在黑尔的家里，还带来了一瓶药。布莱文斯把这些药称为奥施康定。他给了黑尔一些。黑尔对这种药并不感兴趣，但他注意到他那些原本精力旺盛的建筑工人中，有几个活像行尸走肉。他渐渐发现,洼地地区的人们把药丸压碎给自己注射。洼地地区的大多数居民并不知道怎么做。于是,一种名为"枪手"的职业在这里兴起了一段时间。为了自己能打一针免费的,枪手们会帮那些不会用针头的吸毒者注射。

"在接下来的三、四、五个月里,你听到的全是[奥施康定],"黑尔说,"有些人经验丰富,也非常有名,已经吸毒多年;他们开始吸毒过量,然后便有人因此而死。因为这些人都有犯罪记录,又从来没有为社会做过贡献,所以没人在乎他们。"

这种情况已经持续了一段时间,让黑尔越来越警觉的是,1999年4月,杰克·伯顿来找他。伯顿是卢卡斯维尔洼地地区非正式的神父,对许多家庭都很有影响力,有传言说,他卷入了犯罪行为中。伯顿面容憔悴,开一辆白色轿车,就这样坐在车里,躲在方向盘后面在卢卡斯维尔洼地一带到处转悠。

伯顿的女儿叫杰姬,不久之前死于奥施康定过量。杰姬·伯顿曾因几次酒吧斗殴事件被告上法庭,是黑尔为她辩护的。第一次注射奥施康定时,杰姬·伯顿睡着了,帮她注射的枪手没有注意。她大概死了一个小时后才被人发现。

现在,杰克·伯顿就在黑尔的办公室,问他能对生产这种药的制药公司做些什么。

"杰克,"黑尔对他说,"你是要我跟一家大型制药公司作对。"他拒绝了伯顿的要求。可是,几个月过去了,洼地地区的死亡人数不断攀升。黑尔陷入了沉思。

"这场诉讼可能意味着很多钱。"他说。

2001年5月,黑尔代表杰姬·伯顿对普渡制药提起了诉讼,这被认为是第一个与奥施康定有关的意外死亡诉讼。

"普渡制药在自由流通的商业领域投下了一颗药做的原子弹,它本应预见到此事带来的灾难性后果。"他在接受《朴茨茅斯每日时报》采访时说。

梦瘾:美国阿片类药物泛滥的真相

辛辛那提的一家律师事务所最后也加入了黑尔的诉讼，准备采取集体诉讼的形式，并要黑尔去找更多的原告。黑尔找来了小偷、身强体健却领取残障补助的人——这些人原本已经失常的生活因为阿片类药物成瘾而雪上加霜。

几个月后，辛辛那提的那家律师事务所退出了诉讼。"没有人告诉我，集体诉讼的代表不能犯过一堆重罪，"黑尔说，"而且他们还为集体诉讼的这些原告设想了一堆完美形象。"

卢卡斯维尔洼地地区当然找不出任何能让电视媒体或陪审团同情的人。几次庭审后，面对6个或8个西装革履的普渡制药的律师，黑尔撤诉了。但他始终把卢卡斯维尔洼地地区视为一个预警，只是俄亥俄州乃至全美都对这种危险视而不见。普渡制药随后在新闻稿中指出，该公司已经赢得了对其提起的所有诉讼。对这一点，乔·黑尔并不感到吃惊。

"在你对普渡提起诉讼的时候，你可能就已经因为找不到合格的集体诉讼的原告而搞砸了。"他说这话的时候是在春日里的一天，我们正开着车在卢卡斯维尔洼地地区转悠，车道两边是狭窄的移动房屋和废弃的车辆。

然而，这就是1990年代末，阿片类药物在俄亥俄州南部流行的原因。朴茨茅斯、卢卡斯维尔洼地地区以及附近其他被人遗忘的地方，就像现在已经关闭的阿巴拉契亚地区煤矿中的金丝雀一样。只不过，在更受尊敬的人发出同样的警示和名人去世之前，美国并没有人听进去多少这里的警告。

38. 一个月50、100个病例

奥林匹亚，华盛顿州

华盛顿州的工伤赔偿制度是美国仅有的5个垄断运营工人保险的制度之一。华盛顿州共有120万名工人，州里为其中三分之二的工人投了保；其余人也在工伤赔偿制度的监管范围之内，如果他们所在的企业工人数量达到一定规模，便可以参加保险。

因此，劳工和工业部——正如我们所知——产生了大量工人伤亡的数据。随着麻醉性止痛药成为慢性疼痛的公认治疗方法，因工受伤的工人受到了很大的影响。在美国，劳工和工业部几乎是独一无二的，它位于华盛顿州塔姆沃特市的一座三层玻璃建筑中，远离朴茨茅斯和卢卡斯维尔洼地，坐拥堆积如山的数据，可以看到正在形成的广阔前景。

然而，要看到这一切，就需要一个对混乱深恶痛绝的人。

这人就是洁米·迈。

迈在战后的越南长大，是一个被关在再教育营的越南海员的孩子。1978年，她的母亲带着6个孩子和75人一起登上了一艘小渔船。他们漫无目的地在海上漂着，被泰国海盗围困，船上挤满了严重晕船呕吐不止的人们，直到一艘马来西亚商船经过，将他们救走。一年后，迈和她的家人乘飞机前往西雅图，开始了新的生活。

迈在华盛顿大学获得了药剂学学位，后在多家医院担任药剂师。

梦瘾：美国阿片类药物泛滥的真相　　231

2000年，她打算组建家庭，希望有更多可预料的时间，她找了一份劳工和工业部首席药剂师的工作，负责监督工人因伤拿到处方药的事。

她入职时，对当时越来越多的阿片类药物在医学上的使用持不可知论。在她之前工作过的医院里，阿片类药物用于断腿或术后的患者，她认为这么做是合适的。

迈非常在意秩序。草率、未得答案的问题都是令她厌恶的。她常常清扫房屋，因为这有助于她减压、把事情想清楚，同时恢复自己的条理。她喜欢园艺，喜欢各种植物，也喜欢把花园打理得井井有条。她钟爱玫瑰花，并遍植于屋外，屋子是在她受雇担任劳工和工业部首席药剂师之后和丈夫新买的。

她会需要它们的。她的工作之一就是确保医生记录下新的阿片类止痛药是否有助于减轻患者的疼痛并改善他们的各项功能。否则，州为什么要继续为这种药物买单呢？在那里，她第一次看到了这些药物是如何用于治疗慢性疼痛的，并变得惊慌失措。

"完全是不假思索的：'你受伤了？我给你开一张阿片类药物的处方吧。'"她说，"他们就用阿片类药物为患者治疗，一个月后患者又来了，越发抱怨疼痛，医生就会加大剂量。'下个月再来吧。'我从病历上发现，医生并没有检查药物是否对患者有帮助。患者每次来都会抱怨疼痛加剧。从来没有人说过：'等一下。停一下。让我们看看这是怎么回事。'

"一个月有50、100个案子，却没有人试着记下药物是否有效，是一种还是两种，甚至患者是否适用阿片类药物治疗。他们有没有先尝试过非阿片类药物？"

接着，工作了6个月之后，迈注意到一些工人开始死于这些止痛药。以前没有发生过这种事。最初喊的是背部或膝盖扭伤的工人，以前并没有人死亡。然而，她桌上堆的一个又一个病例——全都是药物过量。一个平常的年份里，华盛顿有50名或更多的工人死亡，但这些人都是死于意外——触电、摔倒等——或像石棉肺那样的癌症。现在，背部扭伤的工人也出现了死亡。

她去找她的上司，劳工和工业部的医疗主管盖瑞·弗兰克林医生。

"我们该拿他们怎么办呢？"

盖瑞·弗兰克林从一开始就对阿片类药物持怀疑态度。他拥有公共卫生硕士学位，并在科罗拉多大学担任了多年的神经学和预防医学教授。1988年，他担任劳工和工业部的医疗主管，当时医学界对阿片类药物去妖魔化的行动也在如火如荼地展开。

很快，向劳工和工业部提建议的医生引用了《波特和吉克的信》中处方阿片类药物上瘾的疼痛患者的百分比。"不超过1%。他们会说：'我们并不认为患者像我们以前想的那样会上瘾。'"弗兰克林说。

1999年，华盛顿州通过一个州医疗委员会取消了对医生在可接受的医疗实践中开处方麻醉药的法律制裁——它自身难以驾驭的止痛监管。

"这意味着剂量没有上限，对付耐受性的方法就是增加剂量。"弗兰克林说。

现在，在这些州法规给予处方药更大的自由两年后，他的新任首席药剂师在他的办公室告诉他，她发现背部不好的工人中有人因阿片类药物过量而死。弗兰克林仍有疑问。这些工人究竟是死于为了消遣而滥用的阿片类药物，还是死于医生开给他们的阿片类药物？

"我们不想过分强调这些死亡病例，"弗兰克林告诉我，"医生们花了很多时间让人们使用更多的阿片类药物。我知道，要是我们说有人正因阿片类处方药而死，我们会受到攻击。"

还需要更多的信息：死亡证明，验尸报告，每个死者的药方。在接下来的两年里，迈在劳工和工业部二楼后面的一个房间里仔细研究了因阿片类药物过量而死亡的工人的案子。找到这些死者是第一要务。自 1995 年以来，工伤赔偿制度下死亡的工人约有 266 人。迈将其缩减到 60 人，因为他们的案子中提到了阿片类药物，迈还要求拿到这 60 个案例的医生记录、死亡证明和验尸报告。

最后，弗兰克林和迈 2005 年在《美国工业医学杂志》上发表了一篇论文，指出在华盛顿州的工伤赔偿制度下，有 44 名慢性疼痛患者在 1995 年至 2002 年间肯定、十有八九或可能死于阿片类处方药的使用。大多数人在 1999 年之后死亡，也正是在这一年，华盛顿州出台了针对顽固性疼痛的法规。死者大多是男性；大多都不到 50 岁。他们获得工伤赔偿是因为一些并不危及生命的疾病——比如腰痛或者腕管综合征——并因此开到了第二类管制药物阿片类药物，而没过多久他们就死了。

迈和弗兰克林还发现，最强效的阿片类药物处方增加了一倍多。更为温和的止痛药处方有所减少或保持不变。这一点也很奇怪。正常情况下，医生应该从较为温和的药物开始。但是，面对患者的痛苦，医生们直接拿出了重型武器，也就是说，从 1997 年开始，医生便开始使用奥施康定。

弗兰克林和迈的这篇论文，是美国第一次有人记录下与为非癌性疼痛新开的阿片类药物有关的死亡病例。

他们写信给负责工伤赔偿的医生，告诉他们这样的事正在发生，也接到一些人的电话，这些人对州政府可能准备拿走他们的药物而感到愤怒。但随后，华盛顿州医疗补助计划（Medicaid）和退伍军人事务局的几位负责人打来电话，说他们也发现阿片类药物过量死亡的人数正在上升。

迈和弗兰克林打电话给珍妮弗·萨贝尔。萨贝尔是华盛顿州卫生部的流行病学家，刚刚开始研究因伤和暴力导致的死亡，包括药物过量致死。迈和弗兰克林向她询问，阿片类药物过量致死的人数激增，是否不仅发生在华盛顿州的工人中，也发生在全州人口中。

萨贝尔说她会了解一下。

39. "梦之地"的瘾君子王国

朴茨茅斯,俄亥俄州

最终,"梦之地"到底还是关闭了。

那是在1993年。杰米·威廉斯几年前就把它卖了。新主人养不起泳池,人们也不再去那里了。更多的人在自家后院里修了游泳池。梦之地就这样空关了两年。居民们组织起来想拯救它,但自从朴茨茅斯的钢铁厂和鞋厂相继关门之后,这里的人口也越来越少。市政府本来可以买下这座泳池,却一直磨磨蹭蹭。业主们与一家打算建购物中心的开发商达成了交易。由于预算缩减,市政委员会希望获得税收收入,就默许了。人们还没有来得及起诉,拖延这项交易,开发商就在晚上开来了推土机,还破坏了过滤系统,泳池一片狼藉。

两个月来,推土机摧毁了储物柜和跳板,填平了"梦之地",铺上了沥青。长期生活在朴茨茅斯的人们都不忍心去看。曾经的"梦之地",现在变成了沥青路面的大型停车场,奥莱利汽车零件店以及AT&T手机店就矗立在边上。

"梦之地"的税收收入从来就不太多。但是,"梦之地"的消失更让人们觉得市政官员就是一帮笨蛋。

随着朴茨茅斯越来越衰败,这座城市选择了一位得力的市长,一种通常大城市才有的政府形式,这样可以为市里省下聘请一位市行政长官的开销。但是,市长们没有经验,也没有时间来打理一座城镇复杂的日常事务。其中一位市长是杂货店店员,可以想见,基本的市政管理算是放弃了。垃圾清运的时间变得越来越不明。没有灯光照明的公园成了卖淫场所。本来就没有几个警官的警察队伍也放弃了。市政事务如同街头斗殴一般,官员罢免成了家常便饭。市议会会议落入被一种令人无力的消极情绪感染的牛虻手中,他们只会说:什么都不会有用的,那为什么还要试呢?

多年来,小维恩·里夫一直是这座城市的保护伞。他从俄亥俄州众议院民主党议长这个位子上,以自己的影响力掌管着一台政治机器。他是土生土长的朴茨茅斯人,总能如愿募到资金。他把税收拨给朴茨茅斯市以及俄亥俄州阿巴拉契亚其他被遗忘的地区,他让肖尼州立大学最终在朴茨茅斯落脚。作为这座城市的恩人,他受到了人们的爱戴。然而,他也是朴茨茅斯难以撼动的更大的依赖文化中的一部分。"每个人都在寻找引进外部资源来拯救我们。"斯科特·多萨特说。他是朴茨茅斯本地人,也是肖尼州立大学的社会学教授。

梦之地关闭后,镇上人的社交活动都转向了室内。原本监督孩子是泳池边的大人集体做的事,如今被警察取代。沃尔玛成了社交场所。

最为私密和自私的阿片类药物进入了人们的视线,轻而易举地就使一处景观丧失了公共场所的交流功能。过去,孩子们常常聚在河边燃起篝火,喝着啤酒,彻夜聊天。而药丸一出现,篝火似乎就失去了吸引力。

奇利科西街上的工厂和商店被大卫·普罗克特开创的那种诊所取代,诊所在镇上废弃的建筑中找到了廉价的地方。药丸工厂大概是唯一一种本地人拥有的企业。

到了新千年,普渡制药的奥施康定促销活动以及解放阿片类药物处方的行动,在俄亥俄州南部、西弗吉尼亚州和肯塔基州东部首次展示出恶劣的影响。有段时间,在朴茨茅斯,每1 800个居民就有一个药丸工厂。

"我女儿药物上瘾,"该市公共卫生护士莉萨·罗伯茨说,"法官的孩子药物上瘾,市长的孩子药物上瘾,警察局长的孩子药物上瘾,优秀家庭出来的孩子们都成了瘾君子。"

这就像恶魔开的彩票,一场大规模的洗脑。人们一个接一个地屈服了。一段时间后,罗伯茨就能从——比如说——一个她很久未见的老朋友脸上认出这种表情。"他们会带着精心编造的故事来你家找你要钱,"她说,"而你就像是在看着人们一个接一个被迷了心窍。"

在朴茨茅斯的衰落时期出生的一代人成了吗啡分子的奴隶,开始将这座城市撕成碎片。你会看到他们像僵尸一样在横穿朴茨茅斯的 52 号公路上吃力地走着,去寻找能安抚吗啡分子的东西。他们拆了房子里的空调,就为了得到里面的铜线;他们偷井盖;从学校办公室拿走大卷的铜线,甚至偷自己孩子的圣诞礼物。

最终,在俄亥俄河下游的朴茨茅斯变成了一个瘾君子的王国,药片变成了货币,比现金更值钱。某种程度上与美国的任何其他城镇不同的是,一个肆虐蔓延、成熟的奥施康定经济发展了起来。

DVD 机、冰箱、看牙医、安装有线电视、汰渍洗衣液、工具、衣服以及儿童的学习用品——这一切在俄亥俄州的朴茨茅斯都可以用药片来买。

在第一批涌现的本地生意人中,有一位漂亮的金发女郎,名叫玛丽·安·亨森。她在中产阶级家庭长大,养父母是虔诚的教徒,视她为掌上明珠。冰箱里的啤酒占据了她大部分的成长记忆。她是东朴茨茅斯高中的啦啦队队长,1990 年秋,她还被选为学校的返校节皇后。那是个苦乐参半的时刻,没人知道那时她已经怀孕两个月了。高中最后一年快结束的时候,她带着刚出生的女儿离开了家,不久便开始服用药物。

"我以为我什么都知道,"她说,"我 18 岁了。"

最后,玛丽·安染上了毒瘾,整日神情恍惚,拿着食品券和医疗补助计划的健康保险卡，靠社会救济过活。有段时间，她交了个男朋友，而他却和一帮朋友非法闯入一家药店并锒铛入狱，玛丽·安手头便拮据起来。

一天，一个朋友问："亲爱的，你不是去看过医生吗？"

朋友把她带到了一位名叫约翰·利里的医生那里。利里效仿大卫·普罗克特开设了该地区的第二家止痛诊所，地点就在朴茨茅斯的市区，诊所门前排起的长队围住了整个路口。利里让玛丽·安抬起一个膝盖，然后再抬起另一个，检查就结束了。他给她开了一个月的洛塞特和阿普唑仑。玛丽·安把一半的药给为她付诊费的这个朋友，自己留了一半。接着，这个朋友又带她去了河对岸的大卫·普罗克特那里走了一遍同样的流程。玛丽·安卖掉了自己的药，生意就这样做起来了。此后，她开始造访利里和普罗克特的诊所。

当时，滥用药物只是一个很小的亚文化现象。滥用维柯丁或者洛塔卜是很难的，这两种药里仅含有少量的阿片类药物，而且还含有乙酰氨基酚或泰诺，以阻止其被滥用。服用这些药的患者常常会因为其中的乙酰氨基酚而出现严重的肝脏问题。但是，他们并不经常过量服用劲头不强的药物。然而，奥施康定一露面，"情况就从有人服药上瘾变成了有人服药上瘾并命悬一线"，朴茨茅斯的一个瘾君子这样说道。此人当时服用了很多洛塔卜，造成了肝脏的永久性损伤。

在朴茨茅斯，奥施康定还造成了其他问题：它把骗取药物的行为变成了这个镇上穷途末路的一代人的大生意。玛丽·安买下了一个腰部扭伤的人的核磁共振结果，扫描进电脑，一遍遍更改上面的名字，然后反复使用。接着，她招募了街头的瘾君子，付钱给他们，让他们每个人带上写有自己名字的核磁共振结果去看医生。在朴茨茅斯，每次看医生要付250美元现金。日子一长，玛丽·安便今天开车送这批吸毒者去这家诊所，明天开车送那批瘾君子去那家诊所，就等着他们拿到处方。

通常，每个瘾君子离开诊所的时候，会拿到90粒80毫克的奥施康定——一天三次，总共一个月的用量。医生也会开 120 粒 30 毫克的羟考酮仿制药和整板的阿普唑仑 90 粒。玛丽·安开车送瘾君子去诊所并支付 250 美元诊费，作为交换，骗来的药一半归她。

这成了朴茨茅斯和其他地方的一种经典商业模式，成千上万的人通过这种方式拿到了药并赚到了钱。

这个药品骗局的薄弱环节是药剂师。朴茨茅斯当地的许多药剂师很快就发现了其中的奥秘，不愿意按照声名狼藉的诊所开的处方配药。于是，瘾君子们就挤进汽车，由玛丽·安这样的药贩开车带他们在村镇里转上几个小时，寻找愿意配药的药剂师。自始至终他们就像淘金者一样谈论药品，说着这次他们会拿这些药做什么。他们发誓，这一次不会再拿来自己用了，而是打算卖掉，攒些钱。那么，他们就会成为开车送瘾君子去诊所并支付诊费的人。这些梦，会在他们在回家路上把药鼻吸或注射掉时化为泡影，他们又再次变得一无所有。

一旦找到了愿意配药的药剂师，另一个问题就出现了：怎么付钱。每个患者的处方药的价格在 800 到 1 200 美元之间。付现金当然是一种选择，但对于瘾君子乃至更有原则性的药贩来说，要凑出这么多钱也不容易。于是，医疗补助卡登场了。

该卡通过"医疗补助计划"提供医疗保险，该保险的一部分为药品买单——无论什么药，只要医生认为是被保险人所需的药品即可。而持有医疗补助卡的人，有的靠州政府福利生活，有的靠联邦残障补助计划如"社保补助金"（SSI）生活。

截至 2008 年的 10 年里，赛欧托县每年的社保补助金申请人数几乎翻了一番——从 870 人增加到 1 600 人。一个未接受过训练的观察者，看到朴茨茅斯黯淡的经济前景可能会产生这样的理解：毕竟，就业机会太少了。人们需要钱，这张支票能解决问题。确实是这样，但那时药片和止痛诊所已经改变了传统的社会福利计算方式：人们关心的并不是每月一次的社保补助金支票；随附的那张州医疗补助卡才是他们想要的。

如果有医生愿意给你开处方——朴茨茅斯有很多这样的医生——那么医疗补助卡每个月都会为处方药买单。因此，一个瘾君子可以以3美元的医疗补助金获得价值上千美元的药，其中的差价由全国和州的纳税人支付。而这用3美元换来的药，一转身就可以在街头卖到1万美元。

再加上药丸工厂，医疗补助卡骗局让大量处方药流落街头。这个地区流出的药片越多，药物上瘾的人也就越多，这桩生意更是越做越大，死的人当然也越来越多。如果瘾君子不得不以市价用现金去买所有药片，那么奥施康定的黑市永远不可能蔓延成这样，也不可能程度如此之深。

关于奥施康定，阿巴拉契亚更偏僻的地区还有其他不同的故事，这些故事与药丸工厂无关，但同样与经济衰退有关，因此也同样与社保补助金以及医疗补助卡有关。

在朴茨茅斯以南100英里的肯塔基州，有一个群山围绕的弗洛伊德县，这个故事与采矿有关。许多年前，当深矿区还在开采时，弗洛伊德县有很多工作。一个男人在井下工作20年，定期将钱存入伤残保险——一项被称为社会残障保险（SSDI）的联邦计划——45岁带着熏黑的肺离开矿井时，每个月领到的保险金支票足够养活一家人。这成了肯塔基州东部的一种生活策略。

但当深矿区关闭，取而代之的是露天矿时，需要的矿工要少很多。而且在露天矿工作的人不容易受伤，就没有资格申领工伤赔偿。当工作没了，人们可以获得的伤残补助也没有了。最终，一家人只能靠一个月几百美元的社保补助金生活。然而，社保补助金带来了一张医疗补助卡，当奥施康定出现时，一切都不同了。

"20年前，他们领取社会残障保险和全职工赔偿——比如，一个月1 800美元。"布伦特·特纳说。他是肯塔基东部地区的联邦检查官，2000年起担任该职，当时奥施康定日益成为阿巴拉契亚地区贫困家庭的一门生意。

"支票上的钱会多些，因为他们会去矿上工作，并将钱存入［社会残障保险］以防不测。如今，我们手上的情况里有些人不工作，领取社保补助金，一个月可能有500美元。他们有孩子、妻子，全家只能靠这500美元生活。我不是在为他们找借口。很多人没有工作。但事实就是这样。你不工作，你从没工作过或者从没往社保里存过钱，你就没有资格拿得多一点。我们这里有很多人只有领社保补助金的资格。你不会相信我们所看到的数字，二三十岁的人，从来没有工作过，十几岁就开始领支票了。

"那是药片爆炸式增长的驱动因素之一。我们可以整天谈论道德，但如果你每个月领500美元，你又有一张医疗补助卡，能让你每个月拿到价值几千美元的药物，你就会卖掉你的药。"

随着止痛革命开展起来，"名声好的家庭医生真正地获得了开这些处方药的自由，"特纳说，"你轻而易举地就能拿到这些麻醉类药品，把它们放在一起，就非常多了。说到药片，正是所有这些小人物的聚集害死了每个人。如果我们只抓疤面人①，那我们谁也抓不了。这就成了一种文化，每个人都在做。"

就像铪利斯科的海洛因系统一样，奥施康定市场也没有头目。反倒是一些小人物仗着人们新近对止痛药处方的放松态度，靠着一种含有大剂量致瘾成分的新药以及手上的医疗补助卡，推动了奥施康定市场的发展。医疗补助卡已经存在多年了，而奥施康定的出现让这些卡变成了印钞票的许可证。

"我们始终认为，普渡制药知道［这个地区］很多人有医疗补助

---

① 1983年上映的美国犯罪片《疤面人》中的主角，影片讲述了身无分文的古巴难民东尼·莫塔纳（艾尔·帕西诺饰）来到1980年代的迈阿密，并成为大毒枭的故事。——译者

卡,"朴茨茅斯市的护士莉萨·罗伯茨告诉我,"所以他们才这么卖力地在这一带为奥施康定吆喝。"

无论普渡制药是否知道这一点,公司确实掌握了开药最慷慨的医生的信息。他们中的很多人都生活在领取社会救济和联邦残障保险的人数相对较多的地区,比如俄亥俄州南部和肯塔基州东部,这并非巧合。

玛丽·安带瘾君子去止痛诊所所挣到的每一粒药,1毫克卖1美元——换句话说,一粒80毫克的奥施康定可以卖到80美元。照这样的价格,她从每个带去诊所的瘾君子那里获得的一半药物,等于能让她从每个患者身上赚5 000美金。她和丈夫基思·亨森一起在自家的屋子里卖药。几年后,他们回想起他们的经营方式,就像麦当劳的免下车服务。4个人在门廊上等生意,还有10个人在客厅里做生意。

曾经,朴茨茅斯以其在工业上的独创性发明了生产鞋带的机器。如今,它发明了现代药丸工厂。止痛诊所和奥施康定使得俄亥俄州的朴茨茅斯再次成为人们的目的地。人们从俄亥俄州南部、肯塔基东部、西弗吉尼亚州以及印第安纳州涌向止痛诊所。等着见约翰·利里的人在诊所外排起了队,还叫了批萨,边吃边等。他们不仅喝啤酒,还鼻吸药片,又在灌木丛里吐得一塌糊涂。去了肯塔基州的福蒂纳·威廉斯专门请了保安来疏导交通。卡伦·查尔斯在她位于大卫·普罗克特诊所旁的地板店里,亲眼看见排队的人动起了手。

这些队伍就是瘾君子的互联网。人们散播着各种消息,比如哪个医生开哪种药,谁有汽车音响要出售。可能就是在诊所外的这些队伍里,奥施康定首次成了俄亥俄州朴茨茅斯的一种经济货币。

对吗啡分子上瘾的人把毒品看得比什么都重要,包括孩子和金钱。药片无法改动或者稀释。药片保住了自己的价值,而这价值就印在每一片药上。奥施康定有40毫克和80毫克两种规格,羟考酮仿制药有10毫克、15毫克、20毫克和30毫克几种剂量,这些不同规格便于药片作为货币使用。药丸工厂就像是控制着"货币供应量"的中央银行，要使之保持稳定和充裕，抵御通胀或通货紧缩。

到 1990 年代末，达到了一个临界质量。在大约十年时间里，朴茨茅斯的大多数商品和许多服务的价值都是用药片来衡量的。

在朴茨茅斯，武装劫匪袭击了药贩的房子，抢走了药片，却没动现金。玛丽·安曾经用奥施康定买了一辆车。她给下班后来为她安装有线电视的工人的酬劳是药片，她看牙医付的是药片，她用药片从犯了毒瘾的绑架者手里赎回了丈夫基思。她买牛排、尿布、洗衣粉付的是药片，买鞋、手包、香水付的还是药片。

最关键的是，药片还能买到孩子们的爱。吸毒者，最重要的关系固然是跟毒品之间的，但在能暂时摆脱腾云驾雾的感觉时给孩子们买他们梦寐以求的玩具、电子游戏或手镯，通常是从商店扒手那里买的，付的是药片。

这种经济的一部分是伸出触角的人们所构成的一个不断膨胀的网络，有点像吸毒者版的克雷格列表①。

"有人说：'嗨，我正在找链锯。'"玛丽·安说，"然后就有人拿着链锯来了。你用 30 毫克羟考酮买下了这把链锯，实际上几乎分文未花［多亏了医疗补助卡］，你再打电话给另一个人，把链锯以 100 美元现金卖给他。"

这样的事，几年前就随着洛塞特发展起来了，但规模很小。奥施康定呢，每片都含有大剂量的阿片类药物成分，可以买大件。像玛丽·安这样铁石心肠、让人恨得牙痒痒的静脉注射的瘾君子，现在有了大屏幕电视和电脑、漂亮的家具和电动工具。

甚至连尿液也渗入了奥施康定经济中。随着当局对赛欧托县的医生进行彻查，一些诊所开始偶尔要求进行尿检。缓刑官总是会要求尿检。于是，干净尿液的黑市应运而生，尿液就像沙漠里的水一样被交

---

① Craigslist，1995 年在加州旧金山湾区地带创立的一个大型免费分类广告网站。——译者

易。瘾君子买来人造膀胱，绑在胃上，管子就垂在裤子里。靠近市区的一家止痛诊所的四邻已经习惯了被人敲开家门，问他们卖不卖自己的尿液。一些人站在药丸工厂外面，提出用自己的尿来换药片，他们撒在小杯里，一边大口喝水，一边保证自己的尿是干净的。老客户会把羟考酮碾碎，放进买来的尿液里，因为医生希望病人的尿中除了他们开的处方外，没有别的药。孩童的尿液因为纯净而备受欢迎，有几年，朴茨茅斯孩童的尿液价值1粒40毫克的奥施康定。

与此同时，一个错综复杂的阿片类药物等级体系初现端倪。在最上面的，是那些从不服用而仅仅倒卖，且不论吸毒者拿何种药来都照单全收的人。

已故的杰里·洛克哈特就是这种人。他住在朴茨茅斯西面一个被称为奥施康定山的岬角上。洛克哈特也是每个月带人去药丸工厂看医生，为他们付诊费，然后从他们开到的药中拿走一半。后者就是过街老鼠——在阿片类药物等级体系中处于最底层。

过街老鼠，指的是那些永远攒不了钱来自己看医生、付诊费，更不用说付别人诊费的人。他们从别人的前院捡废铁，或者偷草坪上的装饰物，他们有100万种下三滥的办法安然度过每个月。这个城市有成百上千只过街老鼠，而从其他地方涌来，到朴茨茅斯的药丸工厂一日游的过街老鼠更多。

过街老鼠和洛克哈特这样的药贩之间的关系就像佃农分成。这些过街老鼠度过一个月的方法就是请杰里·洛克哈特这样的药贩子预支一些药片。到了每个月看医生的日子，他们手里开的药大部分都是欠药贩子的。"如果我们拿到180粒药，我们已经欠他100粒了。"另一位瘾君子说。

我和一个名叫唐尼的瘾君子谈过。唐尼在海军陆战队时于海外服役期间受了重伤，用上了吗啡。回到朴茨茅斯的时候，他已经试过阿片类药物了，此时正深陷其中。被奥施康定药瘾控制后，他开始变卖车库里的工具。他觉得他几乎把所有的工具都卖给了杰里·洛克哈特。

在一个月里,他频繁地去找洛克哈特要药片。洛克哈特会给他2粒,要他看过医生之后还4粒。一旦看完医生,唐尼开的药通常几乎都要还洛克哈特的债。

洛克哈特用药片去换赃物,再在自家的大车库里出售。他给瘾君子们药片,让他们去换食品券卡,并用这些卡去买日常用品。一位瘾君子说,他把卡给了洛克哈特,直到两年后洛克哈特去世才再次看到卡。一位自称为洛克哈特工作的瘾君子告诉我,洛克哈特盖房子的建材几乎都是用劳氏公司①的礼品卡购买的。所有这些卡都是通过瘾君子从商店里偷的商品换来的:他们把从商店偷来的东西退回去,换成礼品卡;然后带着这些卡去找洛克哈特换成药片。

事实上,这些商店扒手就是朴茨茅斯的瘾君子王国里的流动小贩,他们提供奥施康定经济中日常生活的必需品,只收取药片作为报酬。他们按照需求会去偷食品、卫生棉条、洗涤剂或者微波炉。

反过来,这些扒手对于奥施康定经济的重要性,是从一个新的并且不可或缺的农村机构发展而来的。

在朴茨茅斯,跟在美国大部分农村地区一样,大部分要买的东西只能在沃尔玛买到。而此地的沃尔玛就在邻近的新波士顿镇,那里曾经是可口可乐工厂的所在地,现在烟囱依然矗立。每个人都去那里购物、社交。

我住在南加州,沃尔玛还没有完全进入当地市场。而以前我在墨西哥的时候,沃尔玛只在墨西哥城的偏远郊区才有。2003年,我为了一篇关于某个高中足球队的报道,造访了堪萨斯州西南部的一个肉类加工业镇子,第一次走进了沃尔玛超市。我来的时候,脑子里对堪萨斯州西南部有一系列令人难堪的天真印象。很少有地区能为美国历史贡献这么多具有代表性的人或事:拓荒者,牛道(cattle trails),家

---

① Low's,在美国40个州拥有近千家店,充分满足装修需求。——译者

庭农场，道奇城，甚至《绿野仙踪》。所有这些都围绕着我所想象的美国小镇的主要街道旋转。

然而，我眼前的却是一座座鬼城。走在小城的主街上，只有我的脚步声在回荡。其中一条街的商店橱窗上，留下了在此工作的一位药剂师的字条。她说，她很喜欢为这里的人服务，但她不能再待下去了，她希望这里的人能够理解她为什么要像其他人一样离开。她并没有留下新地址。

通常，沃尔玛是这些腹地城市里唯一可以买到大部分生活必需品的地方。我在各市的沃尔玛转了转，想象着货架的过道里飘荡着不少曾经支撑美国小镇的店主们的鬼魂。一个过道里是离去的本地杂货店老板，另一个过道里则是以前的五金店老板，旁边一个过道里是女装店老板或者那个早已离开的药剂师。

所以，在得知朴茨茅斯的奥施康定经济中新出现的农村地区瘾君子要满足毒瘾，就要像其他人一样去沃尔玛时，我也许不应对此感到惊讶。

奥施康定出现之前，弄四五块钱买个洛塞特或者维柯丁来满足毒瘾并不是什么难事。

"你的沙发里就能找到。"一个瘾君子说。

然后，奥施康定出现了，它含有大剂量的阿片类药物成分，成本很高，戒断反应更强。突然间，毒瘾发作的吸毒者需要一个可以快速弄到 200 美元可出售商品的地方。

"你要更多的钱买药，你就得有更多的货品，"玛丽·安的丈夫基思·亨森说，"你可以去沃尔玛，在那里待半个小时，偷到足够换一两粒药的东西。"

当然，吸毒者也会欺骗他们所爱的人；也会自己卖药；还会闯入枪械店或者对药贩子实施抢劫。在吗啡分子的折磨下，他们这么干了，还干了其他更多坏事。但对于许多人来说，沃尔玛巨大的蓝色招牌像磁铁一样吸引着他们。被本地的沃尔玛禁止入内了？25 英里外的任何一个方向,还有一个沃尔玛。

当阿片类药物在美国腹地扎下根来,那种大包但无法估计数量的商品被人从沃尔玛的货架上一个个挖了出来以维持毒瘾,超市外面的主街上已经一片死气沉沉。

在朴茨茅斯的奥施康定经济中,吸毒的扒手必须灵活。说不定哪一天,他们就可能接到男童鞋、电锯、汽车音响或是T骨牛排的订单。曾几何时,买这些东西就意味着要去奇利科西街上的4家商店。现在不必了。

"沃尔玛真是应有尽有。"安吉·苏马说。她以前是一名护士,现在是街头的瘾君子,在沃尔玛偷窃多年。"每天都会有人向我买[我从商店偷来的东西]。所有的东西都在一个地方。如果你需要男装,去沃尔玛。如果你需要鞋子,我从沃尔玛偷过几百双。你所需要的一切尽在沃尔玛。"

在奥施康定经济中,沃尔玛还有调控价格的功能。扒手得到的药片价值为商品标价的一半。如果商品上面没有价格标签,比如,瘾君子有一把百得公司①的圆锯要卖,基思·亨森会说:"你最好打电话给沃尔玛,查一下价格。'我在找这个[百得]圆锯。多少钱?'他们会告诉你。'69.99元。'"基思会付给瘾君子相当于那个价格的一半价值的药片——通常是1粒30毫克的羟考酮——来买下那把圆锯。

当然,价格也要看一个瘾君子有多绝望。这是无情的交易。玛丽·安曾经给过一个瘾君子1粒15毫克的羟考酮,换一双偷来的耐克乔丹篮球鞋,因为此人毒瘾发作太厉害,无法再去找其他买家。她用3粒30毫克的药片从一个有孩子的家庭那里买了一台冰箱。但是通常,如果小偷在沃尔玛偷了价值200美元左右的尿不湿、汰渍洗衣粉、DVD碟片、电动磨砂机,他就有理由相信镇上的药贩子会付给

---

① Black and Decker,电动工具、金属配件、家用小电器、管道设备及建筑用品方面最大的市场占有者及生产商之一。——译者

梦瘾:美国阿片类药物泛滥的真相

他相当于这价格一半的药片：1粒80毫克的奥施康定和1粒20毫克的羟考酮。

沃尔玛员工表现出的没那么热爱自己的店，以及它出了名的低工资，也帮了大忙。有些员工自己就吸毒。超市门口的迎宾员有些年纪太大了，根本没意识到发生了什么。无论如何，许多沃尔玛员工都不想和瘾君子对峙。

"他们每小时挣10美元，"我在朴茨茅斯遇到的一个资深瘾君子说，"他们能看出我们脸上的表情，'别挡我的道。'有时你会看见一个披着披风的人，他在争取经理的职位，会比较强硬，试图阻止我们。但我在戒断期，我会更强硬。"

如果阿片类药物开始蔓延的农村地区有各种小零售店，店主把毕生心血都投入到小店中，他们又认识这些瘾君子，准备好与这些人对抗，那么阿片类药物的祸患可能就不会发展得那么迅速。

是沃尔玛让瘾君子得以在药丸经济中扮演了圣诞老人的角色，他们按照药贩的订单来偷玩具和礼物，以换取毒品。安吉·苏马连续几年为6个药贩子提供所有的圣诞礼物，当然也包括她自己孩子的礼物。（碰巧，圣诞节对于药贩子来说是个大日子，他们照常营业，等着瘾君子用他们——或他们孩子——收到的礼物来换药片。）"每年圣诞节前的几个月里，我怎么偷都不够，"苏马说，"即使我一天去好几次，我的手也拿不全他们想要的东西。"

不仅毒贩会买这些偷来的商品。镇上许多经济拮据、领最低工资的人也艳羡这种交易，他们并不是很在乎东西是从哪里来的。安吉·苏马最优质的客户中，有些是中年妇女，她们还要抚养孙辈，靠自己的那点工资根本过不下去。

但总的说来，是药贩子推动了这种商店行窃交易，并刺激扒手们发挥新的创造力。8月，当药贩子为孩子们的返校做准备时，扒手们个个拿着一长串的清单，列着孩子们的衣服、鞋、衬衫和裤子的尺寸，还有学习用品。和我聊天的一个男孩堂而皇之地将平板电视通过沃尔玛的轮胎部推了出去，轮胎部很少有人监管，门上也没装警报。而在手提包内衬上铝箔，不管你在里面放进什么商品，在你离开沃尔玛时是不会触发警报的。

苏马开车送其他的小偷去沃尔玛，他们走进店里，找到一个装有儿童户外塑料滑梯的大盒子。他们把这个盒子推到店里一个隐蔽的地方，倒空，然后继续在店里转悠，直到把这只空空如也的盒子里填满DVD机、Xbox游戏机、耳机、汰渍洗衣粉。他们会付20美元买下滑梯，然后把盒子推到出口处。警报必然会响，这时他们会向上了年纪的超市迎宾员出示收银条，就被放行了。一定是电子警报故障，没问题，亲爱的。

另一个沃尔玛的惯偷告诉我，他会穿非常宽松的衣服，里面是秋衣秋裤，脚踝处绑上胶带。他在店里走一圈，把商品塞进他的秋衣秋裤里，衣服会鼓起来，可是根本看不出他宽松的衣裤里面是什么。"我走出超市，看上去自己有400磅重。"他说。

朴茨茅斯人在自己的公寓里开起了店，专门卖某些产品，其中大都是从沃尔玛偷来的：园艺用品、各种工具、汽车设备。一个正在康复的瘾君子告诉我，他去过一个女人的公寓，里面堆满了婴儿所需的全部用品。"她有一个卧室是你可以进去的，里面就像个商店，一个角落里放着尿不湿，梳妆台上放着婴儿食品、配方奶粉和衣服，就像展示台一样，"他说，"她还有几箱高脚椅和推车。她会去沃尔玛偷东西；也会让别人拿着订单去偷，然后交给她。"

很长一段时间以来，到沃尔玛退货是不需要收银条的。任何偷来的商品都可以拿去退，得到一张与商品价值等值的礼品卡。药贩子用相当于一半价值的药丸换得这些卡。一张500美元的沃尔玛卡相当于3粒80毫克的奥施康定，而这药是药贩子用医疗补助卡骗来的，只需支付几美元。沃尔玛卡的大量交易，使得朴茨茅斯的药贩大军经营起了家庭生活必需品。

与此同时，沃尔玛的收银条能让你拿到现金。瘾君子蹲守在沃尔玛的停车场，搜寻被丢弃的收银条。他们会按照收银条上列的东西偷一遍，离开时，在迎宾员的眼前晃一下收银条。接着，他们会带着收银条把商品退掉，换成现金。

在这片乱象中，朴茨茅斯的企业主的孩子、警长的孩子、医生和律师的孩子，都从奥施康定中看到了未来。有些人把药片视为基层群众对经济灾难做出的反应，一些贫困的墨西哥农民也是这样看待贩毒的。原本在濒临崩溃的朴茨茅斯找不到合法工作的药贩们，用药片来养活自己、抚养孩子。有的人重建了破败不堪的房子，有的人还买了汽车或卡车。

"6 个月前，有孩子上学时脚上的鞋子都掉下来了，现在他们有了新鞋，我们觉得这是一种成就，"玛丽·安说，"我们的父母曾经有这么多机遇。那时候，朴茨茅斯是个欣欣向荣的城市，[有]公交车、有轨电车、干得长的工作。在我们的成长过程中，一直为这座城市感到自豪。但当我们长大，迈入现实世界时，再没有什么值得骄傲的了。我们无法帮助我们的城市。因此，当我们找到办法帮助这座城市时，我们就去做了——当然，其结果对每个人都是适得其反的。"

在纳亚里特州的铪利斯科，黑焦油海洛因提升了蔗农的地位，让他们变成了当地的商人。在朴茨茅斯，中产阶级的药物成瘾者所做的选择，把自己拖入了下层社会。他们高中毕业就不再接受教育，年纪轻轻的还没结婚就有了孩子。不久之后，他们就身无分文地流落街头。

但是，随着这一代在后工业时代的朴茨茅斯耗尽自己，他们的父母却不能不给他们汽油费，让他们去尝试一份以前从来不存在的新工作。他们不可能不让自己去帮他们的子女付保释金或电费账单。

当这些孩子中的一些人死去时，羞愧难当的父母告诉邻居说他们的儿子死于心脏病发作，或者他们的女儿死于一场车祸。

整整 10 年后，朴茨茅斯的一位母亲才终于能放下伪装，成为该州第一个站出来公开宣称是毒品杀害了她儿子的人。

40. 刑事诉讼

弗吉尼亚州南部

2001年8月,就在洁米·迈调查华盛顿有多少受伤的工人死于止痛药过量时,有关奥施康定大范围滥用的报道也在阿巴拉契亚一带流传,约翰·布朗利在弗吉尼亚州西区担任美国联邦检察官一职。

办公室很小,只有24位律师,但阿片类药物的风暴中心近在咫尺。

布朗利有着纯正的共和党血统。他的父亲曾经在军队里做过秘书。布朗利加入过陆军预备役部队,在担任联邦检察官期间仍在服预备役。他被认为有可能在不久的将来担任弗吉尼亚州州长或州总检察长。

几年后,当所有的事情已为人所知,布朗利有了自己的律师事务所,那些可能性也不再被提及,我和他通了几次长时间的电话。

他说,在他担任联邦检察官的那些年里,肯塔基州、西弗吉尼亚州、俄亥俄州以及弗吉尼亚州南部等地都有人因吸毒过量而死。其他检察官办公室也在起诉臭名昭著的药丸工厂医生,其中就包括大卫·普罗克特。布朗利的办公室卷入了一场争议,罗阿诺克市的一个名叫塞西尔·诺克斯医生被起诉,州记录显示这位医生开出了大量的奥施康定处方。

布朗利说,从那以后,他决定从更广泛的视角去看待正在发生的一切。

"我们盯着这个情况,并且说我们应该了解一下推销这种药的公司。"他说。他调阅了普渡制药所有与奥施康定的营销相关的记录。几百万页纸和邮件记录被一一编号。联邦政府的工作人员进驻了普渡位于康涅狄格州斯坦福的总部的会议室,花了几个月时间复印了公司的文件。

布朗利说,这些记录显示出普渡公司是怎样培训销售人员销售奥施康定的,就好像这种药根本不会让人上瘾,不会引发戒断症状。因此,医生可以心安理得地针对多种疼痛开出奥施康定。

"我们看到的证据之一是'通话记录'。公司有一项流程,规定销售人员要去拜访医生,然后总结双方讨论的内容。这些都被收入一个信息中心。一旦我们能够看到这些,就意味着我们开始面对一种销售模式。这究竟是一群无赖的行为,还是更像是公司的政策?很明显,这远非一群无赖[销售人员]所能做到的。他们接受的训练是以一种根本不准确的方式销售药品。这是证明公司对产品标示不实的最好证据。

"在各州,提起这些指控的销售代表比例很高。所有50个州都出现了这样的情况。这个时候,该认为是公司失职了。"

到2006年秋,约翰·布朗利准备对奥施康定的生产商普渡制药以标示不实提起刑事诉讼。

41. "接管奥施康定地带"

哥伦布，俄亥俄州

忘记你有孩子。

这是马里奥在纳亚里特州铃利斯科的新老板给他的忠告。马里奥是个非法移民，彼时正准备去俄亥俄州的哥伦布做黑焦油海洛因的调度员，这份职业已被证明是干不长的。而哥伦布的黑焦油海洛因是几年前神秘人带过去的。

"别去想你正在对别人的孩子做的事也可能会发生在你自己孩子的身上，"一天，他的新老板在一家餐馆对他说，"否则你会睡不着的。"

"而且，"他补充道，"别让客户死了。要关照他们。他们在让你赚钱。"

马里奥在俄勒冈州的波特兰做过好几年的机修工。那时，他的客户中有许多人都是在波特兰贩运海洛因的，他们来自纳亚里特州铃利斯科或是附近的村庄。他每周卖给他们两三辆车。他们想拉他做他们这一行，起初他拒绝了。后来，经济上出了一连串问题，迫使他重新考虑他们的提议。于是，一年夏天，他接受了那个他称为"老板"的铃利斯科人给的工作，然后开车去了哥伦布。

"我会说一些英语，没有任何犯罪记录。我有身份证，信用良好，可以租到公寓。我在那里租了一间；费用他们出。"他告诉我。

作为调度员,他接吸毒者打电话来下的订单,每周有 500 美元的收入。贩毒网的销售额增长到 2 000 多美元一天。老板回纳亚里特州了,等着马里奥这样的手下把钱寄给他。每天早上,马里奥在他那个空荡荡的公寓中醒来,然后接一整天的电话,指挥司机的去向,但很少和他们来往。他讨厌针筒,但他的生活离他所卖的东西的影响很远。

"我从没见过谁给自己注射,"他说,"我从没见过有人因没有毒品而痛不欲生。我从不知道人们怎么会这样难受。我对那些人死掉的事也一无所知。如果我知道,我就不会做这个了。"

毒品定期从纳亚里特州运来。这些毒品并不如他所以为的,像电视节目里那样,是用卡车运过来的。更确切地说,是背货人每次一两公斤地带过来的。他觉得就像蚂蚁搬家一样。他的老板把毒品从纳亚里特州运到加州的波莫纳市,再在当地将毒品切分,以小包装运到哥伦布和其他城市。老板从铪利斯科一些他认识的人家雇了几个工人,因此,他知道利润每个月都会寄回给他。他的老板自己出来单干前,在另一个毒品销售网里做送货的司机。他认识哥伦布所有的毒贩和司机。马里奥和他的老板一起去过纳什维尔和夏洛特,与其他毒品销售网达成供货协议。

他在哥伦布做了 4 个月,直到有一天,警察突然出现,然后他就进了监狱。

"纳亚里特州并不存在贩毒集团,"他说,"都是个人在做生意,自己做自己的:小微企业家。他们一直在寻找能赚更多钱、没有竞争的地方。这样的小型销售网有几千个。任何人都能成为一个销售网的老板。"

正因如此,到 21 世纪第一个十年的中期,"铪利斯科男孩"成功地避开了传统上与海洛因有关的美国城镇。没有哪个"铪利斯科男孩"会冒险去巴尔的摩、费城或底特律开拓业务,没有哪个纳亚里特州来的种甘蔗的孩子会打算和荷枪实弹的纽约海洛因帮派进行枪战。他们没必要这么做。中等规模的都市有大批年轻的新客户，却没有令人不安的帮派或黑手党。"铪利斯科男孩"生在农村，他们的人脉和无懈可击的零售系统把他们引向了阻力最小的地区，这些地区合法的阿片类止痛药泛滥，因而使海洛因更能被人们所接受。

"他们去了那些地方，"我遇到的一个警察说，"接管了美国的奥施康定泛滥的地带。"

事实上，"铪利斯科男孩"并不是美国唯一的海洛因贩子，底特律、巴尔的摩、费城、纽约都有控制毒品交易多年的贩毒帮派。同样，"铪利斯科男孩"也不是唯一做黑焦油海洛因生意的墨西哥人。加州北部地区被来自墨西哥中西部的高山暖温带的毒贩控制，那一带气候潮湿，以暴力著称；没有哪个"铪利斯科男孩"敢踏进加州北部。锡那罗亚人控制了芝加哥和亚特兰大的市场，这两个地方都是主要的分销中心；当然，"铪利斯科男孩"也不会去那里。

只是，所有这些帮派都以暴力和枪战而为人所知。在我看来，这让他们几乎像狂野的西部枪手一样。他们当中没有哪个能从在墨西哥生产到在美国各地街头以 0.1 克装销售，控制毒品的整个过程。"铪利斯科男孩"做到了。他们是这个以营销为王，甚至人就是品牌的新时代的毒贩。

普渡公司标榜奥施康定是为破坏性的慢性疼痛所困扰的患者的一个便利的解决方案。"铪利斯科男孩"给他们的体系打上的烙印是：安全可靠地运送含有标准重量和效力的海洛因气球，是吸毒者便利的日常解决方案。一旦选择，终身使用。

"铪利斯科男孩"与传统的海洛因贩子不同，倒是与普渡公司不谋而合，他们并没有坐等顾客上门，而是瞄准新客户，用噱头招揽，搞价格优惠。他们通过电话回访进行客户满意度调查，跟踪了解对优质客户的销售情况。毒品的质量还好吗？司机有礼貌吗？司机们要在城镇来回跑，卖 15 美元 1 个的气球。吸毒者也学会了在两个司机之间进行挑拨。"另一个家伙给我 7 个气球，只要 100 美元；你才给我

梦瘾：美国阿片类药物泛滥的真相

6个。"其结果是,吸毒者不仅自己继续用这个伎俩,还鼓动其他顾客争取更大的折扣。

与此同时,铪利斯科的毒贩时刻紧盯着优质客户,以防他们有任何不想再吸毒的迹象。这些瘾君子会接到一个电话,接着司机送来免费的毒品。阿尔伯克基的一位吸毒者给我讲了这样一个故事:他打电话给一个他已经当成朋友的铪利斯科毒贩,说他要去戒毒所了。毒贩说,好主意。这个东西会要了你的命的。一小时后,毒贩带着免费的海洛因来到了他的家门口。既然你要放弃了,毒贩说,我送给你一件离别礼物,感谢你之前照顾生意。结果,这位吸毒者继续吸了下去。

哥伦布的一位女士告诉我,卖货给她的毒贩用一个装有几只黑焦油海洛因气球的爱心礼包欢迎她出狱回家,结果她复吸了。

铪利斯科的毒贩中更为精明的一些人意识到,他们的成功很大程度上归功于处方阿片类药物。只有几个人听说过奥施康定。但我采访的"铪利斯科男孩"中,大部分都没听说过。他们并没有觉察到。他们对美国的海洛因历史也全然不知。他们都不知道他们的客户是如何用上这种毒品的,他们现在正在把毒品卖给一个前所未有的新客户群,没人想到这些人会成为吸毒者。为什么是这些人?他们不会说英语,不开车时就窝在简陋的公寓里,因而对美国没什么感觉。他们不是社会学家。大多数人不会跟顾客聊他们是怎么染上毒瘾的。对于他们来说,和吸毒者面对面的时间越短越好。他们总是快去快回。他们销得很好,却并不关心为什么会这么好。

然而,他们的送货系统、冷血无情的市场营销,再加上一个庞大且数量还在不断增加的新的药物成瘾者群体,都是他们成功的原因。到21世纪第一个十年,这些从一个大多数美国人在地图上找不到的州的一个只有4.5万人的县走出来的农村男孩,已经成为美国销量最大的海洛因交易联合体。他们不遗余力地寻找新市场,同时在至少17个州供应毒品,包括一些人们意想不到的地方,当地人在他们出现之前几乎没听说过海洛因。

42. 最后的便利

夏洛特，北卡罗来纳州

1990年代中期开始的经济扩张中，美国很少有地方比北卡罗来纳州的夏洛特市受益更多。2000年到2010年间，包括南卡罗来纳州北部部分地区在内的该市都会区增长最快，超过了其他任何都会区。1998年，夏洛特市的国民银行收购了美国银行，使该市成为美国银行的总部所在地。反过来，退休的纽约人也蜂拥而至，让夏洛特市知道了百吉饼是什么。接着，财富500强中又有6家公司在这里落户，美国职业篮球联赛（NBA）和美国国家橄榄球联盟（NFL）的特许经营权以及银色的天际线也出现在了这座城市。夏洛特市的都会区有近50家高尔夫和乡村俱乐部。该市南端吸纳了富有的新居民，他们在不到一代人的时间里，就把这里从田园牧歌变成了一片巨无霸豪宅、购物中心林立的地方。

拉丁美洲移民也来这里找工作。他们先是被农业和猪肉屠宰场的工作所吸引，进入了日渐衰败的北卡罗来纳州农村地区，后来又搬到了有更多稳定工作的夏洛特市。这座城市的拉丁裔人口增长迅速，全美其他任何一个城市都无法与之相提并论。

随着止痛革命的开展，与美国其他地区一样，夏洛特市的处方药使用量也在上升。时间一长，这意味着更多的人成为阿片类药物成瘾者。多年来，夏洛特市的海洛因都是从纽约运来的粉末，劲头通常很弱,而且只有在城北斯泰茨维尔大街附近的几条街上的年轻黑人那里才能买到。他们的主顾也仅限于都会区的为数不算太多的吸毒者。

而斯泰茨维尔地区,正是1990年代初布伦特·福希受训成为一名年轻缉毒警的地方。

年轻时,布伦特·福希花了两个夏天的时间在密西西比州和肯塔基州东部的采煤区卖《圣经》。他后来回忆此事时认为,这种工作其实会阻碍一个人的发展。他非常讨厌这样的工作。当他推销新英王詹姆斯版《圣经》时,不得不忍受五旬节教派的教徒时不时的演说,这一教派的教徒偏爱原先的英王詹姆斯版,认为新版本是异端邪说。

派克维尔位于肯塔基州的矿区,福希认为这里一副世界末日之相,他在一个拖车停车场住了下来。邻居是一个煤矿老板,此人躲在这里是因为手下的工人罢工,如今正在靠没有加入工会的工人维持生产。

渐渐地,福希相信,在那里卖《圣经》,正是他作为缉毒警训练的开始。他天生内向,不得不逼着自己去敲陌生人的家门,与他们攀谈。

几年后,他加入了夏洛特市警察局。早些时候,缉毒部门中士命令他去斯泰茨维尔大街附近的街上买海洛因。而三周前,福希一直在那里巡逻,还穿着制服。

"他们会知道我是个警察。"他说。

"不会的,别担心。去做就是了,"警官说,"你会没事的。"

于是那天下午,福希身着便衣,顶着现在那头又长又乱的头发来到街上。口哨声、汽笛声响起,像是在发警报。

"5—o! 5—o!"毒贩们喊道,这是街头暗号,意思是"警察!"

福希走近一个毒贩,尽力使自己看上去像吸过毒的样子。

"我需要点东西,伙计。"他说。

"你是警察,兄弟。"年轻的毒贩说。

"不,伙计,我不是警察。我很难受。我需要一些东西。"

"你是警察,狗娘养的。"

"不,不,我不是。"

"那你是谁?"

毒贩指着 50 码以外小树林里的福希搭档,一个大块头的男人正试图躲在一棵树苗后面。

"老兄,那他妈的是我兄弟!他在监视我,确保我买了之后不会吸掉他那一份。天哪,你到底是卖给我还是不卖啊?"

果然,毒贩把海洛因卖给了他。

滔滔不绝地说,福希学会了。就像推销员一样。如果你不停地说,你就还会活着。会聊天是便衣警察的天赋,压力大的时候,福希就是靠这个撑过来的。福希后来想了想,那个孩子并不蠢。他只是求你去说服他,让贪婪占胜他的理性判断。街头毒贩靠每一单生意赚钱,他们想被人说服。只要说得够多,甚至多得要命,通常你就能让他们把毒品卖给你。用智慧与人聊天,并说服他们,这是他在卖《圣经》时学到的。

但福希也注意到,一旦"铪利斯科男孩"来到夏洛特,他之前从卖《圣经》和买毒品中学到的东西几乎用不上了。在神秘人首次造访夏洛特后的那几年里,"铪利斯科男孩"的足迹就慢慢遍及全市。福希眼看着海洛因越来越便宜,劲头更强,也更容易获得。斯泰茨维尔的毒品市场真的太窄了。而与斯泰茨维尔大街附近的毒贩不同的是,这些墨西哥人开车。即使你确实会说西班牙语——当然福希是不会的——你也没法与他们交谈,因为交易过程只有几秒钟,然后他们就不见了。

在"铪利斯科男孩"出现之前,缉毒部门的政策是禁止便衣警察单独进入毒贩的车内。但"铪利斯科男孩"从不在车外卖海洛因。一天,福希打了电话,被告知去某购物中心等。很快,一辆红色四门汽车经过,司机是个墨西哥人。他扬了下眉毛,福希就开车跟了上去。

他跟着红色汽车驶入一个居民区，穿过几条街，最后停了下来。福希用无线电将自己的位置告诉了他的后援，然后走到司机的车窗边。这家伙的车干净整洁。在海洛因世界里，福希见过的大多数汽车里都散落着腐烂发臭的食物、皱巴巴的香烟盒和一堆脏衣服。然而，眼前这辆旧车，运送海洛因的车，却没有一点垃圾。他递给司机60美元，司机把3个气球吐到手上交给福希，随即开车离开。福希站在街上，看着他远去，手里握着沾满唾液的气球，感觉像是见证了一场革命。后来，他写了一篇关于铅利斯科系统的论文，拿到了刑事司法的硕士学位证书。

最终，突击抓捕铅利斯科来的司机被证明是件容易的事，但要根除他们的窝点几乎是不可能的。在北卡罗来纳州贩卖海洛因会判处7至20年的监禁几乎也对他们没什么影响。

这尤其让希娜·盖特豪斯感到困扰。在铅利斯科的系统四处扩散之际，她成为梅克伦堡县地区检察官办公室缉毒部门的负责人。盖特豪斯一从法学院毕业，就加入了检察官办公室。工作后的头几年，她起诉的都是轻罪和一些小型毒品案件，通常与大麻有关。后来她离开了那里，当了一名辩护律师，处理了该地区第一件奥施康定滥用案——她的客户是医生的孩子。2009年，她又回到了检察官办公室。

案件都与黑焦油海洛因有关。"铅利斯科男孩"冷酷无情，他们之所以如此，是因为干这个的工人和司机都是用完就可以丢掉的。老板们似乎并不在乎有多少人被捕。他们总是能派更多的人来。

夏洛特市周边有很多瘾君子吸毒过量，奄奄一息。盖特豪斯的办公室制定了一项新规定：海洛因案件不可以随便做交易。20年刑期变得越来越普遍。但这并没有影响到铅利斯科系统，也没有影响到他们的海洛因的泛滥。海洛因价格持续走低。起初0.1克装的海洛因气球是100美元5个，后来是100美元10个。最后，到2011年，100美元可以买到15个装有强效的铅利斯科黑焦油海洛因的气球——一个6.5美元，大约是1包万宝路的价格——就在北卡罗来纳州的夏洛特市，而几年前，这里的人几乎不知道这种毒品。

2012年的一次抓捕行动让她对这种做法产生了质疑。警察花了几个月的时间从铃利斯科司机那里买海洛因。有十几个警察参与了此次调查行动。最后，他们逮捕了几个司机和一个调度员，还抓获了几个吸毒者，收缴了他们的手机。3天后，这些被收缴的手机开始响个不停：铃利斯科毒贩打来电话；窝点又恢复营业了，他们说，从墨西哥来了新司机。警察甚至还没有处理完上次抓捕的证据，窝点又开始运转了。

盖特豪斯看得出来，这些司机并非职业暴徒。他们就是一群农村孩子，希望通过黑焦油海洛因过上更好的生活。希娜·盖特豪斯反复思考着强硬方法是否可行。很显然，他们造成了伤害，就应该对他们采取强硬的手段。但是，她说："我们把一个农村男孩送去坐20年牢，并不会产生多大的影响。"

家乡有更多的孩子吵着闹着要来接替那些刚刚被捕的人。此外，每次抓捕行动似乎都为更多的团伙腾出了空位，一个被抓了，就会有不止一个，有时甚至是两个团伙冒出来取代他们。随着竞争的加剧，瘾君子就有更多的电话号码可以拨打，铃利斯科的客户服务也在持续改善。

卡罗来纳医疗中心的鲍勃·马丁也发现了这种变化。马丁曾是纽约警察，1996年来到夏洛特，担任卡罗来纳医疗中心药物滥用处主任。刚来的那几年，他一听说有大规模的海洛因突袭行动，就知道有麻烦了。他的病床上一定会挤满为了安然度过没有毒品的干涸期而登记入住的吸毒者。但到了21世纪初，无论警察什么时候把十几个铃利斯科的海洛因贩子关起来，马丁都没再见过新的吸毒者涌向他这里。没有了干涸期。抓捕行动并不会影响这个地区的海洛因供应。

"不论你们的突击抓捕行动缴获了多少价值百万美元的货，"他对警官们说，"在我们这里都看不出什么反应。"

马丁还注意到了一类全新的吸毒者。

如今，卡罗来纳医疗中心一半对阿片类药物成瘾的患者有个人医疗保险。马丁研究了他们居住地的邮政编码，发现他们都住在该市最富有的社区——雨树、鹌鹑谷、薄荷山——就位于夏洛特市南面，那里曾经是养牛场。这些地方还拥有9个乡村俱乐部和该地区最高档的购物中心。

就好像铅利斯科来的这些人是做过市场调查后发现了新的海洛因市场。夏洛特市当地的一个名叫詹米的卧底警察也是这么想的。自2007年以来，他一直在夏洛特市警察局从事缉毒工作——大多是黑焦油海洛因，他从铅利斯科的毒贩那里买过几百次。

詹米相信"铅利斯科男孩"所寻找的城镇，是那种孩子们有手机、有钱、有车，而且许多人都对处方类止痛药上瘾的地方。刚开始，他觉得这些人都作恶成性，以高人一等的语气让陷于绝望中的吸毒者等着，等他们最终露面后，就侮辱吸毒者。然而到了2009年，情况发生了变化。詹米从他们手上买了毒品之后，老板们会打电话来询问：服务满意吗？送货的司机态度粗鲁吗？有一次，一个贩毒团伙的老板打电话来为司机迟到而道歉。他有很多客户，老板说，以后他会让手下送货更加准时。

又有一次，詹米买过之后，电话响了。

"我们听别人说，那批货不像之前那么好，"那家伙用结结巴巴的英语说，"你觉得呢？如果不好，我就告诉供货人，我们再也不要这样的货了。"

詹米别无选择，只能附和他。

"没错，伙计，那货就是垃圾。真的很差劲。"

"我们会补偿你的。"

下次买海洛因时，毒贩多给了他1个气球，还向他表示歉意。

詹米把这种新的态度归因于夏洛特市里的铅利斯科团伙之间的竞争。他认为，铅利斯科的那些高层管理人员正在推行同财富500强公司一样的质量控制体系。他发觉他们的服务比许多合法的零售商还要好。

与此同时，尽管海洛因的供应势头不减，瘾君子无处不在，但詹米并没有在夏洛特市看到震怒。他和一个又一个吸毒者的父母谈过。他一提到"海洛因"这个词，他们的思绪就突然停了下来。他们不能想象自己的孩子吸食海洛因。对于每一个症状，这些父母都有答案。看见家里有烧过的铝箔吗？我们以为他在焚香。他说话口齿不清吗？他得了流感。他的成绩下降了吗？他正在经历一个阶段。

詹米与该市一个关注酗酒和大麻的民间组织"无毒品联盟"（Drug Free Coalition）进行了交谈。

"不，"他告诉他们，"海洛因才是真正的问题。"

他和盖特豪斯与夏洛特市最好的私立学校的校长们进行了会谈，希望可以在当地发起一场运动。可是没能成功。

尽管毒瘾在夏洛特市蔓延，和他交谈过的十几位父母中却没有一个站出来，向学校团体、教会、媒体发出警告。海洛因已经波及了医生、牧师、银行高管以及律师的家庭，但他们退缩了，无法承受毒品带来的悲伤和耻辱。儿子死的时候胳膊上还插着针头，这种事情你不能拿到乡村俱乐部去说。6名记者向詹米索要这些失去孩子的家长的联系方式。詹米恳求这些家长站出来，讲出自己的故事，不要让其他孩子重蹈覆辙。然而没人站出来。

这种缄口不言仿佛阴谋一般笼罩着夏洛特市。海洛因渗透到了南卡罗来纳州的市区和郊区，只有少数警察、检察官和公共卫生官员与之斗争。

与此同时，詹米开始冷静地思考这个问题。鸦片是一种贯穿人类文明的贸易商品，从亚力山大大帝到中国人，再到土耳其人和阿富汗人，一直延伸到缅甸和老挝的金三角地区。鸦片被加工成吗啡3000年来，早已被视作一种药物，广受士兵的欢迎，后来又进一步加工成海洛因，由街头毒贩推销给城市居民，散播到各地。

如今，在簇新锃亮的21世纪的夏洛特市，客户也不再是美国的

梦瘾：美国阿片类药物泛滥的真相　　263

弃儿。他们不是西班牙哈莱姆区①多雨的小巷中的波多黎各人,不是洛杉矶东部的帮派成员,或查理·帕克的某个爵士乐伴奏。现如今,许多吸毒者都是世界上最富有的国家的受益者。他们是白人孩子,住在街道蜿蜒的社区,车库里停着水上摩托艇和闪闪发光的SUV,卧室里摆满了各种数码设备。

詹米认为,"铬利斯科男孩"最大的创新之一就是他们发现,一个巨大的海洛因需求就蕴藏在这些社区里,现在正等着他们去开发,只要他们肯提供便利。他把这个称为毒品快乐餐。像推销快餐一样把毒品推销给年轻人。

"'我们想要的时候就可以要到我们想要的东西,就是说,我们有权得到我们想要的',"他说,"这种毒品遵循的是与所有其他商品一样的营销[策略]。'我给你物美价廉的海洛因。你不必再跑到治安糟糕的社区去。我会给你送过来。'"

他认为,在一个崇尚舒适的文化中,海洛因就是最后的便利。

---

① 又称东哈莱姆,是纽约曼哈顿的一部分,为纽约最大的拉丁族裔社区之一。——译者

43. 山雨欲来

奥林匹亚，华盛顿州

珍妮弗·萨贝尔感觉自己在往下沉。

2005年12月的一个寒夜，这位华盛顿州的流行病学家来到西雅图华威酒店，站在了14位杰出的医生面前。一年前，华盛顿州劳工和工业部的洁米·迈和盖瑞·弗兰克林来拜访她，询问该州人口中是否也出现了失能工人死于阿片类药物过量的情况。

萨贝尔和她的团队收集了所有死于阿片类药物者的死亡证明和验尸报告。这是一项非常复杂的工作，要确定每年可能死亡的人数，然后向州验尸官要每个人的验尸报告。现在，她将她的发现呈现在华盛顿州一些顶尖的疼痛专家面前。说话时，她的眼睛始终盯着幻灯片。

"我们的阿片类药物过量致死的人数急剧增长。"她对着屏幕说。

1995年24例。她的光标随着图表的走势而上移。"2004年，我们发现全州有386人死于阿片类药物过量。"她说。增加了16倍。

接着，她从每年的案子中抽了几个进行详细解读。最后，萨贝尔转过身，面对在场众人。房间里一片寂静。这不可能是真的，终于，一位医生开口了。肯定是哪里的编码出错了，另一位医生说。死亡证明是出了名的不靠谱，又有一位医生开口道。其他人也对萨贝尔的数据表示怀疑。意思很清楚：房间里的几位医生并不相信她。

萨贝尔略有些不宁，极力为这些数据辩护，但她明白她对这个问题也还不熟悉。

"我在这里干什么?"她心想,"我怎么会卷进这种事里?"

盖瑞·弗兰克林站起来为她解围。

"这和我们在劳工和工业部发现的情况类似。我认为,真的有这样的事。"他对在场的专家们说。

萨贝尔坐在那里,一言不发。

"这群医生,"2013 年我们见面时她说,"制药公司已经让他们相信,给慢性疼痛患者开这些药是可以的,因为有一些研究表明很少有患者对这些药上瘾。他们根本不想听到有人说拿到他们开的这些药的患者可能会死亡。他们是医生,他们正在竭力帮助患者。"

那天晚上,洁米·迈就坐在萨贝尔旁边,她也无法相信医生们说的那些话。自从迈第一次看到那些为了治疗腰痛和腕管综合征而服用阿片类止痛药的工人因服药过量而死的报告,已经过去 4 年了。阿片类药物过量致死的工人数量每年都在上升。迈家里后院的玫瑰园越来越绚丽,随着致死案例的不断增加,她只能通过这个来缓解压力。

萨贝尔所收集的华盛顿州的数据表明,远处一股浪潮正在形成。迈明白,现在药物过量致死的人数远远超过 1980 年代末快克海洛因盛行,甚至上一次——1970 年代中期——海洛因流行时的死亡人数。这些药不是抢劫药店得来的。从这个问题影响的范围来看,只可能是因为处方开得过多。

迈说:"我们无法相信这个量,还有案件的数量。你看到的是整个州,甚至可能是整个国家的问题。我们用了好几天才意识到事情的严重性。这是一个很严重的问题,除非我们采取行动,否则死亡人数每年都会增加。"

劳工和工业部发布了一个指导方针,供全科医生开这些药时参考。比如:如果医生让患者每天服用超过 120 毫克的阿片类止痛药而疼痛并没有缓解,那么医生应当停止开药,并在开更大剂量的药物之前征求疼痛专家的意见。

这么做很简单，也非常合理，尤其是考虑到工人中间新出现的药物过量死亡。然而，这却和止痛革命的核心理念背道而驰：一个患者可以获得的阿片类止痛药的数量是没有限制的。迈和弗兰克林提出的指导方针，将使华盛顿州成为全美第一个甚至建议对医生开的麻醉类药品进行某种控制的州。如果他们自顾自这么决定，几乎肯定会备受批评：政府越界了，插手医药，剥夺权利。因此，那天晚上，他们在华威酒店召集了州内顶尖的疼痛专家。

"我们问过他们，"萨贝尔说，"这是你的专业。你认为到了什么剂量你会说：'我需要退回来，对这名患者重新进行评估，因为这可能不起作用了？'"

尽管华威酒店的会议对于珍妮弗·萨贝尔来说步履维艰，与会的疼痛专家还是意识到了问题的严重。在后来举行的会议上，他们自己建议劳工和工业部为开处方的医生制定指导方针，对用药量加以限制，并且指出不是每次疼痛加重都应通过加大用药剂量来解决。

然而，就在这些指导方针发布之前，弗兰克林收到了普渡制药两位高管的信。他们反对对阿片类药物的用药设定上限。

"限制慢性疼痛患者的阿片类药物用量并不是解决问题的办法，"拉利·塞缪尔和 J. 大卫·哈多克斯医生在 2007 年的那封信里写道。哈多克斯就是假性成瘾概念的提出者之一，现在他为普渡制药工作。他们写道，罗素·波特诺伊和纽约贝斯-以色列医疗中心的 7 位研究人员对 219 位关节炎和腰痛的患者进行了一项为期三年的研究，发现患者每天服用 293 毫克的奥施康定是没有问题的。

塞缪尔和哈多克斯写道，他们担心的是，需要更大剂量阿片类药物的患者"在等待咨询疼痛专家的过程中可能未得到充分的治疗，正如指导方针所要求的那样"。

不久之后，斯波坎市的一位名叫默尔·简斯的医生将劳工和工业部告上了法庭。简斯医生得到了 5 家律师事务所的协助，其中 4 家位于华盛顿州之外。在提交给法庭的一份陈述中，他们声称，华盛顿州有"一种极端的反阿片的歧视性敌意或名为阿片恐惧症的狂热,认为其影响、渗透并肆意腐蚀公共卫生政策的制定和管理",而该指导方针就是一个例子。

因此,劳工和工业部的指导方针悬而未决达两年。2008年,25名工人因服用阿片类药物过量而死,他们每个人都曾带着伤去找受理工伤赔偿的医生;2009年,又有32人死亡。

然而,华盛顿州、劳工和工业部以及华威酒店会议,开始重新思考处方止痛药的广泛使用——这是对止痛革命以来已经成为常识的一种看法首次重新进行评估。迈对2001年的首批工人死于药物过量的报告进行调查时,它就在人们心中扎下了根。她与弗兰克林一同撰写的论文,以及珍妮弗·萨贝尔就华盛顿州的药物过量致死进行的调查,反过来也提醒了位于亚特兰大的美国疾控中心。该中心的流行病学专家开始考察全国范围内阿片类药物过量而导致的死亡率。他们将仿效俄亥俄州的做法,几年前,该州的黑焦油海洛因出现时,正好遇上处方止痛药泛滥,而且第一个药丸工厂就是从这个州冒出来的。

与此同时,2011年5月,一名法官驳回了简斯医生的诉讼。第二年,华盛顿州发布了弗兰克林和迈之前提出的处方药指导方针——这是第一个建议医生控制他们的阿片类药物处方的州。华盛顿州的立法者也废除了对顽固性疼痛的规定,即允许无限量地开阿片类药物。

后来,我打电话给简斯医生,询问诉讼的事,还有他是如何得到这么多律师事务所的帮助的。秘书记下了我的信息,说由于"华盛顿州给医生带来的麻烦",他们已经不再为疼痛患者开阿片类药物了。简斯医生没有回我的电话。

44. 五旬节派的虔信，疯狂的抓痕

波特兰，俄勒冈州

1906 年，一场疯狂的基督教奋兴运动从洛杉矶喷薄而出。

这是非裔美国人的运动，但它很快被整合了。它以家庭教会所在的街道名称命名。阿苏沙街奋兴运动（Azusa Street Revival）标志着五旬节信仰的第一次爆发。随之而来的是热诚的祈祷，说方言，对在主里重生的信仰。奋兴运动向东蔓延到美国的中西部和南部。不到十年，这场运动就来到了纽约。在拥护它的人之中，有许多俄罗斯移民工人。

他们返回俄罗斯宣讲他们的新福音之时，正值共产主义革命者在推翻沙皇政府。这些五旬节派的先驱在俄罗斯、乌克兰和白俄罗斯转变了数千人的信仰。新生的苏维埃政府把许多人送进了古拉格劳改营。其他信徒则继续传播福音。周日他们全天在家里举行礼拜，说方言，在艰难中传扬洗礼，捍卫自己的宗族的发展。妇女们戴着头巾。跳舞、珠宝和化妆都是不允许的。他们是和平主义者，断然不用枪支不要电视。他们年纪轻轻就结婚，有很多孩子，高等教育对他们关上了大门，因此他们去做了电焊工和卡车司机。

他们信仰的是新教，但是，俄罗斯的五旬节派依靠《旧约》中严厉的神引领他们熬过了苏联的压迫。在苏联的传教行动结束时，已经有 70 万人——其中大多在乌克兰和白俄罗斯——成了狂热的五旬

节派教徒。然后，梦想终成现实。美国是个鼓励新教信仰发展的国家，甚至电台、电视台都向新教开放。成千上万的移民远道而来，主要定居在萨克拉门托、西雅图和俄勒冈州的波特兰。

在这些人中，有一对来自巴克桑市的年轻夫妇阿纳托利和尼娜·辛亚耶夫。阿纳托利是一名电焊工。尼娜的父亲是一名福音传道士，在德国和以色列巡回传教。当苏联的城墙倒塌时，辛亚耶夫夫妇带着两个刚刚学步的女儿逃到了波特兰。

尼娜在美国生下的第一个孩子也是他们的第一个儿子，名叫托维耶。从那时起，她一直在怀孕。这对夫妇又生了 10 个孩子。阿纳托利总是在工作。他们搬了 8 次家，主要是在波特兰市郊区的格雷沙姆和密尔沃基，那里是俄罗斯五旬节派教徒聚集的地方。他们加入了一个保守的俄罗斯五旬节派教会，按照他们的信仰抚养孩子长大成人。

但是，他们的美国梦里蕴含着他们想象不到的危险。在一切都被允许的美国坚持基督教的信仰，要比在什么都不被允许的苏联困难得多。到处都是教会，令人分心的事和罪恶亦是无处不在：电视，两性关系放纵的流行文化和财富。

宗教领袖在老家那暗无天日的几十年里，推行各种禁令维持他们的信仰。女孩不能染发、穿耳洞或者化妆。年轻男女不可交谈，也不能约会。如果一个男人想结婚，他就去找牧师，牧师则会去问此人钟情的那位年轻女子的意思。俄罗斯五旬节派与美国社会并没有太多的关联，他们将美国社会视为一种威胁。有电视机的家庭被认为不够虔诚，于是，这些家庭就把电视机藏起来，不让来访者看到。牧师把电视机称为独眼魔鬼。

辛亚耶夫夫妇不允许女儿涂指甲油，也不许与美国人交往。但阿纳托利在地下室藏了一台电视机，当他以为孩子们听不见的时候，就会打开电视。而孩子们也趁他不在家时看电视。辛亚耶夫夫妇的第二个孩子爱丽娜是所有孩子中最固执的。她是一个长着鹰钩鼻的漂亮女孩，在母亲怀孕时负责照顾兄弟姐妹，她对于统治着她家的教会教义早已大为不满。

"他们成天鼓吹的教义就是女人应该穿长裙、戴头巾,不化妆,"她说,"他们从来不教你如何去爱。他们也不想让我们知道上帝宽恕了我们。"

当辛亚耶夫家的几个大孩子进入青春期后,他们便对父母隐瞒了他们的生活。爱丽娜每天早晨在校车上化妆,将长裙换成裤子。放学后,她再穿回五旬节派的服装,卸了妆,回到家里看起来就和她出门前一样,没有任何改变。

与此同时,美国经济看似一派风光。俄罗斯五旬节派教徒开起了汽车商店,经营起了货运业务和焊接业务。在苏联过了多年的穷日子之后,他们突然过得非常好,有些人变成了富人。五旬节派的孩子进了学校,便是来到了消费主义的美国,在家则是回到了俄罗斯的旧世界。他们忍受着教会,但看重财富。他们不上大学,全力去买他们想要的东西,并悄悄地反抗他们父母的老旧生活方式。

然后,奥施康定出现了,在波特兰和西海岸其他城市,似乎发生在 2004 年左右。

加利·奥克斯曼医生的办公室位于波特兰市中心的马尔特诺马县卫生局,他注意到了奥施康定的出现,也看到了药物过量致死的人数再次开始上升。波特兰从未有过很多大卫·普罗克特式的药丸工厂,不过,倒是有几千名合法医生开始为治疗慢性疼痛开出类似奥施康定的阿片类药物。

多年后的一天,我和奥克斯曼在波特兰市东北部的一家咖啡馆见面。"我们这里的医学界一直认可的理念是疼痛是第五大生命体征,"他说,"不是野蛮的滥服,而是整个医疗体系都在不急不忙地开大量的阿片类止痛药。"

当然,加利·奥克斯曼 10 年前就已经见过这样的事了。1990 年代,铃利斯科黑焦油海洛因慷慨大方的供应将波特兰的成瘾率和死亡率一再推高。而奥克斯曼、正在康复的成瘾者称为"康复联盟项目"

以及其他人的努力，一起致力于拉低这些数字，确实见效了。但到了2004年，奥施康定却在让这些努力付诸东流。他说："人们因服用这些药而对阿片类药物成瘾。由于药片的费用问题，他们转而使用海洛因。"

奥克斯曼将数据绘制成一个图表，就像他在1999年12月对海洛因过量进行研究时所做的那样。2004年，阿片类药物过量死亡人数再次稳步上升。

到那时，失去双腿的成瘾者艾伦·莱文已经戒毒近十年了。他为康复中的成瘾者大声疾呼，被任命为当地一个药物规划委员会的委员和州长的药物滥用委员会委员。然而在2006年，药片依然随处可见。莱文因丙型肝炎引起的腿痛而接受了维柯丁的治疗，后改用奥施康定治疗。他再次开始滥用药物，很快又流落街头，几年后，我在市中心的一家汽车旅馆里找到了他。他已经转而使用黑焦油海洛因了，东西是从那些仍然在城里到处送货的墨西哥人那里买到的。"我试过再给他们别的号码，"他告诉我，"但是没人想弃用原来的号码。"

不过，在波特兰，大多数阿片类药物的消费者是从未使用过它们的年轻人，几乎都是白人。从群体的角度看，似乎俄罗斯五旬节派教徒的孩子是最不可能成瘾的，这些人逃离了迫害，却发现美国的流行文化比苏联官员所能发明的任何东西都更具挑战性。

这些人中，有一个叫维塔利·穆尔亚，他出生在乌克兰，在美国闭目塞听的俄罗斯五旬节派教会里长大——先是在萨克拉门托，后来去了波特兰。和同龄人一样，他会讲一口流利的俄语，他的英语中还夹杂着他2岁时离开的那个国家的口音。和同龄人一样，他也认为教会枯燥乏味、毫无生气可言。

维塔利和他的一些五旬节派的朋友在他们自己的世界里长大。他找到了一份机械师的工作。汽车是他的至爱，尤其是他那辆珍贵的红杉绿色的1999年大众捷达。

后来，同事给了他一粒维柯丁。这些药是医生开的，能坏到哪里去呢？于是，他找到一种新的激情。很快，他就换成了奥施康定，一天吃4粒。

为了负担药费，维塔利成了波特兰市俄罗斯五旬节派教徒中第一批卖奥施康定的人之一。许多五旬节派教徒的孩子从他们打的这份工里赚到了钱。维塔利在他那个闭目塞听的朋友圈里卖药。更多的人开始通过卖药来维持自己的药瘾；他就为他们供货。在那些一周得跟父母去三次教堂，还不许看电视的孩子中间，药瘾悄悄蔓延开来。每个星期天，当维塔利站在那里唱俄罗斯赞美诗的时候，他会看着教堂里的会众，明白一半的同龄人都对奥施康定上瘾。有些人打着盹，脸埋在手心里。

到2006年，维塔利认为自己是波特兰当地的俄罗斯五旬节派教徒中最大的奥施康定卖家。他可以轻松负担自己每天所需的药片，还为自己的大众车投入了数千美元。然而2008年，他被捕了，也失去了工作。缓刑期间，他不能再卖药了，因此也买不起药了。于是，他转而从在城里到处转悠的墨西哥人那里购买廉价的黑焦油海洛因，这些墨西哥人。他几进几出监狱，向父母要钱去买毒品。来讨债的俄罗斯五旬节派毒贩把卡车开到了他父母家的草坪上，要他们还钱。他失去了捷达。很快，他就流落街头，睡在波特兰市中心的硬纸板上。

数以百计的俄罗斯五旬节派教徒的孩子都走上了这条路。他们的父母毫不知情，或者羞愤难当，像藏起电视机一样，隐瞒着孩子染上毒瘾的事。

爱丽娜·辛亚耶夫第一次尝试海洛因是和一位工作上的朋友，后者告诉她，这会让她放松。她的妹妹则是从奥施康定开始的。她的哥哥托维耶也是。爱丽娜失去了工作，急不可耐地想要毒品，于是开始和一个俄罗斯五旬节派的海洛因毒贩约会。这个人的黑焦油海洛因也是从像送比萨外卖一样送海洛因的墨西哥人手里买来的。

爱丽娜以为自己是家中唯一吸食海洛因的人。可是一天晚上，当她看到她的妹妹和哥哥都在打盹，她就明白了。20年前，阿纳托利和尼娜为了自由而离开了苏联，来到了美国，20年后，他们最大的3个孩子都神不知鬼不觉地对纳亚里特州铅利斯科来的黑焦油海洛因上了瘾。

爱丽娜的妹妹因小偷小摸被警察逮捕了，托维耶也因入店行窃被警察抓走了。阿纳托利和尼娜开始疯狂地检查孩子们的手臂。与此同时，爱丽娜向自己身体的其他部位注射毒品。

2011年3月的一个下午，托维耶告诉母亲，他患了流感。他和爱丽娜一起出去了，几小时后他们回来了。他看起来有点不一样，但尼娜的孩子太多了，并没有太在意。第二天早上，她发现她的大儿子躺在床上，昏迷不醒，呼吸困难。急救人员无法救活他。他靠生命维持系统活了三天。

克拉卡马斯县波特兰市的密尔沃基郊区是个又小又安静的地方，当地警局只有两名警探。那天早上，其中一个警探汤姆·加勒特在待命。他在托维耶的卧室里找到了几个海洛因气球和一支注射器。

在接下来的18个月中，托维耶·辛亚耶夫之死成了克拉卡马斯县的一个判例案件。

与此同时，尼娜在家里检查了女儿爱丽娜的手臂。平时，出于五旬节派教徒的虔诚，手臂都是被长袖外套遮起来的。此刻，她在女儿的手臂上发现了瘀青和疯狂的抓痕。

45. "我们带起了这波流行"

肯塔基州东部

2003年春,一群未加入工会的钢铁工人离开了肯塔基州的格里纳普县,前往佛罗里达州狭长地带的沃尔顿堡滩,搭建一个新的沃尔玛超市的框架。

格里纳普县与俄亥俄州的朴茨茅斯隔河相望。这里有着钢铁工人不加入工会的悠久传统,是钢铁业曾在俄亥俄河沿岸蓬勃发展的一个遗证。即使在钢铁业落寞之后,格里纳普县的家家户户依然以此为生,钢铁工人去全国各地寻找像沃尔顿堡滩的沃尔玛超市项目这样的工作。

但到了2003年,他们中许多人的儿子以及一些年轻工人都染上了药瘾。其中一个瘾君子叫加勒特·威思罗。

因为毒瘾,加勒特已经放弃了很多东西。他曾希望获得大学的篮球奖学金。但在朴茨茅斯的高中里,每个人都在嗑药。加勒特是从约翰·利里在市中心的诊所里给他开的维柯丁开始的。一上瘾,加勒特就从他癌症晚期的父亲那里偷拿奥施康定。8年来,他一直沉迷于奥施康定,不能自拔。他的每个计划都付之东流。不久,他也加入了格里纳普县的钢铁工人队伍。

2003年春,他跟这帮工友在沃尔顿堡滩工作了几周,此时他们的药也用完了。一天下午,一个工友外出,到晚上才回来。

"看我带了什么回来。"他说着举起了那天下午开的几瓶药。

人们发现，佛罗里达州的医生在开这些药的事情上是非常随和的。佛罗里达州没有处方监控系统，无法查验每位患者是否去过其他诊所，是否从医生那里骗取处方。在佛罗里达州，没有人预见到这项业务的潜力。格里纳普县来的这帮工人开始去找这些医生看病，也叫佛罗里达州来的工友去，再把药片卖给他们。随后，他们把这些药卖回到肯塔基州，价格是之前的3倍。

"我还记得，一开始他们都觉得我们是疯了才会去做处方药的生意，"加勒特说，"我们让他们替我们去看医生。起初，他们卖给我们的药是真的真的很便宜。"

最终，他们提高了价格。但"这让人们轻而易举地意识到这件事很简单，"加勒特说，"其他人也开始说：'我们去找医生吧。'我的朋友每个月都去，就好像他的家庭医生在那里［佛罗里达］一样。他开始把这事告诉其他人。就这样，我们带起了这波处方药的流行。"

当我四处挖掘，试图弄清楚阿片类药物是怎么蔓延开来时，我发现了许多像威思罗这样的故事。如今止痛药很容易开到，药片可以通过一次不经意的接触、偶然的相遇在易感人群中散播——这与埃博拉和艾滋病的传播方式并没有什么不同。而阿片类药物的新上瘾者传播哪里可以搞到药的信息，这就跟咳嗽传播细菌一样。

一些最有影响力的早期病媒是来自肯塔基州东部的新晋瘾君子，当地的煤矿正在接二连三地关闭，人们只能靠社保补助金和医疗补助卡来维持生活。这些瘾君子会假装疼痛和受伤，欺骗当地的医生和药剂师，然而医生和药剂师很快就变聪明了。值得称道的是，肯塔基州是第一批建立起追踪系统的州之一，可以追踪患者开了什么药以及是哪位医生开的。可是，肯塔基与7个州相邻，肯塔基州东部许多人家里都有离开家乡去其他州找工作的亲戚，经过几十年的外迁，州界对于这个地区的人来说就没那么重要。因此，肯塔基州的处方监控系统很快就得到了意料之外的结果，它把本州新近对阿片类药物上瘾的人赶到相邻的州去找药，让他们首先想到了利用自己亲友的人脉。

这种为了寻找非法物品而展开的跨州之旅，在私酒贩运曾经很普遍的肯塔基州东部许多县已是司空见惯。这些县多年来都是禁止酿私酒的。一代又一代的私酒贩子从小就非法售卖他们从允许卖酒的县里运来的酒，当地警察要么对此睁一只眼闭一只眼，要么包庇纵容。弗洛伊德县（人口3万）就是其中之一，1983年，该县终于允许卖酒了。

然而，在此之前，非法卖酒"使我们的警察队伍几十年来陷在腐败的泥沼中"，阿诺德·特纳说。他是弗洛伊德县的前任检察官，也是现任检察官布伦特·特纳的父亲。"罪犯网络由此形成，渐渐地，当他们无法经营酒水生意时，就不得不寻找另一种产品。经历过长期的私酒贩卖，公众面对货品走私和非法行为时变得反应迟钝，不抱期望。人们已经习惯了。没有人发现怪物已在眼前。也正因如此，这些药才能有如此大的破坏力。"

许多私酒贩子几乎变成了这场流行病的先驱。

其中一人是蒂米·韦恩·霍尔，他在弗洛伊德县的布兰罕溪谷（Branham Creek Holler）长大，父亲是工厂工人，也是"上帝的教会"的牧师。霍尔的兄弟姐妹和亲戚都在附近的煤矿工作。除了煤矿，弗洛伊德县并没有太多其他的就业机会，更何况，煤矿也不是个易于谋生的地方。霍尔自有想法，而且活到现在他没有工作过一天。

1980年，他结婚了，妻子的娘家是以贩卖私酒为生的。他开始驾车去佩里县成箱成箱地买施利茨啤酒，这种啤酒最便宜，也是私酒贩子的最爱，然后在弗洛伊德县以3倍的价钱卖掉。在弗洛伊德县投票通过，允许该县卖酒之后，霍尔申请了社保补助金，就像此地好几户家庭一样，开始每月领支票。一次车祸后，医生给他开了洛塞特，可以用他的医疗补助卡来支付。很快，他就对这种药上瘾了。

那个时候，弗洛伊德县还没有那么多人对药物上瘾，大多数人像蒂米这样服用10毫克的洛塞特——这种药是氢可酮和对乙酰氨基酚的混合物。但是，1996年，奥施康定问世了，很快各地的人都开始对这种药上了瘾。医生一开始并没有给霍尔开奥施康定。

"除了癌症患者，没人能开到这种药。"霍尔说。而且1999年，该州实施了自己的处方监控计划。

肯塔基州成了禁区，霍尔便通过老家的一个在底特律的朋友找到了有渠道买奥施康定的人。他还在代顿和托莱多也找到了这种买药渠道。几年前，他看过关于纽约黑手党成员约翰·戈蒂和哥伦比亚毒枭巴勃罗·埃斯科瓦尔的报道。奥施康定的出现，让他这样一个人生中没有太多想法的人想要追随他们的脚步。他开始定期驾车去俄亥俄州和底特律找药。这些关系非常可靠，因而随着奥施康定的出现，弗洛伊德县的情况变得非常糟糕。

2004年，情况开始变得更糟。一天，当地一个名叫鲁斯·米德的卡车司机开车穿过路易斯安那州时，发现斯莱德尔市一家快捷诊所（urgent care clinic）的广告牌上提到了处方止痛药。

米德是从弗洛伊德县来的，他了解这类药的价值。他停了下来，开了一堆药，带回家卖掉了。他灵机一动，带着弗洛伊德县的几个瘾君子开车——要开17个小时——去了斯莱德尔市，他为他们付诊费，然后拿走一半他们开的药。其中一个男人叫拉里·戈布尔，以前是矿工，患有黑肺病，还当过一段时间的副警长。后来，米德去世了，戈布尔就继续带着瘾君子们南下去快捷诊所，付他们的路费和500美元的诊费，他把这看作是在跟医生做戏。作为回报，他们开的药他拿走一半。后来，戈布尔在联邦法院作证时说，他自己服了一部分，其余的卖掉了。

没过多久，弗洛伊德县就有几十个人开车17小时去斯莱德尔市。诊所的老板迈克尔·莱曼随后又在费城开了一家，聘请兰迪·维斯来行医，而这位医生本身不仅吸毒还酗酒。维斯后来作证说，尽管名字叫快捷诊所，但诊所根本没有紧急救护设施，没法为急诊病人上石膏、缝伤口。莱曼的诊所向肯塔基州东部地区的人每次收诊费500美元，而当地人只需支付 250 美元。接着，他又在辛辛那提开了一家快捷诊所，聘请了斯坦·纳拉莫尔医生，此人曾在堪萨斯州被判谋杀罪，后来上诉推翻了这一判决。每个星期都有一车一车的人从弗洛伊德县出发去费城和辛辛那提开药。

新一批药片从这些快捷诊所涌入弗洛伊德县，打破了山谷里脆弱的平衡。小河沿岸住着一些人家，过着平静体面的生活，他们尽心尽力抚养孩子，尽管这一地区工作难找，但只要有，他们都会去做。可是，还有些人家几代人都失业了，靠政府的救济生活。到那时为止，他们干的不过是些小打小闹的犯罪勾当，并不曾扰乱过山谷里的生活。然而，奥施康定一出现，最悲惨的人家变成了这里的主宰和不可控的力量。

蒂米·韦恩·霍尔是莱曼在费城的新诊所的最大客户之一。霍尔不停地来回奔波，花钱请人开车替他来，因为他药瘾很重。

"我每个月要带 20 个、25 个人去费城。病人就坐在车里。我进去帮他们拿药方，然后以他们的名义去药房；药房离那里只有 20 英尺远。"

每个病人都能开到近 500 粒药，霍尔会拿走一半，也就是说，他能从他带去快捷诊所的每个人身上赚到 4 000 多美金。他还从底特律和另外三个州的关系户那里弄药——但他害怕肯塔基州的处方监控系统，所以从不在该州拿药。在老家，每个月的第一天，当社保补助金支票送达弗洛伊德县时，他就狠赚了一笔。

他开始雇药贩帮他卖药。在他的巅峰时期，他估计肯塔基州东部的 5 个县里都有他雇的药贩。一听说有了竞争对手，他就会去找对方的客户，把 80 毫克的奥施康定以每片 65 美元的价格卖给他们，而他的对手要卖 70 美元。到处都有他的生意，他就这么看着奥施康定渗透到肯塔基州东部的每个角落。在富裕的派克县，从事专业工作的人是他的主顾；帮这些专业人士盖房子的建筑工人也是他的主顾。

霍尔，一个从没有工作过的人，如今却在布兰罕溪谷一带买了十几套房子。他经常带朋友开车旅行,为每个人的旅馆费用买单。一小群瘾君子围着他转,他付钱让他们做饭、洗衣服、打扫房间、修剪草坪,在他的物业里干些零活。他越来越陶醉于这种权力,他也知道,是那些药让他在肯塔基州成了一个慷慨大方的大人物。他已经养成了习惯,80 毫克的奥施康定一天要服用多达 20 粒。

2007 年,霍尔被捕了。在戒断期间,他突然发作,被短暂宣告死亡,后来他花了 6 个月的时间重新学习走路。在认罪时,霍尔承认卖了 20 万片奥施康定和美沙酮,然而实际数字可能要高很多。

"我为我做的事感到抱歉。"当我在联邦监狱和他通电话时,他说道。他正在这里服他的 15 年刑期。"我在教会长大,并没有想伤害任何人。但我是个失去控制的瘾君子,没有意识到我伤害了谁。"

与此同时,在金钱和毒瘾的驱使下,弗洛伊德县的瘾君子兼药贩就像猎犬一样嗅出了远方那些利欲熏心的医生。

在佛罗里达州,1 粒 30 毫克的羟考酮卖 8 美元,回家则可以卖到 30 美元。佛罗里达州没有处方监控系统,所以任何一个药剂师都会根据处方配药。显然,弗洛伊德县第一个发现佛罗里达州的人是吉姆·马希莱特二世。他每个星期都会开着房车载着一车女瘾君子去一次劳德代尔堡。联邦探员关闭了马希莱特之前一直开药的费城和辛辛那提的快捷诊所之后,他第一个冒险跑去了佛罗里达州。

随着佛罗里达州的开放,阿巴拉契亚人新的迁移潮开始了,这次是向南。野营车每周都长途跋涉从奥施康定泛滥成灾的俄亥俄州、肯塔基州、西弗吉尼亚州等地出发去看医生。从西弗吉尼亚州的亨廷顿飞往劳德代尔堡的航班,也被称为"奥施康定快运"(OxyContin Express)。到 2009 年,全美排名前十的开羟考酮处方的县之中,有 9 个在佛罗里达州,剩下的那个是朴茨茅斯所在的俄亥俄州的赛欧托县。布劳沃德县 2007 年时有 4 个止痛诊所,两年后有了 115 个。

起初,只要乡巴佬们把钱留下,把药带走,佛罗里达州的官员似乎并不太在意。直到 2009 年,佛罗里达州才安装处方监控系统——

成为全国最后一个用上该系统的州。而在那时,远到科罗拉多州的顾客都跑去佛罗里达州开药。

然而,是俄亥俄州和肯塔基州那些手头拮据的家伙发现了这个阳光之州①。兰迪·亨特是弗洛伊德县来的肯塔基州警探,他追踪弗洛伊德县的药片踪迹,最终走遍了全美各地。他在新奥尔良、费城、休斯敦以及佛罗里达州的一些城市对卖药给四处奔波的弗洛伊德县来的瘾君子兼药贩的利欲熏心的医生和止痛诊所老板进行了立案调查。

"我们看到肯塔基州东部的许多人都走出了这个州。"亨特说。他现在已经退休了,有一天带着我去参观弗洛伊德县的山谷。"他们像吉卜赛人一样四处游荡、找药,发现哪里有药就在哪里停下来,不仅仅是停留,还把他们的朋友和家人带来了。"

---

① 即佛罗里达州。——译者

46. 药物过量致死比车祸更甚

俄亥俄州南部

来自俄亥俄河边阿伯丁镇的骨瘦如柴的瘾君子杰里米·怀尔德，2007年出狱回了家。

2003年，他因毒瘾发作闯入几家药店而被捕。他离开阿伯丁的那年，镇上只有一小群吸毒者，都是从他那里买奥施康定。现在，4年过去了，他的兄弟以及他认识的每个人都去佛罗里达州买这种药了。但事情远比嗑药还要糟。阿伯丁的许多人都在吸食海洛因。他们在小镇上游荡，一副半死不活的样子，为身上的针眼感到自豪。

"我卖奥施康定的时候，就一群人在吃这种药，"他对我说，"当我回家时，不止这群人，其他所有人都在吃。警察的孩子，穷人的孩子，富人的孩子，聪明孩子，笨孩子。"

这个地区孕育了这样一代年轻人，他们对未来没什么期待，他们的家人已失业多年。这些孩子当中，很多人都上瘾了。然而，推动这个市场的并不是生活在最底层的孩子们，而是那些富裕家庭的孩子。杰里米的客户里有两个人是亲兄弟，父母是城里的大企业主。还有一个客户即将继承好几套房子。

2007年，杰里米·怀尔德从他所在的俄亥俄河边的地方看到了这样的变化，先是服用药片，现在是吸食海洛因，很多人两者都用。但是，俄亥俄州没有一个政府官员意识到这一点，直到有一天，一些数据送到了哥伦布市北部一个州政府办公室里，出现在了一个喜欢独处的工作人员的桌上。

埃德·索西喜欢数字。

他是俄亥俄州卫生部的流行病学家，在位于哥伦布市的卫生部大楼 8 楼的"暴力与伤害预防司"（Violence and Injury Prevention Section）工作，追踪因暴力和受伤致死的数据。到 2005 年年中，这份工作他已经干了 22 年了。

索西是出了名的独来独往，着迷于研究统计数字、数据以及隐藏在它们背后的故事，对此有着无穷无尽的好奇心。

"我就整天坐在电脑面前，研究死亡数据，"他说，"我喜欢跟数字打交道。出于好奇，我把所有我能看到的都看了。"

到 2005 年时，索西仍在监测许多热点话题的数据，其中包括凶杀和自杀的，这两者有一定的增加和减少的频率。然而，有一个数字他以为会保持不变，那就是意外中毒死亡的数字。不会有那么多人把自己毒死，所以每年的数字也的确变化不大。

所以，2005 年，当索西发现俄亥俄州的中毒死亡人数在一路攀升时大吃一惊。

他的数据来自联邦疾控中心。俄亥俄州验尸官发的死亡证明都会提交给联邦疾控中心，后者会根据死亡原因对这些死亡证明进行编号，再将编号发回俄亥俄州以便更容易评估。

这一切都是从意外伤害死亡数字开始的。一天，索西坐在他的办公桌前，看到意外伤害死亡的编号排在了前面。进一步了解之后，他发现大多被算作意外中毒。为什么意外中毒死亡人数会上升？他对此饶有兴趣，便继续追查疾控中心的数据和编号。结果显示，中毒死亡实际上是毒品过量致死。这种情况以前没有发生过。可卡因和甲基苯丙胺——20 世纪八九十年代流行的毒品——都具有破坏性，但人们通常不会吸食致命的剂量。而人们确实会过量吸食的海洛因，自

1970年代以来就不是一个持续发生的问题。几十年以来，俄亥俄州吸毒过量的情况一直比较稳定。

索西将这些新数字绘成了图表。在保持稳定几十年后，死亡人数突然飞升了上去，6年里几乎增加了3倍。

在疾控中心编号为X44s的死亡案例中，很大一部分是由于"未特指药物"。但同样数量的编号为X42s的死亡案例，原因为麻醉剂品过量。索西打开计算机来验证信息，查询致死的特定药物：羟考酮、氢可酮、海洛因、可卡因、吗啡、鸦片。在药物明确的所有死亡案例中，几乎都有阿片类药物。

这些数字让索西感到惊恐。他把它们拿给卫生部的人看。起初，人们对他的工作"充耳不闻"，他说，"我没有得到任何反馈，没人认为这当中有问题，应该进一步探究。我有点失望，因为我认为这个问题非常重要。"

索西等待着时机，与此同时看着这些数字在接下来的18个月里不断上升。

2007年1月，克里斯蒂·比格利担任了卫生部暴力与伤害预防司主管。比格利之前在一家儿童医院工作，来就医的孩子主要是一些皮外伤，与药物没有什么关系。但这对于没有太多暴力与伤害预防经验的她来说，或许反而有所帮助。索西拿出他的数据和图表，上面反映了致命药物过量案例的突然增加。俄亥俄州所有中毒死亡案例中，95%是药物过量，排头号的是处方药。

比格利震惊了。他们进一步分析了这些数字，从那时起，他们意识到药物过量致死案例将超过车祸致死，成为俄亥俄州伤害死亡的首要原因。

这是美国公共卫生史上令人瞠目结舌的一刻。自从汽车在美国兴起以来，机动车意外事故一直稳居各州乃至全国的伤害死亡原因的榜首。现在，埃德·索西的数据表明，这一情况很快将不再适用于俄亥俄州。到2007年底，情况果然如此。

"这种趋势真的非常惊人，"比格利说，"是那些药片让我们走到了这一步。相比 1970 年代海洛因流行时，我们现在暴露在阿片类药物下的人口要多得多。"

2008 年，药物过量首次在全国范围内超过了致命的机动车事故数量。但这种情况率先发生在俄亥俄州，两种互补的阿片类祸害于 1990 年代后期在那里相遇并共同作用：处方止痛药，尤其是普渡的奥施康定，从东向西蔓延；"铃利斯科男孩"的黑焦油海洛因则由西向东移动。

其影响 10 年后在埃德·索西整理的死亡数据中体现了出来。

索西和比格利还发现，在俄亥俄州，每年的处方止痛药数量与药物过量死亡人数有着同样的上升幅度。1999 年到 2008 年间，两者的涨幅都超过了 300%。但即使这个还不是全部的真相。一些阿片类药物的使用量实际上有所下降：例如可待因。而真正的问题就出在那些用量猛增的药物上，即羟考酮。那些年里，俄亥俄州分发的羟考酮克数——奥施康定中唯一的药物成分——增长了近 1 000%。

他们写了一份报告，揭开了曾经被遮蔽的事实。

（1）2003 年至 2008 年间，死于药物过量的俄亥俄州人的数量比整个伊拉克战争期间死亡的美军人数高出 50%。

（2）1999 年至 2008 年间，死于处方药过量的人数是快克可卡因流行的 8 年高峰期里死亡人数的 3 倍。

（3）2005 年，俄亥俄州死于药物过量的人数超过了 1990 年代中期该州艾滋病高峰期时的死亡人数。

而在朴茨茅斯，特里·约翰逊医生一点也不感到惊讶。

到 2008 年，约翰逊已在赛欧托县做了 6 年验尸官。他是一名家庭医生，没有接受过法医学训练。但在小城镇里，家庭医生经常承担验尸官的工作。2002 年，约翰逊被选中干这个活的时候，这种药正席卷他所在的县，其数量之多足以形成奥施康定经济。一天晚上，当一位副警长打电话过来的时候，他正想弄明白一个小县的验尸官除了推测死亡原因和方式之外还该做些什么。

"医生，这里有个人好像药物过量了，"副警长说，"不知道你想做什么。你如果不想来可以不来。"

之前的验尸官都不去的。

"我想我应该去一下。"约翰逊说。在现场，他看到一名男性死者，手臂上还插着针头。

此后，过量致死的情况经常出现。警察的预算很少，死去的吸毒者能不尸检就不尸检了。但约翰逊把尸体送到了大县的法医那里，便能做全面的尸检和血检。结果发现，一再出现的阿片类药物通常还混有苯二氮䓬类药物，是普罗克特医生的鸡尾酒疗法。

约翰逊是一名接受过专业训练的正骨医生，正骨则是一门注重整体健康的学科。他曾经召集赛欧托县的医生、药剂师和民选官员，讨论用于治疗慢性疼痛的新型强效阿片类处方药。但没有任何结果。

现在，药丸工厂横扫他所在的城市。药物过量致死的情况每年都在增加。他看见药丸工厂外面排着的长队，瘾君子们沿着 52 号公路晃悠到沃尔玛。他看见有能力的年轻人声称自己"很容易"就能拿到社保补助金和医疗补助卡，从而搞到药丸。约翰逊开始将他所说的"与药物有关的死亡案例"制成表格，这种死亡很可能与死者本人的成瘾有关，而不是官方以为的心脏病发作。在他制表的时候，相关数字又翻了一番。

截至 2008 年，赛欧托县有 21 例药物过量致死和 23 例与药物有关的死亡——该死亡率在全州高居第二。然而，在哥伦布，立法机关还有其他顾虑。俄亥俄州掌管医生和药剂师执照的各委员会认为自己的手脚被该州顽固的疼痛法束缚住了，于是缄口不言。

"［这些委员会］但凡有一丁点想法，本可以阻止这一切。他们本可以让［药丸工厂］关门歇业。"约翰逊说，"我在试着改变我们开处方药的习惯。而我在对抗的是一个数百万美元的旨在放宽处方药限制的广告活动。然后流行病学家表示我是对的。但是，这些在州卫生部意识到我们的数字超过了交通事故［致死］的数字前没有人会注意到。"

克里斯蒂·比格利和索西写完报告后不久，就打电话给朴茨茅斯的护士莉萨·罗伯茨，想跟全州各地的妇女开会讨论这个问题。

莉萨打电话给一个朋友，同时也是公共卫生部门的同事。终于有机会讨论俄亥俄河沿岸地区的药物问题了。他们开车来到哥伦布。但很快就可以看出，房间里的其他女性对朴茨茅斯的遭遇一无所知。

"我们坐在那里，而她们在谈论自己的女儿有多棒。每个人都在聊比如'我女儿在读大学；我女儿是博士'，"罗伯茨回忆道，"我给朋友递了张纸条：'我们要怎么做？'她把纸条递回我手里：'如果你愿意说实话，我也愿意。这些女人需要有人让她们醒醒。'"

轮到罗伯茨了，她对在座的听众说，她女儿药物成瘾，还偷东西，而她完全被蒙在鼓里。罗伯茨把女儿赶出了家门。"我的女儿，"她的同事说，"被控为了拿到 3 个人手里的药而把他们杀了，现在关在监狱里。"她们同事的孩子中，有一半都上瘾了。接着，她们谈起了药丸工厂、奥施康定的物物交换经济以及持续的药物过量死亡。

房间里鸦雀无声。

"我还记得我回到家的时候，真的气疯了，"罗伯茨说，"我们的孩子因为沦为了这种窃取了他们灵魂的可怕化学物质的牺牲品而被剥夺了未来和自由，这是不对的。我们的孩子不应该就这样走向坟墓。我们送孩子们去参军。我女儿戒毒之后，她在战争中活下来的概率要比她在药物泛滥中活下来的概率大得多。"

比格利对药物过量问题做了一个总介绍。PPT 上以一个红色的点显示药物过量的情况正从俄亥俄州南部向北扩散。朴茨茅斯市举行了 3 次市政厅会议，请来了特里·约翰逊、医疗和药品管理委员会成员以及美国缉毒署的人。时任州长泰德·斯特里克兰德发布紧急行政命令组建了一支阿片类药物特别行动组,以推动政策的改变。

与此同时,在俄亥俄州的雅典县,乔·盖伊医生也拿到了埃德·索西和克里斯蒂·比格利准备的数据。盖伊是个很唠叨的得克萨斯人,他在俄亥俄州负责一个戒毒诊所,服务范围覆盖阿巴拉契亚地区的4个县。对统计数据,他也很感兴趣。

卫生部关于药物过量死亡的图表与配处方止痛药的图表几乎完全吻合。盖伊反复琢磨这些数字,想弄清楚两者之间的关联。于是,他打电话给朋友兼同事奥曼·霍尔。

奥曼·霍尔在哥伦布市附近的费尔菲尔德县负责一家戒毒诊所。那天下午,他和他在医学院学习的儿子去徒步了,小伙子跟他父亲一样,也对统计学有着强烈的兴趣。远足回来,霍尔查看了手机上的信息。他的眉毛拧了起来。

"是乔·盖伊发来的,"霍尔说着关了手机,略略笑着摇了摇头,"他说他发现处方止痛药的配药量与阿片类药物过量死亡的人数之间存在0.979的相关性。"

这太荒谬了。在30年的统计学经验中,奥曼·霍尔从没听说过如此接近1.0的相关性,这就等于图表想说,配发处方止痛药跟有人死掉是同一件事。

盖伊也觉得难以置信。他又把卫生部的数字算了一遍。每次他的计算机屏幕上都会显示0.979。

每个统计学家都知道,相关性并不意味着存在因果关系。但对盖伊来说,这个相关性意味着在俄亥俄州,几乎可以预测大约每两个月配发的处方阿片类药物就会导致一起药物过量死亡。

47. 一位职业摔跤手的遗产

西雅图，华盛顿州

2007年，阿历克斯·卡哈纳打开了约翰·博尼卡在华盛顿大学开办的疼痛中心的大门，眼前出现的是一处布满蜘蛛网的遗迹。

这家诊所曾经是个开路先锋，如今却窝在一个没有窗户的地下室。没有迹象宣示它的存在。日历早已泛黄，一摞摞文件静静地堆在那里，旁边是没人阅读的图表和一堆堆没有拆封的盒子，盒子中间被压得凹了进去，像老式结婚蛋糕。当卡哈纳穿过走廊，诊所的第五任临时主任告诉他，他是多么想找条出路啊。

这就是世界上第一家止痛诊所留下的东西。把疼痛当作一种疾病，一个值得研究的课题，都源于这里。此外，慢性疼痛有多种原因，因此不仅需要药物治疗，还需要职业治疗、物理治疗和心理治疗的想法，也是源于这里；甚至社会工作者也有重要的作用。

麻醉师、前职业摔跤手博尼卡创立了这家诊所。他根据自己的所学写了一本疼痛管理的经典教科书，1977年退休，1994年去世。后来，他的门生约翰·洛泽医生把博尼卡的诊所发扬光大，几百家诊所如雨后春笋般在全国各地建立起来。但是，保险公司渐渐停止了对诊所的多学科服务进行赔付。处方药越来越容易获得，价格也越来越便宜，而且至少在一段时间内效果很好。因为多学科诊所在萌生创建这类诊所的想法的学校中被边缘化，1998年，洛泽辞职了。

10 年后,卡哈纳说:"就好像[诊所]没有存在过。这是对多学科疼痛管理的发展状况的一个比喻。"

诊所的员工把这里称作地牢。穿过这片废墟的过程令人悲喜交加:阿历克斯·卡哈纳长期以来一直受到约翰·洛泽的启发。1980 年代末,卡哈纳凭借其在战场上的经验,开始在以色列军队里设立疼痛专科。1993 年,他在巴黎参加会议时,遇到了时任国际疼痛研究协会主席洛泽。

卡哈纳还记得洛泽的话:"疼痛是我们作为医生所做的工作的本质,减轻疼痛是基础医学。他谈到博尼卡曾是一名军医,看到自己妻子在分娩过程中经历的痛苦后,决定创建现代疼痛医学。为此,你必须涉足多学科。"

这些话启发了卡哈纳。多年后,当华盛顿大学请阿历克斯·卡哈纳恢复这家诊所时,他很清楚这个诊所在疼痛管理史上的重要性。继续博尼卡和洛泽的事业终于梦想成真。但他也明白为什么学校要去国外寻找能胜任此项工作的人。

"这体系完全崩塌了,没人会去碰它。"他说。

卡哈纳写了一份 43 页的合同,要求学校建一个全新的地上诊所。他希望有窗户和用天然材料建成的墙,墙上刷的是柔和的颜色。他想要一个"牛棚"① ——一个开放式工作区,医生可以在此有办公桌,而不是办公室,以便彼此可以更好地共享信息。他想要最好的成像设备来帮助确定身体的疼痛部位,他想要一个护士长来监督诊所的一切。

学校同意了。2008 年的愚人节这天,卡哈纳开始了自己的新工作。

等看到华盛顿大学诊所里的患者时,他当场吓了一跳。

"这些人长期服用大量阿片类药物,已经完全垮了,消耗殆尽。

---

① bullpen,即棒球投手上场前的热身区。——译者

我们说的是几百毫克的吗啡当量。这种剂量我一辈子都没见过：一天 400 毫克、500 毫克、600 毫克。"

更糟的是，没有人跟踪阿片类药物对患者的疼痛、身体功能、情绪低落、睡眠的影响。他打电话给其他地方的同事，发现全美各地都是如此。

"没有一家止痛中心提供基于实测的疼痛护理。这是 2008 年的事，"他说，"一切都是主观判断：药效好还是不好。有一个疼痛评分量表：1 到 10。这太疯狂了。一个价值数十亿的产业根本没有任何衡量标准。"

卡哈纳开始恢复洛泽和博尼卡建立的标准。每次有病人来就诊，他和他的工作人员就拿出一套计算机化的调查问卷，并进行简短随访。若一个患者表示疼痛有所减轻，但情况还是很糟糕，那意味着可能还有其他问题。

阿历克斯·卡哈纳也遇到了约翰·洛泽遇到过的问题。保险公司会报销几千美元的手术费，但卡哈纳无法让保险公司报销社会工作者的 75 美元费用，即使患者的某些疼痛可能源于失业或者婚姻冲突。

"没人认为这些事情有价值。谈话治疗 1 小时只能报销 15 美元，"卡哈纳说，"但我只要给你扎一针，我就能拿到 800 美元至 5 000 美元。这个体系重视的东西对患者不仅没有帮助，有时候反而有害。科学证明已经奏效的事，保险公司却不会为此付钱。"

48. 成为海洛因贩子的大好时机

纳什维尔，田纳西州

当出现新病毒时，往往是由当地医生发现的，后者偶然在某个患者身上碰到了令人不安的新症状。

类似的事也发生在"铪利斯科男孩"在密西西比河以东地区扩散时，当时，普渡的促销活动和开阿片类药物处方的新做法在那片地区制造了阿片类药物滥用现象的第一批成瘾者。不过，通常弄清楚发生了什么的是巡警或当地的缉毒特工，而不是医生。他们发现了黑焦油海洛因，看到它像批萨一样被发送，想知道这究竟是什么情况？

到了2005年，在纳什维尔郊区的默弗里斯伯勒，一名巡警偶然遇到了一个下了班的少年法庭的法警正在抽一种黑乎乎的黏稠物。后来，经检测是海洛因。被起诉的法警急于减少指控，在他的帮助下，默弗里斯伯勒的警察买了几次并对情况进行了汇总，发现这种东西来自递送毒品的墨西哥人；那位法警打电话要更多的海洛因的话，他们随即就会送来。案件变大了，并被摆到了缉毒署的纳什维尔行动组调查员丹尼斯·马布里的办公桌上，而他跟默弗里斯伯勒的警察一样毫无头绪。就在他和搭档试图弄清事情原委时，他的上司、行动组组长哈里·索莫斯来了。

"焦油坑行动"后，索莫斯离开了他在华盛顿特区的美国缉毒署总部的主管职位，现在他负责该机构在纳什维尔的办事处。然而，索莫斯并不曾忘记"焦油坑行动"和"铪利斯科男孩"的海洛因零售系统。6年后，看到他们的扩张，他大吃一惊。

"我们没能阻止他们，"他说，"这些家伙正在进入新的领地。"

索莫斯向马布里简述了铪利斯科人的来电—送货体系。"这就是你们要对付的人，"他说，"他们都来自纳亚里特州。"

马布里和他的搭档以前都没有听说过这个地方。但不久以后，他们整天想的都是纳亚里特。法警的案子越来越多，以至于占用了15名特工一年的时间。他们跟踪司机，看着买卖成交，监听手机。纳亚里特州海洛因送货人的窝点一个月要打进打出1万次电话，远远超过了监听员的能力。这个案子引着调查人员注意到了8个州的15个城市，后来它被人们称为"黑金热"（Black Gold Rush）。

马布里对我说："铪利斯科男孩来到这里，做起了生意，赚得盆满钵满，他们知道该怎么做，非常专业。他们把气球含在嘴里，一被警察拦下，他们就把气球吞下肚。"

事实证明，马布里所看到的是铪利斯科网络的一小部分，这个网络属于桑切斯家族，纳亚里特州海洛因交易中的传奇家族。和我所能拼凑出的信息类似，他们的故事是铪利斯科家族如何扩张海洛因生意的一个典型。桑切斯家族根植于铪利斯科附近的小村庄——阿奇利斯-塞尔丹村和埃米利亚诺-萨帕塔村等。和特耶达家族一样，这个家族也是墨西哥农村以亲缘划分、彼此隔离的产物：一个令人费解的通婚网络，包括堂表亲、兄弟、姐妹、同父异母或同母异父的兄弟姐妹、姻亲、远房堂表亲、继父母、父母亲、叔叔阿姨。

种甘蔗的桑切斯家族是1980年代初最早在圣费尔南多谷开始海洛因生意的家族之一。他们从那里扩展到了拉斯维加斯。我跟一个毒贩聊过，他说，有个叫拉萨莎的阿根廷妇女，是个瘾君子，她在1990年代初带着第一批桑切斯家族的人从拉斯维加斯发展到了孟菲斯。这座城市"一度成了最大的市场之一"，他说。

警方说，2004年，孟菲斯的一个瘾君子领着桑切斯家族来到南卡罗来纳州的默尔特海滩，他在当地一家美沙酮诊所进行治疗，帮该家族派发毒品给顾客。

警方后来以贩毒罪逮捕了这个瘾君子。但到了那时，桑切斯家族已经站稳了脚跟，从那里发展到了哥伦比亚、查尔斯顿，并最终控制了南卡罗来纳州的大部分海洛因交易。

从那以后，有报道称，桑切斯家族以一种非常不铙利斯科的方式捍卫自己的地盘，用暴力威胁进入该州的新窝点负责人。

"没有他们的允许，谁都不能在南卡罗来纳州干这个，"缉毒署在夏洛特市的一个线人说，"考虑到夏洛特离南卡罗来纳州很近，我们预计进到南卡罗来纳州的[夏洛特市铙利斯科人的]团伙会有更多重叠，但即便有，我们也没看到太多。"

在纳什维尔，马布里及其搭档监听了这个家族在当地的首领哈维尔·"奇托"·桑切斯-托里斯的电话，此人经常用手机打电话给他在纳亚里特州的叔叔阿尔贝托·桑切斯-科瓦鲁维亚斯。哈维尔曾经因为贩运海洛因而在南卡罗来纳州服过刑。2003年，他刑满释放，后来莫名其妙地死在了纳什维尔。

时间一长，当局渐渐认为阿尔贝托·桑切斯，人称"贝托叔叔"，是美国海洛因的主要来源。线人说，在铙利斯科团伙开始用小轿车和寻呼机之前，阿尔贝托·桑切斯是在圣费尔南多谷做海洛因生意的铙利斯科先驱之一，也是在洛杉矶范奈斯区的公园里卖海洛因的桑切斯家族第一批人之一。还有个线人说，阿尔贝托·桑切斯1980年代初在公园里的某次斗殴中杀了一个客户，然后跑回了墨西哥，可是马布里从没找到过那次谋杀的记录。

马布里说，尽管如此，"我们每逮捕一个人，这个人都可能会说'贝托是我的堂亲，他是我姐夫'。他们都认识阿尔贝托·桑切斯，都跟他之间多少有些关系"。

贝托叔叔经常指点他的侄子，比如哪些新市场可以开发，下一次的货什么时候送到，尤其是如何管理司机，调走一个，再找一个来接替。"就像换掉球队的卡片或球员一样,"马布里说,"他会调走合不来的或者处得太好的人,处得太好就会乱来,整夜整夜地喝酒。"

阿尔贝托·桑切斯的堂兄古斯塔沃是他的左膀右臂,全职为他招募手下,诱使铃利斯科人去当新司机。这个家族不仅一直招募新司机,而且从未停止开辟新地盘。

据一些瘾君子和警察称,21世纪初的某个时候,桑切斯家族从纳什维尔派了些手下北上去印第安纳波利斯开办新窝点。随着时间的流逝,桑切斯家族觉得他们需要有人来为这份生意带来更多的活力。

我与他们后来派出的毒贩聊过几次。这个人在洛杉矶的一次聚会上遇见了哈维尔·桑切斯-托里斯,这位海洛因大佬请他去纳什维尔工作。

"我从嘴里含着气球到处跑的司机做起,"这个毒贩对我说,"6个月后,我开始培训其他司机。我待在家里,接电话,派人去他们该去的地方。"

他说,到那时,桑切斯家族非常清楚奥施康定在业务中的作用。"这是营销策略的一部分,"他说,"海洛因跟奥施康定是一样的;只不过奥施康定是合法的。服用奥施康定的人会转而吸食毒品。他们从我们这里弄到货要比去医生那里开药容易得多。"

这个毒贩赢得了桑切斯家族的信任后,便开车从他们在纳什维尔的生意中心前往孟菲斯、夏洛特以及南卡罗来纳州的哥伦比亚等地给地区窝点补货。2006年,因为该家族在印第安纳波利斯需要新的管理人员,所以给了他3盎司的海洛因,叫他去开拓市场。他意气风发,带着刚刚晋升为区域销售经理的喜悦和干劲,来到了印第安纳波利斯。

他逢人便说:"让我们好好赚它一笔。让我们开始干吧。"他招募了一些年纪较大的瘾君子,让他们在城里散发窝点的电话号码,答应他们每带来几百美元的销售额就可以得到免费的海洛因。由此,这些瘾君子组成了一支干劲十足的销售队伍。

"他们最看重的是量,是把货卖出去,"为他工作的印第安纳波利斯某个瘾君子说,"你卖的货价格够低,自然会创造出需求。"

很快,印第安纳大学布卢明顿校区的学生和郊区的孩子就来买海洛因了。印第安纳波利斯方圆 100 英里的地方都可以看到铱利斯科的黑焦油海洛因。

有时候,司机被换掉了;所有的司机都来自纳亚里特州铱利斯科附近的村庄。跟我谈过话的毒贩说,他每周付给司机 1 500 美元,所有费用全包,包括买啤酒和招妓的钱。当某个司机准备返回纳亚里特州时,毒贩将免费给他 3 盎司海洛因。司机会把毒品卖了换钱,然后带上足够造一幢两层小楼或买一家店的现金开车回到纳亚里特州。

"穷人想改变命运,你就帮他一把。"那个毒贩说。

那时,在铱利斯科,越来越多的年轻人因此干起了海洛因的买卖。

镇上随处都能看见那种通过卖海洛因就能让一个人过上的生活。女装店。律师事务所。新市场。现在一个社区就有 6 家啤酒专卖店——都是新开的,木地板、监控摄像头、收银机一应俱全。大房子随处可见,房主都是年轻人。要是单靠卖甘蔗的那点收入,没人能盖得起这样的大房子。

在玉米节上,窝点的负责人赞助了篮球队,从蒙特雷、马萨特兰、埃莫西约引进了半职业选手组成的球队。每支球队至少雇有一名非裔美国人,以提高全队的胜算。镇上的骑马游行,以前用的是普通的农场牲口,现在用的马,光是马鞍就值 5 000 美元,而马的身价更是 4 倍于此。

铱利斯科系统在 21 世纪的第一个十年扩大到遍及该地区各地的家庭。出自特耶达-桑切斯家族的先驱们多年来一直只雇用与这个家族沾亲带故的人,但是在"焦油坑行动"将几十人送进监狱后,这种情况发生了变化。美国人对处方阿片类药物上瘾,受此激励,美国的海洛因市场持续扩大。铃利斯科的老板们迅速重建了他们的窝点，从与他们并不沾亲带故的人家招募了一些手下。在接下来的几年里，随着铃利斯科窝点数量的增加，他们人手奇缺，更多的家庭如今有机会投身海洛因生意。年轻一代人中大部分都在这一行找到了工作。

我跟一个刚开始在监狱里服刑的司机交谈过。他告诉我，当他看到村里一个他认识的海洛因毒贩盖了一幢有自动车库门的房子时，他便开始考虑北上了。老人们惊讶地站在那里，看着车库门开开关关。他看到和他一起长大的那些司机回到了老家，请广场上的每个人喝啤酒。女孩子涌向他们。而他没有土地，也看不到未来，于是他也去做了司机。

"就像小小的野草，一个劲地生长，直到有一天侵占了整个村庄，到最后你姓什么不重要了，任何想北上去碰碰运气的人都可以加入。"跟我说这话的人叫佩德罗，以前也做过司机。

对于墨西哥的大多数农夫而言，毒品是个令人憎恨的东西。"可是，就像歌里唱的那样，'肮脏的钱也可以赶走饥饿'，"佩德罗说，"当我的兄弟北上时，我母亲说我不知道你怎么能卖这种垃圾。可是当她看到钱时，还是很开心的。"

窝点的负责人不得不去新的村庄，尤其是纳亚里特州的首府特皮克市附近的村庄招募司机。新人不再与海洛因生意的开拓者的家族有任何联系。而且，他们之前都是有工作的；他们是油漆匠、建筑工人、面包师、屠夫。但这些工作在墨西哥没有前途可言，当看到别的年轻人有了新车新房，还能花钱请乐队时，他们感到很丢人。因此，不久以后，到美国的大都市区开车，嘴里塞满装有海洛因的气球，对于纳亚里特州铃利斯科及其周围一大堆不安分的年轻人来说，就成了一种可行的赚钱方式——这有点像肯塔基东部的社保补助金。

在铃利斯科的好几个街区里，几乎每个身强力壮的年轻人都北上去卖海洛因了。离镇上的竞技场不远的工人阶级街区——Landareñas 和 Tres Puntos，就是其中之一。这里的街区地势平坦，有些街道尚未铺设完成，既有用混凝土建造的简陋房屋，也有汽车维修店、夫妻经营的市场、小型美容院，还有打鸣的公鸡。这些街区成了远在美国的铪利斯科海洛因窝点的劳动力来源。对于 Landareñas 街区和 Tres Puntos 街区的年轻人来说，北上卖海洛因成了一种时尚，甚而是一种成人仪式。对于哥伦布、夏洛特、丹佛、波特兰以及盐湖城等铪利斯科海洛因集散地的购物中心停车场之外的美国，大多数人几乎一无所知。

佩德罗在纳亚里特州也做过很多没有前途的工作。他的父亲教他讨厌毒品。佩德罗从没听过毒品民谣，这种民谣讲的是毒贩如何在荣耀中走向灭亡。

但是，"我厌倦了，"几年后他说，"我厌倦了这种毫无出路的工作。"

佩德罗的姐夫得到了一份卖海洛因的工作。不久，他的几个兄弟也北上了。

"如果他们需要人，请告诉我。"佩德罗对他的姐夫说。

那时，佩德罗已经看到海洛因生意遍及铪利斯科。他记得小时候见过一个刚从美国回来的人，骑着一匹镇上没人能买得起的漂亮的纯种马。这个人正在喝啤酒，很快，他就成了街头巷尾闲聊的话题。从那以后，当铪利斯科海洛因体系在美国扩散，佩德罗的朋友里至少有20多个加入其中，当了司机。他们每个人去的时候都怀揣着梦想，想挣够钱开一家汽车店，或者开一个玉米饼摊，或者买一辆出租车。没有人实现过这些梦想。没错，他们是为自己的家人盖了房子，买了衣服，尤其是李维斯 501 型牛仔裤。但他们把余下的钱花在了啤酒、脱衣舞俱乐部和可卡因上，在铪利斯科的街道上出没一两个星期让其他男人羡慕。等钱用光了，他们会怀着那份对快钱的渴望，一次又一次北上，去做卖海洛因的苦力。铪利斯科的劳动力大军从未枯竭。年轻人总是急切地想回去卖海洛因，衣锦还乡的荣耀让他们着迷。

当佩德罗接到一个窝点老板的电话时，他觉得自己的命运要改变了。他想挣足了钱开一家面包店。老板派他和另一个年轻人去边境，付钱让他们和一群移民一起过境。另一个孩子被派往明尼阿波利斯去卖海洛因。佩德罗被派到了哥伦布，后来又被派到了另一个他们还没有开辟市场的地方。

他被交代了几条规矩。别卖给黑人。他的老板害怕非裔美国人。有一次，一个顾客带来了一位黑人顾客。老板掏出了枪，命令这两人都出去，再也别来了。买佩德罗海洛因的孩子都是白人，总想试试他们在高中学到的西班牙语。

"Hola, amigo. Como estas? Me gusta mucho la cerveza."（"嘿，伙计。你好吗？我真的很喜欢啤酒。"）

佩德罗和他的工友们找到了一间带家具的公寓。佩德罗并不想表现得太突出，也不想开车的次数超出正常的工作量。当他不工作时，他就在公寓里玩 Xbox。工作几个星期，他就可以赚到 1 000 美元。后来他被逮捕了，罪名是贩毒。

当局将他投进了监狱。在那里，他为了得到普通教育发展证书而努力学习，一小时要 25 美分，好在最后通过了考试。他还当上了监狱的园艺工人和厨师，一个月能挣 23 美元。这些钱足够他买一台电视机、一台收音机和他喜欢吃的食物。到他被释放的时候，他已经挣了 900 美元——几乎和他之前卖海洛因挣的差不多了。

他们把他送到了埃尔帕索，那里的一位警官把他带到通往华雷斯城的桥上，叫他向前走。

"别再回来了。"警官说。

一个月后，佩德罗在家收到了一封从监狱来的信，信里夹着一张 430 美元的支票，提醒他为了获得普通教育发展证书所欠的债。

"黑金热行动"那天，也就是纳什维尔的那个吸毒的法警被捕一年后，上百名警察在美国 15 个城市展开行动，围捕桑切斯家族的海洛因团伙：一共 138 人，包括司机、电话接线员、供应商以及众多当地的吸毒者。

那天,联邦法庭看上去就像医院病房。吸毒者在长椅上呕吐、出汗,还有的从椅子上摔了下来。

"如果我们不把他们抓起来,他们会死的。"马布里说。

法院的执行官们匆忙把医生带到法庭。有几个瘾君子完全不在状态,闹不清法官的意思,于是提审被延期了。

就像6年前的"焦油坑行动"一样,"黑金热行动"显示出了铅利斯科系统扩张的范围之广——在这个案子中,只由一个大家族经营,却从纳什维尔一直延伸到俄亥俄州、南北卡罗来纳州、印第安纳州、肯塔基州以及西部好几个州。

阿尔贝托·桑切斯在田纳西州被缺席审判,人却留在墨西哥,可能在瓜达拉哈拉。和"焦油坑行动"结束后的情况一样,桑切斯的海洛因窝点迅速重建起来。他的网络以及他的家族据信已经遍布南卡罗来纳州的大部分地区,包括默尔特海滩,在那里警察曾6次捣毁了桑切斯的海洛因窝点,但每次都眼见着它卷土重来。缉毒署的人和毒贩本人都告诉我,桑切斯家族的窝点也在丹佛、夏洛特、印第安纳波利斯、盐湖城、拉斯维加斯、辛辛那提、哥伦布、诺克斯维尔、孟菲斯、雷诺和俄勒冈州的波特兰运营。

工作前途无望的年轻人都申请当司机,纳亚里特州的新劳动力源源不断。而在美国,更年轻、更富裕的新顾客无处不在。

这是海洛因贩子的大好时机。

49. 刑事案件

弗吉尼亚州西南部

2006年10月24日深夜,西弗吉尼亚州的联邦检察官约翰·布朗利在家接到了一个电话。电话那头是迈克尔·J.埃尔斯顿。当阿尔贝托·冈萨雷斯担任乔治·W.布什总统的总检察长时,埃尔斯顿在美国司法部工作。

埃尔斯顿说,他是代表普渡制药的一位高管打这个电话的。

布朗利已经批准了对普渡制药及其此时已进行了4年之久的奥施康定的市场营销活动进行调查。此案被分配到了弗吉尼亚州阿宾登镇办事处,那里位于肯塔基州和西弗吉尼亚州附近,是个采煤区,有数百人死于服用奥施康定过量。办事处发出了数百封传票,将成堆的文件扫描进了数据库,跟几十个人进行了面谈。到2006年,布朗利的工作人员相信他们有证据表明普渡制药故意宣传奥施康定几乎不会致瘾。

在普渡的焦点小组①里,医生一方面担心奥施康定的致瘾性,一方面又渴望能有一种长效且不易上瘾的止痛药。而生产出非致瘾性止痛药的公司,"将主宰疼痛管理市场。这也正是普渡制药试图做的",布朗利后来作证时说。"[普渡]在对奥施康定进行促销和推广时宣称它比其他止痛药致瘾性低,更不易被滥用和转作消遣之用,并且引起耐药性和戒断反应的可能性也更小。"

调查人员后来指出，尽管普渡在广告中吹得天花乱坠，但该公司并没有向美国食药局提供支持这些说法的任何研究报告。普渡公司对其销售人员进行培训，告诉他们羟考酮比其他药物更难提取，因此也更难被滥用——但该公司自己的研究表明，事实并非如此。1995年的测试中，普渡公司发现当药片被碾碎、溶解并通过棉花抽入注射器时，可以提取68%的羟考酮。实际上，与我交谈过的瘾君子也说，从奥施康定药片中提取羟考酮，要比从维柯丁、洛塔卜这样效力较温和的阿片类止痛药里提取容易，因为奥施康定里面除了羟考酮之外，没有其他任何物质，而别的药里还包含乙酰氨基酚或泰诺。

该公司的销售人员在全美的推介会上说，奥施康定的12小时定时缓释配方意味着与速释型阿片类药物相比，其欣快感的高峰和低谷更少。这是一个关键所在。强烈的欣快感过去后，接踵而来的剧烈的情绪崩溃产生了渴望，导致了对阿片类药物上瘾。如果奥施康定没有引起这样极端的高峰和低谷，那么该公司的销售人员就可以向医生声称，相比短效的阿片类药物，奥施康定的致瘾风险更低。我与几位医生进行了交谈，他们说，有图表显示出在服用奥施康定后，血液中羟考酮含量出现了并不明显的高峰和低谷，这是普渡公司销售人员提供的最令人信服的数据之一。

但是，联邦调查人员后来表示，这些图表并不正确，且"错误地"夸大了奥施康定与其他短效阿片类止痛药在欣快感上的差异。

普渡"伪造了［那些］图表，以表明羟考酮在血液中呈稳定水平，"保罗·汉利说。他是纽约市原告的律师，对普渡提起了集体诉讼。"真正的图表显示的峰值，高得让人难以置信，然后'轰'的一下——直坠谷底。"

普渡的主管们教销售人员告诉医生，服用多达60毫克奥施康定

---

① focus group，选自各阶层，讨论某专项问题；所得信息常为市场调查人员或某政党所用。——译者

的病人可以突然停药而不会出现戒断症状。但是，联邦调查人员发现，公司的高级职员知晓 2001 年英国对骨质疏松患者进行的一项研究，其中的患者描述了停用奥施康定之后出现的痛苦的戒断症状。"即使在接到这个消息之后，"联邦调查人员写道，"主管和员工还是决定不把这个记录下来，因为担心它可能会'添加到目前有关奥施康定的负面报道'中。"

写这本书的时候，我联系了普渡的媒体代表，要求就 2006 年的刑事案件采访公司里某个人。我询问了公司的广告活动情况、奥施康定最近的销售情况，等等。我还要求采访"假性成瘾"概念的提出者大卫·哈多克斯医生，以及参与批准了普渡公司申请的美国食药局前工作人员柯蒂斯·赖特博士。该公司的一名发言人发来了如下回复：

> 30 多年来，普渡制药开发的阿片类药物减轻了数百万人身上令他们日渐衰弱的疼痛。作为这一领域的领军企业，我们敏锐地意识到误用和滥用这些药物可能造成的公共健康风险。我们正与全美各地的政策制定者及医疗保健专家合作，以减低含阿片类药物的风险，同时又不影响慢性疼痛患者的医疗保健。
>
> 普渡制药正在开发创新技术，研制包括抑制滥用作用的新型止痛药，使其对吸毒者不具吸引力。这些药物旨在减轻患者的痛苦，当然前提是遵医嘱服用，同时阻止患者通过鼻吸和注射予以滥用。这些新方法并不能防止滥用，但它们是朝着正确方向迈出的一步。
>
> 我们鼓励随着时间的推移向抑制滥用技术过渡，但这必须要有整个社会付出更大的努力，以减少处方药非医疗用途的需求。

2005 年，正在为起诉普渡公司做准备的弗吉尼亚州阿宾登镇的联邦检察官传唤了波士顿大学的赫歇尔·吉克医生。副警长送来了传票。吉克医生起初没放在心上,他太忙了,不想被打扰。后来,一位联邦检察官打来了电话,她说,他们需要他在大陪审团面前作证,这让吉克医生后来想起来了,事情与一家制药公司有关,这家公司把他在 1980 年写给《新英格兰医学杂志》的信作为其药品没有致瘾性的证据。赫歇尔·吉克被搞糊涂了。他不知道她在说什么。这一切和他有什么关系呢?

"我告诉他们我不会去的,"他对我说,"但他们威胁要把我送进监狱,所以我勉为其难去了。他们让我在那儿站了两个小时,问了我一堆无关紧要的问题。"

吉克医生随后回到了波士顿,也退出了我们的故事。他给编辑的那封短信登在《新英格兰医学杂志》背页上无意间引发了美国医学界的一场革命。

在阿宾登镇,针对普渡的案件仍在进行。约翰·布朗利对这家制药公司提起刑事诉讼。他将 10 月 25 日定为普渡接受认罪协议的最后期限。根据这项协议,该公司要么认下对奥施康定的虚假标识(false branding)的重罪指控,要么将面临进一步指控。在美国参议院司法委员会后来的证词中,布朗利说,迈克尔·埃尔斯顿在电话中要求他放慢案件进展速度,推迟认罪协议的日期。埃尔斯顿后来说,他是代表一位上司打这个电话的,而这位上司又接到普渡公司辩护律师的电话,要求为该公司争取更多时间。

布朗利考虑了这个要求。这件事很微妙。他的政治生涯充满了希望。有人提到他的名字,他有可能成为州检察长甚至州长的候选人。不过,他认为没有理由推迟这个漫长而复杂的案件。那天下午,他得到了司法部高层的批准,继续推进此案。他说他叫埃尔斯顿"走开"。第二天早上,布朗利与普渡公司签署了认罪协议。8 天后,他的名字出现在了埃尔斯顿编制的建议解雇的联邦检察官名单中。

9 位检察官被解职。最后,约翰·布朗利不在其中。但是,第二年他作证说,他认为他的名字被列入那份名单是对他的报复,因为他没有拖延时间，好让普渡达成庭外和解。普渡事件也卷入了布什政府的争议中，其时，司法部高级官员被指控对偏远地方的检察官工作进行政治干预，而且还以某些人不遵守所谓的政治命令为由建议予以解雇。埃尔斯顿后来辞职了。埃尔斯顿的律师后来告诉《华盛顿邮报》，那晚的电话与布朗利的名字出现在建议解雇的检察官名单上这两件事之间并无关联。

约翰·布朗利又当了一年西弗吉尼亚州联邦检察官。2008 年，他辞了职，寻求被共和党提名为州检察长，却在初选中落败。未来的州长竞选也毫无希望可言。他的政治生涯就此陷入僵局。现在，他是一名私人执业律师。

但是，普渡制药的认罪，认的是对奥施康定"标识有误"。为了让公司高管免受牢狱之灾，普渡支付了 6.345 亿美元的罚款，这在当时是制药业历史上金额最大的一笔罚款。三位高管——首席执行官迈克尔·弗里德曼、总法律顾问霍华德·乌德尔以及即将离职的首席医疗官保罗·戈登海姆博士——支付了其中的 3 450 万元。每个人都承认了对药物标识有误的单一轻罪指控，他们还被判处 3 年缓刑，并被要求提供 400 小时的社区服务。

2007 年 7 月，普渡的高管们现身联邦法院等待量刑。一位因服用奥施康定过量而死的佛罗里达州男子的母亲李·纳斯站了起来。

她对他们说："你们就是个披着公司外衣的大型贩毒集团。"

大约就在这个时候，在俄亥俄州南部，菲利普·普赖尔医生已经不做私人家庭医生了，转而全身心投入奇利科西市的退伍军人事务局医院的成瘾药物专科。普赖尔是俄亥俄州南部为数不多的治疗成瘾的专家之一，这使他在某种意义上像是个战地医生。

以前，奇利科西周围地区也出现过毒品问题，但从未涉及阿片类药物。然而，在普渡的营销活动开展后不久，奇利科西及其周边城镇开始出现对奥施康定上瘾的患者。随着耐药性的增加，他们中的许多人每天要服用数百毫克的奥施康定。处方药想怎么开就怎么开的新潮流使得奥施康定无处不在。药丸工厂如雨后春笋般冒了出来，不久，阿片类药物成了小镇孩子的派对药物。如果换到过去，这些孩子可能是在篝火旁喝得酩酊大醉。

普赖尔惊讶地看着海洛因来到镇上。对于俄亥俄州南部农村的白人社区来说，海洛因如同天外来客。这不是城里才有的毒品吗？这不是巴尔的摩或者华盛顿特区的黑人才会用的吗？这不是纽约的波多黎各人才会用的吗？海洛因从没有和阿巴拉契亚扯上任何关系。

而且，这种海洛因普赖尔也从没见过，连电影里也没有。它黏乎乎的，黑褐色，像老鼠屎，但劲很大，最重要的是——便宜。它的名字叫黑焦油海洛因。在哥伦布，墨西哥人像送批萨一样开着车把毒品送到顾客手中，要价却只有奥施康定的四分之一，而且量大还有优惠。在奇利科西和费尔菲尔德县周围的城镇里，每个瘾君子都是墨西哥人的推销员，都在寻找新客户以凑足订单，这样跑一趟哥伦布才值得。消息从费尔菲尔德县传出，一路向南扩散，传到了在奥施康定的影响下已有一代人习惯了服用阿片类药物的地区。

哥伦布东南 90 英里的雅典县，几乎从没见过海洛因。到了 2008 年，当地一个诊疗中心的入院者中，有 15% 的人与海洛因有关，而且几乎所有人都在注射海洛因。2012 年，该中心治疗的海洛因成瘾者比酗酒者还多，其中大多吸食的是黑焦油海洛因。

事情就是这样发展的。先是奥施康定，普渡制药的销售代表在装有空调的医生办公室里，借着牛排和甜点，把它介绍给医生。不到几年，黑焦油海洛因就跟着来了，被装在从铵利斯科来的种甘蔗男孩嘴里叼着的没有充气的小气球里，他们开着老式的日产轩逸在麦当劳的停车场一次次与人碰头。其他人也做起了这档生意。底特律和代顿的黑人发现了俄亥俄州南部的市场，带来了粉末海洛因。

菲利普·普赖尔如今面对的是几年前不可想象的境地：农村的白

人海洛因瘾君子。

"我还没见过一个不是从奥施康定开始上瘾的人，"他说，"如果普渡的高管没有在会议室做出这些决定，墨西哥人现在不会在街头这么大把大把地卖海洛因。"

第三部分

50. "现在轮到你邻居的孩子了"

纳什维尔，田纳西州

在田纳西州纳什维尔的西北部，塞斯·诺曼法官预计每年1月下旬前后电话会开始大量涌来。

"立法机关1月举行会议。"诺曼说。

这些电话是州议员打来的，每个人都有同样的问题：上瘾的儿子、女儿、连襟或内兄内弟。

"'嗯，哦，我侄子在肯顿市，也许你能帮上忙？'我接的都是这些电话。"他对我说。当时，我们坐在法庭旁边的办公室里。

美国有2 800个毒品法庭，其中大都是为了将吸毒者从拘留所和监狱转入诊疗中心之类的地方而设立的。塞斯·诺曼管理着全美唯一一家与可长期住院的诊疗中心在建筑上相连的毒品法庭，他接收的吸毒者是被控犯有与毒品有关的非暴力重罪的，如偷窃、入室盗窃、持有赃物、持有毒品，对他们进行为期两年的治疗，以代替入狱服刑。法院大厅的下面就是宿舍，有可容纳100人的床位，包括60名男性和40名女性。

一个阴云密布的秋天下午，我参观了诺曼法官在纳什维尔的法庭，因为这次的流行病与以往的不同。自海洛因发明后的几年来，祸害的根源第一次变成了医生和药品公司，而不再是街头帮派或黑手党毒贩。我去拜访诺曼法官，因为我想看看是什么让大范围的上瘾变成了吸毒，吸毒通常只发生在贫民区或西语少数族裔聚集区，现在几乎所有的新瘾君子都是生活在农村和郊区的白人。

塞斯·诺曼 80 岁了，满头白发，一派南方人的温文尔雅，说起话来也相应地慢条斯理。他在 1996 年开始了毒品法庭/治疗计划，并且几乎凭借一己之力从州盈余中搞到了不要钱的床、烤箱和割草机。

他为此所做的包括经常拜访州立法机关，后者很长一段时间里对他要求增加资金的请求置若罔闻。诺曼会不断去找议员谈他的数据，比如，毒品法庭和长期诊疗中心可以让大多数瘾君子不进监狱——每年为田纳西州节省 3.2 万美元，超过了监狱安置一名犯人的费用。他会告诉他们，在完成治疗计划的成瘾者中，毒品法庭的重吸率仅为 20%；相比之下，出狱的人重吸率达 60% 以上。这是在药片与海洛因这场流行病横行各地之前。大多数议员把戒毒看作愚蠢的好好先生式做法，并坚持认为应该像田纳西州这种红色州①的选民偏爱的那样把瘾君子关进监狱。

不过，如果说诺曼的经验有什么指导意义的话，那就是强硬的态度最近有所缓和了。他说："花了 16 年时间才让州议会相信，送他们去［接受戒毒治疗］比把他们关进监狱的成本要低。"

然而，节约成本并不是关键。对于真正的瘾君子来说，戒毒治疗总比监狱要更有效、更便宜。诺曼说，瘾君子不再是那些备受指责的吸食快克海洛因并且贩毒的大都居住在内城的非裔美国人，这就是变化。田纳西州新出现的瘾君子大多是中产和中上层的白人，以及来自该州的白人农村腹地——这些人投票和捐款给田纳西州绝大多数州议员，也住在这些议员家附近，与其有生意往来，甚至沾亲带故。

当阿片类药物流行病祸害中产阶级时，他们的孩子纷纷药物上瘾，辍学回家。前几代的阿片类药物成瘾者成了个体建筑工人或油漆

---

① 由于多种原因，美国有些州在传统上多数选民倾向于共和党候选人，被称为"红色州"；而多数选民倾向于民主党候选人的州被称为"蓝色州"。——译者

工，因为他们染上了毒瘾、三天两头进监狱，只能以此为生。至于新一代瘾君子，时间会告诉他们该怎么做，但前景不容乐观。这些刚刚上瘾的年轻人中很大一部分现在已经有了犯罪记录，许多人正在缓刑期；还有相当多的人进了监狱。不管怎样，他们的父母都意识到有犯罪记录的生活和阿片类药物成瘾的生活一样，不会有什么前途。这些孩子的父母曾经对他们寄予的任何希望，现在全都不可能了。甚至连租一间公寓都没有资格。有了犯罪记录，想要在经济大萧条的情况下找份工作几乎是种奢望。

一些家长实在是筋疲力尽，欣然同意把孩子送进监狱，但是阿片类药物的流行也使许多刑事司法的改革者脱离了顽固的白人保守派。

这就是塞斯·诺曼法官的发现。我们或许可以说，这一经历使得州议员的强硬态度有所缓和，换个角度来看待戒毒在处理被控犯有毒品罪及财物罪的成瘾者的过程中所起的适当作用。

"使［议员］更愿意接受戒毒治疗的一个原因是现在很难找到一个没有受毒瘾影响的家庭了。15年前，州议员里很少有人受此影响。'不，我家里没人会去碰那种东西。'现在不再是这样了。他们自己已经亲眼看到了。"

诺曼不是傻瓜。他以几位友好的州议员的名字来命名他的戒毒机构的几间宿舍，比如海恩斯厅、亨利厅、沃特斯厅。我去见他的时候，他表示得到了现任州长和州矫治、公共安全以及药物滥用等部门主管的支持。

当诺曼1990年代末到处搜罗多余的沙发，花言巧语从民选官员那里筹钱时，怎么也不会想到会有这一天。然而，随着阿片类药物流行病在田纳西州的白人社区肆虐，就连最态度强硬的人也改变了看法。

这种迹象（悄无声息地）在全国各地出现了。阿片类药物流行病迫使法官们想象出各种新型法庭——退伍军人法庭、精神卫生法庭——旨在处理导致犯罪嫌疑人犯下刑事案件的原因。

梦瘾：美国阿片类药物泛滥的真相　　313

在俄亥俄州，阿片类药物流行病使监狱犯人大增，超出了监狱的承受水平。由共和党州长约翰·卡西奇任命的监狱长加里·莫尔在接受报纸采访时说，他赞成扩大监狱的戒毒治疗规模，并已在4所监狱里实施了这一措施。他还表示，如果立法机关决定为应对这种流行病建造更多的监狱，他就辞职。

实际上，全国各地的共和党人似乎正在改变观点。得克萨斯州、佐治亚州、南卡罗来纳州以及其他州的共和党议员正在推动《华尔街日报》所称的"一套更加宽容和分类更细的法律"。

"你看到的这场刑事司法改革的巨变，真正的推手是保守派人士，"美国毒品法庭专业人员协会的克瑞斯·多伊奇说，"保守派的州长们开始投资建立毒品法庭。在过去5年里，我们真的开始在全州各县看到毒品法庭了。"

得克萨斯州开设了毒品法庭，因此可以关闭监狱了。

肯塔基州众议员哈尔·罗杰斯是一位坚定的保守派共和党人。自从他所在的包括弗洛伊德县在内的选区受到了处方药滥用的沉重打击后，他就成了毒品法庭的坚定支持者。"在我40多年的公共服务生涯中，非法药品流行病是我迄今所见过的最具破坏性的事情。"罗杰斯在他的个人网站首页上写道。他还在这个网站上吹捧了在他那24个县的选区里的30个毒品法庭。

在我写这本书的时候，肯塔基州共和党议员凯蒂·斯泰恩介绍了一项法案，它使得指控造成他人吸毒过量而死的海洛因贩子会更容易。但斯泰恩的法案关键在于增加了用于成瘾治疗和教育的资金。

"你一向以为，'哦，海洛因上瘾，那人可能住在某个后巷，是我不认识的人，'"斯泰恩在接受当地一家电视台采访时说，"现在……这个人就是你的孩子。这个人就是你隔壁邻居的孩子。"

佐治亚州州长内森·迪尔多次在他儿子任主审法官的毒品法庭上，听正在康复的吸毒者在毕业典礼上讲述自己的故事。"他们都有自己的故事，但是所有的故事都有一条共同的线索，"州长迪尔对

《华尔街日报》说，此时他在解释为什么他在3年内将毒品法庭的数量增加了3倍，"他们获得了第二次机会，并且他们已经康复了。"

有几个因素使得毒品法庭对于佐治亚这样的州在政治上是可行的。其中之一无疑是犯罪率的下降。经济大萧条期间的预算压力是另一个因素，尽管事实证明，治疗比监禁成本低。

没错，事实上，无论是否巧合，就在保守派思想发生变化的同时，阿片类药物成瘾的问题在全美的农村和中产阶级的白人孩子中蔓延，尽管可能最明显的是那些最坚定的红色县和红色州。近在咫尺的毒品奴役和死亡正在触及许多共和党议员及选民的生活，消磨他们的心灵。我把这看作全国性的基督教宽恕时刻。但我也知道，在城里吸食快克海洛因的人成为被告时，这些议员中有许多人并不同情他们。只能说，直接面对阿片类药物成瘾的状况可以改变一个人对很多事情的看法。他们的许多选民不再执迷于"严厉打击犯罪"的说法，因为这些人自己的孩子就身在其中。所以，出现了一种新的委婉说法，即"巧妙打击犯罪"，以允许这些政客支持他们中的许多人不久前用来攻击其他人的那种戒毒康复计划。

与此同时，在田纳西州政界的新形势的鼓舞下，塞斯·诺曼法官做了一些思考。在田纳西州，每售出1粒处方阿片类药物就征收1分钱的税，这将使四五个像他手上的那种毒品法庭可以获得资助。毕竟，这个有600万人口的州每年会通过处方拿到约4亿片药。

当我离开纳什维尔，再次前往波特兰的时候，还没有一家制药公司站出来支持诺曼的想法。而我听说在波特兰有个"铪利斯科男孩"刚刚因为五旬节派的俄裔孩子托维耶·辛亚耶夫之死而被判刑。

51. 就像烟草公司的高管

波特兰，俄勒冈州

"铪利斯科男孩"在上班时从不忽略任何电话，因为每个电话都意味着有钱赚。所以，当密尔沃基的警探汤姆·加勒特给"铪利斯科男孩"多里罗打了半小时电话，却无人接听时，他感到非常惊讶。

此时，加勒特和他的同事正全力调查俄罗斯五旬节派教徒阿纳托利和尼娜·辛亚耶夫夫妇之子托维耶·辛亚耶夫吸食海洛因过量而死的案子。自从托维耶的母亲发现他在卧室里昏迷，已经过去十几天了。迫于压力，他的姐姐爱丽娜告诉警方，卖毒品给他们的毒贩是俄罗斯五旬节派里的瘾君子阿里克谢·久巴。

他们在爱丽娜身上装了窃听器，她给久巴打了电话。爱丽娜正接受戒毒治疗，再加上她的弟弟靠机器维持生命，便在十几名卧底警察的监视下，到喜互惠超市（Safeway）的停车场与毒贩见了面。她从毒贩那里买了海洛因，付的是做过标记的现金。当毒贩驾车离开停车场时，警察拦下并逮捕了他。

随后，波特兰警方专门用来打击"铪利斯科男孩"的一项战略启动了，它以一个大学生篮球运动员的名字命名，他在1986年因吸食了朋友给他的可卡因而死。

这个案子被称为伦-拜厄斯案[①]，它立足于联邦法律。根据该法律，提供致命的过量毒品的人可能会被指控致人死亡的共谋罪，这项罪名将被判处 20 年徒刑。警察必须证明这个人死于嫌疑人提供的毒品；必须建立一条拘押链。但如果他们能做到这一点，他们就有了一个强大的检控工具，而且随着阿片类药物的流行和毒品过量致死的情况在全国蔓延，这一工具在对全国许多地方进行更密切的关注。俄勒冈州的波特兰便是完善这一战略的地方之一。

检察官从伦-拜厄斯案中看到的一大好处是，它使调查人员可以查出整条毒品分销链。为了使自己免于被根据伦-拜厄斯案起诉，毒贩就得倒戈，并且迅速交代在他之上的分销链一环，以期在量刑时得到宽大处理。警探通过追踪毒品抓到的最后一个毒贩，一旦罪名成立，就会面临 20 年的牢狱之灾——这是一个命运攸关的听音乐抢椅子游戏。

因此，审讯室里出现了推心置腹的对话。调查人员不能威胁嫌疑人，但的确可以告诉他，根据联邦法律，他所面临的情况。"房间里的气氛肯定会改变，"加勒特说，"你不是在跟他们开玩笑。这是一个非常强势的对话。"

通过一位俄语译员，久巴表示对这个点子很恼火。他告诉审讯人员，每天都有人吸毒而死，不能把他们的选择怪到他头上。不过，最后，辩护律师解释了目前的状况。久巴供出了卖给他毒品的吸毒者兼毒贩的名字。于是，加勒特和他的同事开始调查这条分销链。

久巴的上家供出了他的上家，后者又供出了自己的上家。在分销链上比托维耶高出三级的这个毒贩说，他每天从一个墨西哥人那里买进毒品，他只知道那人叫多里罗。

就这样，2011 年 4 月 12 日，加勒特和他的同事开始拨打从纳亚里特州来的那人的电话号码，他们后来得知此人名叫华金·塞古拉-

---

① Len Bias，NBA 天才球员之一，曾被认为是乔丹的终结者，1986 年吸毒猝死，是 NBA 史上最大的悲剧之一。——译者

科德罗。

无人接听。他们打了一个下午。没有任何回音。

他们不知道,当时塞古拉-科德罗已被另一个部门逮捕了。他是波特兰警方的另一桩伦-拜厄斯案的嫌疑人。此案件发生在离此3小时车程的俄勒冈州本德市,几个月前,一个名叫杰迪代亚·埃利奥特的孩子死于吸毒过量。

两条海洛因分销链都直指塞古拉-科德罗,事实证明,他就是铪利斯科海洛因窝点的区域销售主管。通常,作为铪利斯科的区域主管,塞古拉-科德罗会避免直接接触日常的海洛因销售,以免被捕。但是,塞古拉-科德罗遇到了一个小企业常常遇到的问题:劳动力短缺。"他手下好几个司机都被捕了,所以他没有跑腿的了,"该案的检察官之一史蒂夫·麦格兰特说,"于是不得不到一线亲自接电话,亲自送货。"

麦格兰特是克拉克马斯县的检察官,被委派审理联邦案件。塞古拉-科德罗是他的第一个"铪利斯科男孩"案。在我和他交谈时,托维耶已经去世好几年了,麦格兰特听起来对铪利斯科系统既苦恼又震惊。

"以前是去贫民区,在街角某个地方买海洛因,"他说,"现在是这些贩毒组织走进社区,走到郊区。他们来找你。这是这个组织模式独一无二的地方。他们都是从纳亚里特州出来的,并且都在以这种派遣方式运作。就像阿拉斯加的渔民一样,每周工作7天,然后回家放松。"

塞古拉-科德罗案表明,铪利斯科海洛因扩散到了波特兰周围150英里的地方,一直延伸到最安静的乡村县,那里的孩子们对药片上了瘾,知道开车到波特兰,买便宜的黑焦油海洛因,在满足自己的毒瘾之余,还能回去以3倍价格卖掉。铪利斯科系统的经典特色就是每个瘾君子都成了推销员。

有一个名叫凯瑟琳·比克斯的联邦检察官处理的伦-拜厄斯案比

其他任何人都多，她参照这些检控案件的方式解决了案子。1990年代末，比克斯处理的第一批海洛因案子就是铃利斯科各窝点的。"我们正在跟纳亚里特州来的这些人打交道，但当时我们并没有真正意识到这一点。"她对我说。

然而随着时间的流逝，她看出了这些窝点与纳亚里特州之间以及窝点与窝点之间的联系，也明白了它们是如何从波特兰蔓延到整个西部，并延伸到哥伦布和南北卡罗来纳州的。现在她把这整个系统称为海洛因公司。

"他们就是海洛因界的菲利普·莫里斯①，"一天，她在她位于波特兰市中心的办公室对我说，"他们像烟草公司的高管一样思考。这种模式具有公司的性质——他们依赖于现金流。他们不会因为你监禁了几个人就消失了。你得斩断他们的劳动力来源，你得让纳亚里特州来的这些人意识到：一旦你来了这里，可能就永远回不去了，或者要过15年你才能回去。"

她说这话时，我回想起很久以前与一个监狱服刑的犯人的对话，从他那里我第一次听说了铃利斯科这个名字。当他眼见着铃利斯科系统壮大时，他住在波特兰，有合法的工作，是一名机械师。"在波特兰，"他说，"我看见［警察］抓到了几个携带二三十个气球的人，然后放他们走了。这就是为什么人们开始往波特兰来，因为他们并不害怕。他们看到在这里不会招来任何后果。'我们被抓了个正着，又被他们放了。'"

消息传回了铃利斯科，说波特兰的窝点情况不错，而且，被捕的司机只会被驱逐出境。他说，镇上出现了更多的窝点。

这让我想起了许多有关墨西哥小镇的商业文化。我曾经去过墨西哥中部的一个村庄——米却肯州的辛祖坦。辛祖坦至少有20多家商贩在其主街上卖同类型的陶器。一旦有人陶器生意不错，每个人都干

---

① 世界上最大的烟草公司，万宝路香烟就是该公司生产的。——译者

起了这个。没有人想过改变产品。这些商店绵延五六个街区——家家都卖同样的锅碗瓢盆,忙着以低价打败对手。墨西哥的小企业文化源于危机和比索贬值,特点就是规避风险和模仿。这也可以用来描述铅利斯科的窝点,后到的模仿先来的。这样一来,它们降低了价格,提高了海洛因的效力,自然就有更多人上瘾和吸食过量,尤其是奥施康定已经在市场上打了前站。这一切并非某个大人物的命令,而是一种比这更强大的力量,那就是自由市场。

波特兰的"逮捕然后驱逐出境"政策是一个重要原因。该政策是为那些无足轻重的街头吸毒者/毒贩设计的,市政官员不希望关了这些人之后没地方关重罪罪犯。铅利斯科来的司机们都努力使自己看上去无足轻重。事实上,他们是庞大的销售网络中唯一可见的部分,这些销售网络每年在美国卖出数百公斤 0.1 克装的黑焦油海洛因。因此,多年来,他们一旦被捕就被驱逐出境,几乎不会被关起来,也不会坐牢。这些农村男孩一心想要致富,对于宽大处理有着与波特兰市的官员不同的解读。对他们而言,抓了又放看起来更像是一种邀请。

21 世纪第一个十年的中期,当奥施康定来到波特兰时,这座城市已在纳亚里特州的铅利斯科出了名。"铅利斯科男孩"涌入这座玫瑰之城①。更重要的是,奥施康定的到来意味着他们不再需要依赖像艾伦·莱文这样的街头老客户了。现在有数百人帮忙迅速开办了海洛因窝点。吸毒者更年轻也更富有。缉获几盎司海洛因放在十年前是大新闻,现在,比克斯说,警察一出击通常就是好几磅。

伦-拜厄斯案成为波特兰警方打击"铅利斯科男孩"的新战略。在波特兰,大概也是美国海洛因历史上第一次,警察开始积极处理吸毒者死在加油站卫生间的案子,两到三个探员负责一件。警方挖出了死者手机里的联系人,顺藤摸瓜找到铅利斯科系统的各级人员。司机不再被自动驱逐出境。他们被告知将在联邦监狱里关 20 年。

---

① 波特兰的别称,因其气候特别适宜种植玫瑰,市内有许多玫瑰园。——译者

为了让伦-拜厄斯案起作用，联邦、州和地方政府机构必须通力合作。州法医必须愿意迅速进行尸检；在联邦政府似乎更有影响力的案子上，当地的地方检察官就得放手。

最重要的是，调查人员必须信息共享。这是因为，与传统的墨西哥贩毒组织不同，铪利斯科窝点之间实际上有共同的货源，甚至竞争对手之间也是如此。铪利斯科的案子像一张张网一样连接在一起，这使得调查人员不得不抛开门户之见协同作战。

"缉毒警的自我使他们变得非常棒，"比克斯说，"他们富有创意，敢于创新，而且坚持不懈。他们知道如何追踪目标，但又对地盘非常敏感。我们不断提醒自己打破这些障碍，从全局来思考，而不是只想着'这是我的案子'。你可能会升几级，你可能会撞上别人的案子。你会见到死者，所有[这些案子]看起来似乎都是独立的。但是你认真分析，深入挖掘，保持开放的思路，就会发现案件之间的关联。"

华金·塞古拉-科德罗就是一个例子。他卖的毒品导致波特兰郊区的托维耶·辛亚耶夫以及150英里外的俄勒冈州农村的杰迪代亚·埃利奥特死亡，因而被判处14年徒刑。

比克斯手里还有另一个案子，案子的主角是铪利斯科附近的潘塔纳尔村的两兄弟，他们处在这种伦-拜厄斯案的线索的第九层。塞勒姆市一名年轻女子过量吸食了黑色焦油海洛因而死，而他们被控将这种海洛因运进美国，因此锒铛入狱。一级牵出了另一级，比克斯看着一张大网就这样浮出水面，这张网将兄弟俩在波特兰的窝点与俄勒冈州的其他地方、拉斯维加斯以及科罗拉多州斯普林斯市的供货商和窝点连了起来，当然，最终连到了纳亚里特州。

从比克斯的办公室出来，我走了几个街区，去找公设辩护律师办公室的一位律师。他此前已经同意与我交谈，但前提是不透露他的名字。他曾经使得许多"铪利斯科男孩"相信，根据伦-拜厄斯案，答应合作是使其免受20年牢狱之灾的唯一途径。一旦有伦-拜厄斯案，律师会让警探立即给他打电话。他会尽快配合调查人员——这种想法在辩护律师中是有争议的。

"刚刚逮捕他们的时候,你掌握的信息价值是最大的,"他说,"如果你行动真的够快,就可以为你的客户带来巨大的好处。"

尽管如此,他并没有看出检察官的新战略有多大的效果。药片还是在到处散播;每天都会有新的年轻面孔上瘾。他们随时都在转而吸食海洛因。在这个背景下,他认为,检察官只不过暂时打乱了市场。

"我的牙医来找我,"他说,"说她儿子沾上了海洛因,到了从商店里偷东西的地步。这是一个中产阶级家庭,你会认为他们永远不会受这种东西的影响。但这是如此普遍。就好像你要阻止人们去遍布各个角落的星巴克喝咖啡一样。"

52. 没有疤面人，没有大头目

丹佛，科罗拉多州

这个想法真让人气馁。我记住这个，是在不久之后，当我站在丹佛东北1 200英里外的一间公寓里，看着一个瘦瘦的留着短发的孩子给探员讲那件事时。

何塞·卡洛斯是个典型的"铪利斯科男孩"。他21岁，嘴唇上方长出了淡淡的胡须。他被绑在椅子上，光着上身，紧张地看着丹尼斯·查维斯和一队缉毒警搜查他公寓的每个角落。前一天，缉毒警杰斯·桑多瓦尔在丹佛东南部的一个停车场发现一名女子在给客户送海洛因。警察让她靠边停车，她就供出了这间公寓和何塞·卡洛斯。

于是，警察找上了门。何塞·卡洛斯说他在镇上只卖了3个月的海洛因，并供认自己来自纳亚里特州的阿卡波内塔镇。警察问谁是他的老板。他开始流泪，对这个问题闭口不答。他说他曾在俄亥俄州的哥伦布和北卡罗来纳州的夏洛特从事建筑工作，房间里的警察却不吃这一套。只要他不能把他的上线供出来，他们才不在乎他的故事呢。

这个案子，就像之前数百个案子一样，到这种小毛孩儿这里就不了了之了。他那一居室的公寓里没有任何东西能被警察拿来对付他。事实上，屋里几乎什么都没有：一张沃尔玛折叠桌，四把折叠椅，一台小型平板电视，献给瓜达卢佩圣母的蜡烛，一堆衣服，几张动作片DVD，以及几包必胜客辣酱包。没有床，没有沙发。

没有武器，也没有现金。桌上放着一些气球和一个只装了几克黑焦油海洛因的盘子。看起来，何塞·卡洛斯为丹佛的司机提供气球。这里的经营方式稍微有点不同。这个铪利斯科窝点会让吸毒者拨打一个丹佛的号码，这些电话会被转接到纳亚里特州的一个电话上，接线员会在那里接听，然后再将吸毒者的订单转给丹佛的司机。如同一个海洛因呼叫中心。

按照传统缉毒行动的标准，这次突击搜查没什么意义。然而，尽管丹佛3区的缉毒队没有抓到人在墨西哥的窝点老板，但他们所做的可能极大地破坏了铪利斯科的海洛因商业模式：提高了其商业成本。

铪利斯科系统之所以成功，是因为它根据美国警察打击毒品的传统方式调整了自己的做法。缉毒队找到了家徒四壁的公寓以及像何塞·卡洛斯这样的散工，钱和大部分毒品却都在墨西哥，这让警察和检察官感到十分沮丧。因此，与美国任何传统的毒品网不同，"铪利斯科男孩"迫使执法部门反思以往策略，尤其是在阿片类药物肆意蔓延的时候。

上层社会和中产阶级的瘾君子在3区的丹佛大学和华盛顿公园街区附近徘徊，寻找毒品。铪利斯科的司机也在这些地方出没。3区警察人手不够，预算不足，无法长时间卧底办案。他们对付"铪利斯科男孩"的方法比较简单，出于必要时，由杰斯·桑多瓦尔警官负责。

桑多瓦尔当了22年的警察，与毒品打交道也有16年了，桑多瓦尔变得和他追踪的铪利斯科司机一样古怪，像他们一样不起眼，也毫不留情。做了这么多年的犯罪新闻记者，我从没遇到过像桑多瓦尔这样很少使用技术手段的缉毒警。他只使用警局配备的翻盖手机，开的是2007年的本田SUV。警局不付加班费，所以他只在工作时间上班。他独自工作。在他的小隔间里有一张电影《独行侠》的照片，是同事送的礼物。他几乎从不用线人，从不隐藏身份购买毒品，也从不搞电话窃听。

相反，桑多瓦尔会去丹佛南面购物中心的停车场转悠，寻找即将发生毒品交易的显著迹象：狂躁的白人小伙坐在停车场的车里，头不停地摇来晃去，观察着来来往往的车。他注视着他们，直到铪利斯科的司机经过，然后跟上这两辆车，打电话叫后援等他们在小巷里交易的时候逮捕他们。

"我发现自己有时候会走遍整片区域寻找这些人。"他说。

就这样，桑多瓦尔办了大量的案子。他的方法成本低但产量高，如同铪利斯科海洛因系统在执法部门的翻版。诚然，他逮捕的是毒品世界里的临时工，他们只有少量的海洛因，他们寡言少语，被驱逐出境后没两天，就有人接替他们的工作。但桑多瓦尔的做法让人认识到，铪利斯科窝点的老板都是小生意人，他们和所有的小生意人一样对成本很敏感。他们不是疤面人式的大头目，他们花钱如流水，今朝有酒今朝醉。有些窝点的负责人会要求司机在一天结束时交回收据。他们每一美元都算得很仔细。

所以，在桑多瓦尔看来，每次突击行动都迫使纳亚里特州来的团伙头目另买一辆车，再找一间公寓，还要重新派一名司机穿越边境来到这里。这当中每一件对于一个生意人来说都是头疼事，何况他早已有一堆事要操心，他得确保他的司机——大都是18岁到25岁的男性——没有人手不足，没有忙着参加派对耽误了干活，没把谁的肚子弄大，也没把卖的货挪为己用。桑多瓦尔每没收一部手机，团伙头目就得重新整理客户名单，尽管很快这些窝点就开始把客户电话号码的主清单保存在纳亚里特州某处的一台电脑上了，桑多瓦尔这样认为。

"我们逮捕的司机越多，他们找新司机来顶替就越急切。"他说这话的时候，我们正围绕丹佛东南部一家购物中心转圈。

在这场流行病中，这差不多就是3区警察所能做的事情了。每天都有新的瘾君子放弃奥施康定，转而吸食海洛因，丹佛全市对毒品的需求暴增。有墨西哥源源不断的劳动力支持，"铪利斯科男孩"的系统似乎并没有受到影响。与其他策略相比，桑多瓦尔的突击抓捕成本低收效大，很合算。因此，丹佛3区的警察从一系列小胜中深受鼓舞。就在我去丹佛前的几个星期，一个铅利斯科窝点的老板对手下几名司机的被捕感到恼怒，就派了一个家伙当顾问。顾问的工作是陪司机上路，研究他们的工作方式，提出建议避免他们被捕。

结果，警察连他也一起抓了。

53. 父母的揪心之痛

俄亥俄州

当我试图描绘出阿片类药物流行病传播的情况时，我想到一件事：除了瘾君子和毒贩，和我交谈的人大多是政府工作人员。

他们是我看到的唯一与这一祸患作斗争的人。在过去 30 年里，我们看到政府被妖魔化，美国的自由市场欣欣向荣。但在这个故事里，对抗自由市场最恶劣影响的主要是这些不知名的公职人员，比如像丹尼斯·查维斯、杰斯·桑多瓦尔这样的地方警察，像凯瑟琳·比克斯这样的检察官，像吉姆·奎肯德尔和"石头"斯通这样的联邦特工，像特里·约翰逊这样的验尸官，像莉萨·罗伯茨这样的公立医院护士以及疾控中心的科研人员，还有像塞斯·诺曼这样的法官，像洁米·迈这样的州药剂师，像珍妮弗·萨贝尔和埃德·索西这样的流行病学家。

我也看到了他们的束手束脚。只要人们依然沉默，只要数量多到可怕的药片还在美国横流把人们推向海洛因，桑多瓦尔、比克斯和诺曼所能取得的成就就是有限的。

所以，渐渐地，我把注意力转向了那些死者的家属，那些站出来发出警告的人。只是这样的人太少了。大多数沉浸在悲痛中的家庭都怕家丑外扬，不敢现身人前，不敢将儿子死在中途之家手臂上还插着针头的事公布于人前。十年来，每年有 1.6 万人过量服用阿片类药物致死，只有屈指可数的几个家长团体组建起来应对这场公共卫生危机。

对付这些家长的营销力量，使他们的抗争之举变成了异想天开。他们的抗争唯一可以依仗的就是心灵的痛楚，它就像现在人们通常用阿片类药物来缓解的肉体的痛楚一样无情。可是，没有旁人来做这件事了，他们捧着相片簿，整日以泪洗面，似乎人生无望。

乔安娜·克罗恩便是其中之一，像俄亥俄州朴茨茅斯的许多人一样，她说话带着一种轻柔而又慢吞吞的南方口音。

第一眼看到俄亥俄州朴茨茅斯的时候，我发现这里很难看到多少希望。这么多建筑被荒废了，这么多人看起来茫然若失，还有这么多人因身体残疾而心情沮丧。整个城市似乎感染了一种在我看来只有沉闷的墨西哥乡村才会有的悲观情绪和懒散惰息——有志向的人都离开了。

我很高兴自己可以一再回去。随着时间的推移，在朴茨茅斯颓废破败的表面下，还隐藏着另一面。阿片类药物流行病将这座城市推入了难以想象的深渊。但是，这样一座发明出药丸工厂、奥施康定/沃尔玛经济在此生根发芽的城市，一座将美国带入了阿片类药物泛滥的泥潭，自己也一蹶不振被人遗忘，被这种经济踩躏了 30 年的城市，却拒绝继续沉沦。

我喜欢这种关于失败者的好故事，它看起来是个地地道道的美国故事。当我追踪阿片类药物是如何改变美国的迹象时，我发现自己回到的一个地方——大概六七次——是俄亥俄州的朴茨茅斯。

在那里我遇见了乔安娜。

几年前，2008 年 4 月 22 日，乔安娜坐在医院的病床旁边，这对她来说就像一条快速路的尽头。她 18 岁的儿子莱·韦斯利躺在床上昏迷不醒，浑身插了一堆管子。

乔安娜是 5 个孩子的母亲，一名代课老师，她的儿时好友凯利在旁边和她一起祷告。她俩从小一起在朴茨茅斯市郊外的两个毗邻的牧场长大。

乔安娜一边哭一边祈祷，韦斯利这一生的画面一幕幕地在她脑海里闪过。韦斯利和他的父亲住在一起，13 岁开始抽大麻，14 岁时迷上了在朴茨茅斯到处可以弄到的药片。他打橄榄球，英俊潇洒，在球队司职线卫①，是个凶猛的击球手，因而颇受欢迎。所以，他所做的很多事都被原谅了，对此他也习以为常。农村地区刚刚对阿片类药物上瘾的人中，橄榄球运动员是很常见的。有些人是因为治疗伤病服用处方止痛药而上瘾的，还有些人则是在派对上沾上的，比如韦斯利。

2008 年，韦斯利上高三，此时他已是朴茨茅斯市高中的球场明星了，同时也留下了未成年人的犯罪记录。他将父亲家里的奥施康定拿出去卖，买了把枪防身。毕业前 5 个星期的一个晚上，他嗑了药之后和一群年纪比他小的孩子在他父亲家的地下室开派对。心血来潮之余，他鬼使神差地把枪对准了自己的脑袋，然后扣动了扳机。他依靠机器度过了生命的最后 36 小时。800 人参加了他的葬礼，全家人唱起了萨拉·麦克拉伦的《天使》为他送行。他的死连续 4 天登上了《每日时报》的头版。他捐赠了 5 个器官。

韦斯利并不是朴茨茅斯第一个死去的年轻人。麦克拉伦的《天使》写的是一个吸毒者的生命在"又黑又冷的旅馆"里流逝，这首歌成了年轻人葬礼上的常用曲目，亦是朴茨茅斯愈演愈烈的阿片类药物流行病的背景音乐。可是，这类羞愧的家庭以委婉的说法和自欺欺人的谎言掩盖了孩子去世的实情。乔安娜认识的一对夫妇宣称他们的儿子死于心脏病发作，其实每个人都知道是吸毒引发了他的心脏病。联想到朴茨茅斯发生的一切，这个真相实在让人痛彻心扉。与艾滋病流行初期一样，报纸小心翼翼，没有透露太多这类死亡事件的信息。

---

① linebacker，即防线后面的人，负责在前面的防线被突破后，阻止对方的进一步进攻，他们通常有极好的拦截技巧，反应敏捷，善于将人放倒，不让持球的跑卫越雷池一步。根据位置，又可以分为外线卫、中线卫。——译者

韦斯利的死起初就是这样，说他死于枪击。报纸从没提到他服用了奥施康定处在亢奋中，也没提到他多年来一直在断断续续服用奥施康定、卖处方药，他的家两次被人破门而入，更没提到他从一个被定罪的重罪犯手中买了把枪来防劫匪。

这才是故事的全部内容，乔安娜坐在儿子床边，决定把所有的事情都说出来。

"我要全盘托出，"几年后我遇到她时，她说，"我不打算掩盖所发生的事情。如果我能知无不言，也许别的家庭就永远不会重蹈我家的覆辙。"

韦斯利去世一年后，她受邀去一所高中演讲，她向孩子们道出了整个故事。另一所高中也邀请她去。她把韦斯利的照片带到了市政会议上给大家看，并给他们讲了所有的事。

朴茨茅斯到处都有孩子在死去。不久，悲痛欲绝的母亲们聚集到她周围，好像在等某个人先开口说话。他们把死去的孩子的照片挂在市中心一幢废弃的建筑物上。终于，这座城市向大家揭示了这无言的诅咒。失去孩子的家庭终于抛开顾虑公开地谈论这件事了。

走到这一步用了十年的时间。而第一个发声的家长便是乔安娜·克罗恩，她在2009年去高中巡回演讲时，对孩子们讲出了韦斯利的死因真相。她成立了一个名为SOLACE①的组织，让父母可以哀悼死于阿片类药物的孩子。SOLACE成了第一个在阿片类药物流行病的爆发中心发起的、由父母们组成的反毒品组织。

当乔安娜和一些母亲穿着SOLACE的绿色T恤出现在司法部长的新闻发布会上时，引起了媒体的注意。乔安娜开始接到其他县打来的电话。那个时候，她才意识到整个俄亥俄州的孩子都性命堪忧。一直以来从没有人谈论过这件事。乔安娜不再代课了，SOLACE就是她要

---

① SOLACE 是 Surviving our loss and continuing everyday 的首字母缩写，意为"走出阴影，继续生活"。——译者

做的事。SOLACE 在 16 个县成立了分支机构。她在布朗县和诺克斯县、奇利科西、艾恩顿发表演说，她去了每一个地方，唯独没去韦斯利的母校，如今那所高中以他的名字设立了奖学金。但朴茨茅斯高中从没向她发出过邀请。

一天，她在等待跟朋友凯利一起去做演讲的时候变得有些不知所措。她们一起长大，曾经一起做家务，一起在当地的池塘里游泳，十几岁时还不时地一起偷喝啤酒。谈恋爱的时候她们一起约会，想象着结婚生子的日子。

现在，她们已经年过五十，各人都有一个儿子死于与毒品有关的枪击事件；凯利的儿子肯特 2000 年遇害。她们也都另有一个儿子染上毒瘾。乔安娜的大儿子住在没有自来水的拖车里。凯利的次子已入狱三次，在跟两个儿子的毒瘾打交道的 13 年里她得了创伤后应激障碍。她们曾撞见凯利的儿子在肯德基的卫生间里注射毒品。

她们少女时代的美国梦变成什么样了？乔安娜不禁想到。

"我们以前一起在河里捉蛇，"她告诉朋友，"谁能想到我们会一起碰上这种事？"

我之所以去找乔安娜·克罗恩，是因为我想不起有哪次毒品祸害被沉默如此姑息纵容过。

1980 年代初，可卡因随哥伦比亚人而来，他们在迈阿密的单排购物中心活动，使得犯罪率高企，激怒了公众。1989 年，我走在加州的斯多克顿的一条两旁站着二十几个毒贩的街道，那是我当上犯罪新闻记者的第一个星期。当我打开一幢年久失修的房子正门，瘾君子像蟑螂一样四处逃窜。血帮和瘸帮也来到斯多克顿分庭抗礼。有一次，他们开着车互相射击，造成一个蹒跚学步的孩子瘫痪。我经常在想这个孩子后来怎么样了，现在她该有二十四五岁了吧。

接着冰毒出现了，这种实验室制造出来的毒品大爆发。冰毒在使用者身上留下了疙瘩，让人抽搐不已。

吗啡分子横扫美国时,并没有任何破坏、暴力和愤怒随之发生。当阿片类药物悄无声息地杀死了空前数量的年轻人时,似乎吗啡分子也麻痹了公众的愤怒。它始于美国最默默无闻的一些地方——阿巴拉契亚地区和美国乡村——使得吗啡分子从一开始就没被察觉。想弄明白这场灾祸,就需要查看混乱而又不完整的数据。一代验尸官已经成长起来,却没有充分发挥作用,没有报告因药物过量致死的案件。是否有人死于阿片类药物,如果是的话,是羟考酮、氢可酮、美沙酮还是海洛因,这其中的细微差别有时就这样消失了。

与此同时,这种药物灾祸发生的标志性地点并不是人头攒动的聚众吸毒处①,反倒是年轻人位于郊区的私人卧室和汽车里——这些都是美国繁荣的产物。卧室是吸毒者的庇护所,也是染上毒瘾的重要场所。卧室就是吸毒者自己的梦之地,尽管它与朴茨茅斯那个传奇的社区游泳池截然不同,在那里孩子们在公共场合玩耍,在一百双眼睛的注视下长大。每个郊区中产阶级人家的孩子都有一间私人卧室,刚刚上瘾的人躲在自己的卧室里吸毒至死。

"我们成天待在自己的卧室里,"一位康复中的妇女说,"你可能有一幢特别大的房子,但你可以把门锁上,与世隔绝。每个和我一起吸毒吸到爽的人,总是躲在卧室里吸。这是隐私。别来敲我的房门。"

大多数孩子都有汽车,一旦碰到药片或海洛因,这些车就和卧室一样贻害无穷。父母溺爱孩子,给了他们汽车,这在不适合步行的郊区是必不可少的。但是,吸毒成瘾的孩子也会开着车去见毒贩。要是没有大批有车的中产阶级孩子,"铪利斯科男孩"的商业模式是行不通的。孩子们在车里注射毒品,让吸毒的同伴搭车,把毒品藏在车里。当父母对他们的信任最终消失殆尽时,孩子们就住到自己车里,车成了他们的卧室。

---

① crack houses,俚语,指卖毒品或供吸毒之用的房舍、场所,聚众吸毒处。——译者

当海洛因和奥施康定成瘾吞噬掉美国白人中产阶级的孩子的生命，他们的父母却掩藏真相，独自与这个祸害作斗争。他们缄默不语。了解情况的朋友和邻居对他们避之不及。"如果你的孩子因脑瘤或白血病而死，整个社区的人都会出现，"两名吸毒者的母亲说，"他们会带来砂锅菜①，会为你祈祷，会送你卡片。要是你的孩子吸食海洛因，不会有任何人来嘘寒问暖，直到你的孩子死去。然后，每个人都来了，却不知道该说些什么。"

这些父母犯了本可避免的错误。当一个孩子死去或第四次进康复中心时，他们会再次隐藏真相，认为自己是在孤军奋战，只要保持沉默就可以了。这种无处不在的谎言很容易被人们轻信。它通常埋藏在郁郁葱葱的草坪、闪闪发光的 SUV 以及什么都不缺的孩子的卧室之下。

谎言之所以容易被轻信，还因为其中一些新上瘾的人是高中的运动员——这些城镇里魅力超凡、风华正茂的青年。运动员成了其他学生的榜样，后者认为如果酷酷的运动员都在嗑药，那会糟到哪里去呢？

我遇到的一个瘾君子名叫卡特，是银行家的儿子，他家所在的社区是加州最富有的社区之一。

卡特曾是高中橄榄球队和棒球队的明星。一年里，他不间断地参加训练和比赛，从无休息，同时与未愈的伤病作斗争。医生给他开了维柯丁，却没有提醒他维柯丁的成分，也没有嘱咐如何服用。

在卡特所在的镇，体育运动至高无上。镇上有一幢幢熠熠发光的公寓，但在他看来，教育在提供生活选择的价值方面没有什么意义，也更谈不上对学习的热爱了。这些孩子的前途是有保证的，因而运动才是重中之重。爸爸们会向朋友吹嘘自己儿子的运动成绩，然后斥责孩子不好的表现，敦促他们付出更多的努力。从体育指导到父母、老

---

① casseroles，一种西方的炖菜，但并不是炖出来的，而是用烤盘烤出来的。——译者

师,他们听到的都是"你需要有更好的成绩才能继续从事这项运动。这是我们大家共同的心声",卡特告诉我。

我常常见到这种情况。许多新上瘾的运动员并非来自贫穷的城镇,在这种地方体育运动可能是少数幸运儿鲤鱼跳龙门的通行证。阿片类药物成瘾积重难返的地方往往是中产和中上阶层聚集之处。父母是外科医生、开发商和律师,为孩子提供了一切所需。然而,体育运动对于这些社区和对于贫民区一样,都是麻醉剂。他们对学习似乎缺乏热情,而学校的健身房却有着让人眼花缭乱的器材,于是在他们中的许多人身上,止痛药就悄悄地成了稀松平常的事。正如阿片类药物是医生治疗慢性疼痛患者的方案,维柯丁和扑热息痛是教练让孩子们再次走上赛场的终极工具。卡特的教练给他讲过一些球员的故事,几年后,卡特开始在训练和比赛前服下维柯丁。"在我们镇上,看台总是坐得满满当当的。你想成为英雄的话,就会想:'我不能看起来弱不禁风。我得加把劲儿。'我会受些小伤,但教练们根本不会在意,我也告诉自己不要在意任何伤病。"

卡特加入过的每支球队的大多数运动员都服用药片,或因伤病,或出于消遣。很快,卡特也对维柯丁上瘾了,后来又沉迷于奥施康定。从那以后,作为第一运动等级大学①的学生运动员,他开始吸食海洛因。

我渐渐把橄榄球运动员看作这种美国流行病的象征。他们在校园里颇有地位,这使得其中一部分人并没有受到其行为后果的影响。卡特在卖药时被抓了现行,却被告知下不为例。而最重要的是,球员们一直伤痛缠身,还要带着伤痛继续训练和比赛。如果阿片类药物现在是用于缓解慢性疼痛的,那么,橄榄球运动员忍受的慢性疼痛比大多

---

① 即 Division I university。全国大学体育协会(NCAA)是由美国千百所大学院校组建,主管全美大学体育事务的组织。它按照各校的实力和在体育上的投入把全美大学分成三个等级,即 Division I、II 和 III。Division I 号称"运动就是生活",学生要花费大量时间在训练上,同时必须兼顾好学业。常春藤盟校便被誉为"Division I 之光"。——译者

数患者要多，他们整个赛季都被颈部、大腿、脚踝的疼痛折磨着。

用药物治疗运动员的伤病，让他们带着伤痛打完比赛并不是什么新闻。但是，随着羟考酮和氢可酮成为治疗慢性疼痛的首选药物，有组织的体育运动——尤其是橄榄球运动——在许多学校打开了一扇通往阿片类药物成瘾的看不见的大门。于是，随着流行病的蔓延，出现了海洛因成瘾的橄榄球运动员的身影。当然，很少有人愿意对此谈论太多。

到 2008 年，乔安娜·克罗恩的儿子去世时，这些错觉在盐湖城、阿尔伯克基、夏洛特、明尼阿波利斯等地已经被接受了近十年，这十年亦是美国消费者支出史上最繁荣的时期，而这些城市既是这场繁荣的推动者，也是受益者。但在萧条衰败的俄亥俄州朴茨茅斯，一位母亲有勇气把真相公之于众，尽管她远不是这个城市最富有的人。

对于整个朴茨茅斯，健康咨询中心的埃德·休斯认为集体沉默在这件事当中起了重要作用。

休斯在 1990 年代中期制订了巩固咨询中心的运营并专注于改善其内部运作的计划，而阿片类药物让所有计划都破灭了。这家中心几年前在一幢小房子里开业，到 1992 年，它以 16 张病床开始接收住院治疗。当我见到休斯时，该咨询中心已经拥有 150 张病床，等候入院的名单很长很长，工作人员近 200 人，而且刚刚把门诊中心搬到了一所废弃的三层楼的学校里——这完全是因为涌现出大量的新近阿片类药物成瘾者。

"我们从没见过任何事情发展得如此之快。"休斯告诉我。

15 年来，埃德·休斯一直在等着成瘾者人数的曲线走向平稳并出现下降的趋势。

孩子们从俄亥俄州各地来到咨询中心。他说，许多人从小娇生惯养、对什么都厌烦，对生活中的危险和困难更是毫无准备。他们是在 1990 年代中期开始的消费主义热潮中成长起来的。休斯认为，那时，父母的教养方式也在改变。"被宠坏的富家子弟"综合征已经渗透进

梦瘾：美国阿片类药物泛滥的真相 335

了美国中产阶级。父母护着孩子，不让他们去面对世事的复杂与艰辛，对他们哪怕是小小的成就都予以大大的赞扬——因为他们没那么多时间陪伴孩子。

"你只能以一种方式培养自尊，那就是通过成就，"休斯说，"有很多孩子，他们什么都有，看起来也不错，但他们没有任何自尊心。你看那些20多岁的人：他们有辆好车，有钱，有手机……有大屏幕电视。我问他们：'这些东西到底从哪里来的？你是个学生。''我爸妈给我的。'……而你却对阿片类药物上瘾了？"

他退缩了。

"那么，凳子的第三条腿就是那些15岁的大脑。"

休斯一直都明白这一点：吸毒的成年人无法做出成熟的选择。这是因为阿片类药物抑制了他们大脑中控制理性行为的那部分。

"我们这里有些25岁到30岁的阿片类药物成瘾者，举止就像15岁。他们的行为、大脑的工作方式就像个青少年，"他说，"就像药物进入大脑，完全盖过了大脑的化学反应，大脑的前端就不发育了。"

"大脑前端必须在犯错中发展完善。但是瘾君子的第一反应是回到家人身边：'你们会救我吗？'无论这个人是从什么里面被解救出来，他都没有从中学到东西。没有任何经验，大脑的前端也没有发育。他们一切正常，然后，他们的脑海里会突然闪现出一个想法，他们就掉下了悬崖。这可能不是一个去吸食的决定。大多数复吸并非出于对药物的渴望，它来自另一种完全无法控制的层面，把自己置于妥协或不诚实、懒惰的境地——变成了15岁的样子。"

休斯知道，这些家庭对拯救自己孩子的执着与这些孩子对毒品的执迷程度是一样的。休斯认为，这也是一种流行病。

"我曾经收过40岁的患者，他们的行为就像22岁的人，因为他们的家人都在拼命救他们。父母给他们地方住，给他们钱花，关照所有的事，担心他们，还打电话给我，想让他们接受治疗。我试着告诉当父母的，最重要的是说不，但是要在孩子们年轻的时候说不。"

＊　＊　＊

这些父母中的大部分人和我一样都生于 1970 年代，那时候，海洛因被认为是最糟糕的毒品，穷街陋巷才会有。现在他们怎么能告诉他们的左邻右舍，他们为之付出一切的孩子却是个在汉堡王快餐店外的汽车里注射毒品时断了气的卖淫的？这种污名令人感到耻辱和恐惧，许多人既不能也不会说出事实。

参加改革运动的医生们曾为阿片类药物在医学中的使用正名。但是，并没有享有声望的改革运动医生为新的阿片类药物上瘾正名。这项任务就落在了失去孩子的父母以及少数擅长打游击式政治行动的个人身上。这就是我对布拉德·贝尔彻的描述。

我之所以拜访贝尔彻，是因为有天晚上，他对他的家乡——俄亥俄州马里恩市的现状给了沉重的一击。

像朴茨茅斯一样，马里恩一度也繁荣兴旺。马里恩制造的机械铲被用于巴拿马运河的开挖工程。然而，那些日子和那些工作都已一去不返。惰性取代了乐观。经济一衰退就是几十年，数以百计的马里恩年轻人对止痛药上了瘾，然后又转而吸食海洛因。商会怀着渺茫的希望设计了一个口号："马里恩市中心：等着看我们发展吧。"

无论谁不经意地看到马里恩的境况，都可能会同情这座城市的创建者们。和许多中西部城镇一样，一些看不见的可怕力量也在折磨着马里恩。长期的经济衰退，工作岗位的持续不断的消失，让马里恩遭到了沉重的打击。许多有抱负的人都离开了。因此，贝尔彻觉得去找出新方法来解决这个城市面临的问题的任何冲动都没有了。

在贝尔彻看来，要是把所有的盗窃、毒品交易、诉讼案件、住院病例、典当物品、监狱以及关押的犯人都算在内，这个小镇似乎是以海洛因来运转的。然而，警察从未因为海洛因逮捕过任何人。报纸上也从未提及海洛因。

贝尔彻 28 岁，头发剪得很短，说起话来也很利落，是一个正在康复的吸毒者。这5年的清醒,让他像许多处在康复期的人一样精力充沛,并对马里恩表现出的冷漠感到恼火。

一天晚上,他突然上网订购了800个带白色字母的黑色标语牌,上面写着:海洛因就是马里恩的经济。一个星期后,这些标语牌送来了。一个雾蒙蒙的夜晚,贝尔彻把这些标语牌插在了马里恩的各个地方——玉米地、监狱附近、教堂外、公共汽车站、学校以及高级街区的沿路。

"总体而言我希望能唤起某种意识,让人们就某种解决方案展开讨论,"他说,"这种意识家家户户都有。"

那天晚上,当他正准备在市中心放标语牌时,一名警察、一名副警长以及一名高速公路巡警把他拦下。他们叫醒了市检察官。马里恩市市政府当晚就动员起来,清除贝尔彻的标语牌。当第二天早上这座城市苏醒过来时,只幸存了10张。但后来一个毒贩在脸书上贴出了这些标语牌的照片。由此带来的效果正是布拉德·贝尔彻想要的。

这些标语牌成了马里恩当地的话题。电视台的记者来了,市政官员举行了市政厅会议,警察开始逮捕与海洛因有关的人,报纸也做了相关报道,还有人去市政厅游行。当然,这些都不能解决问题,但确实引起了人们的谈论,贝尔彻把这当作开始。

另一个打破对阿片类药物的沉默的人是韦恩·坎贝尔,他胸肌发达,有着橄榄球教练的典型个性,虽然他只是兼职。

一年前,俄亥俄州朴茨茅斯的乔安娜·克罗恩可能是美国第一位说出真相,并组织了社团反击阿片类药物流行病的家长,一年后,韦恩·坎贝尔在哥伦布郊区的皮克林顿效仿了她的做法。

和乔安娜的儿子一样,韦恩的大儿子泰勒也曾是橄榄球运动员,是第一运动等级大学——阿克伦大学拉链队(Zips)的安全卫[①]。

---

① safty,橄榄球队防守组后卫线的重要组成队员,与角卫一起负责球队二线的防守重任。——译者

2009 年，学校开放了一个有 3 万座位的橄榄球场，这是公司化的美国①在体育方面的一座丰碑。耗资 6 100 万美元的 InfoCision 体育场以一家运营呼叫中心的公司的名字命名，其中一块场地以非营利性医院"苏玛卫生系统"（Summa Health System）的名字命名；其俱乐部座位以多元化的金融服务公司 FirstMerit 的名字命名；而媒体席是以当地一家信用合作社的名字命名的。如果这所第一运动等级大学需要其球队让它一年都面上有光，那就是 2009 年。

结果，球队反而在赢球的压力以及止痛药的重压之下支离破碎。

拉链队的明星球员、四分卫克瑞斯·雅克曼，在肩膀脱臼后对奥施康定上了瘾。他开始偷窃，并在赛季刚开始时被开除，然后离开了学校。雅克曼的生活急转直下。两年后，他死于海洛因过量。

类似的事情也发生在韦恩的儿子泰勒身上。泰勒·坎贝尔在球队里是个小角色，但急于成功、雄心勃勃，2008 赛季后，他做了肩部手术，医生给他开了 60 粒扑热息痛。但对于这是种什么药以及如何服用，医生没做任何说明，他也不清楚要服用多少粒药才能康复。医生告诉韦恩，这是术后常用的处方药。在韦恩看来，医生希望确保病人不会很快再去找他看病，所以开了许多处方药。他认为，这也是问题之一。

韦恩后来跟球队的外接手杰里米·布鲁斯谈了谈，后者目睹了当年球队的崩溃。布鲁斯说，对于要在学校的新体育场开放时派出一支有实力获胜的球队参加比赛，教练和训练员都感到压力重重。几场比赛结束后，训练员们拖来一个大罐子，分发羟考酮和氢可酮药丸——每个球员能分到多达十几粒。那周晚些时候，医生会为球员们开一些处方阿片类止痛药，并派学生助手去药房拿药。

"整个赛季我都在服止痛药——不是氢可酮就是羟考酮。每场比赛结束后，我都会拿到发给我的麻醉药品，对此没有任何记录。就好

---

① corporate America，含贬义，是将美国整个国家作为一个大企业。——译者

梦瘾：美国阿片类药物泛滥的真相

像他们是在给我们发糖。"布鲁斯告诉我。

布鲁斯说，球队面临的一个问题是从首发球员到后备球员的人数急剧下降。当首发球员受伤，后备球员无法替补上场时，他说："让那些人［首发球员］重返赛场的压力和紧迫性，导致了雪球效应。我认为，麻醉药品在此便发挥起作用，这也是为什么如此轻易地就用上了分发麻醉药品这招——因为有马上赢得比赛的紧迫性和压力。"

球队当年的主教练 J. D. 布鲁克哈特说，他对布鲁斯描述的球员对阿片类药物的依赖程度一无所知。"我们并不知道这样的情况，"他说，"我并不认为情况像人们想象得那样猖狂。至少从我的角度来看是这样的。

"教练或训练员没有权力（开处方止痛药）。这些药都是医生开的。"

布鲁克哈特已经退休，如今住在得克萨斯，在当地一个基督教非营利组织工作。他在家中告诉我，伤病是球队在那个赛季最大的问题。他说，那年约有 24 名球员因伤病缺席了 8 场甚至更多的比赛；其中包括雅克曼的 3 个替补队员中的 2 个。

到 2009 赛季结束时，阿克伦大学拉链队成了美国阿片类药物流行病的宣传队。不仅雅克曼因为与毒瘾有关的问题被球队解约，而且随着赛季的进行和伤病的增加，布鲁斯说："我敢说有 15 到 17 个孩子都有问题。似乎大多数上瘾的球员都广受伤病困扰。"

在那个赛季快结束时，他说，球员们已经学会了去向刚刚做完手术的队友讨药，因为知道这些队友手上有满满的药瓶。与此同时，校外的药贩也卖药给球员，有时会在训练之前当面把药给他们，球员则用原本用来付月租和伙食费的奖学金付药费。

2009 年，拉链队在学校新体育场正式亮相，当年只赢得三场胜利。赛季结束时，教练组被解雇了，但那个赛季的影响一直在持续。

那一年球队的弱点之一在于防守能力。总体而言，其防线和线卫阵容都很弱。角卫也是如此。他们接球表现良好，但是无法在阻止对方的持续进攻方面提供太多帮助。

球队防守水平的不足也能在一个位置上敏锐地觉察到，那就是安全卫，泰勒·坎贝尔的位置。跑卫往往会突破防线和线卫，这就需要安全卫去擒抱对方带球奔跑的队员。对凶猛的威斯康星队那场，是2008赛季的第一场比赛，获得了奖学金的泰勒开始了他在大学的首场比赛，那一周，他的擒抱次数在全国领先，拿下了18分——教练们把这项辉煌的战绩归功于他的努力与毅力。

然而，他的战绩凸显了球队的劣势。布鲁斯说，如果一个安全卫要擒抱这么多次，"这就是个严重的问题。绝不该［让对方的跑卫］到达第二防线这么多次。"

在赛季进行的过程中，泰勒伤了肩膀。他的身体从未完全康复，在赛季结束后接受了手术。手术时，俄亥俄州受到一场暴风雪的袭击，他的父母无法去阿克伦陪他，确保他正确服药。队医拿不出任何泰勒在赛后服药的记录给韦恩。但是2008赛季后的那60粒术后用扑热息痛，似乎让他对药物上瘾了。到下一个赛季，连泰勒身边的人都不知道，他已经改用奥施康定了。

泰勒在2009赛季的发挥很不稳定。他打了11场比赛，但只有31次擒抱，并且变得遮遮掩掩、疏远于人，队友和家人把这归因于他在赛场上的表现。2010年春天，他的成绩下滑，行为变得喜怒无常，于是被送回了家。第二年，他两次进入康复中心，出来后又复吸。然后在某个时候，转而开始吸食海洛因。

2011年6月，他的父母把他送进了克利夫兰一家昂贵的戒毒中心。30天后，他开车跟母亲一起回家，他戒了毒瘾，乐观向上，还想成为一名顾问。第二天早上，母亲发现他死在了卧室里，因为过量吸食从哥伦布买来的黑焦油海洛因。在韦恩看来，这些海洛因可能是他进戒毒中心之前就藏在房间里的。

泰勒一家人在皮克林顿有很好的名声，他们对泰勒上瘾的事守口如瓶。但是泰勒去世后，韦恩对妻子说："我们公开这件事吧。站出来，实话实说。"

坎贝尔夫妇为葬礼制作了 300 条腕带，上面印着：为了泰勒·坎贝尔说"不"。讣告强烈要求哀悼者向一家预防毒品组织捐款。有 1 500 人参加了悼念活动。当人们过来安慰韦恩时，他被耳边响起这么多声嘀咕震惊了："我们家里也有同样的问题"。

两个星期后，韦恩跟几位为人父者见了面，这些人想为纪念他的儿子做些什么。他并不怎么认识他们，但得知他们的孩子当中有几个也是瘾君子。韦恩·坎贝尔意识到这是他该全盘托出的时刻了。"泰勒去世，等于揭开了这种事的盖子，"他说，"我们以为这是我们见不得人的家丑。我以为他是唯一一个吸毒致死的孩子。然后我意识到远不止泰勒一个。"

由此，一个名为"泰勒之光"的非营利组织成立了。当我见到韦恩·坎贝尔时，"泰勒之光"已经成为他毕生的事业，就像乔安娜·克罗恩现在全身心投入 SOLACE 一样。他定期去学校做有关阿片类药物的演讲，播放白人中产阶级成瘾者的视频，其中一人是法官的女儿。

韦恩还邀请了其他人加入他的组织，其中包括哥伦布警察局缉毒组组长加里·卡梅伦。卡梅伦的团队正在与遍布哥伦布的铪利斯科海洛因网络作斗争；与此同时，他告诉大礼堂里所有的孩子，他的继子对铪利斯科的海洛因有瘾。

卡梅伦将"铪利斯科男孩"视为毒品界的新先锋——更像是一个个孤立的恐怖分子窝点，而不像传统的贩毒组织。他注意到，大多数司机真的对他们卖的毒品并不了解。他们与世隔绝地住在小公寓里。没有哪次逮捕行动放缓了这些窝点的发展速度。如今，服用阿片类药物的美国孩子太多了。他们和他们的父母都不太知道他们面临的是什么。因此，在"铪利斯科男孩"时代，加里·卡梅伦已经从根本上将教育视为警察的工作了。

"我们很快就谈到了与快克海洛因有关的问题，"在做完"泰勒之光"演讲的第二天,卡梅伦说,"我们只是不谈海洛因成瘾问题。"

韦恩·坎贝尔创立"泰勒之光"大约一年后,保罗·斯库诺夫打来电话。他和他的妻子艾伦能帮什么忙吗?斯库诺夫问。此时距离斯库诺夫的儿子麦特去世已经几个月了,麦特是在结束三周戒毒治疗后的第二天死于黑焦油海洛因过量。

当我研究这件事时,斯库诺夫夫妇是我第一次去哥伦布时遇到的第一批父母中的两位。他们儿子的死也是这场流行病造成的,然而他们被蒙蔽了。在麦特去世之前,他们对此一无所知。

因此,在葬礼上,保罗站了出来,向前来哀悼的数百人讲述了麦特死亡的真相。是因为嗑药,先是奥施康定,然后是海洛因。他告诉人们,麦特是如何经历了这一切还能过着看似正常的郊区生活;还打网球和高尔夫。他的大部分朋友都是有人生目标而且会制订计划去实现的人。麦特也有自己的目标,只是执行力有所欠缺。尽管如此,他仍很努力,是家庭一分子。他从来都是穿着得体,虽然他很快就没钱了,但他从未从父母那里偷钱。他的卧室门总是开着。他看上去一点也不像父母想象中的瘾君子的样子。然而,看起来他自始至终都在过着双重生活。

"我是不是只看到我想看到的东西?"艾伦后来说,"过去很可能是这样。"

麦特死后不久,保罗和艾伦·斯库诺夫夫妇跟着一个早餐小组去听了某励志演说家的演讲,早餐小组里都是像他们一样富有的中年夫妇。当天的演讲者要求他们想象一下他们的下半生,不只是想如何享受他们所积累的财富,要想远一点。

"问题是'你如何把握你的后半生,做出点有意义的事?'"当我在这对夫妇位于哥伦布的保险公司办公室见到他们时,保罗说,"也许并不是很多人都会谈起这个问题。我不知道我会不会。但我们知道我们要做什么。"

麦特的死引导他们走到了这一步。斯库诺夫夫妇把这看作一个使

梦瘾:美国阿片类药物泛滥的真相 343

命。曾经，他们以为上瘾是因为道德败坏，现在明白了这是生理折磨，是一种疾病。他们以为戒毒会治好他们的儿子。现在他们看到复吸几乎是不可避免的，两年的治疗和洁身自好，然后需要终身执行12步戒瘾计划才能康复。

戒掉阿片类药物之后，"需要两年的时间你的多巴胺受体才能开始正常工作，"保罗说，"没有人告诉我们这些。我们以为他从戒毒中心出来就意味着治好了。然而孩子们并没有康复。需要好几年不碰毒品，他们或许才有可能有机会康复。这是一场持续一生的战斗。如果我们知道的话，我们决不会让他在从戒毒中心出来后最初那几天脆弱的日子里一个人待着。他离开戒毒中心的第一天下午，我们就让他独自一人去了匿名戒毒互助会。他穿上了新衣服，看起来还不错。然后，他还准备和他的朋友一起去打高尔夫。他没有去参加互助会，而是去买了毒品，走上了绝路。

"一旦你开始吸毒，你的情感发育就会受阻。麦特当时21岁，但心智还是15岁左右的水平。毒品使他无法在情感上成熟起来。于是，毒品成了你的上帝。"

那天的演讲者提出的问题促使斯库诺夫夫妇化悲痛为力量。有太多的父母像过去的他们一样迷失了方向。所以，保罗打电话给韦恩·坎贝尔，希望能用麦特的故事来警示其他人，并希望父母们为即将发生的事做好准备。

"这件事里有太多的邪恶，"艾伦·斯库诺夫说，"我们将让它向好的方向扭转。我们可以接纳它，并让麦特的死变得有意义。"

第四部分

54. 美　国

　　我曾站在西弗吉尼亚州亨廷顿的俄亥俄河岸边不知道自己究竟会查到什么，而 5 年后，美国阿片类药物灾祸的受害者已经从阴影和沉默中浮出水面。现在他们无处不在，而且众所周知。海洛因已经走出纽约的穷街陋巷和威廉·巴勒斯的小说《瘾君子》，走了很长的路。当我的故事逐渐接近尾声，我发现，甚至在离我住的地方不远的南加州那个有着赤陶砖瓦和棕榈树的高档仿西班牙社区里，也出现了海洛因。特别是那里。

　　离我家半小时车程的西米谷市遭受了一连串阿片类药物过量死亡事件的煎熬———一年里有 11 起。西米谷是个保守而虔诚的地方，长期以来一直是警察的飞地。洛杉矶警察局的许多警官都住在这里。西米谷市副市长就是洛杉矶的一名警官。多年来，西米谷一直是全美最安全的城镇之一。从犯罪统计来看，现在依然如此。然而，当药片随处可见，高中里有海洛因卖，这个城市的孩子如今正在被毒品危及生命。西米谷的年轻人将美沙酮诊所挤得水泄不通。附近的千橡市、墨尔帕克以及圣克拉里塔等地也出现了类似的情况。

　　低犯罪率和高药物过量致死率———这是美国出现的一种新范式。欢乐祥和的表面之下是一片凶险的现实。

　　"我们来到了这个安全的城市，做着社会要求我们做的一切，然而我们却在这里埋葬了我们的孩子。"苏珊·克里穆斯科说。她的儿子奥斯丁死于海洛因过量。

克里穆斯科和西米谷的一些人成立了一个反击毒品的联盟，名为 Not One More，他们得到了市议会和零售核心企业——星巴克、加州批萨厨房、家得宝、赛百味等的支持。

然而，这时候，海洛因依然是看不见摸不着的，很容易藏身于某处，至少对于不吸毒的人或者他们的父母而言就是这样。2014 年的超级碗星期天，美国人民一觉醒来看到新闻，一位最优秀的演员死了。

46 岁的菲利普·西摩·霍夫曼，那天早上被人发现死在了他位于格林威治村的公寓里，胳膊上还插着一支注射器，身旁有几包白粉，上面印着黑桃 A。血检显示，他的体内含有海洛因，还有可卡因、安非他明和苯二氮卓类药物。这位奥斯卡影帝——三个孩子的父亲——在之前的 5 月刚刚完成为期 10 天的康复治疗，再次宣布自己戒掉了毒瘾，重新开始繁忙的电影工作。就像 30 年前，洛克·哈德森的死迫使美国承认了艾滋病的存在，霍夫曼的死也引起了人们对阿片类药物流行病的关注。

短短几天内，从东海岸到西海岸，媒体发现，数千人即将死去。新闻报道坚称，海洛因滥用的现象正在激增。几乎所有新出现的海洛因成瘾者都是先沉迷于处方止痛药。这并不是什么新闻；这种事已经存在了 15 年。问题并不止于药物。我认为，这场灾祸与几大因素的叠加有关：经济与市场营销，贫穷与繁荣。但是 4 分钟的采访很难把这些表述清楚，而且媒体急于曝光这种新型流行病，漏掉了很多东西。检察官埃里克·霍尔德把它描述为一场"情况紧急且日益严重的公共卫生危机"，并呼吁警察和医务人员携带纳洛酮（naloxone），因为这是阿片类药物过量的有效解毒剂。

然而，在那时，关于这个故事的很多情况已经发生了改变。

止痛革命已经有 20 年了，人们早已达成共识，即阿片类药物对某些慢性疼痛——背痛、头痛和纤维肌痛——并没有帮助，甚至有危害。我与之交谈过的几家诊所和一些医生都制定了禁止将阿片类药物用于这些疾病的政策。2007年的一项针对背痛和阿片类药物的研究发现,"用药紊乱"① 在患者中很常见,有高达24%的病例出现了"异常"使用行为。作者表示,阿片类药物能否长期缓解背痛尚不清楚。

到21世纪第一个十年的尾声,人们从滥用奥施康定转变为吸食海洛因的情况已经很普遍了。普渡制药公司认识到了这一点,于2010年更改了奥施康定的配方,增加了抑制滥用的成分,使该药更难以分解和注射。此举意在减少奥施康定的滥用,也的确收到了效果。如果普渡公司在1996年就这么做,我们的故事可能会有所不同。可如今全美各地都有数量庞大的奥施康定成瘾者。没了奥施康定,转而使用海洛因人甚至会更多。

快餐店助长了海洛因问题。人们利用全国快餐店里便利的卫生间作为注射毒品的地点。在那里,锁上门就是一方天地独立的空间,许多人使用过量而死。波士顿的问题变得非常严重,以至于市公共卫生委员会要求快餐店的工作人员定期检查卫生间,并开始训练工作人员注意用药过量的迹象:呼吸减慢,嘴唇发紫。

如今,亚拉巴马州、密西西比州以及路易斯安那州南部也出现了海洛因。印第安纳州和俄勒冈州的乡镇情况很糟糕,爱达荷州东部、北达科他州以及怀俄明州也是如此。西弗吉尼亚州的海洛因过量致死的人数在5年里增加了3倍;亨廷顿市所在的卡贝尔县2012年的过量致死人数最多,有26人死于海洛因过量。纽约州北部和明尼阿波利斯的当地媒体刊登了大量有关海洛因的连续新闻。据《阿尔伯克基日报》报道,新墨西哥州吸食海洛因的人增加了80%,俄亥俄河谷和盐湖城也挣扎其中。海洛因遍布新罕布什尔州以及佛蒙特州,佛蒙特州州长彼得·沙姆林整个2014年的州演讲主题都与这场新瘟疫

---

① use disorders,包括药物滥用和药物依赖。——译者

梦瘾:美国阿片类药物泛滥的真相

有关。

海洛因已蔓延到全国的大部分角落,这些地方在此之前已被大量营销的阿片类药物侵蚀。这个故事类似于一个世纪前的海洛因灾祸,被引到了医生的处方纸上,其中绝大多数医生这么做都是出于善意。毒贩只是后来者,获利远远低于制造合法药物、引发滥用灾害的那些公司。"从佛蒙特州的奥施康定和处方药成瘾问题开始,现在已经发展成一场全面的海洛因危机。"沙姆林州长说。

纽约之所以会在 20 世纪的大部分时间里成为主要的海洛因市场,原因在于这里有大量的瘾君子、移民,而且与罂粟种植地之间距离较近,这些因素如今美国大部分地区也同样具备。美国的大部分海洛因来自墨西哥,因而是通过西南部并且由卡车运进纽约的,而不是用船从亚洲运来。现在,纽约不再像过去一样是全国的海洛因分销中心,而只是一个区域枢纽。

制药行业的销售军备竞赛结束了。辉瑞、默克、礼来等公司裁员数千人。一份美国商业刊物指出,2014 年,全国的销售代表从 11 万人减少到 6 万人,这可能是"药品销售人员真正开始慢慢走向衰亡"的一年。重磅药物的专利已经过期。文章感叹道,销售代表穿梭在医院和医疗机构的大厅里,堵截医生,以"伺机'介绍产品、回答问题、达成交易'的做法很可能会受到限制"。

销售军备竞赛留下了标识不实和虚假广告的大规模诉讼及刑事案件。普渡并不是唯一一家被起诉的公司,它收到的 6.345 亿美元罚单很快就相形见绌了。单单辉瑞,为了包括标识不实和虚假广告在内的各类诉讼的和解支付的罚款和法律处罚就不止 30 亿美元,其中 23 亿美元用于就 2009 年的一起刑事诉讼达成和解,在这起诉讼中,辉瑞被指控非法销售其重磅止痛药伐地考昔(Bextra)。《纽约时报》称,这笔罚款是所有种类的刑事罚款中数额最大的一笔,尽管还不及公司三周的销售额。

各种机构最初对用阿片类药物来治疗疼痛的热情已经降温。

美国医疗机构认证联合委员会正在推广用多学科方法治疗疼痛，包括更健康的行为、心理支持和非阿片类药物，以及对患者进行阿片类药物成瘾风险的教育。因此，给患者开维柯丁及类似药物时，大概不会再对其成分只字不提了。美国食药局现在要求制药公司向患者和医生提供有关定时缓释阿片类止痛药的成瘾风险教育——这是患者权利运动的常识部分的延伸，尽管莫名其妙地来迟了。

与此同时，美国食药局将维柯丁从第三类药物重新分类为限制更严的第二类药物，并且拒绝批准一种缓释型羟考酮的仿制药——没上牌子的奥施康定，但随后它批准了重酒石酸氢可酮缓释胶囊，这是一种类似奥施康定的缓释药物，每粒含有多达50毫克的氢可酮，却没有对乙酰氨基酚或其他任何阻止其滥用的药物。美国食药局的疼痛专家咨询委员会建议不批准重酒石酸氢可酮缓释胶囊，但被否决了。

普渡制药随后宣布将很快寻求美国食药局对该公司的定时缓释氢可酮药物的批准，而这款药里将包括抑制滥用的成分。美国食药局批准了普渡制药的另一种药——盐酸羟考酮与盐酸纳洛酮缓释片（Targiniq ER），它把定时缓释的羟考酮与阿片类药物过量的解毒剂纳洛酮结合在了一起。与此同时，奥施康定的销售继续上升。据《财富》杂志报道，约翰·布朗利的检察官们在弗吉尼亚州阿宾登镇对该公司提起刑事诉讼的几年内，普渡每年的奥施康定销售额为31亿美元。

但是，与此同时，许多医生现在似乎在极力回避阿片类药物，而几年前他们也如此大力地欢迎过这些药物。真正需要小剂量阿片类药物治疗疼痛的患者很难找到人给他们开处方。

初级医生仍然没有时间，许多人还没有做好有效治疗慢性疼痛患者的准备。这种情况并不会改变。事实上，进入初级医疗领域的医科学生越来越少，其原因是工作时间长，收入不高，得不到尊重。一项研究估计，截至2025年，美国将需要5.2万名初级医生。

2014年9月，4位医生和研究人员在《美国公共卫生杂志》上发表了一篇评论,坚称"很难相信处方与相关危害的平行增长,仅因彼此存在关联性而非因果关系。[同样]很难相信这个问题仅仅归因于那些业已存在用药紊乱的患者"。接下来,他们表示:"在某些未知比例的病例中,就算对处方阿片类药物进行适当的医疗使用也会把患者引上滥用并最终成瘾之路……即使初次接触不足以直接致瘾,也可能足以引起初次的药物滥用并最终致瘾。"

正如止痛革命人士早已指出的,疼痛可能会有助于缓解阿片类药物带来的欣快感。然而作者指出,人们对于疼痛和成瘾这两个极为复杂的话题知之甚少。他们写道,医学仍然缺乏工具来确定哪些人会因合情合理开到的阿片类止痛药而成瘾。而且在治疗疼痛方面,对那些表现出药物滥用迹象的患者,医学也不知道该如何平衡药物滥用风险与缓解疼痛的益处之间的关系。此外,已有的少量知识也并没有进入医学院的教学之中;当然,也没有达到让止痛革命人士在制药公司的协助下,以阿片类药物的益处这样"挑选出的证据"来改变医学院的课程设置的程度,这些作者写道。

在用高度致瘾的药物治疗慢性疼痛十多年后,仍然没有人尝试把对疼痛和成瘾的研究结合在一起。疼痛专家和成瘾专家在不同的世界里各司其职。他们似乎并不相识。但他们看的病人是同样的;毕竟,疼痛患者现在可能很快就会成为瘾君子。但是,没有任何会议可以让他们交流想法。没有期刊会把这两个专题放在一起。我也没找到哪个研究尝试回答这个关键问题:有多少人因为他们开的处方药而成瘾?

我很同情医生。开了处方,他们将患者置于成瘾的风险之下;不开处方,患者可能不得不带着痛苦生活。患者评估让他们陷入两难。这就是个雷区。难怪几乎没有年轻医生愿意去做初级医生。

不过,多学科止痛诊所迎来了重生的机会。诊所列出的服务内容已经表明,随着时间的推移其可以帮助许多慢性疼痛患者。那些可以从患者的长期改善中获得经济利益的机构也正在向止痛诊所转变。最重要的是,曾经推动以阿片类药物治疗慢性疼痛的退伍军人健康管理局,也一直在转变。疼痛作为第五大生命体征已经不再是无可置疑的信条。

"阿片类药物是有效的止痛药。它们确实奏效。但是，药物并不总是问题的答案。"退伍军人健康管理局的首席临床医生加文·韦斯特医生说。

在对患有慢性疼痛并受到药物成瘾困扰的退伍老兵观察多年之后，退伍军人健康管理局开设了多学科止痛诊所。诊所提供物理治疗、针灸、按摩和游泳池疗法，还配有社工和心理咨询师，帮助患有慢性疼痛的退伍军人解决工作、住房和婚姻问题。正如我前面所写，退伍军人健康管理局在全国有70家这样的诊所。使用大剂量阿片类药物的患者人数急剧下降。诊所的目标是让患者重新振作起来，出去工作，去参加孩子们的足球比赛。

"要做到这些，就得全盘思考患者。在这件事上，我们不仅有经济考量，而且负有道德责任，"韦斯特说，"不过我们很幸运。我们的优势在于有长远的眼光，这是很多［保险］医疗系统所没有的。它们会为一个人几年获得的帮助付钱。十年后发生的事可能就是下一个保险公司的责任了。如果你的经济动力是'我要花10分钟给病人看病，然后给他们开账单'，那太糟糕了。有长远眼光的人在全面治疗患者方面是具有优势的。"

值得注意的是，保险公司并没有在多学科护理领域发现同样的优点。但是，退伍军人健康管理局已经认识到，从长远来看，用更加平衡的方法治疗疼痛将改善患者的功能，同时降低治疗成本。毕竟，它们的客户将与它们永远在一起。

我从未能与罗素·波特诺伊说上话。他在电子邮件里婉拒了我的采访请求。但在此之前的几个星期里，"负责任的阿片类药物处方医师协会"[①] 发布了一个视频，其中包括了一段对他的非常坦诚的

---

① 即 Physicians for Responsible Opioid Prescribing。——译者

采访。

在采访中,波特诺伊承认,当年他极力主张对治疗慢性疼痛的阿片类药物给予更大的自由时,曾引用《波特和吉克的信》以及几篇论文给初级医生做了很多演讲。

他说,这些论文没有一篇"反映了真实的证据,但我正在试着创建一个表达,以便初级医生能完整地看到这些信息,并以一种从未有过的放松心态来看待阿片类药物。本质上,这是对［阿片类药物］去污名化的教育,并且因为主要目的是去污名,我们往往会忽略证据。

"很明显,如果当时我能对自己现在所知的事情看出点端倪,我就不会那样说话了。这显然是个错误,而且说到各地出现的毒瘾泛滥以及由此引发的过量服用而死的事件,想到这些恶果从某种程度上也是由我这样的医生开的处方推波助澜,不免令人心惊胆颤"。

55. 你就是你的药

华盛顿州

在华盛顿州，洁米·迈和盖瑞·弗兰克林继续将弗兰克林所称的"由有组织的医学人士制造的史上最严重的人为流行病"的影响一一记录下来。

华盛顿接受治疗的阿片类药物成瘾者，从 21 世纪第一个十年的大约 600 人猛增至 2010 年保守估计的 8 600 人。他们大多是生活在郊区的年轻白人。2008 年，该州死于药物过量的人数升至 512 人。

2008 年，劳工和工业部发布了给医生的旨在限制阿片类药物处方的指导方针。自那时起，药物过量死亡的人数一直在下降。到 2012 年，死亡人数为 388 人。因药物过量而死的受伤工人的数量，在多年前洁米·迈刚刚开始手上工作时已然令她感到惊讶，此时依然不断上升，2009 年多达 32 人；但自从处方指导方针出台，这个数字已经减少了一半。因此，最后转变成阿片类药物长期使用者的受伤工人人数也减少了一半。

我去了西雅图，那里的多学科疼痛中心的历史可以追溯到前职业摔跤手和止痛先驱约翰·博尼卡。现在的疼痛中心主任是大卫·托本医生。几年前，托本积极地为患者开阿片类药物。他将《波特和吉克的信》里的信息广为传播。他为更大剂量的奥施康定引入治疗而欢呼雀跃。后来，他看出患者的情况并没有改善。患者心生不满，要求更大的剂量。

在这些年里，他记得有个人来申请该中心的疼痛研究金，当被问到为什么想申请这个时，那个申请人答道，我想要一辆宾利。

"对我而言，这是对疼痛管理的隐喻。"托本告诉我。

托本改变了对阿片类药物的想法后，来到诊所工作，当时阿历克斯·卡哈纳已接管诊所工作。卡哈纳的新方法就是重走旧路：不仅从生物学，还从社会学、心理学角度来根治疼痛。该中心的工作人员现在包括2名精神科医生、3名心理学家、1名职业顾问，以及家庭医生、内科医生和康复医学的医生。

之前有整整一代医生都被强烈要求将疼痛作为第五大生命体征。"这是错误的，"托本说，"我想说，在我的患者中，有15%服用了阿片类药物后的效果可能很好，但是他们服用的都是中等剂量或低剂量。"

2013年，托本接替卡哈纳成为中心的主任。在此工作的这5年里，卡哈纳沉浸在美国的疼痛文化大战中，这使他成为疼痛和快乐方面的某种哲学家。卡哈纳认为，保险公司同意报销的款项集中体现了美国很多令人遗憾的价值观。

"我们过度检查，做手术，打针；患者的情况反而变得更糟，"他说，"如果我们从患者的营养、饮食、睡眠习惯和吸烟习惯下手，帮助［患者］找到工作——那么他们的情况就会有所改善。你必须要负责任。如果你对患者采用的疗法是会让患者丧命或者情况恶化的那种，你就必须停手。你不能继续靠这些不起效的东西赚钱。"

卡哈纳将"东西"视作问题。我们对技术的敬畏使我们对更全面的解决方案视而不见。"我们登上了月球，发明了互联网。我们可以做任何事情。无法想象还有什么问题是技术所不能解决的。而从'我可以做任何事'到'我应该得到一切'的观念转变是很快的。

"突然间，没了阿得拉①，我们上不了大学；没了睾丸激素，就无法参加竞技体育；没了伟哥，就无法保持亲密关系。我们一直都在专注技术而不是人。我告诉疼痛患者：'忘记所有这些；你就是你的药。掌握你自己的生活，保持健康，做你喜欢的事，喜欢你做的事。'"

然而他自己却对这个建议视而不见。卡哈纳到西雅图的时候，体重260磅，在接下来的5年里，为了重建这家具有历史意义的诊所，他承受压力，劳累过度，以致体重增加了45磅。诊所获奖无数，被誉为典范。他上了CNN和《人物》杂志，在TED发表演讲，并在美国参议院就处方药过量问题作过证。他一直在发胖。他正在服用治疗高血压、胆固醇药物，然后又因这些药的副作用而吃更多的药——每天9粒，每月自付1500美元。

"走两层楼我就会气喘吁吁。"他说。

卡哈纳有了这么多药之后，他的医生还要开一些升血糖的药给他。他似乎也像瘾君子一样生活。他花了数年时间试图改变公共政策，影响学术界，形成有关过量服用止痛药的立法。现在他决定带头改变。

他辞去了诊所的工作，现在是低收入人群的健康问题顾问。他注重养生，健康饮食，进行跑步、体能和瑜伽等日常训练。渐渐地，他不再那么依赖药物了。他减了110磅，还参加了马拉松比赛。

卡哈纳认为，美国的医疗体系擅长对抗疾病，却无法带领人们走向健康生活。

"医生不知道怎么做，事实上，医生给出的方法反而会让患者的情况变得更糟。"

---

① Adderall，一种控制中枢神经的西药，含安非他明，不少欧美明星用来减肥，很多美国学生考前服用，称其为"聪明药"，因为它能超强提高专注度，把平常看不进去的书看进去。——译者

到 2013 年，小约翰·洛克菲勒为寻找非致瘾性止痛药的"圣杯"而成立的委员会已经建成 75 年①了。

6 月，委员会的年会在圣地亚哥的海湾希尔顿酒店举行，外面晴空万里，会议室里却光线昏暗。演讲者讲解数据的声音似乎被厚重的地毯吸掉了，显得很微弱。

我参加了研讨会，因为我想知道寻找圣杯的情况。寻找替代阿片类药物的非致瘾性止痛药的历史几经挫折。生产了很多药物，其中不少曾被误以为是非致瘾性的，比如：德美罗（Demerol）、纳布啡（Nalbupine）、镇痛新（Talwin）。但这样的故事不断地上演，一如人类在寻找没有地狱的天堂。最早生产海洛因的公司认为，海洛因不具有致瘾性，并以此来推广。一百年后，生产奥施康定的公司也是如此。也许这就是自然界在告诉我们，我们不可能拥有一切。

这个委员会现在被称为药物依赖问题研究学会（College on Problems of Drug Denpendce）。它的规模已经扩大了，学会有更多的研究人员在研究成瘾治疗。在会议上，我与马里兰大学的化学家安迪·库普一起喝了杯啤酒，他很客气地花时间解释了他对吗啡分子的着迷以及吗啡分子的工作原理。

他说，含有分子变异的药物"太适合做止痛药了"。"我们正在努力寻找其他同样有效但又没有不良作用的药物。我的观点是这是不可能的。我们在临床上使用吗啡已经有一百年了，从现在开始还会再用一百年。我并不是说圣杯永远不会出现，但我看不出它会以何种方式出现。"

然后，他似乎是自言自语，又补充道："如果我们能够阻止欣快感而又不影响止痛，我想我们其实就找到了我称为圣杯的东西。"

坦帕大学药理学教授马丁·阿德勒也参加了会议。自 1960 年代以来，阿德勒一直是药物依赖问题研究学会的成员。

---

① 此处似有误，应是 85 年了。——译者

"几乎我们所有人,当然也包括我,都认为找到圣杯药物的概率微乎其微,"阿德勒告诉我,"人们一直在找,行业也一直在找。"

我问阿德勒,他是否认为这样的药物值得去寻找。有了它之后,人类就能应付一切吗?毕竟,美国人在短时间内拥有了所有这些药物,这个国家的富人钱多到不知该怎么办,从中受益最多的孩子有不少已经转而吸食原本用来治疗疼痛的药物。

也许不能,阿德勒认为。他说,吗啡是对生活的一个绝好隐喻。"吗啡的不良作用可以最大限度地减少药物的用量,这是一件好事。有些人生来就没有痛觉。[没有疼痛的生活]是件可怕的事。他们之所以年纪轻轻就死了,是因为疼痛是我们拥有的最好的信号机制。"

阿德勒认为,过去15年得出的教训是疼痛的概念需要改变。

"我不认为,你会去找一种能治疗所有疼痛的疗法,"他说,"你不会用一种药物来治疗所有的癌症;如果你这样做,那是因为你不知道如何有针对性地治疗[每种癌症]。我认为,我们的目标是针对各种疼痛找到最有效的治疗方法。慢性背痛、神经性疼痛——我们对它们还不够了解。这可能是因为疼痛不是单一的疾病。"

"身体是非常神奇的,"他接着说,"是我们可以想象的最妙不可言的东西。你所能知道的是,身体中没有哪一处是与其他部分不相干的,以至于你可以单独攻击它。每一部分都与其他一切息息相关。当你与大脑打交道时,它们都相互交织在一起。"

我打电话给波士顿的疼痛专家纳撒尼尔·卡茨。自从他的病人彼得去世以及与他的妹妹相遇之后的几年中,卡茨渐渐认识到了这一切背后的人性弱点。

"我的老师告诉我,当一个人服用阿片类药物时,疼痛会吸噬欣快感,人就不会上瘾。那还是在哈佛医学院。现在我们知道,这些观点都是垃圾。我们为什么会把这些讯息听进去?因为我们希望它们是真实的。"

我告诉他,我和一些人交谈过,这些人提到了《疼痛》杂志上发表的福莱和波特诺伊 1986 年的论文，还提到当波特诺伊在全国各地强烈建议医生接受新观点，使用阿片类药物时，他正在接受制药公司的资助，包括普渡制药的。这些批评者认为其中有潜在的利益冲突。

其中一位就是安德鲁·科洛德尼。他是医生，从他位于布鲁克林的成瘾专科，他目睹了这场流行病的蔓延。后来，科洛德尼与几个人共同创立了"负责任的阿片类药物处方医师组织"。这一组织的成员都是对开阿片类药物处方的新现象持批评态度的医生。

波特诺伊"开始像宗教人士一样在全国各地发表演讲"，科洛德尼说，"波特诺伊的扩音器就是普渡制药，这家公司送人们飞到度假胜地去听波特诺伊的演讲。这个信息非常夺人眼球：'医生一直在让患者受苦；没有人会真的药物上瘾；这已经被研究证明了。'

"［普渡公司］创建了旨在盯着基层的组织。它们向一线组织提供大量资金，后者接近各州医疗委员会，谋求放开处方监管。为控制药物滥用问题所做的一切努力，如果其结果是减少了处方量，这些组织就会说你做的事对疼痛患者不利。

"现在疼痛专家成了一个行业，其商业模式是：疼痛专家为患者看病，而这些患者不会错过任何一次见医生的机会，而且会付现金看诊。整件事真的很不像话。"

不过，卡茨看到了事情的另一面。卡茨非常钦佩波特诺伊。他说，波特诺伊在其整个职业生涯中一直在寻找更好的方法来减轻患者切实的而且巨大的痛苦。是波特诺伊帮助疼痛成为一项研究课题。此外，波特诺伊始终明白，疼痛治疗需要平衡和时间；医生需要对接受这种治疗的患者进行选择。

但是，"人们想要简简单单的解决方案，"卡茨说，"人们不想听到这种观点，商业利益也不会强调这一点。"

卡茨说，与此同时，各地的医生都遇到过坚持认为自己有权得到救治的疼痛患者。"而你就站在那里，手里拿着阿片类药物柜子的钥匙。疼痛当然是真实存在的，"他说，"多年来，医生只能说：'我希望我可以给你这些药，但它们会让你上瘾；你会服用过量。我想给，但我不能给。'通往王国的钥匙就在那里，但医生作为看门人不能昧着良心把门打开。"

在这种情况下，波特诺伊和福莱于1986年发表的论文颇具影响力，卡茨说。"因为［这篇论文］给医生讲了他们早就想听的内容：'你的病人正在受苦。我们不是比许多年前的科学家聪明很多吗？现在我们知道，如果你服用［阿片类药物］治疗慢性疼痛，是不会上瘾的。'

"现在出现了一种新的传教士，即宣扬用阿片类药物来治疗慢性疼痛的医生，还有少数与这些医生合作的制药公司。这些公司拥有的工具——就是这些新药。操作这些工具的人——疼痛专家——告诉医生，这些工具是有用的。我认为，更有用的是将人们看作从根本上讲有理性的人——看他们为什么要做他们所做的事情。你会看到一大堆有理性的人做着他们认为合理的事情，但效果并不理想。"

卡茨说的时候，我回想了一下我听到、看到的一切，觉得不可思议的是，所有这一切可能都是墨西哥纳亚里特州的一个小镇现在在美国一些最富有和最安全的地方贩卖大量海洛因的背后故事的一部分。我告诉他，我认为离奇的是，他所提到的所有推理，某种程度上都可能取决于对1980年1月赫歇尔·吉克医生写给《新英格兰医学杂志》编辑的仅有一段话的信件的误解，而吉克医生本人并没有这种意思。

"《波特和吉克的信》如果没有那个意思，那就太令人惊讶了，"卡茨说，"［但是］那段文字会让你从内心挣扎中解脱。这就像从乳房里吸到乳汁一样，突然间，你得到了无比的安慰。"

56. 毒品界的互联网

加州中央山谷

"下次你来的时候,我可能就在墨西哥了。"神秘人对我说这话时是在一天上午,我又一次坐进了他位于加州中央山谷的起居室。

他懒洋洋地坐在安乐椅里,银灰色的头发上戴了顶帽子,贫血让他的笑容变得淡淡的,曾经帅气的脸庞,如今变得十分苍白,失去了往日的光泽。他透过家人几年前花了 2.2 万美元给他买的纱门凝视屋外,看着沥青路面已经开裂的街道、修剪得整整齐齐的草坪以及工人阶级家庭那灰泥粉刷的房屋。

他因"焦油坑行动"被投入监狱服了几年刑,自他获释以来,这几个月里我多次拜访。我们谈了几个小时,他的故事引人入胜,讲述的是墨西哥一个小城镇里的海洛因贩子是如何将黑焦油海洛因带到美国各地的新市场的。我在一旁听了几个小时,听他用微弱的声音慢慢讲述过去的事。

他所说的大部分东西我都知道是真的,或者能找到方法确认。他对铃利斯科非常了解,对全美各地的美沙酮诊所也了如指掌。他所说的其他内容听上去也完全可信。但是在地下组织,有许多人想极力夸大自己做过的事,也有许多人想拼命隐藏自己的所作所为。因此,直到找到一个从一开始就参与"焦油坑行动"的美国缉毒署探员,我才知道该相信什么。他通过无数小时的监听证实了神秘人的角色。

"他将这个组织的网络扩展到其他城市,尤其是那些不存在竞争的城市,"这位探员说,"他们把目标锁定在美沙酮诊所,在此找到客户群并以此为基础发展壮大。"

现在,15年过去了,神秘人组建的团伙仍在苦苦挣扎。从纳亚里特州铃利斯科来的无数年轻人正在美国联邦监狱里服长期徒刑。

很长一段时间里,铃利斯科都没有引起墨西哥贩毒集团的注意。毕竟,对于一次卖掉1公斤海洛因的团伙,贩毒集团有什么可在意的呢?然而,2010年,泽塔斯贩毒集团和锡那罗亚贩毒集团在锡那罗亚州南部开战,暴力冲突向南扩散,纳亚里特州的铃利斯科也被卷入其中。其结果可想而知。尸横遍野。在一次枪战中,有11人被杀,其中包括乔斯·路易斯·埃斯特拉达,外号"黄瓜",是当地一个臭名昭著的毒枭。铃利斯科当地官员宣布取消玉米节,美国国务院警告美国人不要前往特皮克市。已经在往瓜达拉哈拉搬迁的窝点老板们,搬得更快了;他们低调行事,连他们用卖海洛因赚来的钱造的豪宅都不敢住。

这样的情况持续了一年多,最后泽塔斯胜利了。窝点老板们开始向该贩毒集团付保护费,局势才趋于平息。

然而,铃利斯科的黑焦油海洛因流入全美城市的速度并未减慢。在密西西比河以东,铃利斯科的司机祸害了纳什维尔、孟菲斯、印第安纳波利斯、南卡罗来纳州的几个城市、辛辛那提、夏洛特,当然还有哥伦布以及每个城市方圆几英里内的郊区。

在肯塔基州的弗洛伦萨市,缉毒警逮捕了桑切斯家族一个窝点的经营者,其中包括当地一名妇女。在2006年的"黑金热行动"中,这名妇女是这个家族在纳什维尔的中间人。这个窝点只雇用当地白人司机来递送海洛因,向他们提供汽车和手机,这很可能是因为老家再也找不到做这份工作的劳动力了。

铪利斯科看来流传着一种说法，即联邦州①（肯塔基州、宾夕法尼亚州、弗吉尼亚州和马萨诸塞州）的毒品法更宽松。有几个铪利斯科司机早已在韦茅斯被捕，那里位于马萨诸塞州，就在波士顿的郊外。

"铪利斯科男孩"依然处于分散状态，依然坚韧，并有很强的适应能力。他们身上体现出了美国阿片类药物流行病的特征：安静，非暴力。他们把注意力放在了阿片类药物的新市场，在那里他们唯一想要的客户就是白人。在我看来，他们就是毒品世界的互联网，一个21世纪的毒品运输体系，在多达25个州运作，所有的人都来自墨西哥一个小镇。这些司机也有自己的执念，那是所有农民的梦想，衣锦还乡，花钱请班达乐队，跟女孩儿们跳舞，让其他男人嫉妒，打开装有珍贵的李维斯501型牛仔裤和其他名牌牛仔裤的盒子时感受到家人的热情拥抱。与此同时，当地政府在一份报告中指出，就富裕程度而言，在墨西哥的2 445个县（市）中，铪利斯科排名第111位。

铪利斯科的团伙的成功，很大一部分要归功于现在全美各个角落的处方药成瘾。他们中是否有人知晓这一点，倒是个有趣的问题。我认识的司机们从没听说过奥施康定这个名字。这一点我可以理解：他们不会说英语，平常也只跟其他司机一起玩。不过，我也和几年前参与"焦油坑行动"调查的美国缉毒署特工主管哈里·索莫斯讨论过。也许铪利斯科的这些司机真的什么都不知道，索莫斯说。但他对我说，"从纳亚里特州贩毒网成员提供的信息和其他情报来源，我们得知，他们中有些人对于止痛药滥用的情况以及事态严重的目标地区了解得一清二楚，知道这些地方是卖他们产品的大好市场。"

无论"铪利斯科男孩"知道什么，他们早期大力推广黑焦油海洛因的方式，加上止痛药在尚未开发地区卖力的市场营销，形成了奥

---

① 美国50个州中，有4个的官方名称是commonwealth state 而不是state，这4个州曾经是英国殖民地，用的是英格兰的普通法，所以称commonwealth 并延续至今。——译者

施康定带,产生了灾难性的协同效应,并预示了数年后,从服食药片过渡到吸食海洛因的现象将在这个国家的其他地方出现。那些从服用处方药开始的孩子,到头来成了吗啡分子的奴隶,孤独地死在自己车里。迫使人们坚持服用它的力量跟吗啡分子一样冷酷无情。药片被人随随便便毫不在意地开出来。然后,从纳亚里特州山区里运来的黑焦油海洛因又像批萨一样送到这些孩子手上。越来越多的家长失去孩子。他们承受着慢性疼痛般的痛苦,生活被搞得一团糟,就像那些医生和普渡制药当初决定用阿片类药物来治疗疼痛一样。

"铪利斯科男孩"也在发生很多变化。截至 2014 年,海洛因走私活动在全美迅速扩张,其中的新毒贩很多是瘾君子,他们每天都在干活。他们没有"铪利斯科男孩"特有的海洛因递送系统;然而却一点点侵蚀着"铪利斯科男孩"已经耕耘多年的市场,并且发现了新的市场,那里到处都是服用药片的瘾君子,正准备转而吸食海洛因。从墨西哥其他地方运来、由底特律和东海岸的黑人帮派销售的棕色海洛因粉末,效力越来越强。锡那罗亚贩毒集团似乎已经加大了对芝加哥、纽约以及其他地方的海洛因出口。自从 2007 年起,美国和墨西哥边境缴获的海洛因数量增加了 6 倍。

与此同时,在铪利斯科,刚刚起步的牛油果种植业已经取代甘蔗和咖啡种植业,为许多人提供了就业机会。牛油果种植业可以追溯到 2009 年前后,当时,从墨西哥的牛油果主产地米却肯州来的种植者带来了资金,准备与当地的农民合作建立牛油果果园。到 2014 年,这些果园都产生了回报。大卫·特耶达被枪杀的那个咖啡仓库,现在变成了牛油果仓库。申请工作的年轻人中,有很多都因贩卖海洛因而在美国被捕并被判入狱。有了案底,如果再在美国被捕,就要面临漫长的刑期。因此,他们转而在牛油果种植业工作了。

不管怎样,这座小镇还是以这种或那种方式靠黑焦油海洛因的收入为生。成百甚至可能上千人从铪利斯科北上,去美国卖海洛因。挂着美国车牌的汽车在镇上随处可见,大多挂的是加州、俄亥俄州、北卡罗来纳州、犹他州、科罗拉多州以及俄勒冈州的牌照。许多车被用来藏匿大量现金运送回老家。然而，铪利斯科出去的人似乎很少能发大财。窝点老板赚得盆满钵满，但海洛因窝点的劳工依然重复着有钱没钱的周期，花起钱来炫耀张扬，然后不得不回到美国继续挣钱。在 Landareñas 和 Tres Puntos 街区，除了在街角游荡，喝酒和吸食可卡因的男人身上，这笔钱的效果很难看到。有几条街还没有铺好路面。

几乎没有毒品交易的不义之财流回神秘人手里。"我并不是对他们别无所求，"他告诉我，"我希望他们可以赚大钱。只要我在那边的时候他们还承认我。我只想要尊重。仅此而已。我不会对他们说'你欠我的'，也不会说'要不是我，你哪会有今天'。他们有的都是他们自己挣的。"

他曾利用贩毒集团在铪利斯科罢战的间隙，回去过圣诞节。他看到许多上了年纪的人，有些人还在辛苦努力，有些人勉强过得去。曾经的黑焦油海洛因批发商"苍蝇"奥斯卡·埃尔南德兹-加西亚和妻子一起回到了铪利斯科。有传言说，他和他的兄弟们在小镇入口处拥有一家竞技场。神秘人还见到了那个纳亚里特人，也就是他在内华达州监狱的朋友、他第一批海洛因窝点的合伙人。在贩毒集团火拼期间，蒙面枪手趁那个纳亚里特人及其家人不在家时，闯进他家里，拿走了电视机、珠宝和很多其他东西。他们还开了一辆拖车来，把他在镇上游行时经常骑的价值不菲的马也抢走了。

神秘人回到了加州。在中央山谷，他身体虚弱，不为人知。邻居们没有一个知道纳亚里特州铪利斯科海洛因窝点的故事。因此，他常说他要叶落归根，回到铪利斯科——他的第二故乡，回到那个大村庄，那里的家家户户念着他为他们做的一切。

看起来不太可能。从1960年代蒂华纳的处方药，到无数的黑焦油海洛因，他做了一辈子的毒贩，这种生活使他无精打采，气色晦暗，因肝脏问题而身体虚弱。我们谈话的那天早上，他的身体似乎慢慢陷进了椅子里。旁边放着一台大屏幕电视机和一盏落地灯。他说话的声音变得越来越弱,越来越模糊。他的眼睛半闭了起来。

"人们从来不会为自己是谁而道歉。反正我不会。事情做了就是做了,"说着他用手掌搓了搓自己的脸,"我从没有刻意想伤害谁。出来混总是要还的,但是那又怎么样,受着呗。"

几个月后的一个星期五的早晨,我坐在俄亥俄州哥伦布的一个法庭里。

法庭非常拥挤,乍一看像是交通法庭,只是几乎每个人不是年轻人就是白人。小伙子们反戴棒球帽,留着脏兮兮的胡须。女孩子们顶着染后褪色的头发,身上是名家设计的牛仔裤和镶着亮钻的T恤衫。

这里是海洛因法庭。

15年前,神秘人将黑焦油海洛因带到了哥伦布。于是,这座城市成了"铊利斯科男孩"系在美国东部大部分地区扩张的起跳点,而当时处方类止痛药在治疗疼痛方面被视为"几乎不会致瘾"的药物。

如今,在这座从未有过海洛因的城市里,几乎每个海洛因法庭都座无虚席。

他们全都是瘾君子,大多是从药片开始的,并且四分之三的人是吸食黑焦油海洛因。

每年,斯科特·凡德卡尔法官都要处理约400个海洛因吸毒者的案件,他们因非暴力重罪而被定为轻罪,即使这样,这些人还试图消除案底。几个月以前,法庭仅有站的地方。凡德卡尔最后将法庭分成隔间并延长工作时间,以适应需求。前两个小时处理姓氏A到L开头的人,以M到Z开头的人则要等待早上的第二轮。

弗兰克林县有几个专门法庭,有一个专门处理退伍军人的案件,有一个专门处理有精神问题的人的案件。甚至还有一个毒品法庭,专门处理与毒品或酒精有关的犯罪分子,但海洛因瘾君子让这个法庭不堪重负。这个每周开庭一次的法庭成立于2010年,但即使如此也无法满足需求。在另一个专为卖淫案开设的法庭，差不多一半的妓女都是海洛因瘾君子。

凡德卡尔穿着一身黑色长袍，高高地坐着，他背后的墙上装饰着一个大法槌。但是，这里的气氛很轻松，更像是小组会议而不是法庭。一边的桌子上放着一堆小册子，为退伍军人提供有关治疗中心、药物和精神卫生方面的信息。凡德卡尔将几位委托人叫到他面前，称赞他们这些日子戒毒的表现，询问他们有关找工作的事，以及是否找到了 12 步戒瘾计划的担保人。每个人都必须参加咨询，接受随机毒品测试，并在 90 天内参加 90 场匿名毒瘾者互助会聚会。之后，他们要在两年之内每周来他的法庭。大约有一半人能完成这个程序，但还是有许多人复吸了；有些人则离开了人世。

凡德卡尔曾是一名检察官，又当了差不多 20 年的法官。他称自己是弗兰克林县最善解人意的地方法官之一。然而，多年海洛因法庭的工作经验也让他明白，吸毒者就像孩子一样，需要有人给他们划出明确的界线和告知要承担的后果。

"这里让我意识到对那些复吸的人来说监禁其实是件好事，"他在休庭时对我说，"我的意思是，让他们承担后果，去监狱里待上几周或 30 天。很多时候，可能需要这两者结合"起来激励他们。

在圣达菲的"焦油坑行动"中被捕后，罗伯特·贝拉迪纳利内心一直被坐牢的恐惧推着。

在将"铪利斯科男孩"的汽车和公寓以自己的名字登记一年多之后，贝拉迪纳利被法官判了缓刑，此前这位法官曾威胁他再不戒毒就判他长期徒刑。为此，他终于戒了。他在治疗中心做了几年顾问。每周他都会去监狱演讲，尽管很多人根本不听，他还是坚持去讲。数年后，贝拉迪纳利成了匿名毒瘾者互助会的领导，并且是该组织在南加州举行的 2014 年国际会议的代表，而我们就是在那里见面的。

"按道理讲，我本不该坐在这里，而是该被关在某个联邦监狱里。我非常幸运，摆脱了困境，没坐过牢。"他说。此时，我们就坐在圣费尔南多谷一家酒店外的喷泉旁边，距离"铪利斯科男孩"起步的地方只有几英里。"我相信 12 步戒毒计划的力量。这就是我出现在这里的原因。这一计划是为像我这样的人量身定制的。"

不论是圣达菲，还是新墨西哥州，都没能幸免于阿片类药物的灾难。纳亚里特州的黑焦油海洛因贩毒团伙往来穿梭于圣达菲和新墨西哥州北部。在埃斯帕尼奥拉山谷，药片与海洛因在混用。据当地报纸报道，2012 年，该地区的药物过量致死案件创下历史纪录。"就人均而言，我们始终高居全国药物过量致死人数的榜首。"报纸的社论称。

牵涉其中的年轻人数量让贝拉迪纳利感到震惊，也改变了他所在地区的匿名毒瘾者互助会的构成。现在，互助会内部讨论的是如何吸引这些年轻人。这也是从朴茨茅斯到波特兰，全美各地的 12 步戒毒小组一直在做的事。正在康复中的头发斑白、经验丰富的吸毒者，如今也有五六十岁了，他们眼看着原本人数稀少的匿名毒瘾者互助会会场坐进来一帮二十多岁的孩子，人数多到以至于要为新染上阿片类药瘾的人辟出专门的会议区域。

我问他是否想知道那个叫恩里克的老板以及那些供应他毒品的司机的命运。他说，不想。似乎已是很久以前的事了。但他没有怨恨。他们是好人，干净利落，不会杀人，只是打工的，想出人头地，他们可能就住在墨西哥的某个地方。他惊讶地发现，他们是他 40 年来遇到的唯一不吸毒的海洛因毒贩。对于他们的组织方式，他仍然感到震惊。他记得，"焦油坑行动"之后，圣达菲的街上整整一天没有任何毒品。那就是他们的组织方式。

他清楚地记得 14 年前的那天清晨，缉毒署特工吉姆·奎肯德尔和他的团队从天而降将他逮捕。他们的起诉书上有他的名字，还有十几个墨西哥人的名字，他们手里握有以他的名字登记的电话账单和汽车。贝拉迪纳利瘦削憔悴，满脸疤痕，精疲力尽。他不能再撒谎了。

奎肯德尔给他戴上手铐，带向一辆巡逻车边。

"这是你余生的第一天。"特工说着把他推进了车里。

过了一段时间，罗伯特·贝拉迪纳利才渐渐认清现实。现在他已经当了祖父，受毒瘾奴役几十年还能活下来，他感到非常幸运。应他的要求，我给奎肯德尔捎去了他的口信。

"吉姆·奎肯德尔救了我的命，"贝拉迪纳利说，"多年来，我一直想说：'嘿，伙计，谢谢你。'"

在波特兰，爱丽娜·辛亚耶夫在弟弟托维耶死后向父母保证，她已经戒毒了。事实上，她吸得比以前更厉害了。她很少在家，拼命想忘记托维耶还有她对弟弟的死应负的责任。

一天晚上，父亲来到她的房间，看出了不对劲。父女二人从不曾相互理解体谅。他坐了下来，从椅子上拿起她的包，听到有金属碰撞的声音，然后在包里发现两只海洛因勺子。

她等着父亲大发雷霆。然而父亲却泪流满面。生平第一次，父亲这样乞求她。

"爱丽娜，你需要帮助。"他说。

爱丽娜崩溃了，也大哭起来。那天晚上，急于去买海洛因的她给一个朋友发短信，想借点钱。朋友回短信说："我不能借给你，但我知道有个教堂，跟其他的不一样。"

俄罗斯五旬节派有个名叫约翰·特卡赫的吸毒者曾在波特兰郊区的波林开了一家戒毒诊所。特卡赫看到俄罗斯五旬节派教会对上百个染上毒瘾的孩子视而不见，父母们请求牧师帮助这些上瘾的孩子，却遭到羞辱，被指责是罪孽深重的家庭，于是卖掉了自己的货运生意，用他的房子申请了第二笔抵押贷款，开办了一家戒毒诊所。围绕这家戒毒诊所又成立了一个教会，这是第一个把俄罗斯五旬节派的年轻人中间猖獗的阿片类药物上瘾现象作为事工重点的教会。新教会名叫"神必预备"（God Will Provide），它建立在耶稣关于爱、宽恕和转变的讯息之上。传统的俄罗斯牧师认为这个教会亵渎神明、罪孽深重。俄罗斯五旬节派的孩子们则称其为康复教会。很快，"神必预备"教会就把这种教会/戒毒中心模式扩散到了萨克拉门托和西雅图等地。

在这里，爱丽娜遇到了维塔利·穆尔亚。维塔利是波特兰第一批销售奥施康定的俄罗斯人，那些令人陶醉的日子过后，他的生活就崩溃了。2010 年，维塔利如果通不过另一次缓刑期的药检，他将面临两年的监狱生活。他吓坏了，只得求助于"神必预备"教会，在此他第一次感受到了教会的温暖。他戒除了海洛因，成了《圣经》教师，在得到了法官的准许后前往乌克兰和澳大利亚进行宣教，教会里的许多会众都是正在康复的成瘾者，他们的激情感染了他，于是他开了一家传教士学校。

康复一年后，维塔利在戒毒中心遇到了爱丽娜。他给她讲了自己的故事。爱丽娜不相信靠自己的力量就能改变。但他从一个街头瘾君子脱胎换骨的经历让她震惊，一段纯洁浪漫的爱情就这样发生了，它遵循着俄罗斯五旬节派传统，但又有点现代美国的小波折。在他在做事工期间，他们互发了几百条短信，从相识到相知。维塔利回到家乡向爱丽娜求婚后，他们才有了第一次接吻。

两年后，他们的女儿出生了。他们给她取名叫格蕾丝[①]。

---

① Grace，为恩赐之意。——译者

57. 没人能凭一己之力做到

俄亥俄州南部

2013年3月26日,菲利普·普赖尔医生在俄亥俄州兰开斯特的临终关怀医院因肝癌去世,享年59岁。孩提时期,普赖尔曾经想当古生物学家、爬行动物学家、考古学家和生物学家——所有这些想法都出现在他10岁以前。他还养过蛇。他公然违抗坚持要他剪头发的父亲,去理发店剃了个光头。当他家人所在的教会要求黑人会众去寻找自己的教会时,普赖尔穿过走廊扬长而去,并大声宣布他绝不会再踏进这里。

他的父母把教育看得比什么都重。普赖尔偏偏在高中毕业后用7年时间去拿了汽车机械的学位,并学会了修自行车,还在辛辛那提开了一家自行车店,以此表示他的不满。

24岁时,他终于进了大学,在俄亥俄州拿到了医学学位,在奇利科西当了很多年的家庭医生。后来,他成功地戒了酒,转向成瘾医学专业。

他住在俄亥俄州斯陶茨维尔的一个农场。他造过火箭,几年来他与另外三个人一直保持着业余爱好者火箭发射的世界纪录——在内华达州白沙国家公园将自制火箭发射升空23英里。他喜欢打猎。他在怀俄明州猎到的一头美洲狮标本就挂在客厅的墙上。他的车库则是汽车修理爱好者聚会的地方。

真正的家庭医生会让很多人心存感激。普赖尔去世几天后，他的200个朋友聚集一堂纪念他。在哀悼者安慰家属时，他的孩子特意播放了披头士乐队的《顺其自然》（*Let It Be*）和吉米·亨德里克斯的《风呼唤着玛丽》（*The Wind Cries Mary*）。在他的农场，朋友们点燃了他生病之前在修理的一辆装有镁质车轮的青铜色雪佛兰面包车。几个月后，他的朋友们又一次聚集在农场烤乳猪纪念他，他的骨灰就撒在这里。还有一部分骨灰由自制火箭搭载，带着朋友们的问候发射升空。

普赖尔的生活因成瘾而改变，因探索而升华，因对世俗的挑战而留名。他开一辆普普通通的丰田凯美瑞，只有几件他很少穿的正装。但在他生命的最后6年里，他是美国阿片类药物爆发中心唯一一个发声警告大家，开奥施康定处方过度等于打开了通往海洛因的大门的人。他是当地最早推动用药物治疗成瘾——尤其是审慎地使用舒倍生（Suboxone）①——的人，他认为，戒毒常常会导致正在脱瘾的成瘾者复吸，并由于耐受力减弱而死于复吸。

我和普赖尔是通过电话交谈的，从没见过面。我本想和他当面谈谈，可是他病了。当我赶去俄亥俄州时，他已经住进了临终关怀医院。

"我们这里只有一小部分人会记得普赖尔医生，但是在南俄亥俄州，他是非常重要的一位医生。"奥曼·霍尔说这番话时正和我共进午餐，而普赖尔医生恰巧在几小时后去世。现在，该州的药物滥用项目由霍尔来领导。

阿片类药物成瘾现象在俄亥俄州随处可见。我问霍尔，在他看来，这一代阿片类药物成瘾者会在美国存在多久。越战时期的一些瘾君子仍在吸食毒品，持续了40年之久。

"希望我们能让这些人都活下去，"霍尔说，"生活告诉我们，人

---

① FDA批准的首批诊室用治疗阿片类药物成瘾的药物。——译者

从出生到 60 岁，时间过得很快。"

霍尔曾经遇到过一个俄亥俄州的物理优等生，刚开始他纯粹为了消遣，每隔几天就会服用 10 毫克的扑热息痛。11 个月以后，他每天都要注射大量海洛因。

菲利普·普赖尔"明确地指出了成功应对这批阿片类药物成瘾者所需采取的治疗方法"，霍尔说，"正是他，看清楚了普渡公司是引发这场流行病的同谋。是他替我完成了这件事。

"所有这些事情中蕴含的一个巨大讽刺是，在他临终时，正是阿片类药物让他有了一定的生活质量。"

确实，菲利普·普赖尔与处方阿片类药物滥用和随之而来的海洛因成瘾斗争多年，在他去世之前的几个星期，他服用了临终关怀医院的护士为缓解他的剧痛而开给他的阿片类止痛药，并渐渐产生了依赖性。当护士不肯给他增加剂量时，他甚至把医生叫来处理此事。

"他在对阿片类药物的依赖中走向了生命的终点，"霍尔说，"阿片类药物在我们的医疗体系内起着某种恰当的作用，如何对普赖尔医生用药正是一个如何使用阿片类药物的绝佳范例。"

* * *

往北数英里，在小城马里恩，布拉德·贝尔彻的游击战术引发了一场讨论。马里恩县的首席缓刑官珍妮弗·米勒也参与其中。到 2013 年，米勒手上 80% 的案子都与阿片类药物成瘾者有关。

1990 年代中期，米勒带着偏激的想法开始了她的职业生涯，当时她认为自己的工作就是把尽可能多的人关进监狱。她写的宣判前报告中敦促将吸食大麻者也投入监狱。如今，米勒做了母亲，看着自己所在的县被阿片类药物控制，意识到以往的处理方式是多么失败。吸毒者被判入狱，出狱后立刻复吸。

"我走了一段很长的路才豁然开朗。"她在 2014 年与我交谈时说道。

在她参加的一个研讨会上，有位医生讲述了阿片类药物是如何压倒大脑受体的。米勒开始在网上对成瘾和大脑进行研究。她以前从没想过这些会是她从事缓刑官工作所必须了解的内容，但阿片类药物的流行使她不再仅仅是警察，也成了社会工作者。

2013年，共和党州长约翰·卡西奇绕过共和党主导的立法机构，将医疗补助的保险惠及每个俄亥俄州人，这样，成千上万的家庭就能支付长期的门诊药物治疗的费用了。第二年，为将阿片类药物阻断剂纳曲酮（Vivitrol）用于成瘾者的治疗，米勒申请了一项州拨款。在4个月的时间里，米勒手头有了一份等候注射纳曲酮的人的名单，县里毒瘾最重的部分瘾君子已经戒了毒。然而，每针要花1 200美元，而吸毒者每个月都要打一次。

米勒说，"关键的问题是"吸毒者要注射多久的纳曲酮。就目前为止，还没有一家药品公司主动帮助承担这笔费用。不过，在马里恩县，阿片类药物和纳曲酮实验使得警察、狱警、法院官员和缓刑官通力合作，这在以前是没必要或不常见的。布拉德·贝尔彻继承了一幢曾被用作养老院的老教学楼。他把这里作为"清醒生活之家"（sober-living house），内设十几张床位，三年免收租金。如此看来，这个千疮百孔的县似乎正在重新找回自己的社区。

"某些神话被拆穿了，"贝尔彻说，"人们渐渐明白，这是一种慢性疾病。有人在停车场注射毒品时，人们会投诉。但这还没有结束。"

而在哥伦布，在麦特·斯库诺夫去世两周年的纪念日临近之际，保罗和艾伦感受到了他们公开真相带来的冲击。

他们试图通过公开谈论麦特的死因把自己破碎的生活重新拼凑起来。这种感觉像是在疗伤，他们觉得，如果什么都不做，他们会垮掉的。麦特活着的时候，他们对成瘾几乎一无所知。为此，他们学习了有关药物和大脑的知识，了解了 mu 受体和内啡肽，这样做真的很有帮助。

公开讲述自己的悲痛需要谨慎，不要以过分强调悲痛来提高公众对这场灾祸的认识。悲痛可能会让人陷入其中不能自拔。但是，如今全国各地有这么多的父母正面临自己孩子的丧生。陌生人来给他们讲述自己生活中与成瘾有关的故事。事实上，艾伦感觉到自己突然间发现了整个国家的秘密。成瘾的现象无处不在。"人们都试图表现出幸福的假象，"她说，"而你心里清楚，很多人默默地承受着痛苦。"

时不时给麦特写几封信，与有成瘾孩子的家长聊聊"我希望我知道的事"，这让她的心受到了抚慰。重点在于：戒毒治疗三周后，没有一个上瘾的孩子被"治愈"。

在俄亥俄州，阿片类药物处方减少了40%。立法机关有一系列旨在规范处方阿片类药物并扩大治疗方案的选择范围的法案。其中之一就是以埃德·休斯在朴茨茅斯经营的咨询中心式治疗诊所为模型的。该法案要求各县为吸毒者提供全方位的服务，包括从住房、心理咨询到帮忙找到工作。俄亥俄州的问题仍然持续肆虐。卫生部2012年公布了药物过量致死的数据：这一年，有创纪录的1 272个俄亥俄州人死亡，其中680人死于海洛因。在一段3个月的周期里，有11%的俄亥俄州人拿到了处方阿片类药物。官员预计，未来几年里，海洛因过量致死的人数会翻不止一番。

想知道发生了什么事，方法之一是通过某种大型的社会实验，看看有多少美国人有上瘾倾向。让我产生这个想法的是生活在哥伦布富裕的都柏林郊区的成瘾专家理查德·惠特尼医生。

"这是一个有趣的表达方式：让我们把这个反馈给社会上的每个人，看看会发生什么，"他说，"让我们从一个社会的角度看到所有潜在的酗酒者成为阿片类药物成瘾者。如果阿片类药物没有出现，我想可能会见到类似数量的酗酒者，但是在人生的晚些时候。我在我的领域常常看到的是中年酗酒者。通常，人们要喝20年才会出现大到需要治疗的问题。但由于这些药物的药效很强，出问题的平均年龄就下降了 15 岁，而且会因为服用了羟考酮、氢可酮和海洛因之后很快麻烦缠身。"

全国性的阿片类药物上瘾问题取得了一些成果——尽管代价令人心惊。在共和党人士的领导下，尤其是在红色州，人们对于监狱和治疗方式的心态正在发生转变。

父母们似乎不再害怕了。劳德代尔堡附近有一个名叫芭芭拉·西奥多西奥的公关顾问，她的两个儿子都在佛罗里达州的药丸工厂鼎盛时期对止痛药上了瘾。考虑到一定有人和她的境况一样，她就建了个网站——addictsmom.com——并在脸书上开了个页面，打出的口号是"不怕丢脸，勇于分享"①。到 2014 年，该页面上已有 1.4 万位母亲加入，她们相互安慰，为彼此祈祷，用最质朴的文字讲述她们家里的故事：监狱里打来的付费电话、4 万美元的戒毒治疗、在沙发里发现的针管、计划中的葬礼以及 300 天没有碰毒品的孩子。西奥多西奥还为替成瘾子女抚养下一代的祖父母们新增了一个页面。有时，评论中那些母亲发出痛苦的呐喊，这也可以称得上是针对虚拟时代的药物流行病的一种群体疗法。

"6 年来，我乞求、恳求、尖叫、大吼、哭泣、禁足、收走东西、叫警察，把他赶出家门，更不用说无时无刻不内疚和为他担惊受怕，"一位妇女写下了她海洛因成瘾的儿子的故事，他因为没有通过药检而再次被送进了戒毒所，"还有进戒毒所、看医生和治疗师，以及把他从监狱保释出来花的几千美元。我只能一直祈祷，不停地祈祷……"

人们对于瘾是如何在大脑中形成的有了更深的认识。1990 年代以来，功能性核磁共振成像扫描已经揭示了许多有关大脑奖励机制的形成途径。

"这证实了我们凭直觉做的很多事情，"惠特尼说，"人们一旦上

---

① 即 Sharing without shame。——译者

瘾，就真的会失去选择的能力。大脑需要足足 30 到 90 天才能恢复到有能力作决定的状态。否则，就像是给某人的骨折部位打上石膏，然后指望他跑上 5 英里。"

就全国范围来看，人们对成瘾者和成瘾的态度似乎在发生变化，尽管这种变化的速度缓慢。成瘾者并不都是品行不端、离经叛道的人或罪犯——这样的形象在《哈里森麻醉品税法》颁布后，深深地印在了大众的脑海中。取而代之的是，人们渐渐意识到他们是患上了一种疾病，而这种疾病恰巧表现为偷窃、欺骗、不顾一切地寻找毒品，只为让内心的魔鬼平静下来。

当我追踪这个故事的线索时，我认为，要想消除阿片类药物的瘾需要尝试戒毒十几次。能通过每次戒毒治疗的人，我一直听到的数字是十分之一。惠特尼说，没错，是这样，这仅仅是因为很少有人能得到他们所需的全部治疗。他们通常进去三或六周，而大脑的化学反应需要更长的时间才能从阿片类药物的冲击中恢复过来。

"如果我们有工具可以用，我们将获得跟哮喘或充血性心力衰竭一样好甚至更好的治疗效果，"他说，"但是人们没有得到恢复健康所需的足够治疗。这就好像我们说，你只进行了治疗癌症所需的化疗的一半。人们不会容忍这个。保险公司不想为足够时间和强度的脱瘾治疗［提供资金］，因为整个社会并不要求这么做。"

俄亥俄州中部是阿片类药物灾害的爆发中心，这引发了人们许多思考。

对保罗·斯库诺夫来说，这个月最美好的时光就是到麦特去世前一天离开的戒毒中心，给年轻人讲他儿子的故事。

保罗还与俄亥俄州的大学新生康复运动一起工作。这项运动始于几年前，是为了应对大学校园里出现的酗酒和大麻滥用的问题。罗格斯大学、布朗大学、得州理工大学开创了这一运动的主要标志：无毒品和无酒精的宿舍，12 步戒瘾会议，咨询服务，无毒品社交活动，为戒毒者、主修成瘾治疗者提供全额奖学金。这场运动的声势越来越浩大,并蔓延至更多深受阿片类药物之害的学校。俄亥俄州州立大学也是其中之一。

"受影响的都是中产阶级和上层阶级的孩子,"俄亥俄州州立大学一位名叫萨拉·内拉德的姑娘对我说,"他们的父母就是那种会跑去学校说'你们对我的孩子做了什么?'的人,当孩子对阿片类药物和海洛因严重上瘾时,确实引起了父母和校方的注意。"

内拉德来自休斯敦的郊区,正在戒海洛因瘾。同时她也在攻读俄亥俄州州立大学的硕士学位,并获得了一笔拨款帮助她在校园内开展这项运动。

从参加新生康复运动的大学名单上看,这些大学好像都是大学橄榄球队排名的佼佼者,而且这一名单也反映了毒瘾是如何席卷红色州的:亚拉巴马州州立大学的红潮队(Crimson Tide)和佐治亚州大学的斗牛犬队,密西西比大学和南密西西比大学、得克萨斯州贝勒大学、田纳西州范德堡大学、弗吉尼亚大学——以及俄勒冈大学、密歇根大学、密歇根州州立大学、宾州州立大学以及几所规模略小的学校——都兴起了校园康复运动,这很大程度上针对的是药片和海洛因的滥用。俄亥俄州州立大学还开设了一个有28个房间的康复宿舍。

与此同时,州长卡西奇除了扩大医疗补助计划的范围外,还启动了一个计划,名为"开始讲吧!"(Start Talking!),目的是让阿片类药物流行病成为公众讨论的话题。检察官迈克·德韦恩发起了一项关于海洛因的倡议,主要目标是将俄亥俄州各城镇的不同群体联系在一起,让大家协力合作。

这些措施反映出了一个反复出现的主题:最自私的药物借助于原子化社区不断毒害人。与铁锈地带一样,富裕郊区也是彼此孤立,这种状态是数年来慢慢形成的。美国的很多地方都是如此,夏日的夜晚,街上空空荡荡,父母坐在门廊下看孩子们玩踢罐子游戏的情景已经一去不返。梦之地已不知所向,取而代之的通常是空旷的街道、更大更豪华的房屋,这些房屋是瘾君子的藏身之处,每个家庭都紧守秘密、不敢外扬。

对慢性疼痛可能最好是进行整体治疗,而不是靠一粒药。同样,海洛因的解毒剂并不是纳洛酮;而是社区。保罗·斯库诺夫就是这样认为的。

因此,保罗在不去戒毒中心跟孩子们交谈的日子里,会忙着联系那些家长群体、非营利组织和学校,也会谈起麦特的故事。

"没人能凭一己之力做到,"他说,"一旦家庭、学校、教会和社区联合起来,没有哪个毒贩或贩毒集团能与之抗衡。"

第五部分

58. 瓦砾中成长

朴茨茅斯，俄亥俄州

2012 年，一位身材颀长、眼窝凹陷的白人男子来到了俄亥俄州朴茨茅斯，他的手臂上青一块紫一块，还有许多针眼，嘴里三分之一的牙没了，半辈子也已消磨完了。他身上带了 10 块钱，几粒扑热息痛，还有几张纸，上面潦草地涂了些诗句。瘾君子杰里米·怀尔德正在逃离美国乡村。他 35 岁，整个成年生活与阿片类药物流行病以及像他家乡那样的小城镇的衰败恰好重合在一起。几年前，奥施康定在布朗县下游的阿伯丁，也就是他的家乡泛滥成灾。他在江湖医生的诊所里度过了最好的青春时光，卖的药多到他自己都数不清。在辛辛那提，他从那些墨西哥人手里买海洛因，他们提供送货服务。他有两个孩子，却不知道清醒地养育孩子是什么感觉。他进过监狱，又返回了阿伯丁。

阿伯丁就像是美国的应许之地。这里有大量的农田、谷仓，人们在此种植玉米、繁衍生息。这就是乡村歌曲里会唱到的地方，说什么男孩们喜欢喝啤酒，周六晚上捣点乱，但他们一定会在周日祈祷，感谢上帝。但那是很久以前的事了。杰里米所认识的阿伯丁到处充斥着药片和针头，这就是为什么历史悠久的布朗县是俄亥俄州药物过量致死率最高的地方。奔流的俄亥俄河沿岸像这样的城市，杰里米随口就能说出十几个，它们曾经是美国工业的重要地区，如今却被海洛因弄得满目疮痍。

他给住在朴茨茅斯的一个儿时朋友打了电话。此人也是瘾君子，但怀尔德不知道除此之外自己还能怎么办。朴茨茅斯离布朗县很远。朋友说自己没什么钱，只有一间小公寓和一个沙发，但欢迎怀尔德去。杰里米把自己的手机留在了阿伯丁——手机里的联系人不是瘾君子就是毒贩。他的父亲开车把他送到了朴茨茅斯，给了他一点现金和扑热息痛帮他渡过难关。

"祝你好运。"他的父亲说，然后开车离开了。

杰里米看着他远去。他孤身一人，希望能在美国的药片圣地洗心革面。

写诗是杰里米引以为傲的少数成就之一。他以前从不喜欢像个孩子一样写写东西。可是 2003 年，他被关进了布朗县的监狱，在那里他觉得无聊，于是开始乱涂。他写的绝大多数是关于吸毒者的生活，也为狱友写诗供他们送给女友。很多诗都写得不怎么样，但有些他觉得还是有价值的。几次服刑期间，他开始每天在牢房里写作。当你写诗的时候，狱友们就会让开，冲突也就此避免了。

> 是否打个盹之后我会醒来，是否这就是结束？
> 是否会一如我埋葬挚友的那天？
> 是否家人和妻子真会将我怀念？
> 有时候，我真希望自己过上别样的生活……
> 我朝着棺材走去，这样我才能真正看清。
> 我盯着里面看了许久，却看到了我自己。

吸毒的时候，他从不写诗，因为此时满脑子想的都是下一针。海洛因不仅麻痹了人的身体，也麻痹人的情感。写作和吸毒完全相反。所以，他在清醒时写作，并通过写作来保持清醒。他惊讶地发现，这样做真的有效。

更令杰里米惊讶的是,他去朴茨茅斯是为了寻找他认为他不应该得到的救赎。他知道,这座城市曾经有就业机会,现在一个都没有了,相反,到处是瘾君子。开处方药的医生们学会了怎么在朴茨茅斯做生意。而他别无希望,只能抱紧朴茨茅斯,犹如溺水者抱紧救生筏。

巧的是,当瘾君子杰里米·怀尔德来到这个破败的城市寻求重生时,他并不是孤身一人。

如果说经历过辉煌的工业时代的朴茨茅斯还留有一点见证的话,那就是 Mitchellace 鞋带公司。

该公司成立于1902年,为朴茨茅斯的许多制鞋厂供应鞋带。查尔斯·米切尔发明了一种鞋带编织机——线轴就像哈林花式篮球队[1]一样不停地旋转和编织——曾几何时,1 200 台这样的机器全天运转,5 000 名员工一天可以生产出 12 万双鞋带。那个时候,该公司是全美最大的鞋带生产商。

生产、包装、输送到美国各地,很显然没有几家外国公司能从这行赢利。克里·基廷是从米切尔手里接管了这家公司的人的曾孙女婿。他的管理方式充满了活力,即使在朴茨茅斯当地的鞋厂一个接一个倒闭时,这家公司也在扩张,还搬到了威廉斯鞋厂的旧址,一幢 8 层楼的宏伟建筑里。

基廷退休后,公司由他的三个儿子接手。从全镇来讲,基廷的儿子们被称为"第三代"。在朴茨茅斯,甚至在美国铁锈地带的大部分地区,人们对企业的简略表达方式是:第一代创建公司;第二代拥有商科学位,管理和扩大公司;第三代在安逸中长大,只对休闲娱乐感兴趣,公司通常会走下坡路。朴茨茅斯当地人看过太多这样的第

---

[1] Harlem Globetrotters,以职业篮球起家,后从事娱乐表演的一支美国男子花式篮球队,总部位于纽约哈莱姆区。——译者

三代。

基廷的三个儿子做决策，可他们并不经常在这里。克里·基廷之前在洪都拉斯开了一家鞋带厂，以满足奇伟鞋业公司（Kiwi）对低价的要求。基廷的儿子开始把为其他公司生产的产品也转移到了那里生产——那些公司对于削减成本并不那么坚持。

布莱恩·戴维斯还是个大小伙子的时候就开始在 Mitchellace 鞋带公司工作，做过不少最底层的工作，后来一步步晋升，当上了销售副总裁。

"在这里，我们仍然可以以一半的人手达到两倍于海外公司的生产速度，"他说，"可他们还是关闭了 1902 年以来一直延续的编结和织造业务，迁往海外。"

朴茨茅斯训练有素的鞋带生产工人都下岗回家了。到 2009 年，公司只雇了 80 人。基廷家族买下了加州的一家鞋业公司。付清债务后，Mitchellace 鞋带公司无法支付制作鞋带所需的纱线和蜡的费用。

"有人给我们下订单，"戴维斯说，"我们只是没钱来完成订单。"

客户都不找这家公司了。最后，一家银行要求 Mitchellace 鞋带公司偿还贷款。公司的员工都被迫放假。这家创造出了鞋带工业的公司，在与国外公司的竞争中存活了下来，如今却面临破产。

镇上的大部分人都接受了这家公司的命运。多年的失败经验让人们相信了商学院和华尔街灌输的那些理念：外包是必然趋势；增长靠的是令人兴奋的并购，而不是靠提升业务能力以赢得新客户。这种教条武断地认定朴茨茅斯这样的城镇就像街头瘾君子一样无可救药。一如吸食海洛因的人执迷于毁了其生活的毒品，这座城市自身也盲从于这种思维方式不能自拔，似乎认为自己是不值得拯救的。

"你只能被一再地打倒在地，"戴维斯说，"直到你开始接受这样的想法：'哦，好吧，都结束了。我们输了。'"

因此，正是在 2009 年，一场药片灾难吞噬了这座城市的孩子，俄亥俄州朴茨茅斯最后一家鞋业企业即将关闭的消息，让这座城市跌入了谷底。

然而，任何吸毒的人都知道谷底就是复苏开始的地方。Mitchellace鞋带公司是如此，朴茨茅斯也是如此。

几天后，当内森·史密斯听说这家公司破产的消息时，他正在银行里。史密斯在朴茨茅斯有一家建筑公司，他对鞋带一无所知。可是布莱恩·戴维斯对此一清二楚，因此，史密斯就给他打了个电话。

"它不会破产的，"史密斯说，"我们要保住这些工作岗位。我们要拯救朴茨茅斯的这个行业。一起干吗？"

"好吧，"戴维斯说，"反正我也没有太多其他事要做。"

史密斯召集了一群当地的商人，他们拿出钱来，维持这个公司的运转，这些人中包括：一位律师、一位保险代理、一位金融理财师、戴维斯以及Mitchellace鞋带公司的生产部门副总裁瑞安·鲍特兹。这个团队写了一份40页的商业计划书，名为"巨人计划"，将他们拟设立的公司命名为Sole Choice。参与Mitchellace鞋带公司剩余物品拍卖的公司包括奇伟鞋业公司以及基廷家族现在合作的一家股权公司。

两个星期后，当事各方求助法庭来决定俄亥俄州鞋带制造业的未来。所有的债权人都到了。法官开始称前所有者为"基廷一家"，然后将该公司判给了史密斯、戴维斯以及他们的Sole Choice公司的投资人。

几年后，我遇见了布莱恩·戴维斯。我们在庞然大物般的工厂里漫步，伴着线轴的轰鸣聊天。线轴拉出的长长的系带，可以用于靴子、医疗用品、网球鞋、挂绳和牛津布。

"每个人都说'别再失去了'，"戴维斯说，"'我们不会再失去任何工作，也不会失去这座城市里的任何一个行业。'我们是伟大的制鞋业的最后堡垒：鞋带制造。我们要让它延续下去。"

工厂的三层楼空空荡荡。戴维斯把这看作预示着有增长空间。戴维斯说，到我来参观时为止，Sole Choice已经有了300个客户——原来只有24个。有40人回来上班了，未来还会有更多的工作岗位。该公司的鞋带已出口到包括中国在内的 30 个国家和地区。

"笃信外包使我们失去了几百万个工作岗位。我们已经外包 30 多年了，基本上摧毁了美国的制造业基础。这一切都与钱，与强大的美元有关。真正的美国企业家精神其实不止于此，它必须关乎人、人与人之间的关系、社区的建设。钱——也就来了。你最终总会赚到钱，但幸福来自其他东西。"

要是没有人们四处奔波寻找幸福和寻找实现幸福的方法，我绝不会花很多时间来报道这个关于药片和海洛因的故事。

"这与鞋带无关；与人有关，"戴维斯说，他也是赛欧托县共和党领袖，"美国人认同查尔斯·狄更斯笔下的斯克鲁奇；他们不可克服赚钱的欲望。但这关乎鲍伯·克拉契一家，重要的是关乎小蒂姆，他们才真真正正地给你的生活带去了快乐。我们忘记了这一点。我们相当满足于靠我们的工人把煤扔进火里来取暖。美国就是这样。查尔斯·狄更斯警告我们说：'别再沿着这条路走下去了。'想想斯克鲁奇的那个孤独凄凉地死去的合伙人身上的锁链；你便会将他看作一个身上缠绕着锁链的鬼魂。这可能会让你回想起朴茨茅斯一直以来的面目——一座锁链加身的鬼城。"

当 Mitchellace 鞋带公司转变为 Sole Choice 时，赛欧托县的验尸官特里·约翰逊已经把他这十年中的大部分时间用来为朴茨茅斯市内及周围地区因药片过量导致的死亡人数不断攀升大声疾呼，但收效甚微。

约翰逊看着一代人像僵尸一样走在 52 号公路上，并宣称自己轻而易举就能拿到社保补助金和医疗补助卡。他也看到一些家庭成员染上毒瘾，并重新思考他对瘾君子的各种成见。他认为，是医生辜负了老百姓。

"作为职业医生，我们对美国人民造成了不可思议的伤害，"他说，"药剂师也有不可推卸的责任。在我们县里，每一粒置人于死地的药都是合法途径开出、合法途径配到、合法途径付费的。"

当时,俄亥俄州针对顽固性疼痛制定了一项法律,医生只要负责任地开阿片类药物,就可以豁免。但是这一法律中并没有规范止痛诊所的条款。

"所以,我决定在其他人理解我所做的事情之前去哥伦布,起草并通过一项法案。"一天下午约翰逊在朴茨茅斯告诉我。

2010年,约翰逊当选为俄亥俄州众议院议员,他是坐上朴茨茅斯议席的第一位共和党人。此前,这一席位曾经属于维恩·里夫二世,人们也以为会一直属于他。

约翰逊于2011年就职。他与另一位众议院议员、药剂师戴夫·伯克起草了《众议院第93号法案》。这是非常罕见的。俄亥俄州的任期限制条款意味着立法者来来去去,直到他们任期结束时,对通过法律的问题也依然知之甚少。法律条文通常由游说者起草,游说者是随着立法者的交替轮换而在哥伦布积聚的一股力量。

"然而,我们就这么横空出世,"约翰逊说,"起草了我们自己的法律。"

他和伯克像法国抵抗运动战士一样在阴影中工作了一个月,打造出了一项界定和规范止痛诊所的法案。这项《众议院第93号法案》将止痛诊所定为非法机构,运营止痛诊所将被判重罪。医生再也不能通过自己的诊所,也就是当时非常普遍的药丸工厂来发放药物了。乔安娜·克罗恩和一些SOLACE的成员现身支持这项法案,州长卡西奇也承诺将签署通过。

在美国的阿片类药物典型战场的州,《众议院第93号法案》于2011年5月获得一致通过。俄亥俄州共和党人和民主党人一起废除了该州针对顽固性疼痛的立法。

与此同时,在朴茨茅斯,各教会结成联盟反对药丸工厂,后者简直是该市奥施康定经济的中央银行。"第一使徒教会"(the First Apostolic Church)的成员汤姆·雷伯恩受命制订一个计划。"上帝说

'绕城 7 次'，"雷伯恩对我说，"7 是属于上帝的数字。"

游行者经过两个臭名昭著的地产项目，围着监狱转了一圈，又穿过了整个城区。在绕着一家药丸工厂走了 7 圈后，他们在它门口停了下来。一位护士走出来大喊，你们阻碍交通了。游行队伍里的人开始高唱《奇异恩典》。一位当地牧师拿出一只羊角号，就跟约书亚在耶利哥用过的那只公羊角一样，然后吹了起来。

第七次的游行定好了是前往朴茨茅斯东部地区，它就夹在铁轨与俄亥俄河之间。朴茨茅斯的衰败压垮了这个地区。如今，这里是贫民区，失业的白人家庭靠社会保障补助金为生，药丸就像《圣经》里的瘟疫一样在穷人聚集地驻扎下来。

好在那一周是幸运的一周。《众议院第 93 号法案》刚刚通过。随着特工们涌入县里，关闭了六七家止痛诊所，该县有史以来最大规模的药物突击搜查行动开始了。这些诊所的关闭结束了朴茨茅斯的药丸工厂时代，此后没有一家重新开张。

尽管如此，第七次游行的那天下午还是有种不祥之感。一整天，天空都阴沉沉的，当游行队伍蜿蜒穿过东区时，一场冷雨打在了游行者身上。然而当游行结束时，倾盆大雨也停了。游行者站在那里一边瑟瑟发抖，一边弄干身上的水。这时，一道彩虹架在庞然大物般的 Mitchellace 鞋带公司厂区上空。天空放晴，太阳出来了，一道奇异的光闪过，清新的雨点落了下来，与此同时，又一道彩虹出现，并且越过了空中的第一道彩虹。人们停下脚步，凝望着从东到西环抱着整个朴茨茅斯的双彩虹。

"人们纷纷走出了家门，"莉萨·罗伯茨说，"我环视四周每个人。好日子真的来了。这座城市一直哀悼不断。每周都有人死去。现在洪水结束了，阿片类药物的洪灾过去了。这就像在领受圣母马利亚的异象之类的东西，好像这个魔鬼、这个邪灵被驱除了。"

朴茨茅斯没能逃脱新一波的海洛因灾害。恰恰相反。城里许多阿片类药物成瘾者转而吸食海洛因了。犯罪率上升。底特律来的卖粉末海洛因的毒贩开始倾泻而下来到朴茨茅斯，吸毒者开始去哥伦布寻找廉价黑焦油海洛因，墨西哥人卖起来像送批萨外卖一样。不久以后，在这座曾经拥有梦之地的城市里，你既能买到粉末海洛因，也能买到黑焦油海洛因。

赛欧托县的药丸工厂说明了开阿片类药物在美国已经变得有多普遍。在药丸工厂营业的最后一年里，这座有8万人口的县里一共合法地开出了970万粒药。即使在药丸工厂关闭了两年以后，仍有700万粒药开出。

尽管如此，关闭这些见利忘义的诊所仍是一个必须为之的开端。就像拯救Mitchellace鞋带公司一样，这是当地居民为了自己的未来而采取的行动，他们这么做就是不希望这样的事发生在他们身上。

这渐渐变成了某种主题。朴茨茅斯也重新采用了市执政官（city-manager）的政府模式。市议会雇用的市执政官，在来朴茨茅斯之前管理过几个城市。不再是超市员工来管理市政事务了，居民们也终于能够知道垃圾清运的时间表了。

斯科特·杜塔特是肖尼州立大学的社会学教授，他在课堂上研究了这座城市的各种问题，并提出无需额外预算的几个解决方案。之前，杜塔特和同事们曾对当地居民进行过调查，最让他们感到头疼的"不是犯罪，不是药物，也不是经济"，杜塔特说，"而是这座城市的面貌。"

起初，市政官员无视这份调查。有人甚至说："我们不需要任何书呆子来告诉我们该怎么做事。"

但是从那以后，市政府进行了人员调整。因此，一旦杜塔特的学生提出建议，市政府官员就能听到。学生敦促市政府申请社区警务方面的一项联邦补助金，然后真的拿到了。如今，街上有了更多警员。学生建议，为饱受诟病的市中心公园购置一盏泛光灯，卖淫业者居然就转移到了别处。学生提议每个出租物业收取50美元的年费以支付法规检查员的费用,并义务地将出租物业的数据输入系统。朴茨茅斯还雇用了几位法规检查员,以促进业主守法。学生的建议还包括在每个缓刑人员的刑期中加入捡垃圾的工作,考虑到市里没有钱雇人帮助法官安排这项计划,学生们便义务地帮法官完成了。刚开始的三个月里,缓刑人员就拾了 90 吨的垃圾。

这些就是"市政管理 101"① 的做法。但对于刚刚摆脱了 30 年的毒品经济的城镇来说,似乎是个全新的理念。与此同时,居民们意识到了这座城市几乎没有预算。教会、童子军以及其他团体开始对公园和河边进行定期清理。

自 1960 年代以来,名叫维恩·里夫的人第一次没有在朴茨茅斯担任政治职务。1995 年,维恩·里夫二世从俄亥俄州众议院议长这一握有大权的职位上退了下来,并在两年后去世。2014 年,他的儿子维恩·里夫三世在当了 25 年的赛欧托县专员后退休了,有 9 个人竞争这一职位。

与此同时,一些健身房开始在朴茨茅斯营业。其中一家叫"钢铁之躯"(Iron Body)的,搬到了市中心一家旧车经销店里,6 个月里吸纳了 400 名会员。"人们不想再看到有人上瘾,也厌倦了肥胖的身躯,"该俱乐部会员、当地的辩护律师比尔·德弗说,"因而朝着健康和健身迈出了一大步,这种转变很明显。"

市中心有几幢建筑正在重新装修。辛辛那提来的服装店主特里·阿克曼也搬回了赛欧托县,这里是他长大的地方。阿克曼在朴茨茅斯市中心买下了一幢四层楼的空空如也的家具店,并将其翻新成光鲜时尚的现代阁楼式住宅,有租房意愿的人已经列在了他的单子上。隔壁是他开的一家咖啡馆,他在店外置了些桌子供人们见面和聊天。

"有阁楼住,有咖啡馆——还有比这更值得欢呼的事吗?"他说,

---

① Municipal Governance 101,在美国有线下工作坊,有网站,是帮助市长出谋划策进行城市管理的民间组织。——译者

"我们推销的是一种生活方式。"如此看来,这座城市正在除旧迎新。

就在我即将完成这本书的时候,我收到了大卫·普罗克特的一封邮件。他提起了我的采访要求,当时身在牢狱的他拒绝了采访。他写道,现在他出狱了,被驱逐回到了加拿大。因此,现在他愿意谈谈了。

我对跟他的谈话非常感兴趣,还列出了一些我们可能要讨论的话题。在回信中,他写道,有关药丸工厂、制药公司的促销活动以及这些对于他开处方的影响,他有好多话要说。但他又补充道,"不论是医学上还是法律上的咨询,都是有价码的……如果你觉得值,那就在给我打电话的时候报个价。"他留了一个电邮地址和一个多伦多地区的电话号码。

我回信说,我不会花钱做采访。"你对药丸工厂这个行业的参与,确实会使你的观点和经历很有意思,"我写道,"而鉴于你的这段过去,我希望你会想让公众了解所发生的一切,会想帮助阐明……你可能会再次真正地帮到那些痛症患者,我能保证你真的可以帮到。你可以通过帮助揭示这个全国性的问题来做些弥补。"

我没再收到他的任何回复。太可惜了,他可能真的有些有趣的东西要讲。但是,比起一个名誉扫地、还想从自己过去所犯的罪行上再捞一笔的医生,朴茨茅斯正在发生的事更加吸引我,这里以展望未来作为对过去的反击。

比如,一位名叫克林特·阿斯库的年轻人正在创造的东西就重要得多。在我为写这本书而待在朴茨茅斯的那段时间,阿斯库召集了一帮酷爱说唱音乐的朋友,大概 9 到 10 人。深夜,在市场工作的他开始写说唱和副歌的部分,又为它们配上无人声的伴奏。他的朋友们则给自己的那部分加上歌词。Raw Word Revival 乐队就这样诞生了。

阿斯库在朴茨茅斯长大,像记者一样,以这座城市为素材,从周围的环境中汲取创作灵感。他从没服过阿片类止痛药,但是他眼看着同代人中最出色的家伙丧命,眼看着他们衣衫褴褛地在街头游荡、寻找毒品。一个有药瘾的朋友还用烧红的衣架在手臂上烫出一个个点，连成一个 W，意为"妓女"。每个点都代表一个他睡过的女孩。这个孩子以前非常拘谨，甚至从没咒骂过别人。

"我一直觉得我应该用我这一生做点什么。"阿斯库说。

一天晚上，在他工作的市场上，他突然想到了一个主意。对于这个被遗忘的地方，人们真的了解多少呢？他盯着这里的区号 740，想出了一段副歌：

> 你究竟对 7-4-0 了解多少？
> 如果你不在这里生活、工作、出卖什么
> 如果你想不起这里的事情
> 你究竟对这个地方了解多少？

乐队的其他人加上了说唱部分，讲述着他们在此成长的过程中知道的一切。这首歌是来自美国乡村腹地的沃尔玛世界的呼喊，是阿巴拉契亚白人关于美国衰落和重生的说唱音乐。

> 过去这里叫 6-1-4
> 现在因为你家门口站着魔鬼出了名
> 止痛诊所，药丸工厂
> 工厂，毒品交易……
> 是的，我意识到我在乎
> 我准备让我们的辉煌重现
> 但要耐心点
> 因为我们的城市上空笼罩着大片乌云
> 洪水袭来，许多人沿着我的路前进
> 却淹死了……

他们用苹果手机在城里一些地方拍摄了一段视频,成千上万的人在脸书上观看。车里放的是这首歌,人们在沃尔玛唱的也是这首歌。连讨厌说唱音乐的人都喜欢上了它。朴茨茅斯突然之间有了某种鼓舞人心、直面现实的艺术。

没过多久,人们就在其他地方看到了"740"的身影:肯塔基州的弗洛伊德、俄亥俄州的马里恩、新墨西哥州的奇马约以及堪萨斯州西南部以肉类加工业为主的城市,不仅如此,它也在大卫·普罗克特诊所外长长的郁郁寡欢的队伍中,在沃尔玛超市的过道里,以及"梦之地"还在的时候的那个停车场里。

"7-4-0让我想起了我的家乡——印第安纳州的埃尔克哈特(区号574)。"一位女士在阅读了我为这首歌写的几段博客文字后评论道。

我最后一次去那里时,看得出来,朴茨茅斯正在重新起步,摆脱了以往的教条和一种依赖文化。如今,它似乎要承担更多责任,期望破碎的社区能够复苏并把握自己的未来。

迄今最显著的迹象,是几百名瘾君子正在慢慢地却坚定地远离毒品,走向康复。有近10%的城区正在恢复。这座导致美国陷入阿片类药物流行病的城市,也是药片激增的爆发中心,如今也在准备摆脱这种状况。

那些江湖医生走了,诊所也消失了,镇上居民发现他们的孩子已经戒了毒,开始回家了。他们离开得太久,许多人永远不会再回来了。

在保守的赛欧托县,顽固的态度也发生了松动。正在康复中的吸毒者现在找工作比以前容易了些。每个人都有朋友或者家人吸毒。有些雇主认为应该再给他们一次机会,有些人则认为别无选择。那些正在康复的人至少要通过药检。工作不是灵丹妙药,有些人即使找到了工作,也还是复吸了;但这是一个开始。

戒毒激发了迷途知返的人的内在创造力和想象力。有时候感觉好像涌入了新的劳动力。康复中的吸毒者为朴茨茅斯注入了墨西哥移民为美国其他城市带来的那种精神：活力四射、乐观向上、感恩机遇。

就像 RWR 乐队录的视频一样，朴茨茅斯的复活从城市衰落的废墟中萌芽。这座城市被定位为全国成瘾研究和治疗中心，这里有成千上万个成瘾者，包括仍在吸毒的和正在戒毒中的，还有许多空置建筑可供扩展。自 1970 年代肯塔基州列克星顿的麻醉品农场关闭以来，美国就没有机会在这么小的地方研究这么多的吸毒者。

"钢厂城镇消亡了，"一天午饭时，莉萨·罗伯茨对我说，"为使我们的工业基地焕然一新，我们在这里建了监狱和核电厂。然后，海洛因成了新兴产业，还被允许渗入阿巴拉契亚地区至少十年之久。接下来，海洛因像癌症一样扩散到了全国各地。现在我们被视为领先者，我们有经验，知道它是怎么回事。"

的确，赛欧托县在很多方面领先于全国。当药物过量致死的人数在全州乃至全国创下纪录时，赛欧托县也出现了同样的情况。该县有一个注射器针头交换计划，一年收到的针头达 10 万枚；丙型肝炎的新病例下降了一半。一项州资助的试点项目让赛欧托县获得了纳洛酮，吸毒者通过给药物过量者注射，挽救了 23 个人的生命。

在英帝国发动的两次鸦片战争中都输掉的中国，依靠曾经的吸毒者来指导他们吸毒成瘾的兄弟姐妹，治愈了国民的鸦片瘾。朴茨茅斯也在做同样的事。12 步戒毒会议在全市开花，有时一天几场。瘾君子看到自己周围都是戒掉了毒瘾、开开心心的人。一个新开始康复治疗的吸毒者的导师会在凌晨 3 点钟给他打电话，因为导师知道事情有多艰难。许多康复中的吸毒者已向肖尼州立大学提出申请，希望成为社会工作者或毒瘾顾问。学校增加了教授数量，增设了社工学士学位、心理学硕士学位，所有这些侧重的是成瘾研究。

最重要的是，咨询中心的规模在阿片类药物流行病期间扩大了一倍。现在，它占据了朴茨茅斯众多废弃建筑中的一些，并为 200 人提供了工作,其中大部分人正在康复中,而且有犯罪记录。

咨询中心雇用的贾勒特·威思罗曾是一名炼铁工人,也是去佛罗里达州工作并在那里找到阿片类药物避风港的炼铁工人大军中的一员。凯茜·纽曼曾因车祸留下的伤痛去求助于大卫·普罗克特,如今她已经戒了毒,也在咨询中心工作。有意戒毒的成瘾者现在不喝酒或吸食毒品也可以玩得开心。咨询中心开设了俱乐部,这是俄亥俄州此类无毒品聚会地点中最大的,这里还举办舞会、牌局和 12 步戒毒会议。

管理这个俱乐部的是玛丽·安·亨森,她也是这些人中的一员。面临重罪的玛丽·安终于在 2010 年摆脱了毒瘾,她的丈夫基思·亨森也不再吸毒了。他们的儿子卢克此时 8 岁,和两位清醒的父母生活在一起的他活泼开朗,长着一头红发,一口贝齿。如今,40 多岁的玛丽·安是个足球妈妈,陪伴在卢克左右,同时也像母亲一样关爱着聚集在俱乐部里的刚来康复治疗的人。

安吉·苏马曾是沃尔玛超市的惯偷,她希望有一天能在咨询中心工作。她已经有 20 个月没碰毒品了,现在在做收银员,挣的是最低工资,每周 230 美元。她与父母住在一起,用这笔钱抚养自己的两个儿子。被控盗窃罪使她被禁止进入沃尔玛超市,因此购物成了一件麻烦事。而且她不打算在她现在工作的地方申请助理经理的职位,生怕背景调查会把她的过去公之于众。

但是,上次我们聊天的时候,她告诉我:"当我想起我经历的一切,想到我还活着的时候,就有了勇气,要让自己不断变得更好。"

这似乎也是朴茨茅斯的态度。这座城市看上去仍然像吸毒者的手臂一样伤痕累累。瞪大眼睛的妓女在城市东区的铁轨上游荡,有太多工作岗位支付的都是最低工资,并且没什么出路。朴茨茅斯依然有成百的吸毒者和毒贩,但是现在这里也拥有了一种自信而强劲的康复文化,可以与吸毒文化相抗衡,社区正在慢慢地自我修复。

俄亥俄州各地的成瘾者如今正在向南迁移,到朴茨茅斯戒毒,便可证明这一点。俄亥俄州其他地方都没有朴茨茅斯这样的戒毒基础设施。

我最后一次去朴茨茅斯时,遇见了一名从约翰斯敦来的年轻女子。约翰斯敦是位于哥伦布东北部的一个乡村小镇,根据她的描述,这座小镇很像 RWR 乐队的说唱歌曲里唱的那种"740 城镇"。她从哥伦布的"铃利斯科男孩"那里购买海洛因已经有几年了,每当她想戒掉,会说英语的司机就会连着给她打一个星期的电话。

"可是,女士,我们的东西真的很好。这批货是刚来的。"

最后,她把手机扔了。那里面除了跟毒品有关的人之外,没什么信息。她是年 23 岁,独自带着 10 个月大的儿子过活,走投无路之余想找个地方戒毒,于是便来到了朴茨茅斯。

"我爱这里。我真的害怕回到老路。"她用俄亥俄州农村地区特有的那种抑扬顿挫的语调慢吞吞地对我说这番话时,是在一个派对上,大家正在庆祝她戒毒一周年。

就这样,这座饱受摧残的老城挺住了。从某种程度上讲,它是一座灯塔,拥抱了瑟瑟发抖、眼神空洞的吸毒者,让他们知道他们并不是一无所有。这片废墟的底部有个地方,和他们一样,被踩踏过,被掩埋过,但是幸存了下来。这个地方,像他们一样,曾经支离破碎,失去很多宝贵的东西,可是又再次将这些珍贵的东西一点点找回。他们漂泊不定,但他们也可以开始寻找归途。

回到那个叫做"梦之地"的地方。

后 记

2011 年，黑焦油海洛因过量问题在阿普兰高中肆虐。

被誉为"优雅生活之城"的阿普兰，是洛杉矶以东 40 英里的一个郊区，住在那里的主要是中产阶级。学校里的孩子先是染上了药瘾，随后是对海洛因上瘾。如今，他们从校园里的一些毒贩那里买海洛因，而供货的是当地的墨西哥毒贩，尤其是一个被称为查托的毒贩。

告诉我这件事的特工说，他们已经从线人那里听说了查托的团伙。他们试过一两次想打入该团伙，可是阿普兰高中吸毒过量问题的爆发让调查变得更加紧迫。

监听到的内容和线人的消息表明，查托来自纳亚里特州，很可能是铪利斯科，住在阿普兰以东 25 英里处的河滨县。他在该地区有一帮递送海洛因的司机，在拉斯维加斯还有另一帮。他有 4 部手机：其中两部分别用来联系阿普兰附近的安大略和拉斯维加斯的客户，第三部用来联系他的司机，第四部用来联系墨西哥那边，特工们还没有这部手机的号码。

对查托犯罪团伙的调查持续了 3 年，并把他的买卖与其他团伙以及美国 14 个州的纳亚里特州批发商联系了起来。通过拼凑这些贩毒网，特工缴获了 1 000 磅海洛因，并且认为这只是那些贩毒团伙带入美国的毒品的一小部分，这些人每次只会携带几公斤。

而且，查托似乎并不是一个人。无论轮到哪个人来管理这些团伙都是用这个名字，这些团伙已经不知不觉地运作了十年。特工们猜测，这些团伙的老板住在墨西哥。

《梦瘾》出版后的几个月，人们经常问我，"铃利斯科男孩"是否还在继续经营。我的回答是肯定的，我举了一些例子，其中之一就是河滨县、安大略和拉斯维加斯爆发的海洛因过量案件。"铃利斯科男孩"依然在美国各地卖毒品。这一点并没有改变。

但是，"铃利斯科男孩"的海洛因市场却发生了翻天覆地的转变。最重要的是，随着越来越多的药瘾者渐渐改用海洛因，美国的海洛因市场膨胀了。美国疾控中心发现，从2010年到2013年，海洛因过量致死的案件增加了3倍。在宣布了一项关于海洛因使用范围的新研究后，疾控中心与美国食药局、缉毒署共同发出了一份新闻稿称："在全国男性女性、大多数年龄组和所有收入水平的人群中，吸食海洛因者的数量都增加了。增加最多的是有史以来海洛因使用率最低的群组，包括女性、有私人保险和较高收入的人群。"

麻醉药品的过量处方为海洛因创造了新市场，而"铃利斯科男孩"是最先认识到并系统地对其加以利用的。但如今这个消息传了出去，非法市场的每个人都知道该卖海洛因。毒贩的数量似乎暴增，将"铃利斯科男孩"曾在许多州占据的大部分市场挤得满满当当。原先在街头卖冰毒或可卡因的毒贩，据说也改卖海洛因了。我听说在辛辛那提，站在街角卖毒品的大量黑人似乎比以往的年纪更轻，来买的人是从三州交界地带的郊区和农村开车来的白人瘾君子。为了吸引客户，毒贩们像狗吠一样叫卖——"狗食"就成了黑焦油海洛因时代里海洛因的代号。

墨西哥的贩毒集团现在也充分意识到了这个新的海洛因市场。他们似乎正在接管哥伦比亚毒贩在美国东部的支配地位，就像20年前从后者手里抢夺可卡因生意一样。"哥伦比亚人几乎彻底地退出了美国的［海洛因］直销体系，"纽约执法机构的一位消息人士告诉我，

"1980年代末发生在可卡因上的事……如今在海洛因上重演了。"

就在我们这次谈话前不久,纽约警察查获了150磅从墨西哥的锡那罗亚进口的海洛因,但这批海洛因最初来自哥伦比亚。哥伦比亚毒贩认为,虽然他们的利润少了,但是风险也小了,如今把毒品卖给铆足了劲去开发蓬勃发展的美国市场的墨西哥贩毒集团,他们知足了。

不仅如此,每一位新上瘾的人都是潜在的毒贩,因为卖毒品是很多人保证自己有毒品用的方式——全职工作不符合吗啡分子的需求。

与此同时,临界多数(a critical mass)似乎已经形成。《梦瘾》出版后不久,痛失子女的家庭开始在公开发布的讣告里提及他们的孩子与毒瘾做斗争的事。24岁的丹尼尔·沃伦斯基是俄亥俄州北部埃文莱克市人,在提到他"诙谐幽默、富有魅力"之余,他的父母写道,"不幸的是,他与毒瘾斗争了5年",最终还是败下阵来,而在离世前,他常常会说起自己那些死于毒品过量的朋友。

"有人说,养育孩子需要社会,"他的父母写道,"打败毒瘾也需要社会。"

由此,越来越多的反海洛因团体开始在脸书上形成。与我刚开始做研究时的境况不同,现在已不再难以找到愿意开口讲述自家故事的父母。阿片类药物成瘾正在摆脱污名和禁忌,就在几个月前,人们对此还不敢发声。这一切让我想起艾滋病流行的事,其间许多死者家属一开始也为他们的死编造了许多委婉的说法。后来,情况变了。死者的家人、父母鼓起了勇气,放下颜面,将实情公之于众。

在登出一篇报道,将《波特和吉克的信》称为一项"里程碑式的研究"14年后,《时代周刊》又关注起了沸沸扬扬的阿片类药物成瘾事件,还上了封面报道。《体育画报》就运动员对这些药物上瘾的问题发表了长篇报道。全国各地的报纸也将其所在地区的海洛因问题作为大新闻予以报道,多半还配了吸毒者手臂上插着针头的照片。

其结果之一是,美国有些地区的医生在开处方的问题上又走回了老路。可是这一次,医生的做法似乎没有什么太大的差别,还是没有考虑人们是否真的需要这些药——就像它们过去被开给几乎任何人一样。因此,那些真正需要阿片类药物治疗慢性疼痛的患者反映,他们开药很难。

我曾两次在白宫国家禁毒政策办公室（White House Office of National Drug Control Policy）——所谓的"缉毒沙皇"办公室——发表演讲,该部门向我保证阿片类药物滥用流行病是其当务之急。新任"缉毒沙皇"迈克尔·波提切利有公共卫生系统的背景；他是第一位并非来自执法机构或军队的"沙皇"。他也在戒酒,而且有25年没碰过了。他的部门并进来一个海洛因特别行动小组,在我写书时,这个小组正在为行动编制草案。

希拉里·克林顿的一位竞选顾问打来电话。她说,克林顿夫人在艾奥瓦州和新罕布什尔州举行竞选活动时,从有子女染上毒瘾的父母那里听说了很多事情。我们在电话里谈了一个小时,谈到了止痛药、药丸工厂、墨西哥的海洛因贩运,也谈到了让这一流行病得以迅速传播的众口不言的氛围。一个月后,据报道克林顿夫人提出了解决这一问题的政策建议。

当2016年总统竞选启动时,我希望这个话题能被频繁地讨论,尤其是那些成瘾者的父母能够发出他们的声音,讲出他们的故事。

实际上,美国农村和郊区的白人孩子普遍出现的上瘾现象,影响了全美各地,塞斯·诺曼法官在纳什维尔也已经注意到了。那些我怀疑被很多人认为理所当然的想法,如今被重新审视。相对于坐牢,戒毒可以起到什么样的作用？父母们催促政治家寻找其他方法来代替对他们上瘾的孩子的监禁或判以重罪。最引人注目的是,整个2015年秋季,共和党候选人争先恐后地在戒毒问题上表现出了最强烈的同情心。克里斯·克里斯蒂、卡利·菲奥里纳以及杰布·布什都讲述了他们所认识的成瘾者,亦是他们至亲好友的故事,要是在10年前,这样做可能会让他们在共和党初选中完全丧失获胜的机会。就好像多年来,"严惩犯罪"的讨论使得许多共和党人不得不在毒瘾问题上保持沉默。如今，他们可以放开手脚自由地谈论、质疑过去的陈词滥调。

这让我想到了海洛因，如此令人生畏、闻风丧胆的海洛因正在成为使美国改变的强效催化剂。

阿片类药物灾害正在使曾经不可想象的政治策略变得可以接受。由于共用针头，印第安纳州农村地区的斯科特县爆发了艾滋病，该州的共和党州长下令实施针头交换计划。效力于共和党州长的俄亥俄州监狱系统负责人开始为监狱犯人申请州医疗补助计划，好让他们出狱后能负担得起戒毒治疗。"我们把钱用于社区而不是监狱，"他告诉记者，"我不打算再建一座该死的监狱。"马萨诸塞州格洛斯特的警察局长伦纳德·坎帕纳罗宣布，他不会逮捕带着毒品或吸毒工具来警局自首的人，而是会为他们找地方戒毒。在街头流动剧团的启发下，他还贴出了五家最大制药公司的首席执行官的姓名和联系方式，以及他们的薪资和福利。

为替《纽约客》撰稿，我拜访了保守却又带有自由主义氛围的肯塔基州北部地区，发现一些县正在将监狱的辅楼改造成设施齐全的戒毒诊所。在肯塔基北部地区，民主党人有段时间在选举中异常艰难，而那些不肯承认毒瘾也是一种疾病，对此最好加以治疗而不是投入监狱和判以重罪的共和党人同样很难当选。在肯顿县和普拉斯基县，监狱实际上早已雇用正在戒毒的成瘾者来运营监狱的康复项目，并为其他人提供指导。看起来，监狱正在慢慢转变，变成成瘾者可以获得帮助，可以利用在这里的时间摆脱毒品和吸毒生活的地方。

监狱外，阿片类药物流行病吞噬了可用的康复基础设施。只有少数且极其富有的家庭能够负担得起治疗阿片类药物成瘾所需的住院治疗：至少9个月到1年，这是成瘾专家告诉我的。因此，监狱采取什么形式的问题对于那些从没考虑过这一问题的家庭来说就变得至关重要了。阿片类药物灾害的这几年里，在某些地区，希望以古怪的方式存在着，即如果你想要获得治疗，就得去蹲监狱。

这标志着对监狱的一种新的思维方式，即监狱是一项投资而不是一项开销。几十年来，监狱都是一项开销，几乎花光了县预算。囚犯们待在里面几个月，要么无所事事，要么纵容和谋划犯罪活动。如今一些县对监狱有了新的认识，把它当作一个能够迅速而相对便宜地创造出新的戒毒能力的地方，并且充分利用成瘾者原本无所事事的时间以帮助一部分人摆脱吸毒的生活。

监狱成了一项投资，而非开销。海洛因再次成了改变的催化剂。

然而，这其中也存在着巨大的挑战。原因就是监狱成了我们对成瘾的答案。面对成瘾者一次次复吸，监狱似乎是一个稳妥的选择。至少，在监狱里，成瘾者是被关起来的；他们不能闯入民宅，不能从父母那里偷钱，不能去商店顺手牵羊，也不能犯下更严重的罪行。现在，州政府和县政府似乎承担着——至少在大众看来如此——某种"治愈"成瘾的任务，其实质是改变日常行为、让大脑恢复工作。一旦涉及吗啡分子，就会有许多问题。我们将拭目以待。成瘾者会复吸。事实上，复吸也被假设为戒毒的一部分。我曾经和一部分人谈过，他们对戒毒进行了重新定义，认为包括一系列清醒期，持续时间不断变长，但其间也会复吸。"这是陈词滥调，我们无法阻止我们解决这个问题，"一位检察官对我说，"好吧，我们也无法解决这个问题。我们永远无法通过事后补救——无论是监禁还是治疗——来消除海洛因流行病。"

思路清晰，应该没错。

2015年秋，我回到了朴茨茅斯，发现这座城市仍在不断改善。莉萨·罗伯茨告诉我一个计划，他们准备把蓝色天使的剪影放在朴茨茅斯东区的居民家里，这些居民提供了海洛因过量的解药——纳洛酮的货源。

市中心新开的几家餐馆已经关张了。更多的废弃建筑正在重新装修。潮人们做起了只有他们才会做的生意，并且在市中心每月举办一次公共活动——在最后一个星期五。"大多数人称他们为'蓝发人'。

他们确确实实地推动了这座城镇的发展。"莉萨说。

咨询中心的客户已经增加到了 500 人,人们在讨论咨询中心新增的服务,即为那些完成了所有项目的人找寻永久住处。一些人对此表示反对,但是我了解得越多,就越坚信新一批康复的成瘾者会让这座城市充满活力和感激之情,这正是这座城市在经历了这么多年宿命般的衰败后所需要的。

与此同时,乔安娜·克罗恩也将 SOLACE 转变成一家以舒倍生进行治疗的诊所,每月接待 100 位患者,有一位医生坐诊,并且有一台非常昂贵的尿液分析仪,对每个月来这里就诊的患者进行尿检。之前我见到乔安娜时,她的大儿子一直住在一辆没有水电的露营车里,现在他不碰毒品,在诊所给母亲帮忙。

SOLACE 的大部分客户都有州医疗补助。这要归功于该州的共和党州长约翰·卡西奇,是他说服他的党及其控制的立法机关,让州医疗补助惠及所有俄亥俄州人,尤其是覆盖戒毒费用。

这座曾经辉煌一时的美国城市看来比以往任何时候都更有可能继续摆脱让其一直陷于衰败的旧教条的束缚,真正实现自力更生,这也许是过去这片梦之地曾经的衡量标准吧。

写这本书的时候,我决心不在书中加入任何成瘾者注射毒品的场景。我在报上见过太多新闻里有这样的照片,认为这样做很过分。而且我认为这些场景会分散读者的注意力,因为这本书只是在一个层面上探讨了毒品问题。在为《梦瘾》进行调研时,我突然想到,对海洛因——通常意义上的阿片类药物——的讨论,其实也是讨论美国的一种方式。

对于包含吗啡分子的各种药物来说,我们所生活的这个国家还有很多事要做。

到我 2012 年开始为这本书做调研时,我认为,我们花了数十年时间摧毁美国社会并嘲弄和抨击政府所做的事,即提供我们认为理所当然的公共资产和基础设施以及使公共生活成为可能的东西。与此同时,我们盛赞私有部门。我们反对共产主义,因而认为自由市场是永不犯错的上帝。我们接受了这种经济信条,允许甚至鼓励工作机会流向海外。我们慷慨地奖励我们的金融领袖,因为他们把这些工作机会推向海外。我们要求政府完美,却原谅私有部门的过错。

部分私有部门感觉是在享受福利。显然,在这场阿片类药物灾害中,获利的是私有部门;承担这场灾害所带来的巨大损失是公有部门。本书出版后几个月,《福布斯》杂志将萨克勒家族及萨克勒几兄弟中唯一健在的雷蒙德·萨克勒列入了"美国最富有家庭"的榜单,作为新上榜者,其净资产据估计为140亿美元。所有这些都源于奥施康定的销售,据《福布斯》估计,自奥施康定1996年上市以来,销售额达350亿美元。

我们似乎害怕公共场合。父母总是围绕在孩子身边。他们担心公共场合的危险,所以孩子走到哪里,他们就跟到哪里。有这样一个案子,一对夫妇真的因为允许他们9岁的女儿和她的妹妹单独去公园里玩而被起诉了。"散养式育儿"这个词被造了出来,以形容一些胆大的父母,敢让孩子离开自己的视线范围。难怪有这么多孩子——绝大多数是男孩——被诊断为注意缺陷多动障碍,医生给他们开了阿得拉和其他药。(我希望有人能够研究一下孩童时被诊断患有注意缺陷多动障碍,并被开过阿得拉之类药物的青少年和年轻人的阿片类药物上瘾率。)他们整日被关在屋子里,上蹿下跳却出不去。我之所以这样说,是因为我以前也是这样:男孩子就像狗一样;他们需要出去跑、跑、跑!小时候,我生活在南加州的郊区,一有空我们就在外面玩——打橄榄球、打篮球、骑自行车或者就是到处乱跑。我们可以一天跑三四英里。我的膝盖几乎永远是破的,还在结痂我就去打闹,刚结的痂又掉了。我的母亲从艾奥瓦州的娘家拿来一个铃铛,每到开饭时间她就摇铃叫我们回家——因为我们总是在附近乱跑。最近几年里,我先后8次回到我长大的那条街,却没有看见一个人影。我过去常常玩耍的公园也总是空荡荡的。

在我看来，把孩子关在家里是因为我们觉得这样可以避免受伤、避开危险。听说在大学里，那些被关在家里对着屏幕长大的大学生会表现得像是生活在任何形式的情感痛苦的真切恐怖中，对此我一点也不惊讶。2015年，《大西洋月刊》上有篇名为《娇惯的心灵》（*The Coddling of the American Mind*）的报道，讲述了生活在一个受到高度保护以防身体损伤的时代的大学生，还要求保护其不受痛苦想法影响的现象。他们要求教授对可能引发强烈情绪的内容事先发出"敏感警报"（trigger warnings），比如，在讲述一本有关种族暴力的小说前。作者写道，这种新的校园思潮"假定大学生的心理异常脆弱，因此提高了保护学生免受心理伤害的目标。似乎最终目的是要把校园变成'安全之地'，不让年轻人在此听到任何会引起他们不适的言辞与想法"。

《今日心理学》杂志上有篇文章，名为《学生适应能力的减弱》。文中提到大学生的"需求"日益增加，看见一只老鼠就要叫校警，成绩不好就怪老师，"越来越多地因为日常生活问题而寻求帮助，其实很明显在这种问题上存在情绪危机"。此外，文章还说，教授们"描述了一种日益盛行的趋势，它把低分看作抱怨的理由而非加倍努力或更有效的学习的动力。大量的讨论都围绕教职工应当完成的工作量而非他们应该对此做出的反应，例如'振作起来，这里是大学'"。

这一切似乎都是那种理念带来的预料之中的结果，即我们应当不惜代价让自己不受痛苦。

与此同时，作为一个国家，我们的所作所为就好像消费和财富的积累就是通往幸福之路。我们让家庭在感恩节所做的就是排队购物——Xbox游戏机、平板电脑等——这些东西把我们孤立起来，毒害我们的孩子，而我们的表现就好像在这件事上我们别无选择。我们将郊区也弄得与世隔绝，把这称为繁荣。更有甚者，技术的发展在将我们与世界联系了起来的同时，也让我们与隔壁邻居变成了咫尺天涯。

无论穷人还是富人，我们彼此不相干，这样很危险。

孩子不再在街头玩耍。公园空荡荡的。梦之地没了，购物中心在它上面拔地而起。

那么，我们为什么还会为海洛因无处不在想不通呢？

正因为我们彼此疏离，海洛因才会蓬勃兴旺；是我们为它提供了天然的栖息地。正是我们执着地寻找没有痛苦的状态才把我们引向了海洛因。

我认为，海洛因是我们35年来培育的价值观的最终体现，它把每一位成瘾者都变成了自恋、自私、孤独的狂热消费者。这种寻找阿片类药物的生活，让人远离家庭和社会，并且通过购买和消费一种产品来完全用于自我满足，而这种产品不仅把孤独变成了一件正确的事，而且变成了他们自己的选择。

现在我更加坚定地认为，海洛因的解药就是社区。如果你想让孩子远离海洛因，你就要确保你的左邻右舍会齐心协力，而且通常是在公开场合下。打造你自己的梦之地，打破人与人之间的重重障碍。不需要有玩伴；只要走出去玩。把人们带出他们的房间，不论那是什么样的房间。我们可以考虑生活得更简单一些。追求物质并不等于能得到幸福，任何一位海洛因成瘾者都可以说出这样的话。我去过一些地方，那里的人经历了这种灾害之后变得更富同情心，更脚踏实地，愿意让孩子去经历而不是直接把东西给他们，让他们明白痛苦也是生活的一部分，而且通常都是可以忍受的。对抗海洛因的方法很可能就是让你的孩子去户外跟朋友们一起骑自行车，让他们摔破膝盖。

我发现，在俄亥俄州的朴茨茅斯隐约有了这样的起步——这让我既惊又喜。朴茨茅斯出现的这种令人振奋的现象，最近也出现在了曾被药片和海洛因重创的肯塔基州北部的郊区。

这是个好消息：我们没有坐以待毙。我们采取了行动。就像美国人一贯会做的那样。海洛因的确让人心惊胆战，迫使我们不得不采取行动。海洛因对吸毒者及其家人和邻里的影响是如此令人痛心，以至于让那些劫后余生的人想起将他们与其他人联系在一起的纽带——在有些地方产生了与吸毒者造成的孤立相反的结果。

所以有时候我觉得我是对的——也许海洛因是推动今日之美国做出积极改变的最重要的力量。

无论如何，在有关海洛因的问题上写作多年之后，这正是我所希望的。如果真是这样，就冲着海洛因教会我们的一切，以及迫使我们认清自己、明白该如何生活，就像一位女士对我说的，"有一天，我们也许该感谢海洛因"。

致　谢

本书讲述的故事涉及整个美国，在全美各地我遇见了许多人，在他们的帮助下我才完成了这个故事。

我遇到的一些父母因为这场流行病以及丧子之痛而转变为某方面的社会活动家，他们是：卡罗尔·瓦格纳、玛吉·弗莱什曼、芭芭拉·西奥多西奥、苏珊·克里穆斯科、朱迪·巴伯、克莉丝·麦克菲、特蕾西·莫里森及其女詹娜。韦恩·坎贝尔和我聊了好几个钟头，还让我出席了他的"泰勒之光"演讲。乔安娜·克罗恩曾多次跟我坐下来聊她儿子韦斯利的事，还有创建 SOLACE 的故事。保罗和艾伦·斯库诺夫，还有他们的儿子迈尔斯也非常善意地对我讲述了麦特之死的前因后果。我相信，他们明白正是因为人们一直保持沉默，才导致了这个问题的扩散。我非常感谢他们能对我讲述他们的故事。

在丹佛，丹尼斯·查维斯自然成了有关"铪利斯科男孩"的故事的源泉；"铪利斯科男孩"一词正是他创造的，而我在此书借用了这一说法。我还跟其他警官待了一段时间，他们帮助我弄明白了"铪利斯科男孩"现今在丹佛是如何运作的。这些警察包括：吉米·埃丁格、杰斯·桑多瓦尔、尼可·夏克利、戴尔·沃利斯及特雷莎·德里斯科尔-雷尔。此外，一些瘾君子也跟我谈了他们的想法。我在丹佛期间住在我亲爱的姑妈凯尔、姑父迪克·凡佩尔特的家，他们热情地接待了我。

夏洛特市也有好些人非常友善，愿意花时间跟我聊聊这座城市里的"铪利斯科男孩"。我与布伦特·福希警探待在一起的时间比较长，他告诉我他的硕士论文就是关于这个的。还要感谢唐·奎因警探、罗布·赫罗伊律师、县副检察长希娜·盖特豪斯以及卡罗来纳医疗中心的鲍勃·马丁。夏洛特市的警官、麻醉品调查员克瑞斯·朗，是这个国家第一个向我证实这些贩毒团伙实际上都来自同一个地方（即纳亚里特州的铪利斯科）的执法人员。我还要感谢南卡罗来纳州的迪恩·毕晓普、麦克斯·多尔西、马文·布朗、沃尔特·贝克。此外，还要感谢与我交谈过的其他各界人士，包括警官和警官的对头，他们的名字恕我不能在此一一列出。

我要感谢俄亥俄州哥伦布和马里恩的许多人，是他们帮助我了解了黑焦油海洛因问题以及该州毒品问题的严重性，他们是：哥伦布市警监加里·卡梅伦、奥曼·霍尔、斯科特·凡德卡尔法官、安德烈·伯克希尔、埃德·索西、龙尼·波格、克里斯蒂·比格利、珍妮弗·比丁格，以及俄亥俄州总检察长办公室的萨拉·内拉德、布拉德·贝尔彻、珍妮弗·米勒，理查德·惠特尼医生，还有菲利普·普赖尔医生一家。俄亥俄州雅典县的乔·盖伊医生是较早向我提供信息的人，其事实具体、视角多样、事件讲述生动详细。

在华盛顿州，洁米·迈、珍妮弗·萨贝尔、凯勒布·班塔-格林、阿历克斯·卡哈纳、约翰·洛泽、大卫·托本、盖瑞·弗兰克林、迈克尔·沙特曼以及迈克尔·冯·科夫等人给了我必不可少的帮助。感谢他们不吝惜宝贵的时间，让我这位记者学到了需要掌握的信息。

写作本书过程中的一大幸事就是造访俄亥俄州朴茨茅斯，这里的人们盛情款待，并对我知无不言。我尤其感激布莱恩·戴维斯、兰迪·施莱格尔、乔·黑尔、安德鲁·菲特、斯科特·杜塔特、玛丽·安和基思·亨森以及他们的儿子卢克、特里·约翰逊、丹尼·科利、安吉·苏马、内特·佩顿、凯茜·纽曼、梅丽莎·费希尔、特里·阿克曼、克瑞斯·史密斯、约翰·洛伦茨、贾勒特·威思罗以及艾比·

安德烈。我还要一如既往地感谢几位给我大力帮助却不愿在此被提及名字的人。

在朴茨茅斯逗留期间，埃德·休斯花了好几个小时向我普及有关多学科戒毒的方式及咨询中心的历史。莉萨·罗伯茨对这座城市、这里的药丸工厂的历史以及随之而来的药物成瘾也是无所不知，是我的重要信息来源。在此，我还要感谢她为我介绍了大量的知情人。

在波特兰，维塔利和爱丽娜·穆尔亚热情地对我讲述了他俩的故事，并帮助我了解了俄罗斯五旬节派的历史以及该教派对其在美的青年教徒阿片类药物成瘾问题的应对之策。加利·奥克斯曼医生也向我介绍了他为了解1990年代波特兰地区海洛因过量问题而进行的调查，联邦检察官凯瑟琳·比克斯也提供了有关"铷利斯科男孩"现象的大量精彩且鼓舞人心的消息。早些时候，波特兰的警督迈克·克朗茨帮助我了解了铷利斯科海洛因侵入他们城镇的严重程度。此外，我还要感谢斯蒂夫·麦格兰特、韦恩·巴尔达萨雷、汤姆·加勒特、肖恩·麦康伯和约翰·德特思。

"康复联盟项目"的故事，我是从埃德·布莱克本、艾伦·莱文以及其他一些我非常感谢但可能不能说出其姓名的人那里了解到的。同样感谢"中心城市关注"的蕾切尔·索罗塔洛夫博士。

我亲爱的朋友艾米·肯特、史蒂夫·达格特以及他们的儿子科林，也在我数次造访波特兰时跟我进行了交谈，还为我找旅馆，给我温暖如家的感觉。

美国各地执法部门的工作人员也给了我巨大的帮助，他们提供的当地信息让我渐渐拼凑出了全国的情况。我要感谢吉姆·奎肯德尔、哈里·索莫斯、罗勃·史密斯及夏洛特市的缉毒署特工、亚当·哈丁及南卡来罗纳州的缉毒署特工、库瓦洛·特鲁斯德尔、丹尼斯·马布里、哈尔·麦克多诺、塞斯·诺曼法官、杰里·霍拉迪·托马斯、克里斯·瓦尔德兹、"石头"斯通、弗兰克·哈勒尔、利奥·阿雷金、莉萨·费尔德曼、威廉·米克尔，以及其他无法在此列出名字的朋友们。

在爱达荷州的博伊西城,埃德·鲁普林格也极为慷慨地对我回忆了他在处理"铃利斯科男孩"的案子时的点点滴滴,那是全国第一批针对"铃利斯科男孩"的案件的一部分。同时也感谢史蒂夫·罗宾逊和乔·赖特给予的帮助。

早前,我试图追踪"铃利斯科男孩"的足迹造访美国各地的城镇,我与不同部门的缉毒警交谈过,他们帮我证实(或否定)了纳亚里特州毒贩在他们辖区的出没;由于提供帮助的警官人数太多,恕我不在此一一列出。

纳亚里特州的小镇铃利斯科是美国主要的海洛因供货中心。我采访过众多从那里出来的毒贩、司机、接线员以及供货商。多数人都只谈及自己的所作所为,对其他人的事闭口不言。那个叫恩里克的人尤其如此。我很乐意在他们指定的任何场景下听他们讲述,这些人大多数曾经或正在美国服刑,而我发现监狱是个坐下来与人交谈和反思的绝好地方。如今,要是联邦监狱的监狱长们明白他们收押的那些人能够道出墨西哥人向美国走私毒品的全部故事,明白这个故事很重要应当让公众了解,明白让记者更容易地讲述这个故事并不会给他们带来任何伤害,那该多好。因此,我要对那些提供帮助的狱警说声感谢。我还采访过铃利斯科的各阶层人士:有专业人士、企业老板等。为彼此的安全起见,多数人我只知道名,但即便我不透露,仍要在此对他们表示感谢。

早些时候,加州大学洛杉矶分校的马西亚·梅尔德伦教授就阿片类药物流行病的历史背景和当下情境给了我许多指点。纳撒尼尔·卡茨医生和玛莎·斯坦顿博士通过广泛而深入的视角让我了解了疼痛以及止痛革命的历史。安德鲁·科洛德内医生、简·巴兰坦医生、阿特·凡·吉医生以及迈克·麦克尼尔医生,如今坚决反对随意开阿片类止痛药,他们向我讲述了自己思想演变的过程。最后,我还要感谢与我谈及1980年写给编辑的那封重要信件的赫歇尔·吉克医生。

安德鲁·库普教授、马丁·阿德勒教授及赫伯特·克勒伯教授给了我极大的帮助，让我弄清了成瘾和大脑的关系、美沙酮以及药物依赖问题研究学会。

几位正在戒毒的朋友也帮助我了解了过去和现在的街头海洛因活动的鲜活场景，但他们当中有些人并未出现在本书的终稿里。这些人中，有圣达菲的罗伯特·贝拉迪纳利、印第安纳州的迪恩·威廉斯、哥伦布的博比·梅尔罗斯、波特兰的"康复联盟项目"前成员皮克尔斯和鲍勃·威克姆，还有在朴茨茅斯咨询中心接受戒毒治疗的几个人，丹佛的3个年轻人，以及我在新墨西哥大学阿尔伯克基校区演讲时遇到的一位服务员，她为"铪利斯科男孩"开过9个月的车。

我在《洛杉矶时报》任职期间，无意间看到了"铪利斯科男孩"的报道，从那时起，我就萌发了写作此书的想法。我的编辑达凡·马哈拉杰、马克·杜沃伊森和乔夫·莫汉在我为这部书进行调查和写作时一直给予我鼓励，我对此万分感激。

布鲁姆斯伯里出版社的编辑乔治·吉布森在整个写作过程中也给了我热情而有力的支持。我要感谢皮特·贝蒂代表出版社买下我的写作提纲，并以冷静的态度、专业的精神对我的手稿进行了编辑。我的经纪人、FinePrint Literary 的斯蒂芬尼·埃文慧眼识珠，而当时其他机构并不看好此书，过了很久之后，阿片类药物和海洛因掀起的风暴才像现在一样被媒体广泛报道。斯蒂芬尼帮我打磨本书的提纲，并四处奔走。对此，我也非常感恩。

我还要感激几位一直帮我修改作品的编辑。山姆·恩里克斯可算是我碰到的最优秀的编辑，是他雇了我，让我加入了《洛杉矶时报》，现在他就职于《华尔街日报》；他很热心地通读并帮我修改了本书的部分内容。

我还要感谢我的父亲里卡多和他的妻子罗贝塔·约翰逊，感谢他们对我的支持以及对本书表示出的浓厚兴趣。我3岁时随父亲搬到加州，当时父亲是克莱蒙特-麦肯纳学院的文学教授（现已退休），他给我讲的《奥德修斯》和电视剧一样生动形象。这是我爱上讲故事的一个原因，另一个原因是我父亲及我 1979 年去世的母亲生前对教育和经验的重视。我还感谢我的兄弟本和乔什以及他们的家人，当然，还有我们的兄弟内特和我们的母亲。此外，还要感谢我妻子的娘家人，包括塔利一家、洛特卡一家、彭尼一家，感谢他们在我漫长地写作关于美国阿片类药物成瘾和海洛因走私的故事时，所表现出来的慷慨和善意的宽容。

最后，尤其要感谢我的爱妻希拉和我们的女儿卡罗琳，感谢她们一直以来对我埋头写书的支持，是她们的帮助让这本书变得更加生动，感谢她们容忍我一次次为了搜集素材无休止地出差，也感谢她们每次在机场迎接我回家时给我最需要的拥抱和亲吻。没有她们，我无法完成这些工作。我爱她们！

关于消息来源的说明

本书的内容主要基于我在过去5年的采访，尤其是2009年我在《洛杉矶时报》当记者时为一个报道所做的采访，以及2012年到2014年的采访调查。

我采访了好几个州的吸毒者本人及其父母，以及公共卫生护士及流行病学家、辩护律师、医生、当地警察、戒毒中心顾问及管理人员、疼痛专家、药剂师、疼痛史学者、州和联邦检察官、缉毒署和联邦调查局的特工，还有十几个"铅利斯科男孩"，后者中的大部分人当时正在监狱服刑。对于我称为"神秘人"的那个人，通过面对面或电话我进行了8到10次的采访。

为了采访，我去了很多地方。我去过几次俄亥俄州的哥伦布和朴茨茅斯，去过两次马里恩，还去过一次辛辛那提。随着调查的进行，我发现俄勒冈州的波特兰、丹佛我都去过三次。我去过印第安纳波利斯和纳什维尔，肯塔基州的北部和东部，北卡罗来纳州的夏洛特，爱达荷州的博伊西城，还去过亚利桑那州的凤凰城和西弗吉尼亚州的亨廷顿，以及新墨西哥的阿尔伯克基和奇马约。

部分调查工作是我趁玉米节去铅利斯科待了四天完成的，当时我任职于《洛杉矶时报》。据此，我写出了关于铅利斯科这座小镇及其毒品零售所采用的批萨外卖模式的一组系列文章，由三部分组成。此行也是我职业生涯中唯一一次在被问及职业时撒谎。被人问起时，我就说我和摄影师同事都是游客，是在加州教西班牙语的老师。当时，斩首和大规模杀戮在墨西哥大行其道。尸体被高挂在立交桥上，或成堆地弃于街角。很多记者被杀害。在这样的险境中，我希望管辖新闻的众神原谅我在铪利斯科犯的罪过。我们离开小镇时，好像命运的安排，我被引荐给了纳亚里特州警察局反绑架小组的主管，哪怕我在玉米节期间看篮球赛时他也在一旁盯紧我。

庭审记录对报道犯罪案件的记者来说非常有用，但由于"铪利斯科男孩"对自己的案子几乎总是认罪，我没有多少庭审记录可以用来拼凑出他们的故事。但早先有个重要的案子，是起诉内布拉斯加州奥马哈的路易斯·帕迪利亚-佩纳。立案时，"铪利斯科男孩"刚开始从圣费尔南多谷向外扩张。感谢检察官威廉·米克尔让我获得了那份很长的庭审记录。

另一方面，起诉"铪利斯科男孩"的案子很多而且很有帮助，后者主要体现在两个方面。尽管起诉书并不那么详尽，但确实在一遍遍地重复同样的故事。各个故事之间是如此相似，以至于我从夏洛特到波特兰再到凤凰城，阅读了一堆起诉书的内容以及彼此之间的观点后，确信我早先的研究结果是正确的，即"铪利斯科男孩"系统在美国各地得到了忠实的复制。此外，我也从起诉书里知晓了一些检察官和调查员的名字，后来我对他们进行了采访；还得知了一些铪利斯科被告人的名字，那时他们在监狱，于是我写信给他们要求面谈。

另一份珍贵的庭审记录来自对迈克尔·莱曼的审判，他是路易斯安那州的斯莱德尔、费城、辛辛那提的几个快捷诊所的老板。除了采访，他们还提供了一个引人入胜的视角，使我了解了药片问题是如何在肯塔基州东部的一个县——弗洛伊德县——爆发的。我还采访了当地的检察官布伦特·特纳和他的父亲、前检察官阿诺德·特纳，以及最近退休的州警兰迪·亨特，并且去监狱里采访了弗洛伊德县最大的药贩蒂米·韦恩·霍尔。

我对俄亥俄州朴茨茅斯的调查研究，大多来自我对镇上居民的采访，以及专为该镇的侨民和朴茨茅斯的过去而创建的脸书页面。我所了解到的关于梦之地的信息，很多都是从这个页面上的人那里得知的。偶尔也会有新闻和历史期刊上的文章，提到这座城市的某些衰败故事以及那个梦幻般的泳池的历史。

我最先是从采访朴茨茅斯当地人的过程中，了解到了有关大卫·普罗克特及其效仿者的情况。我还参考了肯塔基州医疗执照委员会关于普罗克特的一些报告，以及几位曾为他工作过的医生的说辞。有关那些医生以及后来的一些药丸工厂老板的报纸文章也很有价值。

有几本书为我提供了有关鸦片、吗啡、海洛因、《哈里森麻醉品税法》和麻醉品农场的素材。马丁·布斯的《鸦片史》是一本经典历史著作，它指出罂粟及其产生的白色汁液已经成为人类历史的一部分。我参考过的其他书目还有：

The American Disease: Origins of Narcotic Control, David F. Musto (Oxford Uiversity Press, 3rd edition, 1999)

One Hundred Years of Heroin, ed. David F Musto (Praeger, 2002)

Creating the American Junkie: Addiction Research in the Classic Era of Narcotic Control, Caroline Jean Acker (John Hopkins University Press, 2005)

Dark Pradise: A History of Opiate Addiction in Amercia, David Courtwright (Harvard University Press, enlarged edition, 2001)

Smack: heroin and the American City, Eric C. Schneider (University of Pennsylvania Press, 2008)

The Narcotic Farm: The Rise and Fall of America's First Prison for Drug Addicts, Nancy Campbell, J. P. Olsen, and Luke Walden (Abrams, 2008)

Junky: The Definitive Text of "Junk" (50th Anniversary edition); William S. Burroughs (Grove Press, 2003)

Wellcome Witnesses to Twentieth Century Medicine, Volume 21:

Innovation in Pain Management, ed. L. A. Reynolds and E. M. Tansey（QMUL History C20 Medicine, 2004）

Opioids and Pain Relief: A Historical Perspective, ed. Marcia L. Meldrum（IASP Press, 2003）

关于止痛革命的章节，我参考了1980年代末、1990年代初的执业医生或住院医生的回忆性陈述。《疼痛管理的创新》（*Innovation in Pain Management*）一书提供了英国圣克里斯托弗医院的西塞莉·桑德斯和罗伯特·特怀克罗斯在早期疼痛管理上的重要细节，还有让·谢恩斯韦德对世卫组织疼痛阶梯治疗方案的发展的详尽信息。此外，我还参考了马西亚·梅尔德伦教授做的凯瑟琳·福莱和罗素·波特诺伊的口述史，该文献收录在加州大学洛杉矶分校的"约翰·C.利贝斯金德疼痛管理史藏书"（John C. Liebeskind History of Pain Collection at UCLA）。

为了详细记述阿片类药物滥用在全美的逐年扩散，我参考了几家政府机构的研究成果，主要是美国药物滥用及精神卫生服务管理局和疾控中心的。美国审计总署，即如今的美国政府问责局，完成了两份重要报告：一份分析了美国美沙酮诊所的情况，另一份分析了2003年普渡制药在推出奥施康定之后头6个月里的推广活动。

为了描述普渡的推广活动，我还参考了对包括已故的菲利普·普赖尔在内的医生的访谈，以及新闻报道、医学期刊的广告、巴里·迈耶的《止痛药》（*Pain Killer*）一书的部分章节，还有对前检察官约翰·布朗利的采访。

在这个充满艰辛与冒险的过程中，所幸我有27年的记者工作经历。我在加州斯托克顿的4年学会了如何做犯罪报道；我在墨西哥生活、旅行过十年，使我可以讲述更长的故事。我陶醉在村庄、勇士、科里多叙事诗和枪手的传奇故事中，沉浸在各种移民生活构成的小说里。你还可以在我之前的两本书里读到更多相关内容：*Ture Tales from Another Mexica: the Lynch Mob, the Popsicle Kings, Chalino, and the*

Bronx 以及 *Antonio's Gun and Delfino's Dream: True Tales of Mexican Migration*。

最后，我邀请您访问我的个人网站：www. samquinons. com。我在那里列出了更多的资源并附上了链接——包括采访的音频和视频，还有 YouTube 上的一些相关音乐录影——这些都是我用来讲述这个真实事件的资料。

Sam Quinones
Dreamland: The True Tale of America's Opiate Epidemic
Copyright © Sam Quinones 2016

图字：09-2018-899号

图书在版编目(CIP)数据

梦瘾：美国阿片类药物泛滥的真相／（美）山姆·昆诺斯(Sam Quinones)著；邵庆华，林佳宏译. —上海：上海译文出版社，2021.5
（译文纪实）
书名原文：Dreamland: The True Tale of America's Opiate Epidemic
ISBN 978-7-5327-8636-7

Ⅰ.①梦… Ⅱ.①山… ②邵… ③林… Ⅲ.①纪实文学—美国—现代 Ⅳ.①I712.55

中国版本图书馆 CIP 数据核字(2021)第188911号

梦瘾：美国阿片类药物泛滥的真相
[美] 山姆·昆诺斯／著 邵庆华 林佳宏／译
责任编辑／钟 瑾 装帧设计／邵 旻 观止堂_未氓

上海译文出版社有限公司出版、发行
网址：www.yiwen.com.cn
200001 上海福建中路193号
上海普顺印刷包装有限公司印刷

开本 890×1240 1/32 印张 13.75 插页 2 字数 278,000
2021年10月第1版 2021年10月第1次印刷
印数：00,001—10,000册

ISBN 978-7-5327-8636-7/I·5334
定价：66.00元

本书中文简体字专有出版权归本社独家所有，非经本社同意不得转载、摘编或复制
如有质量问题，请与承印厂质量科联系．T：021-36522998